Hirschluder

Christian Oehlschläger, 1954 in Hannover geboren, ist Förster bei der Landwirtschaftskammer Niedersachsen. Er war mehrere Jahre als forstlicher Berater in Mittel- und Südamerika tätig, bevor er die Bezirksförsterei Burgwedel übernahm. Seit 1984 schreibt und veröffentlicht er Fachartikel, Kurzgeschichten und Kriminalromane. www.christian-oehlschlaeger.de

CHRISTIAN OEHLSCHLÄGER

Hirschluder

NIEDERSACHSEN KRIMI

emons:

Bibliografische Information der Deutschen Nationalbibliothek
Die Deutsche Nationalbibliothek verzeichnet diese Publikation
in der Deutschen Nationalbibliografie; detaillierte bibliografische
Daten sind im Internet über http://dnb.d-nb.de abrufbar.

© Emons Verlag GmbH
Alle Rechte vorbehalten
Umschlagmotiv: photocase.com/margie
Umschlaggestaltung: Tobias Doetsch
Gestaltung Innenteil: César Satz & Grafik GmbH, Köln
Lektorat: Marit Obsen
Druck und Bindung: CPI – Clausen & Bosse, Leck
Printed in Germany 2016
ISBN 978-3-95451-963-7
Niedersachsen Krimi
Überarbeitete Neuausgabe
Dieses Buch erschien 2014 unter dem Titel »Das Hirschluder«
im Verlag J. Neumann-Neudamm AG, Melsungen.

Unser Newsletter informiert Sie
regelmäßig über Neues von emons:
Kostenlos bestellen unter
www.emons-verlag.de

Pecunia non olet.

Lateinische Redewendung:
»Geld stinkt nicht.«

PROLOG

Die Bustür öffnete sich. Es war siebzehn Uhr fünfundfünfzig, als die englische Touristin Sarah Phillips zum ersten Mal in ihrem Leben Celler Boden betrat.

An jenem Donnerstag Mitte April 2002 erlebte die ehemalige Residenzstadt den ersten warmen Frühlingstag des Jahres. Mühelos war das Thermometer auf über zwanzig Grad geklettert, und die Sonne schien nahezu zwölf Stunden lang aus einem wolkenlosen Himmel. Die lang ersehnte Wärme lockte die Leute aus ihren Häusern und Wohnungen, durch die Altstadt strömten gut gelaunte, sommerlich leicht gekleidete Menschen. Vor etlichen Cafés, Kneipen und Imbissbuden luden Tische und Stühle zum Verweilen ein.

Auf dem Schlossplatz herrschte reger Feierabendverkehr. Hupende Autos, dröhnende Motorräder und brummende Linienbusse erzeugten eine geschäftige Geräuschkulisse. Zwei bunte Touristenbusse parkten in unmittelbarer Nähe zur Stechbahn, der Hauptverbindungstraße zwischen Schlosspark und Altstadt.

Mit einem dieser Busse reiste Sarah Phillips. Die Lehrerin für Geschichte, Deutsch und Sport unterrichtete an einer Schule in dem kleinen Küstenstädtchen Sidmouth in der südwestenglischen Grafschaft Devon. Ihre Studienreise widmete sie dem Thema »Das deutsch-britische Verhältnis der letzten drei Jahrhunderte« und damit der Zeit von der Epoche der Personalunion zwischen dem Königreich Hannover und dem britischen Thron bis hin zur Gegenwart. Seit mehr als fünfzig Jahren waren britische Streitkräfte in Norddeutschland stationiert – ein Schwerpunkt war Celle und Umgebung.

Der Mittdreißigerin mit der energischen Kinnpartie, dem kohlrabenschwarzen Pagenschnitt, dem blassen Teint und der farbenfrohen, tief ausgeschnittenen Bluse sah man ihre englische Herkunft deutlich an. Behände sprang sie aus dem Reisebus, in der rechten Hand eine quietschgelbe Kunstlederhandtasche. Freundlich nickte sie dem Busfahrer zu, der ihr die

Richtung gezeigt hatte, und machte sich auf den Weg. Mit schnellen Schritten überquerte sie die Straße, ohne das von der Abendsonne malerisch beschienene Schloss oder die prächtig ausgeleuchtete Fassade des Bomann-Museums auch nur eines Blickes zu würdigen. Ihr Ziel war die Filiale der Sparkasse Celle, Schlossplatz 10.

So kurz vor Kassenschluss – es war inzwischen drei Minuten vor sechs – war Sarah Phillips die einzige Kundin. Sie wurde sofort bedient. Eilig legte sie zwei Einhundert-Pfund-Scheine auf den Schalter, um sie in Euro umzutauschen. Die neue europäische Gemeinschaftswährung hatte vor gut drei Monaten, am 1. Januar 2002, die *German Mark* abgelöst. Doch zum Leidwesen der pro Europa eingestellten Lehrerin war Großbritannien der Währungsunion nicht beigetreten.

Gerade wollte sie die druckfrischen Euroscheine entgegennehmen, als der Bankangestellte innehielt. Sarah Phillips schaute in die vor Entsetzen weit aufgerissenen Augen des jungen Mannes, sah, wie er die Geldscheine losließ und zurückwich. Im selben Augenblick wurde sie von hinten gepackt, ein kräftiger Arm legte sich um ihren Hals. Ihr Kopf wurde zurückgerissen, ein Körper presste sich an ihren Rücken.

»Überfall!«, brüllte der Mann. Aus den Augenwinkeln erkannte sie, dass der Bankräuber eine schwarze Sturmhaube trug, die mit zwei Sehschlitzen versehen war. Er war mindestens einen Kopf größer als sie. »Los, Tür auf! Oder ich blase der Frau den Kopf weg.«

Sarah Phillips erstarrte. Der Mann hielt ihr etwas Hartes, Metallisches unters Kinn. Es war rund und kalt. Wahrscheinlich die Mündung einer Waffe. Auch ohne zu sehen, womit sie bedroht wurde, erkannte sie den Ernst der Lage. Sie wagte nicht, sich zu rühren.

Der junge Bankangestellte hinter dem Panzerglas zögerte.

»Los, los, nu mach schon!«, kommandierte der Bankräuber.

In ihrem eingeschränkten Gesichtsfeld tauchte ein weiterer Mann auf, ungefähr zwei Meter entfernt neben ihr. Auch sein Gesicht war mit einer Sturmhaube vermummt. In den Händen hielt er eine Maschinenpistole. Als er sich umwandte, sah sie ihn von hinten. Sein schwarzer Overall trug auf dem Rücken einen Schriftzug in weißen Buchstaben: »POLIZEI«.

Mit dem Kolben der Maschinenpistole schlug der Mann gegen die Kassenraumtür. Sie wurde von innen geöffnet, der Bankräuber drängte in die Kabine und trieb den Sparkassenangestellten mit vorgehaltener Waffe vor sich her in Richtung Tresorraum. Durch das Panzerglas konnte Sarah Phillips sehen, wie der Kassierer ein Schlüsselbund aus der Tasche zog.

In diesem Moment wurde sie mit einem heftigen Ruck herumgerissen. Es fehlte nicht viel, und der Gangster hätte ihr das Genick gebrochen. Vor Schmerz schrie sie auf, Tränen stiegen ihr in die Augen. Im Klammergriff des Gangsters war ihr Blick nun in den Schalterraum gerichtet.

»Schön liegen bleiben!«, brüllte der Bankräuber.

Die beiden Mitarbeiterinnen, die ihr beim Betreten der Sparkasse so nett zugenickt hatten, lagen flach auf dem Boden. Draußen, direkt vor der Sparkassentür, sah sie einen dunklen Pkw, es war ein BMW mit einem eingeschalteten Magnet-Blaulicht auf dem Dach. Hinter dem Lenkrad wartete ein dritter Komplize, ebenfalls vermummt.

Der Bankräuber presste Sarah Phillips brutal an sich. Sie spürte seinen heftigen Atem. Der Mann roch nach Nikotin, Kaffee und Alkohol.

»Ganz brav«, knurrte er. »Sonst …« Das kühle, metallische Etwas ließ von ihrem Kinn ab. Der Mann streckte seine mit einem schwarzen Lederhandschuh geschützte Hand vor, um ihr zu zeigen, womit er sie bedrohte.

Auch er war mit einer Maschinenpistole bewaffnet. Sarah Phillips kannte sich zwar nicht gut mit Waffen aus, hatte jedoch schon einmal ungewollt Bekanntschaft mit einer dieser automatischen Handfeuerwaffen gemacht. Als sie eine Zeit lang an einer der Problemschulen im Süden Londons tätig gewesen war, hatte ein vierzehnjähriger Schüler im Unterricht eine ganz ähnliche Waffe aus seinem Rucksack geholt und damit herumgefuchtelt. Bis feststand, dass es sich um eine Attrappe handelte, hatte sie Todesängste ausgestanden.

»Wumm!«, hauchte ihr der Bankräuber ins Ohr.

Die Hand mit der Waffe verschwand aus ihrem Blickfeld. Wieder presste er die Laufmündung an ihr Kinn, dann glitt das kalte Metall langsam an ihrer Kehle hinab und wanderte weiter, immer tiefer – bis in den Ausschnitt ihrer bunten Bluse. Gleichzeitig drängte sein Unterleib gegen ihren Körper. Deutlich spürte sie die Gürtelschnalle des Gangsters, hörte sein aufgeregtes Schnaufen.

Unüberlegt und reflexartig stieß Sarah Phillips ihren Ellenbogen mit großer Wucht nach hinten. Röchelnd und prustend ließ der Räuber sie los. Offenbar hatte sie ihn an seiner empfindlichsten Stelle getroffen.

Der Mann krümmte sich vor Schmerz. Doch überraschend schnell raffte er sich wieder auf. Mit seiner freien Hand packte er die vor Schreck wie versteinert dastehende Engländerin am Schopf und zerrte sie zu sich heran. »Du Biest!«, schrie er ihr ins Gesicht, während er ihr ein ganzes Haarbüschel ausriss. »Das machst du nicht …«

Weiter kam er nicht.

Voller Panik hatte Sarah Phillips den Kopf zur Seite gedreht – und mit aller Kraft zugebissen. Sie erwischte die Stelle am Handgelenk, zwischen Lederhandschuh und Overall-Ärmel, die durch die Rangelei für einen kurzen Moment ungeschützt war. Ihre Zähne gruben sich tief in seinen Arm. Und sie ließ nicht locker.

Ansatzlos schlug er zu. Mit dem Kolben seiner Maschinenpistole. Mit voller Wucht. Immer wieder. Traf ihre Stirn, ihr rechtes Ohr, ihren Hinterkopf. Bis sie, aus vielen Wunden blutend, endlich den Biss lockerte, seinen Arm freigab – und zusammenbrach.

Der Bankräuber stand vor Wut schnaubend über ihr und rieb sich sein schmerzendes Handgelenk.

»Abflug!«, hörte sie jemanden wie aus weiter Ferne brüllen. Dann sah sie, dass der zweite Gangster zurück in den Schalterraum gerannt kam. Die Waffe geschultert, trug er zwei prall gefüllte Säcke aus Jute in den Händen.

Ein wuchtiger Tritt traf sie am Hinterkopf, und Sarah Phillips verlor das Bewusstsein.

Die Schüsse, die kurze Zeit später vor dem Bankportal fielen, hörte sie nicht mehr.

Das marode Holz knarrte. Der Steinmarder, der seinen Tagesschlafplatz hoch oben im Gebälk einer einsam gelegenen Feldscheune eingerichtet hatte, hob sein Haupt. Jemand hatte das große Holztor aufgerissen. Schummriges Licht fiel auf staubiges Heu, aufgeplatzte Strohballen und ausrangierte Landmaschinen.

Ein Motorradhelm mit hochgeklapptem Visier und die breite Schulterpartie einer schwarzen Lederjacke tauchten im Türrahmen auf. Dann schob sich ein Arm mit einer eingeschalteten Stabtaschenlampe nach vorne. Deren Strahl irrlichterte durch das Scheuneninnere.

»Alles sauber«, krächzte der Bursche in der Lederjacke und trat ein. Ihm folgten zwei weitere Männer, die jeder ein Geländemotorrad schoben. Auch sie trugen Integralhelme und Lederjacken. Hastig rollten sie die Enduro-Maschinen in eine Ecke und bockten sie auf.

Der Taschenlampenmann schloss derweil das Tor. »Verdammte Scheiße!«, fluchte er unterdrückt, während er den Holzriegel herunterklappte. Dann riss er sich wütend den Helm vom Kopf. Ein verschwitztes, hochrotes Gesicht mit einer Boxernase kam zum Vorschein. »Verfluchte Ballerei!«, rief er nun lauter. Er trat gegen eine leere Coladose am Boden, die scheppernd im Gestänge eines Heuwenders landete. »Was sollte das? Musstest du unbedingt den Rambo machen?«

»Passiert halt«, blaffte der Kleinere der beiden anderen zurück. Auch er hatte den Helm abgenommen. Sein kugelrunder Schädel war geschoren und blitzeblank poliert, die rechte Augenbraue zierte ein Piercing. »Was musste der Bulle auch den Helden spielen?«

»Wenn der nun den Löffel abgibt?«

»Red keinen Quatsch. Den hab ich doch nur an den Beinen erwischt.«

»Hoffentlich hast du recht«, erwiderte der Dritte im Bunde. Ein schlaksiger, hagerer Typ. Ein Mittelscheitel trennte sein strähniges halblanges Haar, das dringend einer Wäsche bedurfte. »Sonst können wir uns auf was gefasst machen.«

Der Gepierte winkte ab. »Wird schon schiefgehen.« Er bückte sich zu den beiden Jutesäcken, die er zu seinen Füßen abgestellt hatte. In hohem Bogen schleuderte er sie ins Heu. »Was regt ihr euch auf? Is doch alles super gelaufen. Wir haben irre abgesahnt. Nur große Scheine, gelbe und lila. Mindestens 'ne halbe Mille.«

»Na, wenigstens was.«

Der mit der Boxernase schob den Ärmel seiner Jacke hoch und streckte das rechte Handgelenk vor. »Da ... nun ja, da ist noch was.« Die sichelförmige Wunde mit dem verkrusteten Blut war deutlich zu sehen. »Das Miststück von Schlampe hat mich gebissen. Wie 'n räudiger Köter. Ich hätte sie kaltmachen sollen.«

Seine Kumpane traten näher.

»Hattest das Luder wohl nicht richtig im Griff«, knurrte der Gepierte ungehalten. »Is aber 'n schöner Zahnabdruck. Der kann dir noch 'ne Menge Ärger einbringen.«

»Euch genauso«, schnauzte sein Komplize.

»Mach mal halblang.« Der mit dem Mittelscheitel guckte böse. »Das ist dein Problem. Wie kann man nur so dämlich sein und sich von so 'nem Weibsstück beißen ...«

»Schluss jetzt!«, wetterte der Gepierte. »Passiert ist passiert.« Er packte die Boxernase am Arm. »Mit dem netten Andenken da tauchst du erst mal 'ne Weile unter, klar? Sonst haben die uns ratzfatz am Arsch.«

Die Boxernase stöhnte auf.

»Zwei, drei Wochen werden reichen. Verzieh dich zu Kalle nach Hamburg, bis das da verheilt ist. Dann können se dir nix mehr anhängen.«

Die Boxernase legte missmutig den Kopf in den Nacken und starrte ins finstere Dachgebälk der Scheune. Als suchte er die Lösung seines Problems dort oben. Den Steinmarder, der ihn mit seinen Knopfaugen fixierte, bemerkte er nicht. »Und die Kohle?«, fragte er schließlich.

»Die lassen wir verschwinden. Wie geplant. Gemeinsam. Und das Versteck wird nicht angerührt, klar? Zwei, drei Monate mindestens. Wenn's sein muss, auch länger. Bis Gras über die

Sache gewachsen ist. Dann sehen wir weiter.« Der Gepiercte trat zu den Geldsäcken im Heu. »Und jetzt machen wir erst mal Kassensturz.«

Der Ambulanzwagen bog in die Einfahrt zur Notaufnahme des Celler Allgemeinen Krankenhauses ein, als Sarah Phillips wieder zu sich kam. In ihrem bandagierten Kopf wummerte und hämmerte es, als hätte jemand ihre Schläfen in eine Schraubzwinge geklemmt. Böse Erinnerungen an wilde Birminghamer Studentenzeiten drängten sich in ihr Bewusstsein, an die qualvollen Tage nach den Saufgelagen am Wochenende.

Mühsam öffnete sie die Augen und blinzelte in grelles Licht.

»Sie ist wach«, hörte sie jemanden auf Deutsch sagen. Ihr fiel wieder ein, dass sie in Deutschland zu Besuch war, dass ihre Studienreisegruppe in Celle angekommen sein musste. Mehr aber auch nicht.

»Hallo. Können Sie mich hören?« Ein blonder junger Mann hatte sich über sie gebeugt. Das rote Kreuz auf dem weißen Poloshirt nahm sie nur verschwommen wahr.

»Yes«, murmelte sie wie in Trance. »I can hear you.« Ihr Mund schien weitgehend unversehrt. Daraus, dass sie liegend in einem Rettungswagen transportiert wurde, schloss sie unwillkürlich auf einen Unfall.

»What's your name, do you remember?«

»Sarah Phillips.«

»Where do you come from?«

»Sidmouth, England.«

»And you know where you are?«

»Yes, of course. I'm in Germany, in Celle.«

»Good. Very good.« Der junge Mann nickte mehrmals. »Do you know … Are you able to —«

»Wir können Deutsch reden«, unterbrach sie ihn nahezu akzentfrei, während ihr Blick versuchte, dem grellen Licht, das auf sie herabschien, zu entfliehen.

In diesem Augenblick stoppte der Wagen. Die Hecktüren wurden aufgerissen, ein kühler Luftzug streifte ihre nackten Beine.

»Ist sie wieder ansprechbar? Kann ich kurz mit ihr reden? Bitte, nur eine Minute«, hörte sie eine andere deutsche Männerstimme sagen. Eine tiefe, klare Stimme. »Es ist wichtig.«

»Okay«, erwiderte der Notarzt und trat zur Seite. »Aber nur eine kurze Minute. Sie spricht übrigens Deutsch.«

Der Mann kletterte in den Rettungswagen und beugte sich über sie. Er lächelte freundlich. »Robert Mendelski von der Kriminalpolizei Celle«, sagte er. »Frau Phillips, wie geht es Ihnen?

»*Well*. Nicht besonders gut.« Ihr gequälter Gesichtsausdruck unterstrich ihre Worte.

»Können Sie sich an den Banküberfall erinnern?«

»Banküberfall?« Ihr Schädel dröhnte wie eine Dampframme. »*No.* Nein.«

Der Kriminalbeamte guckte enttäuscht. »Sie befanden sich zufällig in der Schalterhalle«, erklärte er, »als zwei maskierte Männer die Stadtsparkasse überfielen. Dabei wurden Sie verletzt.«

Sarah Phillips versuchte, sich trotz ihres Brummschädels zu konzentrieren. »Ich kann mich nicht erinnern«, erwiderte sie schließlich matt.

»Von der Schießerei haben Sie auch nichts mitbekommen?«

»Schießerei?« Sie riss die Augen auf. »*Goodness!* Wurde auf mich geschossen?«

»Nein, Sie wurden niedergeschlagen. Die Bankräuber hatten Sie als Geisel genommen – zumindest für eine kurze Zeit.«

»Geisel, ich?« Sie versuchte, den Kopf zu schütteln, was ihr aber nicht gelang. Man hatte ihr eine starre Halskrause angelegt. »*Sorry*, aber ich kann mich an gar nichts erinnern.«

»Sie waren sehr tapfer und haben sich gewehrt … und dabei einen der Bankräuber in den Unterarm gebissen.«

»Gebissen? Ich habe jemanden gebissen?« Perplex fuhr sich Sarah Phillips mit der Zunge über die Zähne. Sie spürte eine Unebenheit zwischen den Zähnen im linken Oberkiefer.

»Ihr Zahnabdruck kann uns vielleicht zu den Bankräubern führen«, fuhr Mendelski fort.

»Da ist was«, murmelte Sarah Phillips, während sie versuchte, ihren an einen Tropf angeschlossenen Arm zu heben.

»Im Oberkiefer. Ich glaube, da ist ein Stück von einem Zahn abgebrochen.«

»Das wäre wohl mit Abstand das geringste Übel«, sagte der Notarzt. Er hatte die ganze Zeit zugehört. »Ihr Kopf hat so einiges mitbekommen. Aber wir wollen mal sehen. Öffnen Sie bitte den Mund.«

Mit einer Taschenlampe in Kugelschreibergröße leuchtete er in ihren Mund.

»Nein, da fehlt nichts«, sagte er. »Im Gegenteil, da ist was zu viel zwischen den Zähnen, das gehört da nicht hin ...« Er wandte sich um und öffnete eine der Schubladen im Wandschrank.

Kurze Zeit später hatte er das Etwas entfernt und hielt eine Pinzette in die Höhe. »Na, sieh mal einer an. Ein Hautfetzen, ziemlich groß, man kann sogar kleine Härchen erkennen.«

»Hautfetzen? Härchen? – Schnell, eine Plastiktüte.« Robert Mendelski strahlte Sarah Phillips an. Er schien von dem Fund entzückt. »Frau Phillips, Sie sind ein Schatz.«

EINS

Die ganze Nacht über hatte es geschneit.

Es war Anfang Dezember, und nur mühsam drang das Morgenlicht durch die dichte und tief hängende Wolkendecke. Himmel und Erde schienen zu einer grenzenlosen grauweißen Masse vereint zu sein. Nichts deutete darauf hin, dass der Schneefall bald enden würde.

Trotzdem herrschte an diesem frühen Montagmorgen reges Treiben auf den Straßen Wienhausens. Zwei blinkende Schneepflüge, jeweils gefolgt von einer kleinen Autokolonne, begegneten sich auf der Hauptstraße. Der eine bog in den Schlossgarten ein, um in Richtung Oppershausen davonzubrausen, der andere donnerte weiter in die Celler Straße. Überall betätigten sich Menschen vor ihren Häusern. Mit Schneeschiebern, Schaufeln, Besen, motorbetriebenen Fräsen und Gebläsen rückten sie der weißen Pracht zu Leibe. Kein Bürgersteig, kein Gehweg, keine Grundstücks- oder Garagenzufahrt war vor ihnen sicher.

Auch rund um das Kloster wurde emsig Schnee geschoben und gefegt. Das mächtige Backsteingebäude, die Klosterkirche, der hölzerne Glockenturm, die Wassermühle, der zum Trauhaus umfunktionierte Kornspeicher – all das war im Laufe der Nacht nach und nach unter einer weißen Schneedecke verschwunden.

Ein Kolkrabe, der hoch oben im Geäst einer Winterlinde neben dem Mühlenkanal hockte, beobachtete interessiert das Geschehen am Boden. Bestand doch die Chance, dass durch das Schneeschieben die tote Ringeltaube wieder zum Vorschein kam, die er gestern Abend in der Nähe der Wassermühle gefunden und zur Hälfte verspeist hatte. Vor Einbruch der Dunkelheit war sie von der Konkurrenz, den Dorfelstern und Krähen, nicht entdeckt worden und nun über Nacht zugeschneit.

Ab und an schüttelte der Kolkrabe sein Gefieder, um den Schnee loszuwerden. Er war ein alter, einsamer Geselle, Witwer seit einem Jahr. Mit einem tiefen »Kraa, kraa, kraa!« rief er sein

Leid in die Welt hinaus. Er hatte Hunger. Dass er allein war, erschwerte die Futtersuche enorm. Vier Augen sahen stets mehr als zwei. Und der Wintereinbruch machte seine Lage noch problematischer.

Da! – Der Mann unten an der Wassermühle hatte die tote Taube mit seinem Schneeschieber freigelegt. Ihr Kadaver schien weiterhin in einem guten Zustand, nur mit etwas Neuschnee paniert. Der Mann stutzte kurz, nahm den tiefgefrorenen Vogel auf das Schaufelblech und versenkte ihn in einem Papierkorb.

Mit wütendem »Rak, rak, rak!« schwang sich der Kolkrabe in die Höhe. Die Taube im Papierkorb war für ihn verloren. Frustriert verließ er Wienhausen in Richtung Osten, flog ein Stück parallel zur Aller und bog dann scharf nach Süden ab. Die schneebedeckten Dächer von Offensen ließ er in einiger Entfernung links liegen, überquerte Felder und Wiesen und schließlich auch den Mühlenkanal. Zum Sinkflug setzte er erst an, als er den Wald erreichte: das Langlinger Holz, den Klosterforst.

Sein Ziel war eine Huteeiche inmitten eines ausgedehnten Kiefernstangenholzes. Den Solitärbaum, eine imposante, dreihundert Jahre alte Stieleiche mit baumstammstarken, weit ausladenden Seitenästen, hatte ein weiser Forstmann aus Naturschutzgründen stehen gelassen, als der Bestand vor fünfzig Jahren mit Kiefern neu aufgeforstet worden war. In den letzten beiden Jahrhunderten hatte die Eiche als Mastbaum für die Hausschweine gedient, die zur Waldweide, der Hute, getrieben worden waren.

Um die Lage zu peilen, ließ sich der Kolkrabe zunächst auf einem abgestorbenen Seitenast der Eiche nieder. Eine Handvoll Schnee rieselte zu Boden, als der mächtige Vogel seine Krallen um das zwar tote, jedoch noch immer steinharte Holz klammerte.

Die Waldarbeiter waren immer noch da. Das Schneetreiben und die schlechte Sicht schienen kein Grund zu sein, die Durchforstungsarbeiten im Kiefernbestand abzubrechen. Ein Harvester und ein Forwarder, zu Deutsch: Holzvollernter und Rückezug, standen mit abgeschalteten Motoren in trauter Eintracht in einer Rückegasse. Ihre Maschinenführer waren nicht zu sehen. Am Wegesrand parkte ein Auto mehr als sonst, ein dunkelgrüner Volvo-Kombi mit Celler Kennzeichen. Der amerikanische Pick-up vom Harvesterfahrer und der Mercedes-Sprinter vom Rücker trugen finnische Nummernschilder. Anscheinend hatten sich die beiden Waldarbeiter zu ihrem Besuch in den Kombi gesetzt.

Der Kolkrabe wähnte sich sicher und senkte den Kopf. Mit seinen trotz seines hohen Alters noch immer ungewöhnlich scharfsichtigen Sehorganen äugte er zum Stammfuß der Eiche hinab.

Ja, es war noch da.

Das Hirschluder.

Direkt unter dem Baum, in einer tiefen Mulde. Die Geweihspitzen und die Reste des mächtigen Wildkörpers ragten deutlich aus dem Neuschnee empor.

Der Kolkrabe hatte den verendeten Hirsch gestern Morgen bei einem Streifzug durch die Wälder entdeckt. Die normalerweise scheuen Wildschweine, die sich tagsüber gern ruhig verhielten, waren sein Wegweiser gewesen. Schon von Weitem hatte man die Sauen grunzen, quieken und schmatzen gehört.

In der Mulde war es hoch hergegangen. Eine Rotte von sieben Stück, zwei Bachen und fünf Frischlinge, hatte um die Reste des Kadavers gestritten. Mit seinem Gebrech knackte das Hauptschwein die Rippen des Hirsches, als wären es Streichhölzer. Die andere Bache machte sich am Hals zu schaffen, dass die Fetzen nur so flogen, während die Frischlinge an allen vier Läufen zerrten und knabberten.

So hungrig er auch gewesen war, für den Kolkraben gab es zunächst keine Chance, ein Stück von dem edlen Wildfleisch zu ergattern. Zwanzig lange Minuten hatte er mitansehen müssen, wie der Hirschleib immer weniger wurde, nach und nach in sich zusammenfiel und schließlich die blanken Knochen zum Vorschein kamen. Erst als sich der Harvester bis auf wenige Baumlängen an die Huteeiche und damit an das Hirschluder herangearbeitet hatte, als die Kronen gefällter Kiefern in unmittelbarer Nähe zu Boden krachten, ließen die Wildschweine von dem Aas ab, sprangen aus dem Loch und stoben davon.

Darauf hatte der Kolkrabe sehnlichst gewartet. Wie ein reifes

Stück Obst ließ er sich aus der Krone fallen und landete am Rand der Mulde. Nachdem er die Entfernung zum Harvester taxiert und den Sicherheitsabstand für noch so eben erträglich befunden hatte, war er auf das Hirschluder geklettert und hatte zu picken begonnen.

Die Sauen hatten ausreichend große Happen übrig gelassen. Insbesondere das Haupt des Hirsches war nahezu unversehrt geblieben. Mehr als genug für eine reichliche Mahlzeit.

Erst in Augenhöhe mit dem Kadaver hatte der Kolkrabe erkennen können, dass es sich bei dem Hirsch um einen außergewöhnlich kapitalen Vertreter seiner Spezies handelte, um einen wahren König der Wälder. Wie weit der schwarzgefiederte Vogel auch in den Jagdgründen der Südheide herumgekommen war: Ein derart großes Geweih mit so vielen Enden war ihm noch nicht unter die Fittiche gekommen. Dem Kopf nach zu urteilen, musste es sich um einen alten Hirsch handeln, um einen sehr alten sogar. Vielleicht war er ja an Altersschwäche gestorben. Oder er hatte sich beim Zusammenstoß mit einem Auto auf der Landstraße lebensgefährlich verletzt. Vielleicht war er aber auch einem Grünrock in die Quere gekommen, der ihn beschossen, aber nicht richtig getroffen hatte. Das kranke Tier könnte danach geflüchtet sein, hatte sich hier in der Mulde abgelegt und war elendig verreckt.

Erst als er genug gefressen hatte und der Harvester bedrohlich nahe herangekommen war, hatte der Kolkrabe von dem Aas abgelassen und das Weite gesucht. Eine großzügige Schleife über Sandlingen und Eicklingen ziehend, war er schließlich zurück nach Wienhausen geflogen.

Außer dem Neuschnee schien sich seit gestern nicht viel verändert zu haben. Die Sauen waren nicht noch einmal hier gewesen, vielleicht hatten die Waldarbeiter sie abgeschreckt.

Keck, wie Rabenvögel sind, ließ sich der Kolkrabe auf der Augsprosse des mächtigen Hirschgeweihs nieder. Ohne lange zu fackeln, begann er an den Lauschern zu zupfen, die neben den Stangenenden in die Höhe ragten. Der Kadaver war zugeschneit und beinhart gefroren, und es kostete ihn einige Mühe, an verwertbares Fleisch heranzukommen.

Menschengeschrei ließ ihn zusammenfahren. Der Kolkrabe hob den Kopf und äugte in Richtung Waldweg. Von dort kam der Lärm. Von dort kamen auch Menschen. Vier Mann.

Die beiden Finnen und zwei Fremde schritten direkt auf ihn zu. Die Waldarbeiter trugen ihre typische Arbeitskleidung, kanadische Holzfällerjacken und Baseballkappen. Die beiden Fremden sahen wie Jäger aus, mit grünen Armeejacken und Hüten. Sie hielten Waffen in den Händen, der eine eine kurze, der andere eine lange.

Seltsam, wie sie sich benahmen. Sie rangelten, schrien, stritten miteinander.

Verschreckt erhob sich der Vogel in die Luft und flog eine Kehre zurück in die Spitze der Huteeiche.

Die Menschengruppe kam näher.

Der Kolkrabe – von Natur aus ebenso neugierig wie vorsichtig – verließ das winterkahle Geäst des Laubbaums, das wenig Deckung bot, und flog ein paar Bäume weiter. Im Schutze einer immergrünen Kiefernkrone verfolgte er das Geschehen am Boden.

Die Menschen waren nun bei der Huteeiche und der Mulde mit dem Hirschluder angekommen. Der Jäger mit der langläufigen Waffe deutete auf das tote Tier und brüllte herum.

Der Harvesterfahrer schüttelte heftig den Kopf. In seinen weit aufgerissenen Augen spiegelte sich Verzweiflung – und Angst. Todesangst. Auch seinem finnischen Landsmann, dem Holzrücker, stand die Furcht ins Gesicht geschrieben. Der zweite Jäger geriet völlig in Rage und begann, die beiden mit Fußtritten und Fäusten zu attackieren.

Sein Kumpan zerrte an seinem Arm, um den Rasenden zu bremsen, dann flüsterte er ihm etwas ins Ohr. Der andere zögerte, schließlich nickte er. Im Laufschritt trieben die Jäger die beiden Waldarbeiter zurück zu ihren Maschinen, die Gruppe verschwand aus dem Blickfeld des Kolkraben.

Anstatt zum Hirschluder zurückzufliegen, verharrte der Vogel vorsichtshalber auf seinem Baum. Er zog den Kopf ein und verhielt sich regungslos.

Wenige Minuten später wurde die Maschine des Harvesters

angelassen, Menschengeschrei übertönte jedoch den Motorenlärm. Panisches Geschrei, das dem Vogel durch Mark und Ständer ging.

Der Motor heulte mehrmals auf, die Kettensäge des Harvesters surrte, aber es fiel kein Baum.

Dann herrschte Stille.

Gespenstische Stille.

Der Harvestermotor lief nicht mehr. Der Schneefall wurde wieder stärker, der Winterwald schien jegliche Geräusche zu verschlucken.

Der Kolkrabe streckte seinen Kopf in die Höhe, um besser lauschen zu können. In der Ferne klappten Autotüren, ein Pkw-Motor wurde gestartet. Das Fahrzeug entfernte sich in rasanter Fahrt.

Die Stille kehrte zurück.

Erst nach Minuten siegte der Hunger über die Vorsicht, und der Vogel wagte sich aus der Deckung. Durch dichtes Schneetreiben flog er zurück zur Huteeiche und ließ sich in deren Krone nieder, um Ausschau zu halten. Nichts Verdächtiges zu erkennen. Das Hirschluder lag verlassen in der Mulde und schneite zusehends zu. Von den Menschen hörte und sah man nichts mehr, die Forstmaschinen waren hinter einem dichten Vorhang aus Schneeflocken verschwunden.

Misstrauisch schwang sich der Kolkrabe zu einem Erkundungsflug in die Luft. Dabei überflog er den Waldweg, an dem Harvester, Forwarder und die Autos der Waldarbeiter standen. Von den beiden Finnen und den Jägern war nichts zu sehen. Auch der grüne Volvo-Kombi war verschwunden. Gerade wollte er abdrehen, um zum Hirschluder zurückzufliegen, da bemerkte er etwas Merkwürdiges. Anders als vorhin war der Kranarm des Harvesters ausgefahren und ragte schräg in den Himmel. Die geschlossenen Zangen des Sägekopfs hielten etwas umklammert. Nach einem Stück Holz sah es allerdings nicht aus.

Der Vogel flog eine Schleife und näherte sich der Forstmaschine von der Frontseite her. Jetzt war es genauer zu erkennen: An der einen Seite des Sägekopfs hingen zwei Menschenbeine herunter, von der anderen Seite tropfte Blut. Im Schnee auf dem Waldboden unterhalb des Krans hatte sich eine riesige Lache gebildet.

Der Kolkrabe ging in den Sinkflug über und landete zielsicher auf der Spitze des Krans. Seine Aasvogel-Instinkte waren geweckt. Und tatsächlich: Im Sägekopf des Harvesters klemmte ein lebloser menschlicher Körper – ohne Kopf. Der Kleidung und den Stiefeln nach zu urteilen, schien es sich um einen der beiden finnischen Waldarbeiter zu handeln.

Der abgetrennte Schädel lag mit der Nase nach unten wenige Meter neben der Blutlache im Schnee. Die Baseballkappe war nirgends zu sehen.

Ohne zu zögern, breitete der Kolkrabe seine Flügel aus und setzte zum Sturzflug an.

Kaum war Henning Grube aus dem Funkloch heraus, meldete sich sein Handy. Er griff nach dem Smartphone, das auf dem Beifahrersitz lag, und schaute auf das Display. 3311, die Mailbox. Nachdem er die Verbindung hergestellt hatte, wurde eine neue Nachricht angekündigt. Sie war bereits eine halbe Stunde alt.

Zunächst hörte er nur dröhnenden Lärm, wahrscheinlich Motorengeräusche. Dann abgehackte Sätze: »Mika ... hier ... sind zwei Männer ... Jäger mit Waffen ... machen Stress ...«

Die Aufzeichnung endete abrupt. Der junge Mann nahm den Fuß vom Gas.

Hinter ihm hupte ein Auto. Auf der schneebedeckten Landstraße war es für nachfolgende Fahrzeuge gefährlich, wenn der Vordermann ohne erkennbaren Grund abbremste.

Henning Grube bog in den nächsten Feldweg ein und drückte hastig auf seinem Smartphone herum. Was war da los? Zitternd hielt er das Telefon ans Ohr und wartete auf eine Antwort. Doch bei Mika schaltete sich lediglich die Mailbox ein.

»Verdammt!«, fluchte er laut. Sollte da etwa jemand ...

Von einer Minute zur anderen war er leichenblass geworden. Wütend warf er das Handy auf den Beifahrersitz, legte den Rückwärtsgang ein und setzte mit durchdrehenden Reifen zurück auf die Landstraße.

Nur zehn Minuten später erreichte er das Langlinger Holz. Eine lange Schneefahne hinter sich herziehend, raste der Kombi in den Wald hinein – bis zu der Stelle, an der die Autos und Maschinen der Finnen standen.

Ein weiteres Fahrzeug war nirgends auszumachen.

Auf dem Waldweg, auf den noch immer leichter Schneefall niederging, war keine Menschenseele zu sehen. Er hielt hinter dem Sprinter und stieg aus dem Wagen. In der geöffneten Fahrertür stehend lauschte er in den Wald hinein, in Richtung Huteeiche.

Stille.

Henning Grube wurde es mulmig. Vorsichtig und so leise wie möglich – als ginge es darum, während der Blattzeit einen Rehbock anzupirschen – öffnete er die Tür zur Rückbank und holte eine Büchse mit Zielfernrohr heraus, die in einem offenen Gewehrfutteral gesteckt hatte. So geräuscharm es irgend ging, lud er die Waffe durch.

Ohne die Autotüren zu schließen, schlich er zum Sprinter und spähte dahinter hervor. Der Schnee knirschte laut unter seinen Canada-Boots. Wieder lauschte er.

Gespenstische Stille.

Da fiel sein Blick auf den Harvester. Der Kran stand in die Höhe gereckt. Eine untypische Parkposition, sehr ungewöhnlich. In der Zange, die sonst Baumstämme festhielt, klemmte etwas, das nicht wie Holz aussah.

In geduckter Haltung verließ Henning Grube den Schutz des Sprinters, die Waffe schussbereit in den Händen. Je näher er dem Harvester kam, desto mehr verdichtete sich sein Verdacht. Ein haarsträubender, schrecklicher und bluttriefender Verdacht.

Oben im Sägekopf, gut fünf Meter über dem Erdboden, ragten die Beine eines Menschen aus der Greifzange.

»Oh, mein Gott!« Er stöhnte auf. Aus den Augenwinkeln registrierte er eine Bewegung: Zwischen den Bäumen hatte sich etwas geregt. Am Boden, im Schnee. Rechter Hand, keine zehn Meter von ihm entfernt.

Wie bei einer Drückjagd auf Sauen schwenkte Henning Grube Kopf, Oberkörper und Gewehr zur Seite.

Da. Zwischen zwei Kiefern entdeckte er ein rhythmisches Auf und Ab. Pechschwarzes Gefieder mit kräftigem Schnabel, ein Vogelkopf – ein Kolkrabe beim Picken.

Entschlossen hob er die Büchse und schoss in die Luft.

»Weihnachtsmarkt ohne Glühwein ist voll öde«, maulte Maike Schnur, während sie lustlos an ihrem Früchtepunsch nippte. »Weihnachtsmärkte finde ich eigentlich sowieso zum Kotzen. – Autsch, ist der heiß.«

»Nun mach mal halblang«, nuschelte ihr Kollege Jo Kleinschmidt. Schmalzgebäckreste bröselten aus seinen Mundwinkeln. »Es muss auch mal ohne Alkohol gehen. Ist doch wunderschön hier. Die Altstadtkulisse, die vielen bunten Buden, dazu das tolle Winterwetter …«

»Ich frier mir 'n Arsch ab.«

»Du hast auch immer was zu meckern.«

»Nicht immer«, giftete Maike. »Aber der alljährliche Weihnachtskommerz geht mir mächtig auf den Keks.«

»Könntest ja wenigstens Rücksicht auf Ro…«

»Ist ja gut«, fuhr Robert Mendelski dazwischen. Der Kriminalhauptkommissar hob seinen Punschbecher zur Versöhnung. »Wollt ihr beiden mir vielleicht den Gefallen tun, heute mal nicht zu streiten?«

Heiko Strunz und Ellen Vogelsang von der KT stießen als Erste mit ihm an. Dann folgten die Becher von Jo und Maike. Als sich alle fünf Becher berührten, schaute Mendelski jedem Einzelnen in die Augen und sagte feierlich: »Schön, dass ihr gekommen seid, um mit mir an meinem Geburtstag die Mittagspause zu verbringen. Ihr wisst, wie ich den Celler Weihnachtsmarkt liebe. Und mit meinen netten Kollegen find ich's besonders toll.«

»Stimmt«, erwiderte Ellen Vogelsang und nippte an ihrem Punsch. »Ich bin auch gerne hier. Jedenfalls ist es hier tausendmal stimmungsvoller als in unserer Kantine.«

Maike Schnur seufzte zustimmend. »Dazu gehört ja nicht viel. Die Weihnachtsdeko ist mal wieder unter aller Sau … so was von lieblos …«

»Apropos Kantine.« Heiko Strunz rieb sich den Bauch. »Ich glaube, mein Magen knurrt. Schlage vor, dass wir mal rüber zum Würstchenstand wechseln.«

Mendelski setzte gerade zu einer Antwort an, als sein Handy in der Brusttasche vibrierte.

Das Auto war nicht zu hören gewesen. Genauso wie der Mensch, der sich vorsichtig angeschlichen hatte. Der tiefe Schnee, der Waldboden und Bäume umhüllte, schluckte die Geräusche wie eine überdimensionale Lärmschutzwand.

Hinzu kamen der Hunger und die gefräßige Gier, die ihn ablenkten. Zu verlockend war das frische, noch bluttriefende Fleisch, als dass der Kolkrabe sich alle Nase lang umschauen und sichern konnte.

Der Schuss in unmittelbarer Nähe erschreckte den Vogel mächtig. Er ließ von seiner Beute ab und schwang sich hastig in die Höhe. Erst als er sich in sicherem Abstand wähnte, stieß er ein wütendes »Kraa, kraa!« aus.

In dreifacher Baumhöhe flog er einen großen Bogen und ließ sich danach erneut im Geäst der Huteeiche nieder. Seinen Schnabel, an dem noch frisches Blut klebte, putzte er geschickt am toten Holz der Eiche sauber. Immer wieder schielte er dabei zum Hirschluder hinunter.

Der Mensch, der geschossen hatte, hastete auf ihn zu. Exakt auf der inzwischen zugeschneiten, jedoch noch halbwegs sichtbaren Spur, die vorhin die vier Männer hinterlassen hatten. Das Gewehr geschultert und mit gesenktem Kopf, studierte er den Boden. Seine Bewegungen wirkten fahrig.

Der Kolkrabe verharrte ruhig auf dem Ast. Nach der Völlerei und der unerwarteten Flucht war er zu erschöpft, um gleich wieder durchzustarten. Aus luftiger Höhe beobachtete er, wie der Mensch zum Hirschluder gelangte und den Tierkadaver betrachtete. Doch dann benahm sich der Zweibeiner recht sonderbar. Mit beiden Händen raufte er seinen dichten Lockenschopf und schrie aus Leibeskräften.

Der Kolkrabe wollte schon den Rückzug antreten, als der Mensch auf einmal kehrtmachte und wie eine angeschossene

Wildsau davonrannte. Mit großen Schritten hetzte er durch den Wald, lief kreuz und quer zwischen den Bäumen herum und rief immer wieder: »Mika! Mika! Mika!«

»Und Sie haben die Leiche entdeckt?«

Maike Schnur ließ es sich nicht nehmen, den attraktiven jungen Mann persönlich zu interviewen. Dessen lausbubenhafter Wuschelkopf, die leuchtend grünen Augen und der Drei-bis-vier-Tage-Bart gaben ihm ein verwegenes Aussehen. Außerdem trug er eine hautenge Hirschlederhose.

»Ja, hab ich.« Seine Augen flackerten nervös. Sie hielten ihrem Blick nicht stand und sahen zu den uniformierten Kollegen hinüber, die durch den Schnee stapften, um den Fundort der Leiche weiträumig mit Flatterband abzusperren.

Maike zog Notizblock und Bleistift aus der Jackentasche. »Name?«

»Von dem Toten?«

»Nein. Ihrer.«

»Grube. Henning Grube.«

»Geburtsdatum?«

»12.3.1985.«

»Wohnhaft wo?«

»Eigentlich in Göttingen. Aber derzeit wohne ich in Wienhausen, zur Untermiete. Ich vertrete den Förster. Den vom Klosterforst, der ist zur Kur. Bin erst drei Wochen hier.«

»Sie sind selbst aber auch Förster?«

»Ja.«

»Dann erzählen Sie mal …«

»So gegen halb zwölf wollte ich hier vorbeischauen, beim Harvester und beim Forwarder. Das mache ich, wenn's geht, einmal am Tag.«

»Harvester und Forwarder? Das sind die beiden Monster-Maschinen da drüben?«

»Richtig. Der Harvester ist ein Holzvollernter. Er fällt, entastet und zersägt die Stämme. Der Forwarder – den nennt man auch Rückezug – lädt das Holz auf und fährt es an den Weg.«

»Zu denen wollten Sie also?«

»Ja. Doch als ich hier ankam, standen die Maschinen still, geparkt auf der Rückegasse. Das kam mir nicht ganz geheuer vor. Die Autos der Waldarbeiter waren zwar auch da, es war aber kein Mensch zu sehen. Dann bemerkte ich, dass der Kran vom Harvester ausgefahren war. In die Höhe gereckt – und nicht so, wie er jetzt dasteht, mit dem Sägekopf auf der Erde. Das schien mir ungewöhnlich.«

»Wieso?«

»Na, wenn der Harvesterfahrer Pause macht und seine Maschine abstellt, lässt er den Sägekopf doch nicht in der Luft baumeln, sondern setzt ihn auf dem Boden ab. Schon aus Sicherheitsgründen.«

»Verstehe. Weiter.«

»Dann sah ich die Beine. Die hingen schlapp aus der Zange. Ich dachte erst an 'nen Scherz von den Finnen. Ein Nikolausstreich mit 'ner Puppe oder so. Obwohl … das wäre gar nicht ihre Art. Die Finnen sind eher nüchtern …«

»Wo genau haben Sie gestanden?«

»Dort drüben, bei meinem Auto.«

»Und dann sind Sie die paar Meter zum Harvester gegangen.«

»Ja. Und dann bemerkte ich plötzlich den Kolkraben im Schnee. Wie der an dem … an was herumpickte. Da habe ich dann in die Luft geschossen, um ihn zu vertreiben.«

»Wie? Sie hatten eine Waffe dabei?«

Henning Grubes Gesicht, das durch die Kälte ohnehin gut durchblutet war, wurde noch eine Spur röter. »Ja, klar. Instinktiv habe ich meine Büchse mitgenommen. Die liegt immer griffbereit auf der Rückbank vom Auto. Als zuständiger Förster darf ich hier im Klosterforst ja auch jagen.«

»Was heißt instinktiv?«

»Ich sagte doch schon, mir war die Sache nicht geheuer. Mit 'ner Waffe in der Hand fühlt man sich halt sicherer.«

»Na gut.« Maike zog die Augenbrauen hoch. »Also Sie haben mit Ihrer Büchse in die Luft geschossen. Der Rabe flog weg. Wie ging's weiter?«

»Ich bin dann noch näher … und … man musste schon genauer hinsehen, um zu erkennen, dass … da … ein menschlicher Kopf im Schnee lag. Der war übel zugerichtet.« Henning Grube musste schlucken. »Der Kolkrabe hatte ganz schön zugelangt.«

»Haben Sie denn gleich erkannt, um welchen … um wessen Kopf es sich handelte?«

»Ja. Wegen der blonden Haare.« Wieder schluckte Grube. Er wandte sein Gesicht zur Seite und schwankte leicht. »Und dem Ohrring«, murmelte er.

»Wollen Sie sich nicht besser setzen?«, offerierte Maike Schnur besorgt. »Vielleicht da drüben im Rettungswagen – und was trinken?«

»Nee, nee.« Er wischte sich eine gelockte Strähne aus der Stirn. »Geht schon. Fragen Sie nur weiter.«

Maike blätterte die Seite in ihrem Notizblock um. Da sie wollene Fingerhandschuhe trug, ging das nicht reibungslos. »Wie lautet der Name des Toten?«, fragte sie.

»Niilo Humppi. Doppel-i und Doppel-p. Ist ein Finne.«

»Alter?«

»Äh, keine Ahnung. So um die vierzig.«

»Und er hat für Sie gearbeitet?«

»Ja. Als Rückezugfahrer. Er fuhr den Forwarder dort drüben.«

»Ach so.« Maike Schnur guckte verwundert. »Der Tote ist also gar nicht der Harvesterfahrer?«

»Nein.«

»Und der ist verschwunden?«

»Ja. Hab keine Ahnung, wo der steckt. Er geht nicht an sein Handy.«

»Name?«

»Mika Rahola. Wie man's spricht. Auch ein Finne.«

»Alter?«

»Etwas jünger als Niilo. Vielleicht fünfunddreißig.«

»Wo wohnen die beiden?«

»Auf einem abgelegenen Bauernhof bei Oppershausen. Im Winter jedenfalls. Im Sommer in Wohnwagen im Wald. Da hat jeder seinen eigenen.«

»Wie war deren Verhältnis zueinander?«

»Ganz okay so weit. Aber nach drei Wochen kann ich das kaum beurteilen. Mika ist der Chef, ihm gehören auch die Maschinen. Die beiden sind, glaube ich, sogar entfernt verwandt.«

»Gab's mal Streit?«

»Keine Ahnung. Ich habe die beiden ja höchstens einmal am Tag gesehen, nur wenn's Probleme gab, auch zweimal.«

»Was für Probleme?«

»Na, forsttechnische Sachen. Zum Beispiel Fragen zu den Holzsortimenten oder zu den Rückegassen. Nichts Privates. Das –«

Ein Jagdhornsignal unterbrach ihr Gespräch. Maike Schnur schaute konsterniert drein.

»Das ist mein Handy«, beeilte sich Henning Grube zu sagen. Hastig grub er mit beiden Händen in den Jackentaschen. »Vielleicht ist es ja Mika …«

Er schaute auf das Display seines Smartphones. »Nee, is er nicht«, konstatierte er enttäuscht und drückte das Telefonat weg.

Das war Robert Mendelski lange nicht passiert. Dass er sich von einer Leiche abwenden musste, weil ihm schlecht wurde.

Die Rechtsmedizinerin Frau Dr. Grote und Ellen Vogelsang waren glücklicherweise so intensiv mit der Untersuchung des kopflosen Torsos im Harvester-Sägekopf beschäftigt, dass sie gar nicht bemerkten, wie der Kriminalhauptkommissar sich unauffällig zurückzog.

Nach ein paar Schritten blieb er stehen und holte tief Luft.

»Robert, komm mal her«, rief Heiko Strunz, der ganz in der Nähe zwischen zwei Bäumen im Schnee hockte. Sein weißer Schutzanzug mit Kapuze gab eine hervorragende Tarnung ab. Wie ein Jäger im Schneehemd auf Fuchsjagd, dachte Mendelski, der selbst ein wenig Erfahrung als Jäger hatte, während er auf den Chef der Spurensicherung zustapfte. Fehlten nur noch Fernglas und Gewehr.

»Was gibt's denn?« entgegnete er, dankbar für die Ablenkung.

»Spuren. Schau mal: alte, zugeschneite und eine einzelne neue.« Heiko Strunz deutete auf die Abdrücke im Schnee. »Das ist ein recht frischer Schuhabdruck, vielleicht eine Stunde alt.

Circa meine Größe, 42, 43. Robustes Profil, wahrscheinlich ein Arbeitsschuh, Wanderstiefel oder dergleichen. Darunter finden sich jede Menge ältere Schuhabdrücke, die allerdings zugeschneit sind. Wahrscheinlich von drei, vier oder gar fünf Personen. Ich schätze, die sind von heute Vormittag – sie stehen also in engem zeitlichen Zusammenhang zur mutmaßlichen Tatzeit.«

»Ist da noch was zu machen?«

Heiko Strunz wiegte skeptisch den Kopf. »Kann ich jetzt noch nicht sagen. Da müssen wir erst mal den Neuschnee abtragen.«

»Und die frische Spur?«

»Kein Problem, die können wir sichern. Aber ich fürchte, die bringt uns nicht weiter.« Mit seiner behandschuhten Hand wies er auf Henning Grube, der neben Maike Schnur beim Harvester stand. »Der Förster ist hier doch rumgelaufen. Und guck mal, der trägt solche Boots. Könnte hinkommen … da werden wir am besten –«

»Lass erst mal«, unterbrach ihn Mendelski. »Der läuft uns nicht weg. Mich interessieren mehr die alten Spuren. Wo führen die hin?«

»Das ist leicht herauszufinden. Sieht aus, als wäre eine Elefantenherde durch den Klosterforst gestapft.«

»Dann mal los.«

Maike Schnur holte tief Luft. »Haben Sie irgendeine Idee, wie es zu dieser grausigen … zu diesem grausigen Zwischenfall kommen konnte?«

Henning Grube schüttelte nachdenklich, aber bestimmt den Kopf.

»Kann es ein Arbeitsunfall gewesen sein? Haben Sie schon mal von vergleichbaren Unglücken aus dem Forstumfeld gehört? Hat der Harvesterfahrer seinen Kollegen vielleicht nicht gesehen, als er einen Baum absägen wollte?«

Henning Grube machte ein zweifelndes Gesicht.

»Oder …«, setzte Maike nach, »war es vielleicht eine Mutprobe, eine Wette oder ein makabres Spielchen unter verrückten Holzfällern – mit tödlichem Ausgang? Was meinen Sie?«

»Ich habe keinen blassen Schimmer.« Immer noch schüttelte Grube den Kopf. »Also was den Arbeitsunfall angeht: sehr unwahrscheinlich. Von etwas Vergleichbarem habe ich noch nie gehört. Eine Spielerei kommt meines Erachtens ebenfalls nicht in Frage. Die beiden sind ... die zwei waren Profis. Sie wussten ganz genau, was sie taten und wie gefährlich ihre Maschinen waren. Nee, da muss etwas anderes dahinterstecken.«

»Gab es vielleicht ein Alkoholproblem? Man hört ja öfter, dass die Skandinavier gern und viel trinken.«

»Glaube ich nicht. Soweit ich weiß, tranken die auch nach Feierabend keinen Tropfen. Die haben mir mal erzählt, dass man in Finnland entweder richtig trinkt oder gar nicht. Sie gehörten wohl zur letzteren Gruppe.«

»Was ist dann hier passiert?« Maike Schnur schaute zum Harvester hinüber, in dessen Führerhaus soeben ihr Kollege Jo Kleinschmidt geklettert war, um etwaige Spuren zu sichern. »Wenn ein Unfall ausscheidet: War es Ihrer Meinung nach Absicht?«

Henning Grube zog den Reißverschluss seiner Fleecejacke bis unters Kinn. Ihn fröstelte. »Sie müssen Mika Rahola finden«, forderte er heiser. »So schnell wie möglich. Nicht dass noch ...« Er stockte.

»Dass noch was?«, hakte Maike Schnur interessiert nach. »Was meinen Sie?«

»Nicht dass ihm auch noch was passiert.«

»Wie kommen Sie denn darauf?« Sie schaute skeptisch. »Vielleicht läuft er ja vor uns weg und will gar nicht, dass wir ihn finden. Vielleicht hat er ja eine Dummheit begangen ...«

»Nein, das kann ich mir nicht vorstellen. Gar nicht. Da sind bestimmt Dritte im Spiel.«

»Ein böser Unbekannter?«

»Genau.«

»Vielleicht war es ja die finnische Holzfäller-Mafia?«

Henning Grube winkte verärgert ab. »Jetzt machen Sie doch keine Witze. Mir ist wirklich nicht zum Lachen zumute.«

»Sorry.« Maike Schnur berührte leicht seinen Arm. »Selbstverständlich suchen wir nach Mika Rahola. Als Zeuge, möglicher Mitwisser – oder gar Täter.«

»Täter? Das können Sie total vergessen. Suchen Sie ihn. Schnell. Am besten fangen Sie in seinem Haus in Oppershausen an.«

»Okay. Tun wir.« Maike Schnur klappte ihr Notizbuch zu. »So weit erst mal. Alles Weitere dann später. Aber halten Sie sich bitte zu unserer Verfügung.« Sie hielt inne und schaute ihm in die Augen. »Oder haben Sie noch was … Sie gucken so … so gequält.«

Henning Grube senkte rasch den Blick. »Nein, nichts«, sagte er hastig. »Aber vielleicht fällt mir ja später noch was ein.«

Die mysteriöse Nachricht von Mika auf seinem Handy behielt er erst mal für sich.

Sie standen vor der Mulde und starrten auf das Hirschluder. Mendelski bekam große Augen. »*Dios mío!*«, entfuhr es ihm auf Spanisch.

»Was ist das denn?«, fragte Strunz verwundert.

»Weißte nicht? Na, wonach sieht's denn aus?«

»Tja … nach einem Kadaver … von einem Rothirsch.«

»Siehst du? Ist doch gar nicht so schwer.«

Mit zusammengekniffenen Augen taxierte Mendelski die Umgebung. Der frisch gefallene Schnee unter der Huteeiche schien unberührt. Er fand nur die Trittsiegel eines größeren Vogels. Die einer Krähe oder eines Kolkraben, wie er unschwer erkennen konnte.

»Die menschlichen Spuren enden hier«, sagte er. »Beziehungsweise sie führen den gleichen Weg zurück.«

Strunz nickte. »Stimmt. Sowohl die alten Spuren als auch die neuere. Aber was hatten die alle hier zu suchen? Was für eine Rolle spielt dieses … dieser Hirschkadaver in unserem Fall?«

»Gute Frage.« Mendelski stieg in die Mulde und ging neben dem mächtigen Geweih in die Hocke. »So was Kapitales habe ich hier in der Heide noch nie gesehen«, murmelte er ehrfurchtsvoll, während er die Enden des Hirschgeweihs zählte. Dann sagte er laut: »Ein ungerader Zwanzigender. Stangen so dick wie Kinderbeine. Und diese Auslage. Das ist mal ein imposanter Hirsch.«

»Aber warum liegt der hier?« Strunz war zu ihm in die Kuhle geklettert. »Ist er an Altersschwäche gestorben, oder wurde er geschossen?«

»Keine Ahnung. Der scheint hier jedenfalls schon ein paar Tage zu liegen. Guck mal, die Sauen haben ihn bereits halb aufgefressen.«

»Sauen?«

»Ja, Wildschweine. Die fressen Aas.« Gedankenverloren fuhr Mendelski fort: »Vielleicht waren aber auch Füchse hier, oder der Marderhund, ein Wolf ...«

»Das ist doch jetzt erst mal zweitrangig«, entgegnete Strunz verwirrt. »Wichtiger ist, dass etwa zur Tatzeit eine Gruppe von Personen hier war und wieder zurück zum Tatort marschiert ist. Sehr wahrscheinlich waren die beiden finnischen Waldarbeiter mit dabei.«

Mendelski erhob sich aus der Hocke. »Denkbar, muss aber nicht so gewesen sein«, sagte er. »In einem hast du allerdings recht: Dieses Hirschluder dürfte in einem engen Zusammenhang mit dem Toten dort drüben stehen.«

»Okay.« Strunz stieg aus der Kuhle. »Wir werden die Gegend hier großräumig absperren müssen. Wer weiß, was da noch alles unterm Schnee liegt ...«

»Bis zur Schneeschmelze können wir aber nicht warten.«

»Den Hirsch bergen wir natürlich vorher. Vielleicht finden wir ja Hinweise auf die Todesursache. Eine Knochenfraktur, eine Schussverletzung oder sogar ein Projektil ...«

»So wird's gemacht.« Mendelski wies Richtung Tatort. »Wir müssen uns den Förster vorknöpfen. Ist die frische Spur von ihm? Wenn ja, was hatte er hier zu suchen? Und: Wusste er von dem Hirschluder?«

ZWEI

»Aber halten Sie sich bitte zu unserer Verfügung«, hatte sie gesagt, die junge zierliche, trotzdem drahtige, hübsche und dazu kesse, im Gesicht gepiercte, kurzum sehr außergewöhnliche Kriminalkommissarin. Wäre sie ihm in der Celler Altstadt, auf dem Weihnachtsmarkt, in der Disco oder sonst wo über den Weg gelaufen, hätte er sie nie und nimmer für eine Polizistin oder gar Kripobeamtin gehalten. Eher für eine toughe Studentin, eine Modedesignerin oder eine Künstlerin. Mit Sicherheit hätte er jede Gelegenheit genutzt, sie anzubaggern.

Was bedeutet »sich zur Verfügung halten«?, fragte sich Henning Grube, während er zu seinem Auto ging. Hieß das, dass er nicht wegfahren durfte, bis es ihm gestattet wurde? Dass er warten musste, bis man nichts mehr von ihm wissen wollte? Das konnte dauern.

Um ihn herum wuselten Kriminalbeamte, Streifenpolizisten, Sanitäter, Feuerwehrleute – und einige Leute in Zivil.

»Entschuldigen Sie bitte«, sprach ihn ein Mann in brauner Fell-Lederjacke an. Über der Schulter trug er einen Fotoapparat, ein Diktiergerät hielt er in der Hand. »Axel Schriewe von der ›Celleschen Zeitung‹. Ich vermute, Sie sind der hier zuständige Förster? Können Sie mir sagen, was sich –«

»Kein Kommentar«, unterbrach ihn Henning Grube barsch. »Wenden Sie sich an die Kripo.« Ohne ihn eines weiteren Blickes zu würdigen, ließ er den verdutzten Reporter stehen und ging weiter.

Eigentlich war erst einmal alles geklärt. Einer der Feuerwehrleute kannte sich sowohl mit Harvestern als auch mit Forwardern aus. Der konnte die Maschinen bedienen und auf einen Tieflader fahren, falls die Polizei den Holzvollernter als Tatwerkzeug beschlagnahmen wollte. Er konnte da als Förster sowieso nicht helfen.

Der Kriminalkommissarin hatte er die Adresse von Mika und Niilo in Oppershausen genannt. Er hatte sie dringendst gebeten, dorthin zu fahren. Aber niemand rührte sich. Die schickten nicht mal einen Streifenwagen los, sondern kümmerten sich ausschließlich um den toten Niilo, dem eh nicht mehr zu helfen war.

Keine Sau scherte sich um den verschwundenen Mika, der wahrscheinlich in höchster Gefahr schwebte. Wenn er denn überhaupt noch am Leben war. Bei dem Gedanken wurde Henning Grube speiübel.

Er wollte gerade in sein Auto steigen, als ihn jemand rief: »Hallo! Herr Grube. Einen Moment bitte.«

Nein, bloß das nicht, dachte Henning Grube missmutig. Der hat mir gerade noch gefehlt. Ohne hinzusehen, hatte er den Rufenden an seiner schnarrenden Stimme erkannt.

Als er sich umdrehte, stand Dr. Wimmer schon neben ihm, ein kleiner, kugelrunder Mann, ganz in Grün gekleidet, mit einer mächtigen Pelzmütze auf dem Kopf. Der promovierte Geologe war alteingesessener Jagdpächter im Klosterforst und ein guter Bekannter der Äbtissin.

»Meine Güte, was ist denn hier los?«, fragte Dr. Wimmer. Sein staunender Blick bewies, dass er gerade erst angekommen war. »Ich war auf Revierkontrollfahrt, da entdeckte ich die vielen Fahrspuren im Schnee. Denen bin ich gefolgt. Ist das etwa eine Notfallübung?«

»Nein, das ist keine Übung. Das ist bitterer Ernst.« Henning Grube berichtete.

Er mochte Dr. Wimmer nicht besonders. Sie hatten sich kürzlich wegen der hohen Wildbestände in den Haaren gelegen. Es gab viel zu viel Rehwild im Langlinger Holz, das den Pflanzungen der Waldbauern und der Naturverjüngung zusetzte. Für den Jagdpächter und Waidmann Dr. Wimmer hingegen zählte ausschließlich das jagdbare Wild, Bäume und deren Bewirtschaftung interessierten ihn wenig. Außerdem wurmte es Henning Grube insgeheim, dass er im Klosterforst nur eingeschränkt jagen durfte – lediglich Schmalrehe, Frischlinge und Raubzeug.

»Wie bitte?« Dr. Wimmer stand das Entsetzen ins Gesicht geschrieben. »Der Finne ist von seinem eigenen Harvester geköpft worden? Das ist ja furchtbar.«

»Nicht vom eigenen«, erwiderte Henning Grube gereizt. »Von dem seines Chefs. Von Mika. Niilo ist der Forwarderfahrer.«

»Der Blonde mit dem Ohrring?«

»Ja.«

»Schrecklich, schrecklich. Und hat man eine Ahnung, wie das passieren konnte?«

»Nein.«

Dr. Wimmer rückte seine Pelzmütze zurecht. »Dann kann ich meinen heutigen Ansitznachmittag wohl vergessen«, sagte er. »Bei so einem Trubel ... Wie lange wird es denn noch dauern, bis die hier fertig sind?«

»Eine ganze Weile noch, denke ich.«

»Dabei wollte ich nur nachsehen, ob etwas dran ist an der Mär, dass sich Pani Pronz in der Gegend aufhalten soll.«

»Pani Pronz? Ach, der Jahrhunderthirsch.« Henning Grube hob den Arm. »Der liegt da drüben. Unter der Huteeiche. Mausetot.«

»Wie bitte?« Dr. Wimmer riss Augen und Mund weit auf.

»Ich hab ihn selbst gesehen«, erwiderte der Förster. »Verendet in einer Mulde, die die Sauen gebuddelt haben. Der liegt da schon ein paar Tage, das Schwarzwild war auch schon dran.«

Dr. Wimmer verlor mehr und mehr seine Fassung. »Unglaublich. Das müssen Sie mir zeigen.«

»Nee, kann jetzt nicht. Muss los.« Henning Grube stieg in sein Auto. »Wenden Sie sich an die Kripo. Ich habe allerdings Zweifel, ob die Sie momentan überhaupt zum Hirsch durchlassen.«

»Ich bin schließlich der Jagdpächter«, echauffierte sich der Geologe. »Ich ...«

»Das sagen Sie am besten der jungen Kommissarin da vorne.« Grube deutete auf Maike Schnur, die gerade durch den Schnee zu ihrem Auto stapfte. »Die wird sicher Verständnis für Sie haben.«

»Das will ich doch stark hoffen ...«, hörte er Dr. Wimmer noch schimpfen. Dann schlug Henning Grube die Autotür zu und startete den Motor.

»Hey, wo will der denn hin?« Maike Schnur winkte mit den Armen aufgeregt dem Auto hinterher.

Wie aus dem Nichts war neben ihr ein kleines grünes Männchen aufgetaucht. »Gestatten: Wimmer, Dr. Wimmer. Ich bin hier der —«

»Einen Moment bitte«, fuhr sie ihm über den Mund. »Was ist denn mit dem Förster los? Der sollte sich doch bereithalten.« Aus der Gesäßtasche ihrer engen Jeans fummelte sie eine Visitenkarte hervor, dann zog sie ihr Handy aus der Jacke und begann, eine Nummer zu tippen.

»Herr Grube meinte, er müsse dringend weg«, erklärte Dr. Wimmer in der begründeten Annahme, die Kripobeamtin wolle den Förster an die Strippe bekommen.

»*Fuck!*«, fluchte die junge Frau wenig ladylike. »Die Mailbox.« Dann sagte sie förmlich, aber sehr bestimmt: »Herr Grube! Maike Schnur hier. So war das nicht abgesprochen. Sie sollten sich am Tatort zur Verfügung halten. Wir brauchen Sie hier. Wir haben da nämlich was gefunden, einen toten Hirsch, zu dem wir ein paar Fragen haben. Bitte rufen Sie mich umgehend zurück.«

»Also stimmt es?« Dr. Wimmer hatte sich neugierig vorgebeugt und versuchte, ein verbindliches Lächeln hinzubekommen.

»Was?«, entgegnete Maike Schnur schroff.

»Was Herr Grube mir erzählte – über Pani Pronz.«

»Pani … wer?«

»Pronz. So heißt der Hirsch, von dem Sie eben sprachen. Herr Grube sagte jedenfalls, dass er es ist. Wir Jäger haben ihn so getauft. Frei nach Siegfried Lenz.«

Maike Schnur steckte genervt ihr Handy weg. »Wie schön. Dann könnten Sie uns ja eventuell weiterhelfen. Kommen Sie mal mit. – Wie war noch gleich Ihr Name?«

»*Lo siento mucho*«, entschuldigte sich Mendelski in sein Mobiltelefon. Er stand etwas abseits neben einem zugeschneiten Polter Kiefern-Industrieholz und telefonierte mit seiner Frau. »Tut mir wirklich leid, Carmen. Der Geburtstagskaffee muss ausfallen. – Ja, ich hatte gedacht, das geht hier schneller. Aber es handelt sich nicht um einen Arbeitsunfall, sondern um … um Schlimmeres. – Ja. Natürlich bleibt es bei unserem Abendessen. Im Notfall … nee, dann fahre ich früher als die anderen. – Genau. Bis nachher. *Adiós.*«

Der Kriminalhauptkommissar kehrte zu den anderen zurück. Die Rechtsmedizinerin hatte soeben ihre Untersuchungen abgeschlossen.

»Ich bin so weit durch«, sagte Frau Dr. Grote. »Hier im Wald komme ich vorerst nicht weiter. Wir müssen die Obduktion abwarten.«

»Gibt's etwas, das wir jetzt schon wissen sollten?« Mendelski hatte seinen Notizblock gezückt.

»Na, was ihr ja immer als Erstes wissen wollt: den Todeszeitpunkt. Nach jetzigem Kenntnisstand liegt der zwischen zehn und elf Uhr heute Vormittag.«

»Okay.« Mendelski schrieb auf. »Weiter.«

»Sauberer Trennschnitt zwischen erstem und zweitem Halswirbel. Sturzhöhe des Kopfes aus circa fünf Meter Höhe in den Schnee. Die Fraßspuren am Schädel stammen vom Vogel und sind postmortal. Das Hämatom am Hinterkopf rührt meines Erachtens nicht vom Aufschlag auf dem Boden her, auch nicht von einem Aufprall auf einen Baumstumpf oder dergleichen. Ich gehe vielmehr davon aus, dass das Opfer vor seinem Exitus mit einem stumpfen Gegenstand einen kräftigen Schlag auf den Kopf bekommen hat. Er war mit großer Wahrscheinlichkeit bewusstlos, als man ihn in die Zange des … des Harvesters gelegt hat.«

Ellen Vogelsang schüttelte sich, als liefen ihr eisige Schauer über den Rücken. »Freiwillig klettert da doch kein Mensch rein, oder?«

»Wohl kaum«, erwiderte Frau Dr. Grote. »Außerdem war der Tote nicht gefesselt, und Abwehrspuren liegen auch nicht vor. Das unterstützt die Annahme, dass das Opfer bewusstlos war. Die Hämatome an Oberarmen und Oberschenkeln sowie die Hautabschürfungen an beiden Händen rühren wohl am ehesten von der Harvester-Zange.«

»Wie sieht es mit Frakturen aus?«, fragte Mendelski nach. »Ich meine, wenn sich so eine Zange schließt ... damit kann man einem doch alle Knochen brechen.«

»Das mag sein. Aber soweit ich es bisher beurteilen kann, gibt es keine signifikanten Knochenbrüche.«

»Jo und ich haben uns die Zange genauer angesehen«, warf Ellen Vogelsang ein. »Der Feuerwehrmann, der sich mit Harvestern auskennt, meinte, dass sie nicht ganz geschlossen war. Anscheinend hielt die Maschine den Körper nur gerade so fest, dass er nicht herausfallen konnte.«

Mendelski kräuselte die Stirn. »Verstehe ich nicht«, brummte er. »Es wäre demnach ein Leichtes gewesen, den Finnen mit der Zange zu zerquetschen – wenn man das denn gewollt hätte. Stattdessen wurde er mehr oder weniger behutsam in den Sägekopf gelegt, nach oben in die Baumkronen gehievt – und erst dann wurde ihm mit der Kettensäge der Garaus gemacht.«

»Vielleicht wollte man ihn noch ein wenig quälen ...«

»Während er bewusstlos war?«

»Stimmt, daran hab ich gar nicht mehr gedacht. Aber –«

»Entschuldigt bitte«, unterbrach sie Frau Dr. Grote. »Ich muss jetzt weiter. Spekulieren ist eure Sache, ich liefere lediglich die Fakten.«

»Eine letzte Frage noch.« Mendelski wedelte mit seinem Notizblock. »Ist es denkbar, dass der Mann am Boden geköpft und die Leiche erst hinterher in die Höhe gehievt wurde?«

»Diesbezüglich gibt es keine Hinweise.« Sie schüttelte den Kopf. »Den weit verstreuten Blutspuren nach zu urteilen, die trotz des Neuschnees noch gut zu finden waren, ist der Mann in luftiger Höhe enthauptet worden.«

»Und an Sägeblatt und Sägekette ...«

»... sind eindeutig Blut-, Knochen-, Haar- und Hautfetzenspuren. Da hat sich niemand mehr die Mühe gemacht, die abzuwischen.«

Als das Jagdhornsignal erklang, schnappte sich Henning Grube das Mobiltelefon vom Beifahrersitz. Doch seine Hoffnung, dass Mika sich melden würde, trog. Wer auch immer anrief, hatte seine Telefonnummer unterdrückt. Wahrscheinlich telefonierte die Kripo hinter ihm her. Die konnten warten.

In Offensen verließ er die Landstraße und bog in einen Seitenweg ab, um die Abkürzung nach Oppershausen über den Aller-Radweg zu nehmen. So musste er nicht über Wienhausen fahren. Obwohl er noch nicht lange in der Gegend arbeitete, kannte er bereits den ein oder anderen Schleichweg durch Feld und Flur.

Der Wirtschaftsweg war noch nicht vom Schnee geräumt, jedoch gab es bereits Fahrspuren. Henning Grubes geländegängiger Wagen kam dank der großen Bodenfreiheit problemlos voran. Als er das Allerwehr passierte, meldete die Mailbox eine Nachricht, die er sogleich abhörte. Tatsächlich fragte die feschforsche Kripobeamtin Schnur nach ihm. Und sie beschwerte sich mächtig.

Henning Grube grinste kurz. Als er dann aber hörte, dass sie ihn vor allem wegen des Hirschluders erreichen wollte, platzte ihm der Kragen. »Pani Pronz!«, schnauzte er, während er das Gaspedal durchtrat. »Was interessiert mich der dämliche Hirsch? Ich fass es nicht. Mika ist denen wohl scheißegal.«

Minuten später erreichte er Oppershausen. Das Haus der Finnen lag etwas außerhalb, ein maroder Resthof zwischen eis- und schneebedeckten Wiesen, umgeben von einem Pappelhain.

Auch hier fand er frische Fahrspuren im Schnee. Trotz der einsetzenden Dämmerung waren sie deutlich zu erkennen.

Leise Hoffnung keimte in ihm auf, als er den Wagen in die Hofeinfahrt lenkte. Sollten die Spuren von Mika stammen? Wer sonst könnte hier eingebogen sein? Mika und Niilo wohnten allein in dem armseligen Gemäuer. Niilo war tot. Und der Postbote musste zur Ausübung seiner Tätigkeit nicht aufs Grundstück, da der Briefkasten – eines dieser nordamerikanischen Modelle aus Blech, das sich Mika letztes Jahr aus Kalifornien mitgebracht hatte – vorn an der Straße angebracht war.

Aber nein. Henning Grube biss sich auf die Unterlippe. Die Spuren konnten gar nicht von Mika stammen. Zumindest nicht von seinem Auto. Denn das stand ja noch im Langlinger Holz.

Als er sein Fahrzeug auf dem Hof ausrollen ließ und den Motor ausschaltete, rutschte ihm das Herz in die Hose. Sollten etwa die Mörder …

Ohne auszusteigen, schaute er sich um. Haus und Hof schienen verwaist, keine Menschenseele war zu sehen, kein Auto, kein Licht – nicht das kleinste Lebenszeichen. Die Fahrspuren führten zum Haus und wieder zurück zur Hofeinfahrt. Da war vor Kurzem jemand hier gewesen und wieder weggefahren.

Vorsichtig öffnete er die Fahrertür. Er zögerte und überlegte, ob er nach der Büchse auf dem Rücksitz greifen sollte, verwarf den Gedanken aber. Intuitiv kam er zu dem Schluss, dass sich kein menschliches Wesen mehr auf dem Anwesen befand. Trotzdem blieb ein ungutes Gefühl. Er befürchtete, in Kürze eine zweite schreckliche Entdeckung zu machen.

Mit weichen Knien und flatterndem Magen stieg er aus.

Auf dem Hofgelände standen zugeschneiten Gespenstern gleich ein ausgedienter Harvester, der Mika als Ersatzteillager diente, daneben die Überreste eines rostroten US-amerikanischen Pick-ups und im Hintergrund ein ausrangierter Wohnwagen mit eingeschlagenen Fensterscheiben.

Unschlüssig machte Henning Grube ein paar Schritte auf das Haus zu. Sein Blick war auf den Boden gerichtet. Neben den Reifenspuren fand er auch jede Menge Schuhabdrücke. Von mindestens drei verschiedenen Personen. Die Spuren führten ins Haus und wieder heraus.

Als er aufschaute, bemerkte er, dass die Haustür einen daumenbreiten Spalt offen stand. Aufgeregt näherte er sich dem Gebäude.

»Mika?«, rief er verhalten gegen die Tür. Dann lauter: »Mika, bist du da drin?« Er streckte den Arm aus, um die Tür aufzuschieben. Die Holztür knarrte fürchterlich – letzten Samstag noch hatte er den Finnen empfohlen, die rostigen Scharniere endlich mal zu ölen. Nach einem halben Meter stieß der Türflügel gegen einen Widerstand und ließ sich nicht weiterbewegen.

Als Henning Grube den Kopf durch den Türspalt steckte, sah er sogleich den großen, dunklen Fleck.

Auf den Fliesen im Flur hatte sich eine sauschwartengroße Blutlache ausgebreitet.

»Bei Hubertus«, murmelte Dr. Wimmer. »Das ist er. Kein Zweifel. Das ist Pani Pronz.« Ehrfürchtig ging er vor dem Hirschluder in die Knie wie vor einem Heiligtum. Voller Respekt betastete er die Stangenenden. »Was für eine Trophäe.«

»Tja, ein Eins-a-Hirsch, wie er im Buche steht«, pflichtete ihm Mendelski bei. Er war zu dem Jagdpächter in die Grube gestiegen. »Pani Pronz, der legendäre Hirsch aus ›So zärtlich war Suleyken‹. Da haben Sie sich einen schönen Namen ausgesucht.«

»Nicht ich. Das war ein Lehrer aus Nienhagen. Ein passioniert jagender Deutschlehrer.«

Mendelski blickte nachdenklich auf das tote Tier. »Jammerschade, dass der hier so verludert ist. So mancher Waidmann hätte für diesen Hirsch Haus und Hof gegeben.«

»Oder seine Ehefrau …«

Maike Schnur und Heiko Strunz, die am Rande der Kuhle standen, schauten sich vielsagend an.

»Jäger unter sich«, raunte Maike verschwörerisch. Heiko Strunz grinste.

»Jetzt kapier ich endlich«, flüsterte er zurück, »warum die von Hirschluder sprechen. Das Tier ist hier verludert, also in Verwesung übergegangen. Weil es niemand rechtzeitig gefunden hat.«

»Dann hat ein Hirschluder also nichts mit einem Boxenluder zu tun?« Maike gluckste. Ihr Versuch, bei der Frage ernst zu bleiben, scheiterte kläglich.

»Was für ein Jammer«, setzte Dr. Wimmer unterdessen die eigentümliche Totenklage fort. »In meinem langen Jägerleben habe ich so manchen kapitalen Geweihträger gestreckt. Im In- und Ausland. Sogar in Übersee. Aber Pani Pronz wäre die Krönung gewesen … mein Lebenshirsch sozusagen.«

»Sie waren sicherlich nicht der Einzige, der hinter dem Burschen her war?«, vermutete Mendelski.

»Darauf können Sie Gift nehmen.« Dr. Wimmer erhob sich und streckte seine kurze Wirbelsäule. »Als emsiger und heimlicher Grenzgänger hat der die Jägerschaft im gesamten südlichen Landkreis Celle auf Trab gehalten. Pani Pronz war nicht sonderlich standorttreu. Bei der Brunft im September hatte man ihn im Harzhorn zwischen Nienhof und Hohne gesichtet. Im Oktober soll er sich angeblich in der Sprache herumgetrieben haben. Und hier im Langlinger Holz hat er sich überhaupt erst einmal blicken lassen.«

»Gut so weit.« Mendelski reichte Strunz die Hand und ließ sich aus der Kuhle ziehen. »Wann, wie oder woran der Hirsch verendet ist, wissen wir nicht. Das kann nur eine medizinische Untersuchung ergeben. Er kommt also in die Tierärztliche Hochschule in Hannover.«

»So einen Aufwand für das tote Viech?«, beschwerte sich Maike Schnur. »Haben wir nichts Besseres zu tun?«

»Ja, so einen Aufwand für ein totes Viech«, beharrte Mendelski, während Dr. Wimmer angesichts der Bezeichnung etwas verschnupft wirkte. »Schließlich sind der getötete Finne und seine Mörder den Fußspuren zufolge kurz vor der Tat hier gewesen. Ich halte es für sehr wahrscheinlich, dass es einen Zusammenhang zwischen ihnen, der Tat und dem Hirschluder gibt.«

»Und das ausgerechnet in meinem Revier.« Dr. Wimmer klopfte sich den Schnee von den Hosenbeinen. »Unfassbar. Immerhin, als Jagdpächter steht mir wenigstens die Trophäe zu.«

»Sie haben vielleicht Sorgen«, entfuhr es Maike Schnur. Ihr scharfer Blick durchbohrte Dr. Wimmer regelrecht. »Ein vergammeltes Hirschgerippe scheint Ihnen wichtiger zu sein als der getötete Finne.«

»Nein … keineswegs«, stammelte der Jagdpächter. »Natürlich … natürlich berührt mich der Tod dieses … dieses …«

»Ist schon okay«, unterbrach ihn Strunz. Er half Dr. Wimmer aus der Kuhle. »Eine Frage noch. Wenn, wie ich eben herausgehört habe, eventuell auch Tatmotive wie Jagdneid oder Wilderei in Frage kommen, verstehe ich nicht, warum die Täter das angeblich so wertvolle Geweih nicht mitgenommen haben.«

Maikes Handy klingelte. Sie entfernte sich.

»Vielleicht hatten die Täter keine Zeit mehr«, antwortete

Mendelski. »Womöglich haben sie sich gestritten, die Finnen und die Unbekannten. Vielleicht ging es um den Hirsch, vielleicht auch nicht. Die Angelegenheit eskalierte, es kam zu gewalttätigen Auseinandersetzungen, die dann zum Tod von Niilo Humppi ...« Mendelski stockte. »Ja, Maike, was gibt's?«

Maike Schnur winkte aufgeregt mit ihrem Handy. »Grube, der Förster, hat angerufen«, rief sie. »Er ist im Haus der Finnen in Oppershausen. Dort im Flur ist alles voller Blut, sagt er.«

Wie ein Häufchen Elend und schlotternd vor Aufregung hockte Henning Grube in seinem unbeleuchteten Auto und starrte zum Haus hinüber, das mehr und mehr von der Dunkelheit verschluckt wurde. Es fing wieder an zu schneien.

Nach der schaurigen Entdeckung war er voller Panik zu seinem Auto zurückgelaufen. Erst als er die Fahrertür hinter sich geschlossen und mit seinen zittrigen Händen vergeblich versucht hatte, den Zündschlüssel ins Schloss zu stecken, war er zur Besinnung gekommen. Er musste sich zusammenreißen und schleunigst die Kripo informieren. Zum Glück war Kommissarin Schnur sofort an ihr Handy gegangen. Sie hatte ihm versprochen, so schnell wie möglich zu kommen, und ihm eingeschärft, sich nicht von der Stelle zu rühren.

Sich nicht von der Stelle rühren. Die Frau hatte gut reden. Drinnen im Haus lag wahrscheinlich die Leiche von Mika – und er sollte hier sitzen bleiben. Na prima.

Nervös schaute er auf sein Smartphone. Schon sechzehn Uhr einundvierzig. Die Frontscheibe begann zuzuschneien. Henning Grube wagte nicht, den Scheibenwischer einzuschalten.

Der Schnee! Verdammt! Die Spuren schneiten zu. Die Fußspuren und die Autospuren von den ... den Verbrechern, den Mördern ... Das waren vielleicht wichtige Beweise.

Henning Grube griff nach der Wolldecke, die auf der Rückbank lag, und stieg aus dem Wagen. Froh, nicht länger zur Untätigkeit verdammt zu sein, suchte er eine Stelle direkt neben einer der Fahrspuren, wo es besonders viele Fußabdrücke im Schnee gab. Hier waren sie aus dem Auto aus- und wieder eingestiegen – wer auch immer.

Behutsam breitete er die Decke darüber aus. Quasi auf Zehenspitzen stakste er zu seinem Auto zurück, um so wenige Spuren zu zerstören wie möglich.

Doch er zögerte, in den Wagen einzusteigen. Wieder schaute er auf die Uhr. Sechzehn Uhr achtundvierzig.

Wo blieben die nur? Die Strecke vom Langlinger Holz hierher war eigentlich in zehn Minuten zu schaffen. Aber wahrscheinlich fuhren sie über Wienhausen, das dauerte länger. Und dann der Schnee ...

Unschlüssig starrte er zu dem dunklen Haus hinüber. Und wenn Mika noch lebte? Wenn er schwer verletzt hinter der Tür lag? Wenn jede Minute, jede Sekunde zählte, um sein Leben zu retten?

Einen Notarzt hatte die Polizei sicher längst angefordert, das war bei denen Routine.

Oder?

Was zum Teufel sitze ich hier rum?, fragte sich Henning Grube.

Kurz entschlossen riss er die Fahrertür auf und holte die Stabtaschenlampe hervor, die unter dem Vordersitz lag. Ohne noch auf den Krach zu achten, den er produzierte, knallte er die Autotür zu und rannte zum Haus.

»Warum ist der Förster denn überhaupt weggefahren?«, wollte Robert Mendelski wissen, während er sich mit beiden Händen am Griff über der Autotür festhielt. »Der sollte sich doch zur Verfügung halten.«

Maike Schnur, die am Steuer saß, hatte alle Mühe, dem vorausfahrenden Streifenwagen zu folgen. »Ja, spinnt der denn?«, schimpfte sie über den Kollegen vor sich. Der kannte sich offenbar gut aus, denn sie rasten mit hoher Geschwindigkeit, eingeschaltetem Blaulicht und Martinshorn über die Waldwege. Erneut einsetzender Schneefall behinderte zudem die Sicht. »Das ist hier doch nicht Paris–Dakar ...«

»Du hattest doch Klartext mit ihm gesprochen?«, fuhr Mendelski unbeirrt fort. »Ihn aufgefordert, am Tatort zu bleiben?«

»Klar doch.« Maike guckte böse in das Schneetreiben vor

ihnen. »Hab ich. Aber ich konnte ihn ja schlecht festbinden. Der hat sich einfach still und heimlich verpisst.«

»Was treibt den denn? Wollte er nach dem zweiten Finnen suchen?«

»Anscheinend.«

Ohne den Handgriff loszulassen, versuchte Mendelski, eine bequemere Position zu finden. »Hatte er einen Verdacht?«

»Keine Ahnung.« Maike überlegte. »Er hatte nur verlangt, dass wir so schnell wie möglich zum Haus der Finnen fahren.«

»Und?«

»Was und?« Sie riss das Lenkrad herum, dass der Schnee spritzte. Nur mit Mühe blieb das Fahrzeug in der Spur. »Ich hab ihm gesagt, dass wir uns schon darum kümmern werden. Aber immer der Reihe nach. Wir können uns ja schlecht vierteilen.«

»Vierteilen ist gut …« Mendelski grinste, dann wurde er wieder ernst. »Also ist er auf eigene Faust losgefahren.«

»Genau.«

»Aber den Finnen, wie heißt der doch gleich … den Mika Rahola hat er nicht gefunden, dafür jede Menge Blut?«

Maike nickte. »Die Haustür soll offen gestanden haben. Und auf den Fliesen im Flur war anscheinend eine große Blutlache. Da ist er nicht weiter ins Haus eingedrungen, sondern hat mich angerufen. Ich hab ihm gesagt, er soll sich nicht von der Stelle rühren.«

»Hoffentlich hält er sich dieses Mal an die Order. Nicht dass er den Privatdetektiv in sich entdeckt und wieder einen Alleingang wagt …«

Maike Schnur trat heftig auf die Bremse, um nicht auf den Streifenwagen aufzufahren. Sie hatten die Landstraße erreicht. Mendelskis schwerer Körper ruckte nach vorne und wurde vom Sicherheitsgurt aufgefangen.

»Mensch, Maike, jetzt ras nicht so«, wetterte Mendelski erschrocken. »Nachher krachen wir wieder auf einen Baumstumpf. So wie damals in der legendären Schneenacht auf dem Truppenübungsplatz bei Bergen.«

»Diese olle Kamelle schmierst du mir jeden Winter aufs Brot.« Maike Schnur gab wieder Gas. »Funk mal lieber die da vorne an, sie sollen ihre Tröte und die Weihnachtsbeleuchtung abschalten. Ist sicher besser, wir schleichen uns auf Samtpfoten an das Haus der Finnen heran ...«

Der Strahl der Taschenlampe erleuchtete den Flur hinter der Haustür. Ohne lange zu fackeln, stemmte Henning Grube seine Schulter gegen das Türblatt und drückte mit aller Kraft.

»Mika!«, rief er. »Mika, bist du da?«

Da lag irgendetwas auf dem Boden hinter der Tür, es ließ sich nur schwer beiseiteschieben. Doch schließlich gelang es dem Förster, die Tür so weit zu öffnen, dass er sich ins Hausinnere zwängen konnte.

Das grelle LED-Licht der Taschenlampe erfasste ein lebloses, haariges Bündel.

Henning Grube musste – und konnte – tief durchatmen. Denn nicht Mika lag blutüberströmt und mausetot auf den Fliesen, sondern Lilly, der Haus- und Hofhund der Finnen. Sie hatten die Hündin, eine Mischung aus Australian Shepherd und Finnischem Vogelhund, aus ihrer Heimat mitgebracht – ein sehr gutmütiges und menschenfreundliches Tier. Im Schein der Taschenlampe zählte Henning Grube mindestens drei Einschüsse.

Der Lichtschein geisterte über die Fliesen.

Überall war Blut. Hatte sich Lilly sterbend hinter die Haustür gelegt, nachdem die Mörder das Haus verlassen hatten?

Diese riesige Lache ... So viel Blut.

Stammte das alles von dem Hund? Oder lagen noch weitere Opfer im Haus? Angeschossen, sterbend, verblutend?

Ohne das Licht einzuschalten, orientierte Henning Grube sich nur mit der Stablampe. In der Küche fand er weitere Blutspuren. Eine Unmenge an Blut. Zweifellos hatte es einen Kampf gegeben. Ein Stuhl lag mit gebrochenen Beinen am Boden, die Gardinen waren zerfetzt. Die Türen des Küchenschranks hingen schräg in den Scharnieren, Schubladen waren herausgerissen, ihr Inhalt auf dem Fußboden verstreut. Auf dem Küchentisch ein wüstes Stillleben aus einer zerbrochenen Bierflasche und einem zertrümmerten Aschenbecher.

Von Mika keine Spur.

Voller Unruhe durchquerte Henning Grube die übrigen Räume.

Im Wohnzimmer sah es noch schlimmer aus. Umgeworfene, aufgeschlitzte Polstermöbel, ein umgeschlagener Teppich, von den Wänden gerissene Bilder – nur der Flachbildschirmfernseher hatte nichts abbekommen.

»Um Gottes willen«, entfuhr es dem Förster ahnungsvoll. »Ich glaube, ich weiß jetzt, was die gesucht haben.«

Auch Niilos Schlafzimmer sah aus, als hätte eine Bombe eingeschlagen. Den Kleiderschrank hatte jemand umgekippt, es sah aus wie auf einer Mülldeponie, aus zerrissenen Federbetten hatten sich feine Daunen wie eine dünne Schneeschicht im gesamten Raum ausgebreitet. Bei jedem Schritt wirbelten sie zu weißen Wolken auf.

Auch in diesem Raum stieß Henning Grube auf Blutspuren.

»Mika!«, schrie er, als ihn plötzlich die Panik übermannte. »Mika, verdammt. Wo steckst du?«

Einer Antwort gleich drang ein tiefes Brummen an sein Ohr. Kaum hatte er es registriert, erstarb das Geräusch wieder. Henning Grube fuhr zusammen. Instinktiv knipste er die Taschenlampe aus und lauschte.

Totenstille.

Nur das Ticken des Weckers war zu hören. Der stand als einer der wenigen unversehrten Gegenstände auf dem Nachttisch im Schlafzimmer.

Das Brummen war aus dem Flur gekommen, mutmaßte Grube. Eventuell auch aus größerer Entfernung. Vielleicht aus dem Keller? Dort hatte er noch gar nicht nachgeguckt.

Hoffnung keimte in ihm auf. Hatten die Eindringlinge Mika vielleicht dort unten eingesperrt? Er musste sich beeilen.

Beherzt tastete sich Henning Grube im Dunkeln an der Wand entlang in Richtung Flur.

Eine Spur zu hastig und unbedacht.

Mit Wucht knallte seine Schläfe gegen die Kante der geöffneten Tür, es gab ein hässliches Geräusch. Vor seinen Augen tanzten bunte Sterne. Er taumelte zurück, stürzte und krachte mit dem Hinterkopf gegen den Sockel des umgestürzten Kleiderschranks.

Benommen blieb er liegen.

»Keine Spur vom Förster«, raunte Mendelski Maike zu. Mit gezogenen Waffen und einschaltbereiten Taschenlampen waren sie hinter dem Auto von Henning Grube in Deckung gegangen. Die beiden Kollegen von der Streife hockten hinter dem ausrangierten Wohnwagen. Ihre Fahrzeuge hatten sie in der Einfahrt stehen lassen.

»Dieser Idiot.« Maikes Stimme klang ärgerlich. Und eine Spur zu laut. Mendelski hielt sich den Zeigefinger vor die Lippen.

»Der ist sicher im Haus«, flüsterte er, während er sich auf dem unbeleuchteten Hof umschaute. Dank der Schneelage konnte man trotz Dunkelheit einigermaßen gut sehen. Er wies zur Haustür. »Hilft nichts, wir müssen da rein.«

Sie gaben den beiden Streifenpolizisten durch Handzeichen zu verstehen, was sie vorhatten. Deren Aufgabe war es, die Rückseite des Hauses zu sichern, wo sie weitere Türen vermuteten.

Geduckt huschte Mendelski in einem weiten Bogen auf das Haus zu. Maike folgte ihm wie ein Schatten. Am Eingang angelangt, sahen sie, dass die Tür offen stand. Mit dem Rücken zur Wand postierten sie sich rechts und links des Hauseingangs und lauschten.

Stille. Aus dem Hausinneren drang kein Ton.

Mendelski knipste die Taschenlampe an und leuchtete in den Flur hinein. Der Lichtschein fiel auf den toten Hund, der hinter der Tür in einer Blutlache am Boden lag. Auch Maike schaltete ihre Taschenlampe ein.

»Herr Grube!«, rief Mendelski ins Haus, ohne seine Position zu verlassen. »Herr Grube, sind Sie da drin?«

Regungslos und angespannt lauschten sie. Keine Reaktion. Kein Laut.

Mendelski gab Maike ein Zeichen. Auf Zehenspitzen betraten sie den Flur.

Sich gegenseitig Deckung gebend, schlichen sie voran. Durch die offenen Türen leuchteten sie in die Räume hinein – und auf das unbeschreibliche Chaos überall.

In der Türöffnung zum letzten Raum fanden sie ihn. Zunächst die Boots, dann die Hosenbeine und unter einer Schicht Daunen schließlich auch den Rest des Körpers.

Henning Grube rappelte sich gerade wieder auf.

»Jetzt langsam ziehen«, kommandierte Heiko Strunz.

Im Schein eines mobilen Scheinwerfers, der zwischen den Bäumen aufgestellt worden war, zogen die drei uniformierten Polizisten am Seil. Es gab einen Ruck.

»Langsam, hab ich gesagt«, rief Strunz. »Sonst fällt der uns auseinander.«

Sie hatten das Seil am Geweih befestigt. Der Chef der Spurensicherung hielt die rechte, Jo Kleinschmidt die linke Geweihstange. Mit vereinten Kräften bewegten sie das brettsteif gefrorene Hirschluder Stück für Stück aus der Mulde.

»So is gut. Jetzt auf die Plane damit«, schnaufte Strunz.

Am Fuß der Huteeiche bedeckte eine drei mal vier Meter große Kunststoffplane den Schnee. Auf deren Mitte legten sie den Wildkörper ab.

»Ging doch prima«, lobte Dr. Wimmer, der neben der Eiche gestanden und die Bergung beobachtet hatte. »Erst jetzt kommt Pani Pronz so richtig zur Geltung.« Er trat an die Mulde heran. »Da, sehen Sie mal. Wo der Wildkörper lag, ist gar kein Schnee«, plapperte er weiter. »Der erste Schnee fiel aber vor acht Tagen. Folglich hat der Hirsch hier schon über eine Woche gelegen.«

»Bitte gehen Sie da nicht so nah ran«, wies ihn Strunz zurecht. Nur widerwillig hatte er Dr. Wimmers Wunsch entsprochen, bei der Bergung des Hirschkadavers dabei sein zu dürfen. »Lassen Sie uns bitte in Ruhe unsere Arbeit machen. Am besten, Sie halten fünf Meter Abstand.«

Der Jagdpächter trat drei Schritte beiseite. Drei kleine Schritte. »Auf der Unterseite scheint das Hirschluder noch unversehrt zu sein«, rief er aufgeregt. »Sie müssten ihn umdrehen und nachsehen, ob —«

»Das hatte ich sowieso vor«, knurrte Strunz. »Jetzt halten Sie sich mal etwas zurück. Sonst werde ich Sie …«

»Ich will doch nur helfen.«

Strunz wandte sich an seine Kollegen. »Zwei an die Läufe, der Dritte zu uns ans Haupt. Das ist am schwersten. Wir kippen ihn einfach auf die andere Seite.«

Sekunden später hatten sie den Hirsch gewendet. Strunz nickte zufrieden.

»Nun sehen Sie schon nach«, forderte Dr. Wimmer voller Ungeduld. »Oder soll ich …«

Jetzt reichte es, Strunz platzte der Kragen: »Dr. Wimmer, wenn Sie nicht sofort Ruhe geben, verweise ich Sie des Platzes. Wegen Behinderung der polizeilichen Ermittlungstätigkeit.«

Das saß.

Dr. Wimmer senkte den Kopf und murmelte etwas. Ob es eine Entschuldigung war oder ein Fluch, konnte niemand verstehen.

Kopfschüttelnd wandte sich Strunz wieder dem Hirschluder zu. Er bückte sich, um mit behandschuhten Händen die Decke im Blatt- und Rippenbereich abzutasten. Da der Hirsch auf dieser Seite gelegen hatte, war das Haar platt gedrückt, aber die Haut weitgehend unversehrt.

Seine Rechte verharrte, und er begann, mit dem Zeigefinger eine Stelle zu prüfen. Eine Vertiefung kurz vor dem Keulenansatz. Doch sein Finger war zu dick, um Genaueres festzustellen.

Strunz zog einen Kugelschreiber aus der Tasche, setzte die Spitze auf die Vertiefung und drückte sachte. Der Stift ließ sich mühelos im Wildkörper versenken.

Ohne den Kugelschreiber wieder herauszuziehen, erhob sich Strunz und kramte sein Diktiergerät aus der Umhängetasche. »Hirsch weist Einschussloch auf«, hielt er verhalten, jedoch für jedermann verständlich fest. »Auf der rechten Seite im unteren Bauchbereich. Schusskanal verläuft schräg nach hinten in Richtung Becken. Größeres Kaliber, wahrscheinlich von einem Jagdgewehr. Ausschuss nicht mehr nachvollziehbar, da Wildkörper im hinteren Bereich und auf der linken Seite weitestgehend zerstört von Wildschweinen und anderen Aasfressern.«

»Ich hab's doch geahnt«, rief Dr. Wimmer schnarrend im Hintergrund. »Da war entweder ein Schlumpschütze aus der Nachbarschaft oder ein Wilderer am Werk. Sollten gar die Finnen —«

Er verstummte jäh, als ihn Jo Kleinschmidts böser Blick traf.

»Sie sollten doch am Auto warten!«, schnauzte Maike Schnur. Sie reichte Henning Grube die Hand, um ihm aufzuhelfen. »Stattdessen spielen Sie hier den Sherlock Holmes.«

Der Förster kam nur mühsam in die Senkrechte. Vorsichtig betastete er die beiden Beulen an seiner Stirn und seinem Hinterkopf. »Autsch!«, entfuhr es ihm.

»Der Notarzt ist schon unterwegs«, sagte Mendelski. Er schaute sich die schmerzenden Stellen an. Dabei ging er nicht gerade zimperlich mit dem Forstbeamten um. »Kein Blut zu sehen. Also wird's nur halb so schlimm sein.«

»Was hatten Sie denn hier im Haus zu suchen?«, fragte Maike.

»Ich ... ich wollte nachsehen, ob Mika hier irgendwo liegt. Womöglich verletzt ...«

»Ihre Sorge um den Finnen ehrt Sie«, lenkte Mendelski ein. »Aber Ihre Alleingänge gefallen uns nicht. Erstens behindern Sie dadurch die Arbeit der Polizei, und zweitens bringen Sie sich in große Gefahr.«

»Gefahr? Nein. Die waren längst wieder weg, als ich hier ankam.« Noch immer leicht schwankend wischte er sich einige Daunen aus seiner Lockenmähne. »Das hab ich an den Spuren gesehen.«

»Wer ›die‹?«, forschte Maike nach.

»Na, die Gangster. Die Niilo auf dem Gewissen haben.«

»Kennen Sie die denn?« Mendelski richtete den Strahl seiner Taschenlampe auf das Gesicht des Försters. »Oder haben Sie einen konkreten Verdacht?«

»Nein ... nein«, stammelte Grube. Um dem gleißenden Licht zu entkommen, kniff er die Augen zusammen und wandte den Kopf zur Seite. »Woher soll ich die denn kennen?« Trotzig rief er: »Ich hab überhaupt keine Ahnung!«

»Und was ist mit dem anderen Finnen, dem Mika?«, setzte Maike nach. »Seinetwegen sind Sie doch hierhergefahren.«

»Ich dachte, er wär vielleicht zu Hause.«

»War er aber nicht.« Mendelski senkte die Taschenlampe und leuchtete durch das verwüstete Schlafzimmer. »Stattdessen fanden Sie das hier – und den erschossenen Hund.«

»Ja. Leider. Diese Schweine haben Lilly regelrecht durchsiebt. Dabei war sie die Gutmütigkeit in Person, hat keiner Fliege etwas zuleide getan.«

»Die haben alles auf den Kopf gestellt. Als hätten sie was Bestimmtes gesucht.« Gedankenverloren wies Maike mit dem Lichtkegel ihrer Taschenlampe auf die herausgerissenen Kleiderschrankschubladen. »Nur was?« An Grube gewandt wiederholte sie: »Was die hier gesucht haben, wissen Sie wohl auch nicht?«

Der Förster schüttelte stumm den Kopf.

»Jedenfalls sind sie vor einem Mord nicht zurückgeschreckt, wie es scheint. Muss einigermaßen bedeutsam sein, was sie gesucht haben.« Mendelski ging in die Hocke, um unter das Bett zu leuchten. »Nur ob sie es gefunden haben, das wissen wir nicht.«

»Hoffentlich haben sie Mika nicht gefoltert«, murmelte Grube. »So viel Blut. Ob das ausschließlich von Lilly stammt?«

»Das wird unser Labor herausfinden.« Mendelski hatte sich wieder erhoben. »Wir sollten besser nichts mehr anrühren und den Rest der Spurensicherung überlassen.«

»Apropos Spuren.« Henning Grube hatte seine Taschenlampe wieder angeknipst und wies mit dem Strahl in den Flur. »Draußen im Schnee waren gut erhaltene Reifen- und Fußspuren zu sehen. Als es anfing zu schneien, hab ich sie mit einer Decke zugedeckt. Vielleicht können Sie damit was anfangen.«

»Sehr schön. Das haben Sie gut gemacht.« Mendelski wandte sich an Maike. »Ruf Heiko an. Die sollen so schnell wie möglich hierherkommen.«

DREI

Als Mika Rahola aus der Bewusstlosigkeit erwachte, lag er auf dem Rücken. Sein Kopf, der auf einem flachen, brettharten Kissen ruhte, dröhnte wie ein Brummkreisel.

Um ihn herum war Kälte.

Feuchte Kälte.

Nur langsam kam er zu sich. Sein Blick war senkrecht nach oben gerichtet. Zunächst befürchtete er, dass seine Sehkraft gelitten hätte, dass er gar erblindet sei. Doch dann registrierte er, dass es dunkel war in dem Raum, in dem er lag.

Stockdunkel.

Bis auf eine winzige, kaum wahrnehmbare Ausnahme. Direkt über ihm – in welcher Höhe, war schwer zu schätzen – entdeckte er ein Rechteck. Nahezu ein Quadrat. Dessen Ränder markierten hauchdünne Lichtstreifen. Dort oben musste es eine Luke oder ein verhangenes Fenster mit Tageslicht oder einer künstlichen Lichtquelle dahinter geben.

Er versuchte sich aufzurichten, kam aber nicht weit. Seinen Kopf konnte er nur wenige Zentimeter anheben, dann war Schluss. Erschöpft ließ er ihn zurück in seine alte Position fallen. Ein stechender Schmerz durchfuhr seinen Schädel, Tränen schossen ihm in die Augen.

Erst als der Schmerz nachgelassen hatte, begann sein Denkapparat wieder zu funktionieren.

Was war bloß passiert? Ein Unfall? Am Hinterkopf musste er eine Wunde oder zumindest eine dicke Beule davongetragen haben.

Mika startete einen zweiten Versuch. Vergebens. Er kam einfach nicht hoch. Sein Brustkorb, die Arme und auch die Beine ließen sich nicht bewegen. Er lag da wie ein geschnürtes Paket. Unfähig, sich zu rühren.

Hatte er sich etwa am Rücken verletzt, an der Wirbelsäule? Oder schlimmer – war er gar querschnittsgelähmt?

Panik machte sich in ihm breit. Fühlte sich das so an?

Die Hände – gottlob, er konnte sie spüren – schienen an seinen Oberschenkeln fixiert zu sein, die Füße oberhalb der Knöchel zusammengebunden.

Zusammengebunden?

Wahrscheinlich mit Verbandsmaterial oder Klebeband, mutmaßte er. Schnüre oder Kabelbinder hätten tiefer in die Haut geschnitten, das hätte er gespürt.

Ihm fiel ein Stein vom Herzen. Zunächst. Eine Querschnittslähmung schied aus. Doch warum hatte man ihn derart ruhiggestellt? Gab es andere schwerwiegende Wunden? Knochenbrüche oder innere Verletzungen?

Vorsichtig forschte er weiter. Seine Kleidung hatte man ihm gelassen. Die Fingerkuppen ertasteten den derben Jeansstoff, im Nacken spürte er den Kragen seines kanadischen Flanellhemdes.

Lag er im Krankenhaus? In der Notaufnahme?

Aber warum im Dunkeln?

Weit und breit waren keine Apparate zu erahnen, keine Kontrolllämpchen, keine Schläuche, kein Tropf. Warum zum Teufel kümmerte sich niemand um ihn?

Behutsam, um seinen schmerzenden Hinterkopf zu schonen, wandte er den Kopf zur Seite. Seine Wange stieß gegen Kunststoff. Sich kalt anfühlenden, jedoch weichen, flauschigen Kunststoff. Das Material kannte er, auch den Geruch. Erinnerungen wurden wach. Erinnerungen an Sommerausflüge in den finnischen Wäldern, an Camping, Hüttenurlaub und an Kanutouren auf glasklaren, tiefgründigen Seen in traumhaft schöner Landschaft.

Sein Schlafsack.

Man hatte ihn in seinen Schlafsack gesteckt. In den engen dunkelblauen mehrfach geflickten Mumienschlafsack, den er vor mehr als zwanzig Jahren in Rovaniemi gekauft hatte.

Derart warm eingepackt fror er nicht. Lediglich im Gesicht spürte er die Kälte. Der Raum, in dem er sich befand, musste lausig kalt sein.

Merkwürdig. Sehr merkwürdig das alles.

Seine Zunge fuhr über die aufgeplatzten Lippen, über denen

sich eine Kruste gebildet hatte. Es schmeckte nach Metall – nach Blut.

Dort hatte er also auch etwas abbekommen. Auf dem Mund. Ein Unfall wurde für ihn immer wahrscheinlicher. Ein Unfall im Wald, mit seinem Harvester. Vielleicht hatte eine Baumkrone das Führerhaus getroffen und die Scheiben durchschlagen. Oder die Maschine war umgekippt, und er war aus seinem Sitz geschleudert worden. So etwas konnte passieren, davon hatten seine Kollegen schon öfter berichtet.

Mit Mühe gelang es ihm, sich zu erinnern. Niilo und er waren im Langlinger Holz gewesen, dem Klosterforst von Wienhausen. Dort arbeiteten sie schon seit Tagen. Bei Neuschnee in einer Kiefern-Zweitdurchforstung. Da gab es gar keine starken Bäume, die einem Führerhaus hätten gefährlich werden können. Da waren auch keine Steilhänge oder gefährlichen Geländehindernisse, die seinen Harvester hätten umschmeißen können.

Das Nachdenken strengte ihn an. Die Kopfschmerzen wurden stärker. Er schloss die Augen, um sich besser konzentrieren zu können.

Es war am Montag gewesen, gleich morgens. Niilo war mit dem Forwarder zum Holzrücken losgefahren, er hatte noch getankt und die Sägekette gewechselt.

Niilo?

Bei den Gedanken an Niilo lief ihm ein eisiger Schauer über den Rücken. Warum nur?

Er war gerade ins Führerhaus geklettert, um die Maschine zu starten, als plötzlich … da kam …

Ja zum Teufel, was war da gekommen?

Seine Erinnerung versagte an dieser Stelle. Er schien eine Gedächtnislücke, einen Filmriss zu haben.

In Mika regten sich plötzlich die Lebensgeister. Mit aller Kraft bäumte er sich auf. So gut es irgend ging.

Aber es ging nicht weit. Verflucht!

Er lag eingeschnürt in seinem Schlafsack – und der wiederum musste mit einem Seil oder Spanngurt irgendwo festgebunden sein.

Langsam dämmerte es ihm: Er befand sich weder in einem

Krankenhaus noch in einer Arztpraxis. Verletzt und unversorgt steckte er in seinem eigenen Schlafsack, verschnürt wie ein Paket. Gleich einer Mumie in einer dunklen, kalten Gruft. Das sah nicht gut aus ...

In ihm stieg Wut auf. Er war gefesselt, aber nicht geknebelt.

»*Apua!*«, rief er in seiner Muttersprache. »*Apua!*«

Gespannt starrte er auf das matt schimmernde Lichtrechteck über sich und lauschte.

Nichts passierte.

Nach kurzer Besinnung wiederholte er auf Deutsch: »Hilfe! Hilfe! Hört mich jemand?«

Minutenlang tat sich nichts.

Dann regte sich auf einmal doch etwas.

Über sich hörte er ein Rumpeln, dort, wo sich die Luke oder das Fenster befand. Rufe drangen an sein Ohr, kurze abgehackte Worte, unverständlich und aus weiter Ferne.

Es rumpelte noch einmal, lauter dieses Mal. Auf einer Seite des Rechtecks wurden die Lichtstreifen breiter.

Gleißendes Licht traf sein Gesicht und blendete ihn. Reflexartig drehte er den Kopf zur Seite und schloss die Augen.

Als er wenige Sekunden später wieder zu blinzeln wagte, sah Mika eine Gestalt, die auf einer Leiter zu ihm herabstieg.

Das Wetter an diesem Dienstagmorgen zeigte sich weiter winterlich. Der Himmel über Celle war klar, es herrschten Windstille und frostig kalte Temperaturen. Eine riesige rosafarbene Dunstbank am Horizont im Südosten der Stadt verhinderte, dass die Sonne zum Vorschein kam. Vorerst jedenfalls.

Henning Grube fuhr auf der 77er-Straße in Richtung Innenstadt, als er kurz vor dem Langensalzaplatz abrupt abbremste. Kurz entschlossen bog er mit hohem Tempo auf den Parkplatz vom Celler »Badeland« ein. Der platt gefahrene und gefrorene Schnee knirschte unter den Reifen seines Wagens. Erst auf dem offenen Parkdeck im ersten Stock stoppte er das Fahrzeug.

Er schaltete den Motor aus und ließ die Stirn auf das Lenkrad sinken. Die Lockenmähne rutschte nach vorn und verdunkelte sein Gesichtsfeld. Die müden Augen hielt er weit geöffnet.

Bevor er zur Tat schritt, musste er noch einmal nachdenken.

Dabei hatte er schon die halbe Nacht gegrübelt und kaum geschlafen. Seine Gedanken hatten sich im Kreis gedreht.

Sollte er, sollte er nicht? Wäre es schlau, der Polizei alles zu erzählen? Sollte er von seinem Verdacht berichten? Sollte er sagen, warum seiner Meinung nach Niilo getötet und Mika entführt worden waren?

Das würde Folgen haben. Er müsste sich selbst anzeigen. Und viele seiner Wunschträume der letzten Tage ad acta legen.

Auch den Traum, den viele Förster hegten: vom schmucken Schwedenhaus, umgeben von ein paar Hektar Wald. Dem *eigenen* Haus und dem *eigenen* Wald, versteht sich. Am besten am Rande eines Sees gelegen, mit einem Steg, an dem ein Segelboot dümpelt … Und im Carport stünde ein Land Rover Defender 110 CSW, sein Lieblingsauto.

Und was würde Annika sagen? Erst am letzten Wochenende hatten sie den gemeinsamen Traumurlaub in Thailand geplant. Im kalten Februar – sie hasste den deutschen Winter wie nichts anderes – sollte es für drei Wochen in die Tropen gehen. In den Süden Thailands, zu den paradiesischen Inseln um Ko Phi Phi in der Andamanensee. Seine Liebste war schier ausgeflippt vor Freude.

Den Urlaub abzublasen … Das würde sie umhauen.

Andererseits ging es hier um Leben und Tod. Das hatte er nicht vorausgesehen.

Klar, hinterher war man immer schlauer. Niilo war tot. Ihm konnte niemand mehr helfen. Er selbst hätte seinen Tod verhindern können … wenn er sich damals anders entschieden hätte. Doch jetzt war es zu spät.

Aber Mika – der lebte wahrscheinlich noch. Sehr wahrscheinlich sogar. Die Gangster brauchten ihn lebend. Davon, so vermutete er, gingen die jedenfalls aus. Wenn sie auch Mika zum Schweigen bringen würden, liefen sie Gefahr …

Ein heftiges Klopfen an der Windschutzscheibe riss Henning Grube aus seinen Gedanken.

Der Mann trug eine Maske.

Eine schwarze Motorradsturmhaube, die lediglich die Augenpartie frei ließ. Dazu einen verschlissenen Armee-Overall in Nato-Oliv, einen von der Bundeswehr. Auf dem Oberarm waren die Reste einer kleinen Deutschlandfahne zu erkennen.

Außerdem hatte er Handschuhe angezogen. Dunkle Fingerhandschuhe aus Leder.

Mika wollte aufbegehren, sich beschweren, lautstark protestieren: Was soll das hier? Wo bin ich? Was ist passiert?

Doch er blieb stumm.

Je näher der Mann kam, desto mehr schwand der Mut des Finnen. Was schüchterte ihn so ein? Die Sturmhaube? Oder die Handschuhe? Beides verhieß nichts Gutes.

Nein, etwas anderes lähmte ihn, versetzte ihn in eine Art Schockstarre. Etwas tief in seinem Inneren, das er nicht einzuordnen vermochte.

»Biste also endlich aufgewacht.« Der Mann, der nun neben ihm stand, schaute durch den Sehschlitz auf ihn herab. »Wir dachten schon, du wärst hin.«

Als Mika Rahola die heisere Stimme hörte, lief ein Schauer über seinen Rücken, spürte er eine unerklärliche Angst in sich aufsteigen. Todesangst.

Gleich schlägt er zu, dachte er. Oder Schlimmeres …

Hatte er seine Verletzungen dem Kerl im Overall zu verdanken?

»Willst du endlich auspacken?« Die heisere Stimme kam näher. Der Mann beugte sich ein Stück vor, seine Oberschenkel berührten den Schlafsack, also musste Mika irgendwie erhöht auf einem Bett oder einer Pritsche liegen. »Oder spielst du weiter den Ahnungslosen?«

Mika riss Mund und Augen weit auf, brachte jedoch kein Wort heraus. Etwas, das er nicht beschreiben konnte, lähmte seine Stimmbänder. Seine übrigen Sinne jedoch waren hellwach. Er roch eine Bierfahne und die Ausdünstungen eines starken Zigarettenrauchers. Er hörte das wütende Schnaufen.

»Rede!« Der Mann holte mit der Rechten aus. »Sonst …«

Mika schloss den Mund und blieb stumm. Sein ängstlicher

Blick wanderte hilfesuchend im Raum umher. Er konnte nicht viel erkennen. Die einzige Lichtquelle – der Helligkeit nach eine 40er-Glühbirne – befand sich jenseits der Luke in luftiger Höhe. Hier unten im Verlies schien es kein elektrisches Licht zu geben.

Der Schatten des Maskierten fiel auf ihn. »Wer nicht hören will, muss fühlen«, murmelte er, während er den Arm senkte.

Er schlug nicht zu, wie Mika es erwartet hatte. Der Kerl brauchte gar nicht viel zu tun, um ihm Schmerz zuzufügen. Grauenvollen Schmerz. Mit der flachen Hand drückte er Mikas Stirn nach unten. Fest und ruckartig, als wüsste er von der frischen Wunde am Hinterkopf und der brettharten Unterlage.

Mikas Kopf schien zu explodieren. Er schrie auf, bevor er erneut das Bewusstsein verlor.

Erschrocken hob Henning Grube den Kopf. Sich die wirren Locken aus der Stirn streichend, schaute er sich um.

Direkt neben der Fahrertür stand ein Mann in Uniform. Ein Polizist. Durch Handzeichen gab der Beamte ihm zu verstehen, dass er das Seitenfenster herunterlassen sollte.

»Allgemeine Verkehrskontrolle«, sagte der Polizist lakonisch, nachdem Grube das Fenster geöffnet hatte. »Führerschein und Fahrzeugpapiere bitte.« Hinter ihm war ein weiterer Polizeibeamter aufgetaucht, der deutlich sichtbar am Holster seiner Dienstwaffe nestelte.

Wortlos händigte Grube das Gewünschte aus. Während er das Ergebnis der Kontrolle abwartete, entdeckte er im Rückspiegel den Streifenwagen. Der stand quer zu seinem Auto, mitten auf der Fahrspur des Parkdecks. Tief in Gedanken versunken, hatte er die Polizei gar nicht kommen gehört.

»In Ordnung, Herr Grube. Haben Sie heute schon Alkohol getrunken?«, fragte der Beamte streng, während er die Papiere zurückgab.

»Nein. Wie kommen Sie denn darauf?«

Der Polizist beugte sich ein Stück vor, so als ob er ins Auto-innere schnuppern wollte. »Wir haben Sie doch gerade geweckt, oder? Ihre Müdigkeit wird einen Grund haben. Das könnte Alkohol sein … oder vielleicht auch was anderes.«

»Ich habe nicht geschlafen, nur nachgedacht.« Henning Grube reagierte ungehalten. »Das ist ja wohl nicht verboten, oder? Und Alkohol getrunken oder gar Drogen genommen habe ich auch nicht.«

»Na ja, wenn Sie bei diesen Minustemperaturen im Auto einschlafen«, fuhr der Polizist unbeirrt fort, »laufen Sie Gefahr zu erfrieren. Da kann schon eine Stunde –«

»Soll ich's wiederholen? Ich bin hellwach, stocknüchtern und klar im Kopf. Meinetwegen kann ich auch pusten.«

Der Polizist schüttelte den Kopf. »Nicht nötig. Sie sind ja nicht gefahren, jedenfalls nicht, dass wir das gesehen hätten. Wie lange wollen Sie denn hier noch parken? Wollen Sie ins Schwimmbad?«

Grube verdrehte die Augen. »Nein. Und parken will ich auch nicht. Habe nur einen kurzen Zwischenstopp eingelegt. Wenn es Sie interessiert: Ich bin auf dem Weg zur Polizei.«

»Zu uns? Interessant.«

»Ja, ich bin auf dem Weg zu Ihrem Hauptquartier. In der Jägerstraße. Das ist doch gleich da vorn.«

Der Polizist grinste. »Was wollen Sie denn da? Sich beschweren? Über uns?«

»Kommt drauf an.« Henning Grube erwiderte das Grinsen. Dann wurde er rasch wieder ernst. »Nein, Spaß beiseite. Ich muss ins Fachkommissariat 1. Zu Kommissarin Schnur. Es geht um den toten Finnen gestern im Langlinger Holz.«

»Ach, die Sache mit dem Harvester?«

»Genau. Ich muss dazu noch eine Aussage machen.«

Der Polizist zog erstaunt die Augenbrauen hoch. »Na, wenn das so ist – sollen wir Sie hinbringen?«

Grube winkte ab. »Danke, nicht nötig. Ich fahre lieber selbst. Jetzt, da Sie mir endlich glauben, dass ich nicht getrunken habe.«

Seine Ohnmacht dauerte nur wenige Sekunden. Die furchtbaren Schmerzen weckten seine Erinnerung an das, was gerade geschehen war, und daran, in welch misslicher Lage er sich befand.

Unter Tränen öffnete Mika Rahola die Augen.

Verschwommen, wie durch einen Schleier, erkannte er, dass sein Widersacher die Leiter erklomm. Erst wollte er brüllen, seinen Schmerz und seine Wut herausschreien. Doch sein Instinkt sagte ihm, dass es besser wäre, still zu bleiben. Der Kerl könnte zurückkommen, um ihn, den hilflosen und gefesselten Schwerverletzten, weiter zu quälen.

Der Mann im Overall hatte die letzten Sprossen erreicht. Gleich würde er herausklettern und die Luke schließen. Dann würde es wieder dunkel im Verlies.

Mika blieben nur wenige Augenblicke. So gut es ging – sein Blickwinkel war durch die Schlafsackkapuze eingeschränkt –, schaute er sich in seinem Gefängnis um.

Er sah rote Steinwände. Sonst nichts. Nackte und grob verfugte Ziegelsteine. Sie schienen schon einige Jahre auf dem Buckel zu haben. Der Mörtel bröckelte bereits, einige Steine waren angeschlagen. Mika wähnte sich im Keller eines älteren Hauses, auch wenn die Wände keine Spur von Feuchtigkeit aufwiesen. Das Gebäude stand anscheinend an einem trockenen Standort. Ohne genau zu wissen, was hinter seinem Kopf war – denn dorthin konnte er nicht gucken –, schätzte er, dass das Verlies eine Grundfläche von ungefähr drei mal vier Metern einnahm.

Krachend wurde die Luke zugeworfen, das Licht erlosch.

Er war wieder allein.

Abermals drangen Stimmen an sein Ohr. Von irgendwo da oben. Männerstimmen. Er nahm an, dass es Deutsch war, konnte aber nichts verstehen.

Dann erstarben auch diese Geräusche.

Nach einigen Momenten hatten sich Mikas Augen an die Dunkelheit gewöhnt. Dort, wo sich hoch über ihm die Luke befinden musste, erblickte er erneut die schmalen Lichtstreifen. Ein Viereck als einzige visuelle Orientierung – eine Art Hoffnungsschimmer.

Hoffnung? Auf was?

Mika zermarterte sich sein Hirn. Was in Herrgotts Namen war passiert? Was wollten seine Entführer nur von ihm? Wie lange hielten sie ihn schon gefangen? Und was war mit Niilo?

Wenn er an Niilo dachte, drehte sich ihm der Magen um. Warum nur?

Sicher war seine Kopfverletzung schuld daran, dass er sich nicht mehr an die Ereignisse im Klosterforst erinnern konnte. Anscheinend litt er unter Gedächtnisschwund. Hervorgerufen durch einen Schlag auf den Kopf, eine Gehirnerschütterung oder so etwas.

Vor zwölf Jahren war bei ihm nach einem Verkehrsunfall in Südschweden schon einmal eine Amnesie diagnostiziert worden. Sein Toyota Hilux hatte einen Elchbullen gerammt und sich mehrmals überschlagen. Mit schweren Kopfverletzungen war er ins Krankenhaus eingeliefert worden. Damals hatten ihm von der Zeit vor dem Unfall rund sechs Stunden seines Erinnerungsvermögens gefehlt. Diese Erinnerungslücke war bis heute geblieben.

Zu den entsetzlichen Kopfschmerzen gesellten sich nun Hunger und Durst. Vor allem Durst. Er hatte keine Ahnung, wann er das letzte Mal getrunken oder gegessen hatte. Es musste eine ganze Weile her sein. Das Frühstück am Montagmorgen daheim in Oppershausen – ein Rosinenbrötchen mit Butter und Erdbeermarmelade, dazu der obligatorische Pott Kaffee –, das war die letzte Nahrungsaufnahme gewesen, an die er sich erinnern konnte.

Mika lief das Wasser im Mund zusammen, aber nur im übertragenen Sinn. Sein Mundraum war ausgetrocknet, die Zunge klebte regelrecht am Gaumen. Mit einem lauten Stöhnen öffnete er die Lippen und sog die kühle Luft ein.

Ein Königreich für ein Glas Wasser, dachte er, als er erneut die Augen schloss.

Auf dem Besucherparkplatz der Polizeiinspektion hatte zu dieser frühen Morgenstunde noch niemand den Neuschnee der vergangenen Nacht geräumt. Fahrspuren gab es jedoch zur Genüge.

Henning Grube steuerte sein Fahrzeug in die einzige freie Parklücke. Nachdem er die Parkscheibe eingestellt und auf das Armaturenbrett gelegt hatte, stieg er aus. Ein Schild wies darauf hin, dass maximal drei Stunden Parkzeit erlaubt waren. Das müsste reichen. Es sei denn, sie behielten ihn gleich hier.

Er sah zu dem schmucklosen sechsstöckigen Gebäudekomplex empor. Die oberste Etage wurde gerade von der Sonne wachgeküsst, ein herrlicher Wintertag kündigte sich an. An so einem Tag hatte ein Forstmann und Jäger eigentlich Besseres zu tun, als in einem hässlichen Bürohochhaus unliebsame Fragen zu beantworten.

Grube klingelte am Haupteingang, durchquerte zwei Türen mit einer Sicherheitsschleuse und stand vor dem wachhabenden Beamten. Er nannte seinen Namen und fragte nach Kriminalkommissarin Schnur.

»Nehmen Sie bitte nebenan im Warteraum Platz«, erwiderte der Polizist, nachdem er telefoniert hatte. »Die Kollegin holt Sie dort ab.«

Im Warteraum gab es wie schon auf dem Besucherparkplatz nur noch einen freien Platz. Grube setzte sich und blickte neugierig in die Runde. Die anderen Wartenden, Männer verschiedener Altersklassen mit dunklen Haaren und Augen, ignorierten ihn. Sie schienen mit sich selbst beschäftigt zu sein, palaverten lautstark in einer fremden Sprache und gestikulierten temperamentvoll mit Händen und Füßen.

Das Smartphone vibrierte in seiner Jacke. Über WhatsApp war eine neue Kurznachricht eingetroffen – von Annika: *Hab gerade erfahren, dass »The Beach« mit Leonardo DiCaprio auf Ko Phi Phi gedreht worden ist. Und genau da fliegen wir hin!!! Ich freu mich ja so …*

Henning Grube wurde übel, kalter Schweiß trat ihm auf die Stirn. Seine Annika … die Frau seines Lebens … und er musste sie enttäuschen. Wie sollte er ihr das nur beibringen? Die Traumreise storniert, ein Ermittlungsverfahren gegen ihn eingeleitet, erwartete ihn eine vermutlich deftige Strafe und obendrein ein Disziplinarverfahren vom Arbeitgeber mit unabsehbaren beruflichen Folgen.

Ich bin doch nicht bescheuert, dachte er und sprang auf. Ich lass das schön bleiben. Sollen die doch zusehen, wie sie ihren Fall lösen … Wahrscheinlich ist eh nichts mehr zu retten …

Grube bahnte sich den Weg zum Ausgang. Einige der ausländischen Besucher hatten sich erhoben, ihr Wortwechsel nahm an Lautstärke und Heftigkeit zu.

Im Flur hielt Grube Ausschau nach Maike Schnur, doch die war zum Glück nirgends zu sehen. Als er sich dem Ausgang zuwandte, stellte er schnell fest, dass er hier nicht ohne Weiteres rauskam – zumindest nicht, ohne den Wachhabenden zu bitten, ihm die beiden Türen zu öffnen. Die Sicherheitsschleuse war so konzipiert, dass man nicht nur beim Betreten des Gebäudes, sondern auch beim Verlassen die Erlaubnis des Beamten brauchte.

Während Grube noch dabei war, sich eine passende Ausrede auszudenken, um das Polizeigebäude zu verlassen, brach der Tumult los. Die dunkeläugigen Männer hatten den Warteraum verlassen und drängten zum Ausgang.

»Wir werden nicht länger warten«, rief einer, der für die versammelten Anwesenden zu sprechen schien. »Das ist Diskriminierung!«

»Typisch, so werden nur Ausländer behandelt!«, schimpften andere.

»Lassen Sie uns raus«, forderte der Wortführer den Wachhabenden auf. »Wir verzichten auf eine Anzeige.«

Im Nu waren aus den angrenzenden Räumen Beamte aufgetaucht, die beruhigend auf die Männer einredeten. Derweil telefonierte der Wachhabende. Erst nachdem er das Gespräch beendet hatte, betätigte er die Türknöpfe. Die Beamten ließen die Männerschar ohne weiteren Kommentar gehen.

Henning Grube nutzte das Durcheinander, er mischte sich unter die Männer und verließ so unbemerkt das Polizeigebäude.

Als Maike Schnur wenige Sekunden später aus dem Aufzug trat und zum Warteraum ging, hatte Henning Grube bereits sein Auto erreicht. Er verließ den Parkplatz noch vor den anderen Besuchern. Die schienen sich immer noch nicht einig zu sein, standen bei ihren Autos und debattierten.

Als erneut das grelle Licht auf sein Gesicht fiel, erwachte Mika. Die Kopfschmerzen waren immer noch da. Dazu der schreckliche Durst.

Er hatte geschlafen. Wie lange? Er wusste es nicht. Er konnte sich lediglich an einen schrecklichen Alptraum erinnern. Mit Niilo als Hauptperson. Und bis an die Zähne bewaffneten Jägern, die auf Schneemobilen ihm hinterher durch die Gegend rasten. Die winterliche Landschaft war weit und baumlos gewesen wie die Tundra in Lappland. Die Sonne blendete. Der Schnee nicht. Der war nicht weiß, sondern rot. Blutrot. Niilo blutete, er war auf der Flucht. Doch zu Fuß hatte er gegen die motorisierten Jäger keine Chance. Sie schossen unaufhörlich auf ihn. Schwer getroffen stürzte er, verschwand in einem Nebel aus rotem Schnee – und Mika war wach geworden.

Sie kamen zu zweit die Leiter herab. Der Kerl mit der Sturmhaube und dem Militär-Overall, den Mika schon kannte, und eine weitere, ebenfalls maskierte Person. Sie war etwas kleiner und trug eine Wollmütze, in die zwei Sehschlitze geschnitten waren.

Aus nächster Nähe leuchteten sie ihm mit einer Taschenlampe ins Gesicht und blendeten ihn.

»Na, sieh mal an, dem sind die Lippen aufgeplatzt«, hörte er den Typ mit der Sturmhaube höhnen. »Der muss ja 'nen höllischen Durst haben.«

»Was für 'n Glück«, erwiderte der Wollmützenträger, »dass wir 'ne Flasche Wasser dabeihaben.«

Der Strahl der Taschenlampe wanderte von Mikas Gesicht zu einer Mineralwasserflasche, die einer der beiden demonstrativ in der Hand schwenkte. Es war eine Halbliterflasche aus Plastik. Wer sie hielt, vermochte Mika nicht zu erkennen. Der Lichtstrahl erfasste erneut sein Gesicht.

»Gib ihm was«, sagte der mit der Sturmhaube. In seiner Stimme schwang mehr Hohn als Mitleid. »Bevor sein Maul noch zuklebt.«

Mika hörte das typische Zischen, das entstand, wenn eine Wasserflasche mit Kohlensäure geöffnet wurde. Gespannt und misstrauisch harrte er der Dinge, die da kamen.

Die Flasche und eine behandschuhte Hand tauchten vor ihm im Lichtkegel auf. Direkt über seinem Gesicht. Langsam wurde die Flasche gekippt, um zwanzig, dreißig Grad, bis die ersten Tropfen herausrannen. Sie trafen Mika in die Augen.

»Oh, wie dumm, glatt daneben«, rief Wollmütze, während er die Flasche zurück in die Senkrechte drehte. »So 'n Mist aber auch, das kann ich eigentlich besser.«

»Vielleicht hilft es, wenn er ›Bitte, bitte!‹ sagt.« Sturmhaube war auf die andere Seite der Pritsche getreten und beugte sich tief zu Mika hinab. Mit seiner Bierfahne hauchte er: »Na, willste endlich reden?«

Mika wandte den Kopf zur Seite. Seine verkrusteten Lippen öffneten sich einen Spalt, und er krächzte: »Warum ... warum macht ihr das?«

Sturmhaube stupste ihn mit der Faust an die Schulter. »Na, geht doch«, frohlockte er gekünstelt, während er sich aufrichtete. »Und jetzt eine passende Ansage, dann gibt's Wasser satt.«

»Was ... wollt ihr?« Nach der schlimmen Erfahrung von vorhin hielt Mika es für schlauer, mit seinen Widersachern zu reden.

»Das haben wir dir gestern schon tausendmal gesagt«, zischte Wollmütze. Er holte mit der offenen Wasserflasche zum Schlag aus, dass es nur so spritzte.

»Der Schlag ... der Schlag auf den Kopf«, stammelte Mika. »Ich weiß nicht ... kann mich an nichts mehr erinnern.«

»Ach so? Deshalb das Schweigen im Walde.« Sturmhaube mimte den Verständnisvollen. »Das ist aber schade. Können wir da vielleicht nachhelfen?«

»Wasser, bitte«, bettelte Mika. Die Kopfschmerzen brachten ihn nahezu um den Verstand.

»Scheiß auf Wasser!« Wollmütze drehte die Flasche um und ließ den Inhalt neben der Pritsche auf den Steinfußboden plätschern. »Wenn du nicht auspackst, kannst du meinetwegen verrecken«, schnauzte er.

Fassungslos musste Mika mitansehen, wie auch der letzte Tropfen aus der Flasche zu Boden rann. Dem Zusammenbruch nahe, krächzte er ein paar unverständliche Worte auf Finnisch.

Erneut beugte sich Sturmhaube über sein Gesicht. »Du willst uns doch nicht etwa weismachen, dass du 'nen Filmriss hast?«

Mika nickte kaum merklich.

»Ach nee … dann schau dir das hier mal an.« Er streifte sich den rechten Handschuh von den Fingern und kramte in einer Tasche seines Overalls. Er brachte ein Smartphone zum Vorschein und schaltete es ein. Nach ein paar Klicks erschien das Gesuchte auf dem Display. Ein Foto. Er hielt es Mika dicht vors Gesicht. »Erinnerst du dich jetzt? Guck genau hin.«

Das Smartphone berührte fast Mikas Nasenspitze.

»Ja genau, du siehst richtig. Was da im Schnee liegt – das ist der Kopf von deinem Kumpel. Den hast *du* kaltgemacht.«

Mika riss Mund und Augen weit auf. Ihm stockte der Atem.

»Das glaubste nicht? Na warte.« Er holte ein weiteres Foto aufs Display. »Rate mal, was da im Greifer klemmt. Da ist der Kopf noch dran …«

Mika wurde von einem heftigen Schütteln erfasst.

»Und hier.« Wieder ein neues Foto. »Da sitzt du auf deiner Maschine, die Hand am Sägeknopf. Guck mal, im Hintergrund sieht man genau, was du da gerade absägst.« Er zoomte mit zwei Fingern in die Vergrößerung. »Na? Keine Idee? Ich sag's dir, Alter. Das ist kein Baum. Das ist dein Kumpel und Landsmann. Dem sägste da gerade die Rübe ab. Direkt oberhalb der Schulterblätter. Sauberer Schnitt. Is nicht nett von dir, findste nicht auch?«

Mika rutschte tiefer in seinen Schlafsack. Er schloss die Augen, seine Gesichtszüge entglitten.

»Jetzt weiß du's«, brüllte Wollmütze. »Ein Mörder bist du. Ein hundsgemeiner, brutaler Halsabschneider. Und alle Welt sucht dich.«

»Du bist total am Arsch, Alter.« Wieder beugte Sturmhaube sich zu Mika herab. »Die Bullen sind schon hinter dir her. Wenn die dich packen, biste dran. Und damit du's weißt: Nur wir können dir helfen. Also hör auf, den Ahnungslosen zu mimen. Quatsch endlich.«

Die letzten Worte verstand der Finne nicht mehr. Sein Bewusstsein erlosch, seine körperlichen Funktionen versagten. Mika Rahola versank in einer tiefen Ohnmacht.

Henning Grube ahnte, wer da so hartnäckig versuchte, ihn anzurufen. Nach seiner überstürzten Flucht aus der Polizeiinspektion konnte es sich nur um Kriminalkommissarin Schnur handeln, die mit solcher Ausdauer hinter ihm hertelefonierte. Die musste ganz schön doof geguckt haben, als sie den Warteraum leer vorgefunden hatte. Er malte sich ihre erstaunten großen Kulleraugen und die hochgezogenen Brauen mit dem winzigen Piercing aus. Ein kurzes Grinsen huschte über sein Gesicht.

Sein Handy klingelte unaufhörlich.

Genervt und verunsichert schielte er zu seinem Mobiltelefon auf dem Beifahrersitz. Einmal muss ich ja doch rangehen, sagte er und griff danach. Eine plausible Ausrede hatte er sich auch schon ausgedacht. Als er jedoch die Nummer auf dem Display las, stutzte er. Die Vorwahlnummer des Anrufers war nicht 05141 für Celle, sondern 05149 für Wienhausen. Die übrigen Ziffern sagten ihm nichts.

Ohne Freisprecheinrichtung und Auto fahrend – er befand sich auf der B 214 stadtauswärts – nahm er das Gespräch an.

»Dr. Wimmer hier«, hörte er, nachdem er sich gemeldet hatte. »Schön, dass ich Sie erreiche. Ich hoffe, ich störe nicht.«

»Nee, geht schon.« Henning Grube stoppte an einer Ampel in Altencelle. »Was kann ich für Sie tun?«

»Es geht …« Dr. Wimmer räusperte sich. Seine Stimme wurde leiser, so als wollte er verhindern, dass jemand Unerwünschtes ihn belauschte. »Es geht um das Hirschluder aus dem Langlinger Holz, das gestern gefunden wurde. Um Pani Pronz.«

»Ja, und?«

»Einer meiner Mitjäger hat dazu eine interessante Entdeckung gemacht.« Dr. Wimmer machte eine Pause.

»Die da wäre?« Henning Grube runzelte die Stirn. Weil diese Grünröcke nach der Tragödie um Niilo und Mika nichts Besseres zu tun haben, als sich um diesen dämlichen Hirsch zu kümmern, dachte er verärgert.

»Darüber möchte ich am Telefon nicht sprechen.« Jetzt flüsterte der Jagdpächter nahezu. »Denn es hat eventuell was mit dem Tod des finnischen Forstarbeiters zu tun.«

Henning Grube legte den ersten Gang ein und fuhr los. »Warum rufen Sie dann mich an?«, fragte er spürbar genervt.

»Warum wenden Sie sich nicht an die Polizei?«

Wieder räusperte sich Dr. Wimmer. »Weil ... weil es Sie betrifft«, sagte er mit Nachdruck.

»Bi... bitte?« Henning Grube hatte auf einmal einen Kloß im Hals. »Was ... was soll das Ganze?«

»Ich möchte Ihnen die Chance geben, sich zu äußern, bevor ich weitere Schritte einleite«, erklärte Dr. Wimmer förmlich.

Grube sträubten sich die Nackenhaare. »Kann mir überhaupt nicht vorstellen, um was es geht«, ließ er heiser verlauten.

»Wie dem auch sei, wir sollten uns treffen.«

»Sie möchten mich persönlich, ich meine, unter vier Augen sprechen?«

»Genau. Und am besten so schnell wie möglich.«

Henning Grube schaute auf die Uhr im Armaturenbrett. »Ich kann in zehn Minuten in Wienhausen sein.«

»Gut. Ich schlage einen neutralen Platz vor ... wie wär's mit dem Kloster-Parkplatz?«

»Meinetwegen.«

»Dann bis gleich.« Nach einem erneuten Räuspern schob Dr. Wimmer nach: »Aber beeilen Sie sich. Die Angelegenheit ist höchst delikat.«

VIER

»Kommst du mit raus?«

Ohne anzuklopfen hatte Maike Schnur das Büro betreten. Zwischen Zeige- und Mittelfinger hielt sie eine noch nicht angezündete Zigarette.

Robert Mendelski legte eine Akte beiseite und rümpfte die Nase. »Seit wann rauchst du denn wieder?«

»Schon seit vier Wochen. Seit dem 9. November, wenn du's genau wissen willst, Matthews Geburtstag.« Sie schüttelte den Kopf. »Typisch Mann. Hast du das echt noch nicht bemerkt?«

Er grinste breit. »Wir sind ja schließlich nicht verheiratet ...«

»Gott sei Dank.« Sie wandte sich zum Gehen. »Also kommst du jetzt mit oder nicht?«

»Ja, ja, meinetwegen.« Er erhob sich von seinem Schreibtisch. »Ich hol nur kurz meine Jacke.«

Wenig später standen sie zu zweit auf dem winzigen Raucherbalkon und schauten aus dem vierten Stockwerk in die Tiefe.

»Was war denn da vorhin los?«, wollte Mendelski wissen, während Maike sich abmühte, mit ihrem nahezu leeren Feuerzeug die Zigarette in Brand zu setzen.

»Was meinst du?«

»Na, das mit dem Förster, dem Grube.«

Die Zigarette brannte endlich. »Keine Ahnung. Als ich unten ankam, war er schon wieder weg.«

»Und jetzt geht er nicht an sein Handy?«

»Richtig.«

»Komisch. Was wollte der denn nur?« Mendelski drehte sich ein Stück zur Seite, um dem Zigarettenqualm zu entgehen.

»Ich habe keinen blassen Schimmer.« Maike blies den Rauch hoch in den Winterhimmel. Ohne Erfolg. Ihr nicht rauchender Kollege bekam trotzdem was ab. »Vielleicht wollte er 'ne Aussage machen. Uns irgendwas erzählen, das ihm heute Nacht noch eingefallen ist. Und dann ist ihm was dazwischengekommen.«

»Aber dann läuft man doch nicht einfach so weg …«

Maike zog an ihrer Zigarette. »Also ich fand den gestern schon ziemlich durcheinander.«

»Ist aber verständlich, meinste nicht?« Mendelski musste husten. Er hatte wieder einen Schwall Qualm abbekommen. »Er hat ja auch so einiges erlebt, unser Jungförster.«

Maike schmeckte die Zigarette nicht, sie drückte sie aus. Frierend kreuzte sie die Arme über der Brust. Anders als Mendelski hatte sie sich keine Jacke übergezogen. »Vielleicht wollte er einfach nur horchen, ob's was Neues gibt.«

»Und dafür kommt er extra hierher?« Mendelski schüttelte den Kopf. »Seltsam. Gibt's denn was Neues? Von der Kriminaltechnik?«

»Im Grunde nichts, was du nicht schon weißt. Die haben da so ihre Schwierigkeiten, vor allem mit den überschneiten Spuren im Wald. Mit denen aus Oppershausen kann man wohl schon mehr anfangen.«

»Dank dem findigen Förster.«

»Wohl wahr.« Maike griente. »Heiko ist sich ziemlich sicher, dass die Spuren im Klosterforst mit denen am Haus der Finnen übereinstimmen. Schuhgrößen, Ausformungen et cetera sollen gleich sein.«

»Wie sieht es mit der Obduktion aus?«

»Erste Ergebnisse gibt's heute Mittag.«

»Und die Blutuntersuchungen aus Oppershausen?«

»Sind noch nicht ganz durch. Aber es sieht wohl so aus, als ob es sich nicht nur um Blut von dem Hund handelt. Sondern auch um Menschenblut.«

»Und der Harvester?«

»Der steht unten auf dem Parkplatz. Den nimmt sich die KT später vor.«

»Für den toten Hirsch hatte auch noch keiner Zeit?«

Maike nickte. »Exakt.«

»Na dann …« Mendelski schaute konsterniert auf seine Armbanduhr. »So kommen wir nicht weiter. Was war denn mit dem

Vertreter des finnischen Konsulats? Wollte der nicht um elf Uhr dreißig hier sein?«, fragte er.

»Ja, wollte er. Hat aber angerufen. Steht im Stau auf der A 37 bei Kirchhorst und kommt, so schnell es geht.«

Hinter ihnen klopfte jemand gegen die Scheibe.

»Hier steckt ihr«, wunderte sich Heiko Strunz, nachdem er die Balkontür einen Spaltbreit geöffnet hatte. »Und ich such euch schon die ganze Zeit.«

»Was gibt's denn?«, wollte Mendelski wissen.

»Das Handy des getöteten Finnen ist gefunden worden. Das von Niilo Humppi.«

»Ach nee! Wo denn?«

»Auf der Straße zwischen Wienhausen und Eicklingen. Brrr!« Heiko Strunz schüttelte sich. »Mensch, ist das kalt. Könnt ihr nicht reinkommen? Ich muss euch das doch nicht hier draußen erzählen.«

Mit hastigem Flügelschlag flog der Kolkrabe zurück zum Kloster. Er hielt ein halbes Brötchen im Schnabel, das er auf dem Parkplatz des Penny-Supermarktes am Ortsausgang in Richtung Bockelskamp ergattert hatte. Zum Glück hatten die Elstern ihn und seinen Leckerbissen noch nicht bemerkt. Wahrscheinlich plünderten die frechen Langschwänze gerade mal wieder Vogelfutterhäuschen, die es – durchweg großzügig bestückt – bei dieser Schneelage in fast jedem Garten Wienhausens gab.

Der Kolkrabe wählte die dichte Krone einer der eng nebeneinanderstehenden Stieleichen zwischen Mühlenkanal und Klosterparkplatz, um sich über seine Beute herzumachen. Doch er hatte nicht bedacht, dass das Brötchen hart gefroren war. Der erste Schnabelhieb hackte es in zwei Teile, von denen er im Reflex das eine Stück gerade noch erwischen konnte. Das andere segelte im hohen Bogen nach unten.

Unter den Eichen parkten zwei Autos, ein brauner französischer Kombi älterer Bauart und ein moderner japanischer Geländewagen in Graumetallic. Der Kombi war leer, während im SUV zwei Personen saßen. Das steinharte Stück Brötchen knallte mitten auf das Dach des Japaners.

»Was war das?« Dr. Wimmer guckte erstaunt nach oben. Er beugte sich zur Windschutzscheibe vor.

»Ein Ast oder so was«, erwiderte Henning Grube, der auf dem Beifahrersitz saß. »Vielleicht auch ein Eiszapfen.«

»Es ist doch total windstill.« Mit einem kaum wahrnehmbaren Summen ließ Dr. Wimmer die Seitenscheibe hinab und steckte den Kopf aus dem Fenster. Von oben fegte etwas Schwarzes auf ihn zu.

Der Kolkrabe rauschte im Sturzflug zum Autodach hinab, griff das verlorene Stück Brot, ohne den Wagen auch nur zu berühren, und flatterte wieder davon.

»Donnerwetter!«, entfuhr es Dr. Wimmer, nachdem er sich von dem Schreck erholt und den Kopf wieder im Auto hatte. »Diese Rabenvögel werden immer dreister. Was haben die sich in den letzten Jahren auch vermehrt …«

Das Thema Rabenvögel interessierte Henning Grube im Moment allerdings herzlich wenig. Ungeduldig rieb er seine schweißnassen Hände an den Oberschenkeln. »Sie wollten mir doch erzählen, was einer Ihrer Jagderlaubnisschein-Inhaber beobachtet hat.«

»Genau.« Dr. Wimmer betätigte den elektrischen Fensterheber. »Also: Am vorletzten Wochenende, genauer gesagt am Freitagabend, war besagter Jagdfreund auf Nachtansitz. Sein Name tut im Moment nichts zur Sache, nennen wir ihn der Einfachheit halber … Fritz. Ja, Fritz ist gut. Also: Fritz saß im Nachbarbestand des Kiefernholzes, das die Finnen gerade durchforsten. Dort gibt es zwischen den Altbuchen und Eichen eine kleine Kirrung und eine versteckte Leiter, die Sie wahrscheinlich noch nicht kennen.«

Henning Grube schüttelte den Kopf. Er hörte konzentriert zu.

»Der Mond schien prächtig«, fuhr Dr. Wimmer fort, »und Fritz saß auf Sauen. So gegen zehn hörte er, wie sich ein Auto näherte. Der Wagen befuhr den nahen Waldweg, betont langsam und ohne Licht. Zunächst nahm Fritz an, dass ein Mitjäger käme, der nicht wusste, dass er da saß. In Frage kam auch ein Liebespaar auf der Suche nach einem einsamen Plätzchen. Also verschaffte er sich trotz der Finsternis Gewissheit, denn Fritz besitzt ein lichtstarkes Fernglas. Damit konnte er das Auto sehr bald einordnen.«

Dr. Wimmer machte eine Pause. Langsam drehte er den Kopf, um Henning Grube zu fixieren. Jedes Wort des folgenden Satzes betonend, setzte er nach: »Fritz erkannte … das Auto des hiesigen Försters. Ihren Kombi. Eindeutig.«

»Ja, und? Was ist daran schlimm?«, fragte Henning Grube gereizt.

Dr. Wimmer wiegte sacht den Kopf. »Er beobachtete, wie Ihr Auto genau an der Stelle hielt, wo der kleine Pfad zur Hute-eiche abzweigt. Jener Huteeiche, an der gestern der tote Hirsch gefunden wurde. Und in deren Nähe der finnische Waldarbeiter so grausam zu Tode kam. Fritz sah, wie Sie ausstiegen und die Autotür schlossen. Sie hätten die Heckklappe geöffnet und einen länglichen Gegenstand aus dem Kofferraum genommen. Fritz ist sich ziemlich sicher, dass es sich dabei um ein Gewehr gehandelt hat.«

Dr. Wimmer legte erneut eine Pause ein, um das Erzählte bei seinem Zuhörer wirken zu lassen. Erwartungsvoll schaute er Henning Grube an. Doch der schwieg verbissen.

»Also weiter«, sagte der Jagdpächter. »Sie schlossen die Heck-klappe und verschwanden auf dem Pfad Richtung Huteeiche. Nach einer halben Stunde kamen Sie zurück, legten das Ge-wehr zurück in den Kofferraum und fuhren davon. Fritz – und auch ich –, also, wir fragen uns, was Sie dort mitten in der Nacht zu suchen hatten.«

»Ist das alles?« Henning Grube verschränkte die Arme vor der Brust.

»Nein, das ist nicht alles«, erwiderte Dr. Wimmer. »Fritz hätte seine nächtliche Beobachtung sicherlich rasch vergessen, wäre nicht gestern dieser schreckliche Mord an dem Finnen passiert. Hinzu kommt noch der Fund des mysteriösen Hirschluders an der Huteeiche. Da wurde Fritz nachdenklich. Jedenfalls weihte er mich heute Morgen ein und fragte mich, ob es nicht besser wäre, zur Polizei zu gehen.«

»Soll er doch«, antwortete Henning Grube patzig. »Meinetwegen.« Tatsächlich wollte er jedoch unbedingt verhindern, dass dieser Fritz die Polizei informierte. Er musste Zeit gewinnen. Zeit, um sich eine plausible Ausrede für seine dämliche und völlig überflüssige Aktion in jener Nacht vor zehn Tagen zurechtzulegen.

»Also gut.« Dr. Wimmer wirkte ungehalten. »Wie Sie meinen. Ich hatte gedacht, ich lade Sie zum Gespräch, damit Sie etwaige Missverständnisse aus der Welt räumen können.«

»Was denn für Missverständnisse?«

»Man könnte doch befürchten, dass Sie etwas mit dem Hirschluder oder gar mit dem Mord zu tun haben.«

»Das ist nicht Ihr Ernst …«

»Schließlich waren Sie im Wald unterwegs, mit Ihrer Jagdwaffe – und zwar unangemeldet, heimlich und verdächtig kurz, an einer Stelle, wo später ein gewilderter Hirsch aufgefunden wurde und ein Waldarbeiter grässlich zu Tode kam.«

Für einen Moment herrschte gespannte Stille im Wagen. Auch von außen – auf dem Klosterparkplatz hatten sich in der Zwischenzeit zwei weitere Autos eingefunden – drangen keine nennenswerten Geräusche ins Fahrzeuginnere. Der Schnee schien jeglichen Lärm zu schlucken.

»Also gut«, brach Henning Grube schließlich das Schweigen. »Ich werde Ihnen das jetzt erklären, aus meiner Sicht. Dann können Sie immer noch überlegen, ob Sie zur Polizei gehen wollen oder nicht.«

Dr. Wimmer nickte.

»An jenem Freitag«, begann Henning Grube, »hatte ich vormittags in den Kiefern ausgezeichnet. Farbe gesprüht, verstehen Sie, an die Bäume, die die Finnen fällen sollten. Dabei war mir aufgefallen, dass in der vorherigen Nacht Sauen unter der Huteeiche gebrochen hatten. Eine Rotte mit etlichen Frischlingen, wie an den Fährten zu erkennen war. Da noch reichlich Eicheln herumlagen, dachte ich mir, die kommen in der nächsten Nacht bestimmt noch einmal dorthin. Am Abend – ich weiß, ich war spät dran – habe ich dann versucht, Sie telefonisch zu erreichen. Ich wollte mich für die Jagd anmelden. Aber das hat nicht geklappt.«

»Ich war im Theater«, fügte Dr. Wimmer an. »Im Schloss-Theater in Celle. Zusammen mit meiner Frau.«

»Sehen Sie.« Henning Grube bekam langsam Oberwasser, erleichtert darüber, dass seine Notlüge funktionierte. »Jedenfalls bin ich dann so los. Ziemlich spontan, ich weiß. Schnee lag vorletzte Woche ja noch keiner, doch der Mond schien. Von der Leiter in der Nachbarabteilung wusste ich tatsächlich nichts. Sorry, wenn ich da den Fritz gestört habe. Ich fuhr also vorsichtig, langsam und ohne Licht den Waldweg entlang, habe das Auto abgestellt und bin auf dem kleinen Pfad zur Huteeiche gepirscht. Gegen den Wind natürlich. Sauen waren aber keine da, das Hirschluder übrigens auch nicht. Danach bin ich auf demselben Weg wieder zurück.«

Dr. Wimmer guckte skeptisch. »Jagen Sie immer so?«, fragte er. »Eine halbe Stunde pirschen und dann wieder nach Hause?«

»Nein, natürlich nicht.« Henning Grube versuchte zu lächeln – was ihm gründlich misslang. »Eigentlich wollte ich bis Mitternacht auf einem Erdsitz, den ich mir am Vormittag aus ein paar Zweigen gebastelt hatte, ausharren. Doch dann bekam ich eine Nachricht auf mein Handy. Von einem Kumpel. Ich hatte für denselben Abend eine Verabredung in Celle vergessen. Also musste ich die Jagd abbrechen.«

»Und der Hirsch war noch nicht da, sagten Sie?«, forschte Dr. Wimmer.

Henning Grube schüttelte seine Lockenmähne. »Nein, nein, ganz sicher nicht.«

»Na gut«, schloss Dr. Wimmer. Er wirkte jetzt deutlich entspannter. »Dann werde ich Heinz ... äh, Fritz von unserem Gespräch berichten. Er wird wohl genauso zufrieden sein, wie ich es jetzt bin.«

Erleichtert atmete Henning Grube auf. Ein Glück, dass Fritz alias Heinz in dem Schummerlicht nicht erkannt hatte, dass er kein Gewehr mit zur Huteeiche genommen hatte, sondern einen Spaten.

»Der Fahrer eines Schneeräumers hat es gefunden«, berichtete Heiko Strunz, nachdem sie im kleinen Versammlungsraum des

Fachkommissariats 1 Platz genommen hatten. »Bei 'ner Pinkelpause. Es lag am Straßenrand, kaputt, in zig Teilen.«

»Scheiße«, entfuhr es Maike Schnur.

»Nichts Scheiße.« Strunz tippte mit dem Zeigefinger auf die Tischplatte. »Das war kein modernes Smartphone, sondern ein robustes, schon etwas älteres Handy. Ein gummiertes Outdoor-Handy, ein Nokia 5140i. Der Mann von der Straßenmeisterei hat alle Einzelteile zusammengesucht. Sogar die winzige SIM-Karte. Die Teile lagen auf dem Asphalt und nicht im Schnee. Er hat das Ding zusammengesetzt – und es funktionierte.«

»Ja, von Handys verstehen die Finnen was«, kommentierte Mendelski. »Und wie habt ihr die PIN-Nummer herausbekommen?«

»Da hab ich so meine Kontakte …« Heiko Strunz grinste breit. »Aber frag lieber nicht so genau, wie das geht.«

»Und weiter?«

»Auf der Mailbox waren etliche Nachrichten, doch das meiste ist auf Finnisch. Wir müssen auf den Übersetzer warten.«

»Was sagt denn das Anrufprotokoll?«

»Erst mal nichts Auffallendes. Überwiegend Telefonate der beiden Finnen untereinander, während der Arbeitszeit. Dann etliche Gespräche mit dem Förster, mit einem Holzkäufer aus Bergen-Sülze und diversen Firmen für Harvester-Ersatzteile – und natürlich nach Finnland, wohl mit Familienangehörigen und Freunden. Wir sind da noch dran. Aber es ist reichlich, Niilo Humppi hatte eine Auslandsflatrate.«

Maike Schnur beugte sich über den Tisch. »Und das letzte Telefonat?«, fragte sie.

»Das war morgens um zehn Uhr elf. Auf Deutsch. Er hat eine Tankstelle in Wathlingen angerufen. Wir haben mit dem Pächter gesprochen. Der Finne hat zweitausendfünfhundert Liter Diesel bestellt.«

»Danach nichts mehr?« Maike fingerte an ihrem Augenbrauenpiercing herum. »Kein Notruf?«

»Nein. Nichts.«

»Wie sieht's mit Fingerabdrücken aus?«

»Wird gerade gecheckt.«

»Okay.« Mendelski lehnte sich zurück. »Dann müssen wir die Auswertung der Mailbox abwarten. Zurück zum Fundort. Wann wurde das Handy gefunden?«

Strunz blätterte in seinen Aufzeichnungen. »Heute Morgen gegen sieben«, berichtete er. »Auf der rechten, also westlichen Seite der Landstraße von Wienhausen Richtung Süden, etwa da, wo der Wald endet. Den Spuren nach wurde es aus einem fahrenden Auto geworfen, ist gegen einen Baum geprallt und dann auf dem Asphalt gelandet.«

»Die fuhren also Richtung Süden«, murmelte Mendelski und rief sich die Landkreiskarte ins Gedächtnis. Er sprach mehr zu sich selbst als zu den anderen.

»Wer, die?« Maike machte große Augen.

»Na, die zwei Unbekannten und Mika Rahola. Sie kamen aus Oppershausen, nehme ich an, und fuhren über Wienhausen gen Süden. Nach Eicklingen, zur B 214, nach Wathlingen, was weiß ich. Jedenfalls haben sie – wahrscheinlich unbeabsichtigt – durch das Entsorgen des Handys eine Spur gelegt.«

»Sehr vage, diese Spur«, gab Strunz zu bedenken. »Die Kerle können inzwischen sonst wo stecken. In Papenhorst, Brökel oder in Braunschweig ...«

»Immerhin haben wir eine Richtung«, zeigte sich Mendelski optimistisch. »Wir sollten den Straßenabschnitt bis Eicklingen nach weiteren Spuren absuchen. Vielleicht haben die ja noch mehr aus dem Autofenster geworfen. Das Handy von Mika Rahola zum Beispiel.«

»Werde mich drum kümmern.« Strunz erhob sich. »Sollten wir nicht vorsichtshalber auch Hannover und das LKA benachrichtigen?«

»Sicher doch.« Mendelski zog sein Notizbuch aus der Jackentasche. »Das übernehme ich. Maike, wärst du so freundlich ...«

Doch Maike hatte ihr Mobiltelefon in der Hand. Das lautlose Vibrieren in der Hosentasche hatte nur sie gespürt.

»Ach, Herr Grube«, sagte sie laut. Und ironisch fuhr sie fort: »Das ist aber nett, dass Sie sich melden. Wir wollten Sie gerade zur Fahndung ausschreiben.«

Als Mika Rahola wieder zu sich kam, zeigte er keinerlei Regung. Auch die Augen hielt er geschlossen. Instinkt und Selbsterhaltungstrieb sagten ihm, dass es besser wäre, weiterhin den Bewusstlosen zu mimen.

Er registrierte, dass er nicht allein im Raum war. Im selben Augenblick erfasste der Strahl der Taschenlampe sein Gesicht.

»Der wird uns doch nicht von der Schippe springen?«, flüsterte eine Stimme. Mika ordnete sie dem Kerl mit der Sturmhaube zu, der ihm die Fotos von Niilos Kopf im Schnee und von ihm selbst im Harvester …

Die Erinnerung an die grausamen Bilder erschütterte erneut sein Bewusstsein, ihn durchfuhr ein heftiges, unkontrollierbares Zucken, aber er blieb bei Bewusstsein.

»Mann, der ist total am Zittern.« Das klang eine Spur besorgt. »Wir müssen ihm was zu trinken geben, tot nützt er uns nix.«

»Ich glaub, der spielt uns nur was vor«, entgegnete Wollmütze. »So schlimm kann das Loch im Kopf doch gar nicht sein.«

»So 'n Gezitter? Das spiel du mal. Nee, dem geht's echt dreckig. Wir müssen was machen.«

Mika spürte, wie jemand am Fußende des Schlafsacks an der Verschnürung hantierte.

»Wir sollten die Wunde am Kopf desinfizieren, und dann verpassen wir ihm Antibiotika. Außerdem … was zu futtern und zu trinken braucht der auch.«

»Spinnst du? Machen wir hier auf Wohltätigkeitsladen oder was?« Die Stimme wurde lauter. »Wenn's dem besser geht, tanzt der uns doch gleich wieder auf der Nase rum.«

»Wie denn? Ach, vergiss es.« Mika hörte, wie Klebeband aufgeschnitten wurde. »Der muss bis morgen auf die Beine kommen, oder haste Bock, den Kerl zu schleppen? Los, pack mit an.«

Mit geschlossenen Augen und sich weiterhin ohnmächtig stellend, bekam Mika mit, wie jemand den Reißverschluss des Schlafsacks öffnete. Obwohl sein Kopf vor Schmerzen dröhnte, versuchte er, die Zusammenhänge zu erfassen und das Erlauschte zu verarbeiten. Doch viel kam nicht dabei raus.

Die Ereignisse, die in den letzten Stunden auf ihn eingeprasselt waren, sprengten jeden Rahmen.

Niilo ... Niilo war tot. Und er sollte ihn getötet haben? Unfassbar. Es musste sich um einen Alptraum, ein fürchterliches Missverständnis handeln.

»Mann, der stinkt wie Hulle«, ächzte Sturmhaube. »Der hat sich eingepisst.«

Erst jetzt bemerkte Mika die klamme Nässe in seinem Schritt. Während seiner Ohnmacht musste sich unwillkürlich seine Blase entleert haben.

»So 'n Scheiß!«, fluchte Wollmütze. »Kannst dich aufn Kopf stelln, ich wasch den nich.«

»Zick hier nich rum. Wir ziehen ihn aus, 'nen Eimer Wasser drüber – und fertig.« Ein grober Handgriff drehte Mikas Kopf zur Seite. »Viel wichtiger ist das Loch in seiner Birne. Ich hol besser mal den Verbandkasten. Pass du so lange auf unseren Gast auf. Bin gleich zurück.«

»Was hat der Grube denn erzählt?«, wollte Mendelski wissen, nachdem ihm Maike Schnur in sein Büro gefolgt war.

»Stuss.«

»Hast du's nicht etwas genauer?«

»Na, der hat gelogen, dass sich die Balken bogen.« Maike konnte sich ein Grinsen nicht verkneifen. Der Reim war nicht beabsichtigt gewesen.

Mendelski seufzte. »Und? Was hat er von uns gewollt?«

»Angeblich war er hier, um sich nach dem neuesten Sachstand zu erkundigen, vor allem wollte er wissen, ob bei den Blutflecken im Haus der Finnen Menschenblut dabei war. Er macht sich große Sorgen um Mika Rahola.«

»Na, dafür hätte er nicht extra herkommen müssen. Ein Anruf hätte gereicht.«

»Hab ich ihm auch gesagt. Aber er meinte, er wär noch so durcheinander gewesen. Es hätte ihn alles so schrecklich mitgenommen, er hätte die Nacht kein Auge zugekriegt und so weiter ... bla, bla, bla.«

»Hast du ihm denn erzählt, was wir gefunden haben?«

Maikes Augen blitzten auf. »Was glaubst du denn! Natürlich nicht«, erwiderte sie zornig.

Ungerührt fragte Mendelski weiter. »Warum hat er es sich so plötzlich anders überlegt und ist getürmt?«

»Er behauptet, er hätte 'nen wichtigen dienstlichen Anruf bekommen, in Sandlingen hätte es Schneebruch gegeben, mit Bäumen auf der Straße und so. Da musste er als Förster sofort hin.«

»Ach. Das lässt sich doch sicher überprüfen, oder?«

Maike hielt ihr Notizbuch hoch. »Bin schon dabei.«

»Hat der Wachhabende mitgekriegt, dass er telefoniert hat?«

»Nee, da gab's wohl 'nen kleinen Tumult im Warteraum, mit Kurden, Jesiden, was weiß ich. Dazwischen muss der Grube förmlich untergegangen sein. Und offenbar ist er mit denen auch raus aus dem Gebäude.«

»Hm, das gefällt mir nicht. Wir sollten den Förster weiterhin im Auge behalten. Der weiß mehr, als er sagt. Viel mehr.« Mendelski nahm einen Stapel Fotos in die Hand und blätterte sie durch. Sie zeigten den Tatort im Langlinger Holz und das durchwühlte Haus der Finnen in Oppershausen.

»Kann ich jetzt?«, fragte Maike und wandte sich zur Tür.

»Einen Augenblick noch.« Mendelski ließ die Fotos mit einem lauten Knall auf die Schreibtischplatte fallen. »Sag mal, als wir uns gestern im Haus der Finnen umgesehen haben, da hast du gleich gesagt: Die haben was gesucht.«

Maike bejahte.

Mendelski zog die Augenbrauen hoch. »Also mittlerweile bin ich mir gar nicht mehr so sicher, ob die Täter was gesucht haben«, sagte er. »Vielleicht ja. Vielleicht war es aber auch nur pure Zerstörung, als Strafe ... ein Racheakt oder so was in der Art.«

Maike setzte sich wieder. »Wie kommst du denn darauf?«

»Ganz einfach: Weil wir mit dem toten Hirsch so was Ähnliches wie ein Motiv hätten. Warum sollten die Täter mit den Finnen sonst dorthin gelaufen sein?«

»Dieses halb vergammelte, halb von Wildsauen aufgefressene Viech soll als Mordmotiv herhalten?«

»Du hast ja keine Ahnung, wie manche Jäger ticken«, brummte Mendelski. »Vielleicht haben die Finnen gewildert.«

»Gab es in Oppershausen denn irgendwas, was dazu passen würde?«

»Nein, jedenfalls bislang nicht.«

»Jagdwaffen, Munition, Fallen, Schlingen, Knochenreste, Felle, Wildfleisch oder Ähnliches, was auf Wilderei hinweist?«

»Nein.« Mendelski rieb sich nachdenklich die Stirn. »Aber ich denke, wir sollten –«

»Moment!«, unterbrach sie ihn. »Haben wir vielleicht irgendwas in den Autos der Finnen gefunden, was deinen Verdacht erhärten könnte?«

»Auch nicht.«

»Na also.« Maike geriet immer mehr in Fahrt. »Keine Anzeichen für Wilderei. Was einen Racheakt nicht unbedingt ausschließen muss, das gebe ich zu. Die Unordnung auf dem Bauernhof kann aber keiner gewesen sein. Wenn sich einer – aus welchem Grund auch immer – an jemand anderem rächen will, gibt's doch verschiedene Stufen. Man haut seinem Kontrahenten eine rein, zersticht ihm die Autoreifen, stellt was Böses ins Internet … bis hin zu Mord und Totschlag. Natürlich ist Letzteres die schlimmste Stufe. Kannst du mir folgen?«

Mendelskis Mundwinkel zuckten amüsiert.

»Zurück zu unserem Fall«, fuhr sie fort. »Es wurde jemand ermordet. Erst *dann* haben sich, den Spuren nach zu urteilen, die Täter sein Haus vorgeknöpft. Beachte die Reihenfolge. Wäre es andersherum, hätte ich mir vielleicht Gedanken über eine Rachetheorie gemacht. Aber so …«

»Okay, okay«, lenkte Mendelski ein. »Du hast ja recht. Aber wonach haben die denn deiner Meinung nach gesucht?«

»Keinen blassen Schimmer.« Maike hob beide Arme. »Das kann doch alles Mögliche gewesen sein. Geld, Gold, Drogen, was weiß ich. Steuerflucht-Datenträger aus der Schweiz, USB-Sticks mit Industriespionage für ein super Hightech-Sägewerk in Finnland, Pornofotos vom Celler Landrat … irgendwas, das sich zu Geld machen lässt.«

Mendelski konnte sich ein Schmunzeln nicht verkneifen. »Wir sollten am besten noch mal rausfahren«, schlug er vor.

»Hab nichts dagegen.« Sie erhob sich.

In diesem Moment klopfte es an der Tür. Ellen Vogelsang steckte den Kopf herein. »Der Vertreter vom finnischen Konsulat ist endlich da«, sagte sie.

Mendelski zuckte mit den Achseln. »Musst dich noch einen Moment gedulden«, beschied er Maike. Ellen Vogelsang rief er nach: »Bin schon unterwegs.«

Das war verdammt knapp, dachte Henning Grube, als er sein Auto vom Klosterparkplatz lenkte. Er blickte in den Rückspiegel. Dr. Wimmer machte keinerlei Anstalten loszufahren. Der telefonierte wahrscheinlich erst mal. Mit Fritz. Hoffentlich war die Sache damit aus der Welt.

»Ich Idiot!«, presste er zwischen den Lippen hervor, während seine Hände das Lenkrad kneteten. Er bog in die Celler Straße ein und gab ordentlich Gas. So ein Mist. Völlig unnötig war das in jener Nacht gewesen. Unnötig und höchst riskant, wie sich ja jetzt im Nachhinein herausgestellt hatte. Nur weil er so gierig gewesen war, den Hals nicht vollkriegen konnte. Weil er unbedingt kontrollieren musste, ob er nicht etwas übersehen hatte. Gut, dass dieser Fritz nicht wusste, dass er sein Gewehr auf dem Rücksitz, im Kofferraum aber den Spaten aufbewahrte. Wie hätte er erklären sollen, was es da zu graben gab …

Er steuerte den Wagen durch das Zentrum von Wienhausen. Erst als er am Ortsausgangsschild vorbeifuhr, fragte er sich, wohin er eigentlich wollte. Seine Nerven lagen blank, er war ziemlich durch den Wind. Kein Wunder, die vergangenen vierundzwanzig Stunden waren ja auch alles andere als entspannend gewesen.

Die ganze letzte Nacht hatte er sich mit Gewissensbissen herumgeschlagen und kaum ein Auge zugetan. Am frühen Morgen, als sein Entschluss feststand, zur Polizei zu fahren und reinen Tisch zu machen, hatte er geglaubt, sein Gewissen ließe sich beruhigen. Dann war die SMS von Annika gekommen – und im letzten Moment hatte er gekniffen. Und kaum, dass er heil aus der Polizeiwache heraus war, folgte auch noch die Auseinandersetzung mit Dr. Wimmer. Oh Mann …

Seit gestern Vormittag, als der Mord passiert war, ging es Schlag auf Schlag. Nichts als Lügen und Ausreden. Wie würde die Sache nur enden?

Sein trockener Mund erinnerte ihn daran, dass er seit dem Kaffee heute in der Früh nichts mehr getrunken hatte. Die letzte Mahlzeit hatte er gestern zu sich genommen. Hatte er heute Morgen zum Kaffee wenigstens ein paar Kekse geknabbert? Er wusste es nicht mehr.

Mit der rechten Hand griff er nach der Thermoskanne, die in der Konsole zwischen den Sitzen klemmte, und schüttelte sie. Sie war noch nicht ganz leer. Hastig schraubte er den Verschluss ab und setzte die Kanne an den Mund. Kalter Früchtetee, ein Rest von gestern oder vorgestern, rann ihm aus den Mundwinkeln und tropfte auf sein Hemd, während er gierig schluckte. Die süßsaure Flüssigkeit tat ihm gut. Sie weckte seine Lebensgeister und verhalf ihm zu einem halbwegs klaren Kopf.

Bevor er den kleinen Ort Offensen erreichte, verließ er die Landstraße und bog nach rechts in die Feldmark ab. Er brauchte Einsamkeit und Ruhe, um seine nächsten Schritte zu planen. Und wo fand ein Förster Einsamkeit und Ruhe? Natürlich im Wald.

Ohne nachzudenken, fuhr Henning Grube ins Langlinger Holz, in den Klosterforst. Genau dorthin, wo inzwischen nur noch die Spuren im Schnee und das rot-weiße Flatterband der Polizei von der Gräueltat des gestrigen Tages zeugten.

Kaltes Wasser ergoss sich über seinen Unterleib und seine Beine. Mika hatte die ganze Zeit stillgehalten und den Bewusstlosen gemimt. Hatte sich ohne Gegenwehr die vollgepissten Hosen ausziehen und sich auf die Füße stellen lassen. Einer seiner beiden Entführer stützte ihn mit kräftigen Armen von hinten. Der andere schöpfte Wasser mit einem Henkelbecher aus einem Eimer, eiskaltes Wasser, und bespritzte ihn damit.

Mika öffnete die Augen und schnappte nach Luft. Zwar war er von Saunabesuchen in der Heimat krasse Temperaturunterschiede gewohnt. Doch jetzt, mit seiner Kopfverletzung und den kaum auszuhaltenden Schmerzen, sackte er erneut zusammen.

»Na, schau mal an, wie der lebt«, höhnte Wollmütze hinter ihm und packte Mikas Oberkörper noch fester, damit er nicht zur Seite kippte. »Der simuliert doch nur.«

»Meinste?«, entgegnete Sturmhaube. »Und wenn schon, lieber lebendig und simulieren als tot und ... und ...«

»Na, wie jetzt?«

»Als tot und wirklich tot. Echt tot. So ganz.«

»Oh Mann, du bist ja so was von helle ...«, kam es genervt von hinten.

»Das reicht jetzt.« Sturmhaube warf den Becher in den Eimer und griff nach einem Handtuch. »Wir trocknen ihn ab und ziehen ihn wieder an.«

Mika hatte die Augen erneut geschlossen. Er ließ seine Widersacher gewähren. Mit hängendem Kopf und baumelnden Armen stand er da. Mit ungelenken Handgriffen rubbelten sie seine Beine trocken, seine Schrittregion ließen sie in Ruhe. Danach streiften sie ihm eine Jogginghose über die nackten Beine.

Weil er nicht mehr in seinem Schlafsack eingeschnürt war, konnte Mika Arme und Beine nun frei bewegen. Sie schienen einigermaßen intakt. Doch an einen Befreiungsversuch war in seiner jetzigen Situation nicht zu denken. Gegen die beiden kräftigen Männer hatte er in seinem angeschlagenen Zustand nicht den Hauch einer Chance. Erst recht nicht hier unten in dem engen Verlies, in dem der einzige Ausgang über die Leiter nach oben zu führen schien. Er musste abwarten, sich in Geduld üben, seine wenigen ihm verbliebenen Kräfte sammeln – und auf eine günstige Gelegenheit hoffen.

Verwirrt spürte Mika, wie ihm leichte Backpfeifen verabreicht wurden. Zwei links, zwei rechts.

»Los, Maul auf!«

Mika wich mit dem Kopf zurück. Er öffnete die Augen zu schmalen Sehschlitzen. Seinen Mund ließ er geschlossen. Vor ihm stand Sturmhaube, die rechte Hand erhoben. Zwischen Zeigefinger und Daumen hielt er eine Tablette.

»Mach keine Zicken«, fauchte Wollmütze, dessen Arme ihn wie Schraubzwingen festhielten, in Mikas Ohr. »Du kriegst 'ne Medizin.«

Mika überlegte fieberhaft. Warum sollte er sich wehren? Wenn die beiden ihm schaden wollten, gäbe es andere Mittel als Pillen. Einfachere. Und brutalere.

»Was ist das?«, krächzte er.

Die Hand mit der Tablette näherte sich Mikas Mund bis auf wenige Zentimeter. »Analgin. Schmerzmittel. Antibiotika kriegste auch noch. Damit das Loch in deinem Schädel keine Scherereien macht.«

»Okay.« Mika schob seinen Kopf ein Stück vor. »Aber mit Wasser«, hauchte er.

»Kriegste.« Sturmhaube schob ihm die Tablette zwischen die blutverkrusteten Lippen, beugte sich zum Eimer hinab und schöpfte mit der Henkeltasse Wasser. Dann hielt er Mika das Trinkgefäß vor die Nase. »Hier. Verdient haste's nicht.«

Mika spülte die Tablette hinunter und trank gierig den Becher leer. Danach bekam er zwei weitere Tabletten und noch mehr Wasser. Insgesamt vier Becher.

»Jetzt reicht's aber«, sagte Sturmhaube. »Was zu essen kriegste später. Wir verarzten erst mal deine Murmel.« Er hielt Wundspray und Tupfer hoch. »Dreh den Kopf zur Seite.«

Mika tat, wie ihm befohlen.

»Glaub bloß nicht, dass wir das aus Nächstenliebe machen«, stellte Wollmütze klar. Sein Griff blieb unnachgiebig. »Aber wir brauchen deine Birne noch. Und zwar intakt. Damit du dich endlich erinnerst …«

Woran nur?, fragte sich Mika verzweifelt. An Niilo? An Niilo, der tot sein soll …

Ein stechender Schmerz schien seinen Kopf zu sprengen. Sturmhaube bearbeitete die Wunde mit dem Desinfektionsmittel. Ziemlich grob und unprofessionell.

»Eigentlich müsste das ja genäht werden«, murmelte der Hobbysanitäter. »Aber egal, wir flicken dich mit Pflaster zusammen.«

»Pflaster? Da müssen aber vorher die Haare ab«, meinte Wollmütze. »Gib mal die Schere.«

»Nee. Halt du fest, ich mach das schon.« Er legte Spray und Tupfer beiseite und wühlte im Verbandkasten, der am Boden stand. »Da is keine. Ich hol eine von oben.«

Als Mika zehn Minuten später das Ratschen der Schere hörte, begann der Medizincocktail, den sie ihm verabreicht hatten, bereits zu wirken. Die Schmerzen ließen spürbar nach – allerdings auch Konzentration und Reaktionsvermögen. Seine Gedanken wurden schwammig, er rutschte in einen Halbschlaf. Wie in Trance vor sich hin dämmernd, bekam er kaum noch mit, wie sein Hinterkopf geschoren und die Wunde mit mehreren Pflastern stümperhaft zugeklebt wurde.

Nachdem ihn die beiden Ganoven zurück auf die Pritsche gelegt hatten, fiel er in einen tiefen, traumlosen Schlaf.

FÜNF

Neuerlicher Schneefall kündigte sich an. Im Nordosten hatte sich eine gewaltige bleigraue Wolkenwand am Horizont aufgebaut. Für den Nachmittag und die bevorstehende Nacht prophezeite der Wetterfrosch im NDR-Radio – wörtlich – »ergiebige Niederschläge mit flauschig weißen Eiskristallen von der Heide bis in den Harz«.

Maike Schnur drehte das Autoradio leiser und murrte. »Menno, langsam reicht's doch, oder?«

Robert Mendelski schien von ganz weit her zurückkommen zu müssen. Gedankenverloren saß er auf dem Beifahrersitz und ließ die Winterlandschaft an sich vorbeiziehen. »Was meinst du?«, fragte er nach einer Weile.

»Na, das mit dem Schnee.« Ein Schlagloch, in dem das Eis geborsten war, zwang Maike, auf dem Feldweg scharf zu bremsen. »Ich finde, es ist genug.« Sie gab wieder Gas.

Mendelski klammerte sich an den Griff über der Tür. »Mensch, Maike ... nun mal langsam mit den jungen Pferden«, knurrte er. »Denk dran: Unser Schneeunfall ...«

»Nicht schon wieder«, stöhnte Maike auf. Sie guckte grimmig zur Seite. »Du solltest eigentlich wissen, dass ich letztes Jahr bei Jo in die Offroad-Schule gegangen bin.«

»Ja, ja, ich hab davon gehört«, erwiderte Mendelski. »Trotzdem ...« Er deutete mit der Rechten voraus. »Da vorne müssen wir dann –«

»Weiß ich«, unterbrach ihn Maike barsch und drosselte das Tempo. »Ich kenne den Weg. Hier sind wir erst gestern langgefahren. Außerdem gibt's hier unglaublich viele Spuren, die alle nur in eine Richtung führen. Nämlich zum Tatort.«

»Ist ja schon gut«, murmelte Mendelski kleinlaut. »Ich wollte auch nur ...«

»Bitte?«

»Ach ... nichts.«

Sie verließen die Feldmark und bogen in den Wald ein. Kleine

Schneefahnen, die der aufkommende Wind von den Bäumen pustete, rieselten auf die Windschutzscheibe.

»Wie war's denn mit dem Vertreter der finnischen Botschaft?«, wollte Maike wissen. Ihre Stimme klang wieder völlig normal.

»Konsulat«, berichtigte er sie. »Das war ein Vertreter vom Honorarkonsulat in Hannover. Die Botschaft von Finnland ist weit weg. In Berlin.«

»Ach, dann war das gar kein Finne?«

»Nö. Ein Deutscher. Ein Professor Dr. Soundso.«

»Und was wollte der nun?«

»Nichts Aufregendes. Papierkram, Formalitäten, Leichenfreigabe, Überführung, Information der Angehörigen in Finnland und so weiter.«

»Klingt ja nicht besonders spannend.«

»Hab ich auch nicht behauptet.«

Maikes Interesse war erloschen, schweigend fuhr sie weiter. Als sie kurze Zeit später an einer Waldwegekreuzung links abbogen und sich dem Tatort näherten, sahen sie einen Mann, der mitten auf dem Waldweg stand.

»Der Grube!«, riefen beide wie aus einem Mund.

»Was treibt der denn hier?«, meckerte Maike.

In diesem Augenblick setzte erneut Schneefall ein.

Der weiße Mercedes-Lieferwagen mit dem DPD-Schriftzug stoppte auf dem Parkplatz der Gaststätte »Zur schönen Aussicht«. Bevor er das nächste Paket zustellte, wollte der Fahrer sich rasch einen Kaffee gönnen. Er war erschöpft und brauchte einen Muntermacher, eine Dosis Koffein. Seit sieben Stunden saß er nun schon hinterm Steuer – er hatte seine Tour morgens um acht begonnen –, und ein Ende war nicht abzusehen. Amazon, Zalando und die vielen anderen Online-Versandhäuser verschafften den Paketkurieren in der Vorweihnachtszeit reichlich Überstunden.

Pawel Sobiech brauchte die Gaststätte nicht aufzusuchen, um Kaffee zu trinken. Er griff nach seiner Thermoskanne. Ein Liter starker schwarzer Kaffee – das war seine Tagesration. Er goss den Becher voll, trank zwei Schlucke und stellte den Rest in die Halterung in der Mittelkonsole. Dann fuhr er weiter.

Als er an den Häusern der Wathlinger Kali-Kolonie vorbeirauschte, wurde der Schneefall stärker. Pawel Sobiech schaltete den Scheibenwischer eine Stufe höher. »*Cholera jasna!*«, schimpfte er laut auf Polnisch. Und in bestem Umgangsdeutsch setzte er nach: »Scheißwetter, verfluchtes.«

Dem untersetzten Mittvierziger mit dem Lech-Walesa-Schnauzbart war unverständlich, warum die Deutschen den Schnee so liebten. Vor allem in der Advents- und Weihnachtszeit, wenn er als Paketzusteller oft bis spät in die Nacht auf den Straßen unterwegs war, hatten die *niemcy* ein Faible für das klassische Winterwetter. Dort, wo er herkam, empfand man den Schnee als eine Pest. Seine Heimat, ein kleines Dorf in den Waldkarpaten, lag ganz in der Nähe von Sanok im äußersten Südosten Polens. Hier bestimmte der Schnee das Wetter von Oktober bis April. Ein verdammt langes halbes Jahr. Oft lag er meterhoch. Dazu die eisigen Temperaturen. Für ihn und seine Familie war das Leben dort hart gewesen.

Doch das hatte er hinter sich gelassen.

Seit über zehn Jahren lebte und arbeitete Pawel Sobiech nun schon in Deutschland. Sein Onkel Adam hatte ihn in den Westen gelotst, nach Berlin, wo er zunächst als Lagerarbeiter und Gabelstaplerfahrer auf dem Großmarkt beschäftigt gewesen war. Doch die Liebe zu Bogdana, einer Jugendbekanntschaft aus der fernen Heimat, hatte ihn vor sechs Jahren nach Celle verschlagen. Seitdem fuhr er Pakete aus.

Inzwischen war er am Ende der Kolonie angekommen. Der Sprinter bog rechts in den Steigerring ein. »Sie haben Ihr Ziel erreicht«, sagte die freundliche Frauenstimme im Navigationsgerät. Pawel Sobiech nahm den Fuß vom Gas.

»Hausnummer 17«, murmelte er, während er das Display seines MDE-Scanners studierte. »Das kann nicht stimmen.«

Im Steigerring gab es nur wenige Häuser, nie und nimmer siebzehn Stück. Die Industriebrache mit wenigen intakten Gebäuden musste früher zum Kali-Werk gehört haben. Jetzt lugten dürre Grashalme und kahles Buschwerk aus dem Schnee.

Pawel Sobiech fuhr bis zum Fuß der riesigen Abraumhalde, welche die ansonsten flache Landschaft weithin sichtbar überragte. Das Schüttgut enthielt noch jede Menge Restsalz, was den Berg weitgehend schneefrei hielt. Die weiße Pracht schmolz in wenigen Minuten dahin, nachdem sie sich auf den steilen graubraunen Hängen niedergelassen hatte.

Für wenige Augenblicke wanderten Pawel Sobiechs Gedanken in seine schnee- und bergreiche Heimat. Er grinste. Da hatten die Wathlinger zwar einen ordentlichen Berg, den sie liebevoll »Kalimandscharo« oder »Monte Kali« nannten, doch der taugte weder als Skipiste noch als Rodelberg.

Er wendete und fuhr die Strecke zurück, die er gekommen war. Kurz darauf entdeckte Pawel Sobiech auf der rechten Seite eine unscheinbare Stichstraße, eine Sackgasse, die er vorhin übersehen hatte, die aber anscheinend zum Steigerring gehörte. Dort bog er ein. Wenig später tauchte hinter einem Schutthaufen das Dach eines einzeln stehenden Hauses auf.

Hier war ich doch schon mal, dachte er, als er vor der Einfahrt eines weitläufigen, offenbar verwahrlosten Grundstücks parkte. Ja, genau. Ein verbogenes, rostiges Drahttor hing halb geöffnet in den Angeln. Fußspuren im frisch gefallenen Schnee deuteten darauf hin, dass vor Kurzem jemand das Grundstück verlassen hatte.

Klar, jetzt fiel es ihm wieder ein. Im letzten Sommer, Ende August, an einem sehr heißen Tag, hatte er hier schon einmal ein Paket zugestellt. Als damals niemand auf sein Klingeln an der Haustür reagierte, wollte er schon kehrtmachen, als er Geräusche aus dem Garten hörte. Lachen und Gekicher männlichen und weiblichen Ursprungs. Er lugte zögernd um die Hausecke und sah das Paar, das sich keine zehn Schritte von ihm entfernt auf einer Hollywoodschaukel räkelte.

Der Mann, ein langhaariger Blondschopf, dessen braun gebrannter muskulöser Körper über und über mit Tattoos verziert war, hatte lediglich eine knappe Badehose und eine Baseballkappe getragen. Beides in Weiß. Seine Pilotensonnenbrille war ihm auf die Nasenspitze gerutscht. Die Frau neben ihm, ein rothaariger Lockenkopf mit schneeweißer Haut, war mit einem winzigen Bikini bekleidet. Beide hielten bunte Cocktailgläser in den Händen.

Um nicht entdeckt zu werden, hatte sich Pawel Sobiech zurückgezogen. Leise war er zu seinem Wagen zurückgeschlichen, hatte das Paket im Laderaum verstaut und sich gerade hinter das Lenkrad geklemmt, als der Blonde plötzlich neben dem Wagen stand.

Mit versteinerter Miene – trotz Sonnenbrille und Kappe gut erkennbar – hatte das Muskelpaket gegen das Türblech geklopft. Heftig und fordernd. Mit einem Baseballschläger.

Als Pawel Sobiech an jenem heißen Augustnachmittag entschieden hatte, die Seitenscheibe seines Lieferwagens herunterzukurbeln, befürchtete er das Schlimmste: einen Fausthieb durch das offene Seitenfenster, einen Stoß mit dem Schlagstock in die Fahrertür oder gar das Zerschlagen der Windschutzscheibe. Aber nichts dergleichen war geschehen. Eine dünne, merkwürdig piepsige Stimme, die so gar nicht zu dem blonden Hünen passen wollte, sagte: »Her mit dem Paket.«

Mit vor Angstschweiß feuchten Händen hatte Pawel Sobiech ihm das Paket übergeben, in seiner Aufregung jedoch vergessen, sich den Empfang quittieren zu lassen. Der Blonde war längst wieder verschwunden, wortlos und unheimlich cool, als der DPD-Mann sein Versäumnis bemerkte. Er hatte jedoch wenig Lust verspürt, das Grundstück ein zweites Mal zu betreten – nur wegen einer Unterschrift. Zum ersten Mal in seiner Tätigkeit als Paketzusteller hatte er die elektronische Signatur auf dem mobilen Datenerfassungsgerät gefälscht und war davongefahren.

Und nun stand Pawel Sobiech erneut vor dem rostigen windschiefen Drahttor, wieder mit einem Paket unterm Arm.

»Was für eine Überraschung.«

Maike Schnur hatte sich die Kapuze ihres Anoraks über den Kopf gezogen und schloss den Reißverschluss bis hoch unter das Kinn. Ihr Gesicht verzog sie zu einem süffisanten Lächeln, als sie rief: »Wir dachten, Sie kümmern sich um den Schneebruch in Sandlingen.«

Henning Grube stand ihnen auf dem Waldweg direkt gegenüber. Er rückte die grüne Schirmmütze zurecht, die seiner Lockenmähne kaum Herr wurde. Unzählige Schneeflocken verfingen sich in seinen Haaren. Der Schneefall wurde stärker. »Das ist schon erledigt«, erwiderte er, den Augenkontakt mit Maike meidend. Stattdessen schaute er zu Mendelski hinüber. »War nicht so schlimm, wie es erst klang. Die Bauern haben die Straße ruck, zuck geräumt.«

»Und Sie sind ruck, zuck zum Tatort, wie es scheint«, entgegnete Mendelski. Sein Blick streifte neugierig durch den Kiefernwald, der gestern Schauplatz eines grausigen Verbrechens gewesen war. Trotz des Schneegestöbers trug er keine Kopfbedeckung. Immerhin hatte er den Kragen seines Mantels hochgeschlagen. Ein gefütterter schwarzer Trenchcoat, den er den ersten Winter trug. »Was hat Sie denn hierhergetrieben?«

»Ja, was wohl?« Des Försters Stimme klang gereizt. Er blies sich eine Locke aus der Stirn.

»Wollen Sie uns das nicht verraten?«, hakte Mendelski geduldig nach.

Henning Grube schnaufte ungehalten. »Jedenfalls nicht mein Job. Mir setzt die Sache unheimlich zu. Niilos brutaler Tod, Mikas Verschwinden. Ich kann an nichts anderes mehr denken. Überrascht Sie das?« Erst jetzt sah Hennig Grube Maike ins Gesicht. »Deshalb bin ich heute Morgen auch Hals über Kopf zu Ihnen nach Celle gefahren.«

»Und haben mich versetzt.« Sie malte mit ihrer Schuhspitze Kreise in den Schnee. »Okay. Schwamm drüber. Sie wollten also wissen, wie der Stand der Dinge ist?«

»Richtig.«

»Oder wollten Sie uns etwas anvertrauen? Etwas Neues, was Ihnen letzte Nacht noch eingefallen ist?«

»Nein.«

Das kam eine Spur zu schnell, wie Mendelski und Maike einhellig befanden. Die beiden schauten sich unschlüssig an.

Henning Grube setzte ungeduldig nach: »Nun verraten Sie mir doch, ob beim Blut im Finnenhaus in Oppershausen Menschenblut dabei war.«

»Das dürfen wir nicht.« Maikes Stimme klang milde und

bestimmt zugleich. Sie klopfte sich den Schnee von der Schuhspitze. »Auch wenn Sie sich Sorgen um Ihren Mitarbeiter Mika Rahola machen. Wir können das verstehen, aber aus ermittlungstechnischen Gründen dürfen wir Dritten keine Auskünfte geben.«

»Sind Sie schon länger hier?«, wechselte Mendelski bewusst das Thema. Inzwischen hatte sich auf seinem Haupt eine ansehnliche Schneeschicht gebildet. Er machte jedoch keinerlei Anstalten, seine Haare davon zu befreien.

»Was heißt länger?« Henning Grube zuckte unschlüssig mit den Schultern. »Zehn Minuten vielleicht.«

»Und? Haben Sie noch was entdeckt? Etwas, was uns weiterhelfen könnte.«

Grube schüttelte den Kopf. »Nein. Hab auch gar nicht richtig gesucht. Ich bin eigentlich nur hier, um das Unfassbare zu begreifen. Um mich zu vergewissern, dass das alles kein schrecklicher Alptraum war.« Gedankenverloren schaute er zu der Stelle zwischen den Kiefern, die mit dem rot-weißen Absperrband der Polizei umgeben war. Das Flatterband und die Holzrückemaschine der Finnen waren die einzigen Überbleibsel der gestrigen Gräueltat. Letztere stand, mit einem Polizeisiegel versehen und mittlerweile völlig zugeschneit, einsam am Wegesrand.

Abrupt wandte er sich wieder an Maike und Mendelski: »Und Sie? Was wollen Sie heute noch hier?«

»Ach, nichts Besonderes.« Endlich strich sich Mendelski den Schnee aus den Haaren. »Das ist so eine Marotte von uns. Wir machen das immer so, Frau Schnur und ich. Bei einem Mordfall fahren wir am Tag nach der Tat noch einmal zum Tatort. Eindrücke sammeln. Manchmal entdecken wir dann noch etwas, was tags zuvor im Eifer des Gefechts übersehen wurde.«

»Aber der Schnee macht Ihnen einen Strich durch die Rechnung ... oder?«

»Sicher. Am besten wäre jetzt Tauwetter. Aber das soll laut Wetterbericht ja erst nächstes Wochenende kommen.« Mendelski klopfte sich nun auch den Schnee von den Schultern. »Wer weiß, was da noch alles an Spuren und Hinweisen im oder unter dem Schnee wartet. Ihnen als zuständigem Forstbeamten wäre ich sehr dankbar, wenn Sie dafür sorgen würden, dass hier alles so bleibt, wie es ist.«

Henning Grube nickte. »Geht klar. Sie reden aber nur von der abgesperrten Fläche, nicht wahr?«

»Ja, das reicht zunächst. Wenn wir es im Laufe der Ermittlungen für nötig halten, das Areal zu vergrößern, melden wir uns.«

»Okay. Und die Absperrung bleibt bis zur Schneeschmelze?«

»Längstens. Heutzutage gibt es genügend technische Hilfsmittel, um auch im Verborgenen zu suchen. Das bisschen Schnee wird unsere Spurentruppe sicher nicht aufhalten.«

»Bisschen Schnee?« Maike hob den Kopf und blinzelte in den Himmel. Eine besonders große Schneeflocke verfing sich in ihren Wimpern. »Da ist das letzte Wort noch nicht gesprochen.«

Henning Grube deutete zum Rückezug hinüber. »Und was passiert damit? Den Harvester haben Sie ja nach Celle gebracht«, sagte er. »Zur eingehenden Untersuchung, nehme ich an. Aber den Forwarder haben Sie hier …«

Ein durch den Schnee gedämpftes Motorengeräusch ließ Grube verstummen. Er trat einen Schritt zur Seite, um – an Maike und Mendelski vorbei – den Waldweg einsehen zu können. Im dichten Schneeschauer rollte ein Geländewagen auf sie zu. Ein nagelneuer Japaner in Graumetallic.

»Der hat mir gerade noch gefehlt«, entfuhr es Henning Grube.

Den Spuren im Schnee nach zu urteilen, musste es sich bei der Person, die kürzlich das Grundstück verlassen hatte, um eine Frau gehandelt haben. Ein Mann wird wohl kaum High Heels in Größe 37 oder 38 tragen, dachte Pawel Sobiech, während er die Trittsiegel auf dem Boden musterte.

Die Abdrücke schneiten rasch zu, und das Tageslicht schwand zusehends. Die tief hängenden Schneewolken ließen die Dämmerung an diesem Nachmittag besonders früh einsetzen.

Pawel Sobiech fragte sich, ob es die rassige Rothaarige aus

dem Sommer gewesen sein mochte, die hier durch den Schnee gestöckelt war. *Cholera!,* war das ein Weibsbild gewesen.

Er hielt das nicht besonders schwere, aber ungewöhnlich große und sperrige Paket in beiden Händen. Mit gemischten Gefühlen betrat er die Einfahrt, um die Sendung auszuliefern. Dem blonden Freund der Rothaarigen ein zweites Mal zu begegnen, stand nicht gerade auf seiner vorweihnachtlichen Wunschliste.

Den zwei Handbreit hohen Schnee in der Einfahrt hatte niemand geräumt. Pawel Sobiech trat mit seinen Winterstiefeln automatisch in die frischen Fußspuren der Frau. Das war eine alte Gewohnheit. Daheim in den Karpaten hatte er von Kindesbeinen an gelernt, sich im Schnee so kräftesparend wie möglich zu bewegen.

Es schneite unentwegt. Große, fette Schneeflocken segelten vom Himmel. Zum Glück hatte Pawel Sobiech seine polnische Pelzmütze aus Lammfell übergestülpt, die er vor zwei Jahren von seiner Bogdana zu Weihnachten geschenkt bekommen hatte. Eine private Kopfbedeckung durfte er während der Arbeit eigentlich nicht tragen, sein Chef sah so etwas gar nicht gern. Schließlich stellte das Unternehmen zur Uniform passende Dienstmützen bereit. Aber die waren bei diesem Wetter für die Katz.

Die Haustür des verwinkelten Backsteinbaus aus den fünfziger Jahren zeigte nicht zur Straße, sondern befand sich zwischen zwei Holzfenstern mit Kipprollläden an der Seitenfront. Deren graublaue Farbe war zu großen Teilen abgeblättert. Vergilbte, nachlässig zugezogene Vorhänge ließen einen matten Lichtschein aus einem der beiden Fenster nach draußen dringen.

Dahinter wird die Küche sein, dachte Pawel Sobiech, während er sich dem Fenster näherte. Als langjähriger Paketzusteller kannte er die verschiedenen Haustypen in Deutschland mittlerweile recht gut. So konnte er die Fenster den jeweiligen Zimmern – insbesondere im Erdgeschoss – häufig richtig zuordnen. Küche, Wohn- und Esszimmer, Gäste-WC, der Hauswirtschafts- oder Heizungsraum, eventuell noch ein Arbeitszimmer, all das fand man meist zu ebener Erde. Die Schlaf- und

Kinderzimmer sowie das Bad lagen in der Regel im ersten Stock.

Als langjähriger Paketzusteller hatte er außerdem gelernt, sich auf fremden Grundstücken möglichst diskret und taktvoll zu verhalten. Es war tabu, in ein Fenster zu schauen oder unaufgefordert ein Gebäude zu betreten. Man lief schnurstracks zur Haustür, klingelte, und wenn niemand öffnete, ging man wieder.

Pawel Sobiech marschierte also zielstrebig auf die Haustür zu. Ohne den Kopf zu drehen, passierte er gerade das beleuchtete Fenster, als ihm das unhandliche Paket aus den klammen Fingern glitt und in den Schnee plumpste.

Schnell bückte er sich und hob es auf. Er schaute sich um – als wollte er überprüfen, ob jemand seine Ungeschicklichkeit beobachtet hatte. Dabei fiel sein Blick durchs Fenster.

Was er zwischen den halb geöffneten Gardinen im Hausinneren sah, ließ ihn zusammenzucken.

Mitten im Raum – es schien tatsächlich die Küche zu sein – standen zwei Männer an einem Tisch und stülpten sich etwas über die Köpfe. Eine schwarze Sturmhaube der eine, eine Wollmütze mit Sehschlitzen der andere.

Instinktiv ging Pawel Sobiech in die Hocke.

O mój Boże!, dachte er panisch, Motorradfahrer sind das nicht. Das sind Gangster! Die wollen zu einem Überfall.

Auch wenn er ihre Gesichter und ihre Haartracht nur für den Bruchteil einer Sekunde hatte sehen können, war sich Pawel Sobiech ziemlich sicher, dass keiner von den beiden der blonde Hüne aus dem Sommer war.

Unvermittelt wurden von innen die Gardinen vorgezogen. Ein Rumpeln war zu hören, als ob jemand einen Stuhl umgeworfen hätte.

Verdammt, haben die mich gesehen?, fragte sich Pawel Sobiech entsetzt. Kommen die jetzt raus und … und greifen mich an? Mit einem Baseballschläger vielleicht?

Immer noch am Boden hockend und sich hinter dem Paket versteckend, starrte er zur Haustür. Nichts geschah.

Was mache ich bloß? Soll ich lieber verschwinden, wie im

letzten Sommer, als ich die Rothaarige und den Blondschopf auf der Hollywoodschaukel überrascht habe?

Ach Quatsch. Das wird alles ganz harmlos sein. Die beiden haben sicher nur Spaß gemacht und lachen sich gerade kaputt. Vielleicht ist da auch ein Kindergeburtstag im Gange, ein verspätetes Halloween-Fest oder eine wilde Sadomaso-Party. Ich gucke einfach zu viele Krimis.

Mit weichen Knien erhob sich Pawel Sobiech.

Im selben Augenblick wurde die Haustür aufgerissen, und der Schatten eines Mannes tauchte im Türrahmen auf. In den Händen hielt er – einen Baseballschläger.

»Gibt's was Neues vom Hirsch?«, fragte Dr. Wimmer nach einer kurzen Begrüßung. Er hielt sich nicht lange mit Vorreden auf und kam gleich auf den Punkt. »Haben Sie das Geschoss inzwischen gefunden?«

Mendelski registrierte, dass Maike und Henning Grube gleichzeitig ansetzten, sich über die Taktlosigkeit des Jagdpächters zu echauffieren. Rasch ergriff er das Wort: »Die menschliche Tragödie, die sich hier gestern abgespielt hat, scheint Sie nicht sonderlich zu berühren.«

»Entschuldigung.« Dr. Wimmer machte eine abwehrende Handbewegung. »So war das nicht gemeint …«

»Wie denn sonst?«, fragte Maike Schnur spitz.

»Ich … ich bin ja schließlich hier für den Jagdbetrieb verantwortlich …«

»Jagdbetrieb hin, Jagdbetrieb her«, regte sich Maike auf. »Hier geht es um Menschenleben. Mord und Entführung, und Sie –«

»Entführung?« Dr. Wimmer zog ein erstauntes Gesicht. »Das ist mir neu. Wer wurde denn entführt? Ich dachte, der eine Finne hat den anderen –«

»Nun mal langsam«, unterbrach ihn Mendelski, während er Maike mit einem finsteren Blick bedachte. »Herr Grube wollte von uns auch schon den neuesten Stand der Ermittlungen erfahren. Aber wir dürfen Ihnen dazu nichts sagen. Es sei denn, wir halten es für unabdingbar für die Aufklärung des Falls.«

»Wann wäre es denn unabdingbar?«, fragte Henning Grube, der Dr. Wimmer die ganze Zeit mit Argusaugen beobachtete. Als würde er befürchten, der Jagdpächter könnte etwas Unangemessenes von sich geben.

»Na, ganz einfach«, erwiderte Mendelski. »Wenn es unserer Arbeit nützt. Nur dann.« An Dr. Wimmer gewandt ergänzte er: »Sie haben auch keine Neuigkeiten für uns, oder?«

Aufmerksam schaute Henning Grube den Jagdpächter an.

»Nein«, antwortete Dr. Wimmer, ohne lange zu überlegen. Dann fiel sein Blick auf den jungen Förster. »Oder ... doch.«

Henning Grubes Gesichtsausdruck verhärtete sich.

»Ich war heute bei der Äbtissin in Wienhausen. Als Vertreterin des Waldbesitzers hat sie nichts dagegen, wenn mir als zuständigem Jagdpächter das Hirschgeweih ausgehändigt wird. Im Kloster hätten sie eh keine Verwendung dafür.«

»Was für eine immens wichtige Neuigkeit.« Maike stöhnte auf. Henning Grube dagegen schloss kurz die Augen und senkte den Kopf.

»Solange der Hirsch ein wichtiges Beweisstück in einem Mordfall ist, geht der Kadaver nirgendwohin«, entgegnete Mendelski, nun ebenfalls auf Krawall gebürstet. »Das gilt auch für das Geweih. Klar? Wenn es sein muss, landet die Trophäe bei uns in der Asservatenkammer. Und zwar für immer und ewig.« Man sah ihm förmlich an, dass ihm diese Auskunft eine gewisse Schadenfreude bereitete.

»Jawohl«, frohlockte Maike. »Bei uns in Celle, in der Jägerstraße. Jäger ... und dann so ein Geweih ... das passt doch prima.«

»Das wäre eine Schande«, schnaufte Dr. Wimmer erbost. »Sie haben ja keine Ahnung, welchen Stellenwert solch ein Rekordgeweih in Jägerkreisen hat.«

Mendelski schüttelte stur den Kopf. Er verspürte nicht die geringste Lust, sich vor Dr. Wimmer als Grünrock und langjähriger Jagdscheininhaber zu outen, also wandte er sich zum Gehen. »War's das?«, fragte er, während er auf dem Waldweg in Richtung Tatort stapfte. »Sorry, aber wir haben zu tun.« An den Förster gerichtet, ergänzte er noch: »Herr Grube, wären Sie bitte so nett, uns zu begleiten?«

Der Angesprochene und Maike folgten ihm.

»Passen Sie mir bloß gut auf die Trophäe auf«, rief ihnen Dr. Wimmer nach. Vor Aufregung hatte er jetzt einen hochroten Kopf. »Sonst mache ich Sie für etwaige Schäden haftbar. Und damit Sie's wissen: Das kann verdammt teuer werden!«

»Der hat doch nicht alle Latten am Zaun«, raunte Maike ihrem Chef zu, ohne Rücksicht darauf, dass Henning Grube es hören konnte. »Wird höchste Zeit, dass wir sein Alibi für gestern Vormittag überprüfen.«

»Alles in Butter«, rief der Mann ins Haus. »Is nur 'n Paketfuzzi.« Gleichzeitig bückte er sich, um den Baseballschläger zurück an seinen wohl angestammten Platz neben der Haustür zu stellen.

Noch immer verunsichert trat Pawel Sobiech einen Schritt näher. Er bemerkte, dass sein Gegenüber die Sturmhaube hochgeschoben und zu einer Mütze umfunktioniert hatte. »Guten Abend«, sagte er kaum wahrnehmbar. »Ein Paket für Dieter Jaschke.«

»Egal«, erwiderte der Mann kurz angebunden. Er war etwa fünfunddreißig bis vierzig Jahre alt, hatte gelbe Zähne und eine platt geklopfte Boxernase. Ungeduldig streckte er die Arme aus. »Gib her.«

Pawel Sobiech reichte ihm das Paket. Während er sein mobiles Datenerfassungsgerät bediente, spürte er den bohrenden Blick des Mannes auf sich. Vor lauter Nervosität vertippte er sich ein paarmal. Hinzu kamen die fetten Schneeflocken, die auf dem Display landeten und die Dateneingabe erschwerten. Hättest mich bei diesem Sauwetter ruhig reinlassen können, fluchte er innerlich.

Die Boxernase stellte das Paket im Hauseingang ab. »Na, wird's bald?«, dröhnte er. »Ich hol mir gleich Frostbeulen.«

»Hier, bitte.« Pawel Sobiech drehte den MDE-Scanner und überreichte ihm den Stift zum Quittieren. Boxernase krickelte ein paar unleserliche Schleifen in das Unterschriftenfeld. Nachdem er den Stift zurückgegeben hatte, packte er im Zurückziehen der Hand urplötzlich Sobiechs Handgelenk und bog es zur

Seite. »Hast du durchs Fenster gelinst?«, fuhr er den verdutzten Paketzusteller grimmig an.

»Nein … nein … ganz gewiss nicht«, stammelte Pawel Sobiech. Er krümmte sich vor Schmerzen. »Warum sollte ich?«

Genauso schnell, wie er zugegriffen hatte, ließ die Boxernase ihn wieder los. Er stieß Pawel Sobiech mit der Faust gegen die Brust. Sachte, fast freundlich.

»Dann is ja gut«, sagte er mit einem breiten Grinsen. »Ich dachte schon, wir beide kriegen Ärger.«

»Aber … warum denn?«

»Egal. Verpiss dich.«

Das ließ sich Pawel Sobiech nicht zweimal sagen. Wortlos machte er kehrt und stapfte hastig durch den Schnee zurück zur Straße. Erst als er wieder hinterm Lenkrad des Sprinters saß, atmete er tief durch. Dann startete er den Motor, schaltete das Abblendlicht ein und gab Gas.

Der Lieferwagen rumpelte durch den Schnee zurück zur Landstraße und bog links ab. In welche Richtung es nun ging, war dem Fahrer eigentlich egal. Die vorgegebene Route für das nächste Paket missachtend, raste er die verschneite Straße entlang. Nur weg hier. Weg von diesem ungastlichen Ort und diesen dubiosen Gestalten.

Sein Handgelenk schmerzte immer noch.

Von wegen Kindergeburtstag. Nichts mit Halloween-Fest oder Sadomaso-Party!

Die Masken hatten die sich für etwas ganz anderes besorgt. Das war so klar wie polnische Kloßbrühe.

Das waren waschechte Gangster, die ein Ding drehen wollten.

Als er die Gaststätte »Zur schönen Aussicht« erreichte, fuhr er erneut auf den Parkplatz. Bevor Pawel Sobiech sein Handy hervorkramte, schaute er sicherheitshalber noch einmal in den Rückspiegel. Es schien ihm niemand gefolgt zu sein.

Der Paketzusteller tippte 110.

»Die Scheiß-Masken sind schuld«, blaffte die Boxernase. Er hatte die Gardinen zugezogen und trat vom Fenster zurück an den Küchentisch. »Ohne die hätte der Paketfuzzi nix zu glotzen gehabt.«

»Passiert ist passiert«, knurrte der Glatzkopf, dessen Stiernacken ein buntes Drachen-Tattoo zierte. In der Hand hielt er seine Wollmütze. Das Paket, das die Boxernase angenommen hatte, schob er achtlos zur Seite.

»Ich hab immer gesagt: Das Vermummen is überflüssig. Der Finne hat uns gestern doch sowieso ohne gesehen.«

»Hör auf zu meckern.« Der Glatzkopf erhob sich von seinem Stuhl. »Die Masken sollen ihn einschüchtern. Außerdem halten wir so besser Distanz zu dem Kerl. So was liest man in jedem Entführer-Einmaleins.«

Die Boxernase winkte entnervt ab. »Also Abflug?«, fragte er.

»Ja. Sofort. Sicher ist sicher. Wir wollten morgen sowieso zu Freddy. Da kommt's auf die paar Stunden, die wir nun früher kommen, auch nicht an.«

Gemeinsam hoben sie den Küchentisch hoch und stellten ihn vor die Tür.

»Wenn uns der miese Scheißer die Bullen auf den Hals hetzt, mach ich ihn kalt«, fauchte die Boxernase. »Das hätt ich gleich tun sollen.«

»Mach hin! Keine Zeit zum Lamentieren.« Der Glatzkopf bückte sich und griff das eine Ende des ausgefransten Bastteppichs. »Los, fass mit an«, forderte er seinen Kumpan auf.

Zu zweit zogen sie den Teppich zur Seite. Darunter kam eine in den speckigen Fichtendielenfußboden eingelassene Falltür zum Vorschein, an deren einer Kante ein Metallring eingelassen war.

»Masken auf und dann runter. Hoffentlich is der Finne wach.«

»Es schneit alles zu.« Maike Schnur stöhnte genervt auf. »Ich glaub, das können wir heute vergessen. Außerdem wird es eh gleich dunkel.«

Sie standen unter der Huteeiche und starrten in die Mulde, in der das Hirschluder gelegen hatte. Auf dem Kopf von Robert Mendelski hatte sich schon wieder eine stattliche Schneehaube gebildet. Es schien ihn nicht zu stören.

»Sagen Sie mal, Herr Grube«, wandte er sich an sein Gegenüber. »Sie sind doch auch Jäger. Und nach meinem Eindruck sehen Sie das Waidwerken weniger durch die emotionale, sondern eher durch die rationale Brille.«

»Absolut.« Henning Grube nickte. »Wie die meisten Förster meiner Generation. Wald und Wild müssen harmonieren – mit dem Lebensraum angepassten Wildbeständen.«

»Das heißt, Sie befürworten erhöhte Abschüsse?«

»Da, wo es notwendig ist, ja.«

»Und wo ist es notwendig?«

»Es gibt Reviere mit eindeutig zu viel Schalenwild. Das erkennt man am starken Verbiss. Oder an Schälschäden. Da hat man's als Förster verdammt schwer, seine Bäume zu schützen.«

Mendelski wiegte den Kopf. Dabei rutschte Schnee von den Haaren auf seine Schultern. »Die Jagdpächter«, sagte er, »sind aber nicht immer auf Ihrer Seite, oder?«

»Das ist leider ziemlich oft so«, entgegnete Henning Grube. »Denen geht's in erster Linie ums Wild. Davon muss ihrer Meinung nach immer genug da sein. Sie begründen das mit den horrenden Pachtpreisen.«

»Welche Wildart ist denn des Försters ärgster Feind?«

»Ärgster Feind? Das kann man so nicht sagen. Auch wir Förster jagen gern, einfach um des Jagens Willen, manche Kollegen auch mit Passion. Da geht's nicht nur um Forstschutz. Wir tun das aber waidgerecht.«

»Na, kommen Sie schon. Welche Wildart macht Ihnen am meisten zu schaffen?«

»Sie lassen nicht locker, wie? – Rehe und das Rotwild verursachen im Wald den meisten Schaden.«

»Nicht die Wildschweine?«, fragte Maike Schnur verwundert.

»Nee, die nicht.« Henning Grube zeigte Anzeichen eines Schmunzelns. »Die fressen ja so gut wie keine jungen Baumtriebe. Sie fegen und schlagen auch nicht in den Anpflanzungen. Vom Schälen ganz zu schweigen. Im Gegenteil: Die buddeln Schädlinge aus dem Waldboden. Nein, nein, die Sauen sind nicht das Übel im Wald ...«

»Aber in den Feldern. Im Mais und Getreide, da wühlen sie schon …«, hakte Mendelski nach.

»Da ja. Und auch auf den Wiesen. Manchmal kommt da enormer Wildschaden zusammen.«

»Zurück zum Rotwild, genauer gesagt zu den Hirschen.«

»Wusst ich's doch.« Henning Grube machte einen Schritt zur Seite, rutschte aus und wäre um ein Haar in die Mulde geschliddert. »Ich hab mich schon gefragt, worauf Sie mit Ihrer Fragerei eigentlich hinauswollen. Es geht Ihnen also darum.« Er deutete mit dem Kopf auf die Mulde. »Um den verluderten Pani Pronz.«

Mendelski zuckte mit den Schultern. »Ist doch naheliegend, oder?«

»Sie meinen also, dass der tote Hirsch etwas mit dem Mord und der Entführung von Mika Rahola zu tun hat?«

»Die Möglichkeit besteht.«

»Und Sie glauben, dass ich damit was zu tun habe … also, mit dem Hirsch? Sonst hätten Sie bei Ihrer Fragerei ja wohl nicht so weit ausgeholt. Von wegen ärgster Feind und so …«

Wieder zuckte Mendelski mit den Schultern. Wortlos.

»Es geht Ihnen darum, einen Zusammenhang zwischen dem Verbrechen und mir zu konstruieren«, eiferte sich Henning Grube. »Stimmt's?«

Nun war es Mendelski, der beinahe in die Mulde gerutscht wäre. Beim Versuch, seinen Kreislauf durch Trippelschritte anzuregen und dadurch seine kalten Füße ein wenig aufzuwärmen, war er im Schnee ausgeglitten. »Nun beruhigen Sie sich mal«, schnaufte er. »Wir ermitteln eben in alle Richtungen.«

»So umständlich? Dann fragen Sie mich lieber direkt.«

»Okay.« Mendelski guckte den Förster streng an. »Herr Grube, haben Sie auf den Hirsch geschossen?«

Henning Grube lachte kurz auf. »Nein. Ganz sicher nicht.«

»Um das auszuschließen, benötigen wir Ihre Jagdwaffe.«

»Die können Sie haben. Wenn's denn nicht zu lange dauert. Schließlich ist Jagdzeit.«

»Sie besitzen nur eine Büchse?«

»Exakt. Als Förster in der untersten Gehaltsstufe habe ich für Zweitwaffen kein Geld übrig.«

»Besitzen … besaßen die Finnen Waffen?«

»Soviel ich weiß, nein.«

»Mit der Jagd hatten die beiden also nichts zu tun?«

»Nein.«

»Auch nicht als Jagdhelfer, als Treiber bei den Drückjagden zum Beispiel?«

»Nein. Gar nicht.«

»Was könnte denn Ihrer Meinung nach das Bindeglied zwischen den Finnen und dem toten Hirsch sein?«

»Keine Ahnung. Die kannten nur den Wald, die Bäume und ihre Arbeit, mehr nicht. Sie hatten mit der Jagd absolut nichts am Hut.«

Maike Schnur trat einen Schritt näher an Mendelski heran. Sie hielt ihr Smartphone in der Rechten, auf dem sie kurz zuvor eine Nachricht bekommen hatte.

»Einsatz«, flüsterte sie ihm ins Ohr. Und noch leiser, damit Henning Grube es nicht verstehen konnte: »In Wathlingen.«

SECHS

»Wo soll's hingehen?« Mendelski guckte missmutig drein, während er die Autotür hinter sich zuzog. Ihm war es gar nicht recht gewesen, das Gespräch mit Hennig Grube abzubrechen.

»Nach Wathlingen.« Maike Schnur schaltete Motor und Licht an, legte den ersten Gang ein und gab Gas. Die Reifen drehten durch. »Das sage ich dir nun schon zum dritten Mal.«

»Ja, ja. Ich werd halt älter.«

Maike stöhnte genervt auf. Weniger wegen der Ausrede ihres Chefs. Das kannte sie schon. Vielmehr hatte sie Mühe, eine Stelle zum Wenden zu finden. Die Bäume standen eng beieinander und ließen kaum eine Lücke. Zudem konnten unter der trügerischen Schneedecke Stucken, Knüppel, Löcher oder andere Ölwannenkiller verborgen sein.

»Und worum es geht, hast du mir auch schon gesagt?«, fragte Mendelski, während er mit dem Gurtschloss kämpfte.

»Nein«, erwiderte sie kurz angebunden. Endlich hatte sie einen Wendeplatz gefunden, auf dem der Schnee großflächig platt gefahren war. Hier hatten die Autos der Finnen gestanden, ehe Heiko sie zusammen mit dem Harvester zur Untersuchung nach Celle bringen ließ.

Mendelski wartete geduldig, bis sie das Wendemanöver beendet hatte, und machte dann einen neuen Vorstoß: »Nun sag schon.«

»Heiko meinte, das sei eventuell etwas für uns.« Sie fuhren an Henning Grube vorbei, der sich soeben in sein Auto gesetzt hatte. Mendelski winkte ihm zu.

»Im Zusammenhang mit dem aktuellen Fall, hoffe ich?«, knurrte er. »Sonst —«

»Was denn sonst?«, unterbrach sie ihn barsch. »Wenn Heiko uns schon belästigt …«

»Jetzt aber mal Butter bei die Fische.«

Maike Schnur holte tief Luft. Dann legte sie los: »Ein Paketkurier hat was Verdächtiges beobachtet und die 110 angerufen.

In einem abgelegenen Haus in Wathlingen will er zwei maskierte Typen gesehen haben. Er vermutet, dass sie sich auf einen Überfall oder so was vorbereiteten.«

»Ja, und weiter?«

»Der Paketmensch hat sie durchs Fenster gesehen. Die Männer haben ihn wohl bemerkt, und um ein Haar wäre es zu einer handfesten Auseinandersetzung gekommen. Einer der beiden sei wohl ziemlich aggressiv geworden, behauptet er.«

»Und was hatte Heiko damit zu tun?«

»Er war zufällig unten in der Wache, als der Notruf einging. Da hat's auch bei ihm geklingelt – aus zwei Gründen.«

»Mach's nicht so spannend.«

»Na, überleg doch mal: Wathlingen! Das liegt gleich hinter Eicklingen – von Wienhausen aus betrachtet. Dort wurde auf der Landstraße das Handy vom toten Finnen gefunden. Von dem Niilo Humppi.«

»Verstehe. Und der zweite Grund?«

»Heiko meint, wenn sich zwei Kerle in ihren eigenen vier Wänden maskieren, kann das auch andere Gründe haben als einen geplanten Überfall.«

»Nämlich?«

»Es könnte eine dritte Person im Haus sein, die die anderen beiden nicht erkennen soll.«

»Eine Geisel. Ein Gefangener.«

Zustimmend hob Maike Schnur den Zeigefinger.

»Waffen?« Mendelski war plötzlich hellwach.

»Mindestens ein Baseballschläger.«

»SEK?«

»Nee. Die Zentrale meinte, drei Streifen sollen erst mal genügen. Die warten auf uns.«

»Dann nichts wie hin.«

Sie hatten die Landstraße erreicht und brausten in Richtung Sandlingen davon. Mittlerweile war es stockfinstere Nacht. Und es schneite immer noch.

Mika Rahola wurde erst wach, als er den frischen Wind und die kalte Luft in seinem Gesicht spürte.

Er lag auf dem Rücken. Immer noch. Oder schon wieder. Vorsichtig öffnete er die Augen zu heimlichen Sehschlitzen. So weit war er wieder bei Sinnen, dass er um seine prekäre Situation wusste.

Es war dunkel. Eiskalte Tupfer gingen auf seine Stirn und die Wangen nieder. Schneeflocken? Ja, das mussten Schneeflocken sein. Also befand er sich nicht mehr in dem Kellerverlies. Er war irgendwo draußen ... im Freien. Und es war Nacht.

»Scheiße, der blöde Sack ist verrutscht«, hörte er einen Mann schimpfen.

»Mach ihn wieder zu«, kommandierte ein anderer. Die Stimmen kannte er. Wenn er sich nicht arg täuschte, waren das seine beiden Peiniger.

Bevor Mika mitbekam, worum es eigentlich ging, spürte er das Hantieren an seinem Kopf. Unbeholfen stülpten sie irgendetwas über sein Gesicht. Dem derben Stoff nach zu urteilen, handelte es sich um einen Jutebeutel, einen Leinensack oder so etwas. Es roch nach Mandarinen. Nach Zitrusfrüchten, die Mika für sein Leben gern aß und die ihn stets an Weihnachten erinnerten. Den frischen Wind, die kalte Luft und die eisigen Schneeflocken spürte er nicht mehr. Und mit der Sicht war es nun auch vorbei.

Schnee knirschte. Hören konnte er also noch. Und zum Glück bekam er auch noch ausreichend Luft.

»Los, heb an.« Das war die Stimme von Sturmhaube, ganz klar. »Hopp, hopp! Nu mach schon!«

Ein Ruck ging durch Mikas Körper, er wurde hochgehoben, aber nicht an Armen und Beinen. Er lag auf einem harten Untergrund. Und wieder war er eingeschnürt wie zu einem Paket. Mit an den Hüften angelegten Armen und ausgestreckten Beinen. Sie hatten ihn also zurück in seinen Mumienschlafsack gestopft und diesen mit Bändern oder Schnüren umwickelt.

Die Kopfschmerzen waren kaum noch zu spüren. Das hatte wohl der Medikamenten-Cocktail von vorhin bewirkt. Neu war das Ziehen unter den Armen. In der Achselgegend brannte es, als ob ihm dort jemand die Haare ausgerissen hätte.

Die Unterlage und sein Körper schwankten bedrohlich.

»Mensch, pass doch auf!« Die Stimme von Wollmütze. »Scheiß-Idee, das mit dem Bügelbrett.«

Sie hatten ihn also auf ein Bügelbrett gelegt. Wohl um ihn besser tragen zu können. Doch wohin zum Teufel ging die Reise?

Mika zog es vor, sich weiter bewusstlos zu stellen und auf Fragen zu verzichten.

»Haben's gleich geschafft«, schnaufte Sturmhaube. Das schwere Tragen strengte ihn anscheinend an. »Verfluchter Schnee. Zu blöde, dass wir mit der Karre nicht näher rankonnten.«

»Halt die Klappe.« Wollmütze ächzte ebenfalls unter der schweren Last. »Nachher kriegt der noch alles mit. Wahrscheinlich ist er längst wach.«

Nach ein paar weiteren wackeligen Schritten blieben seine beiden Träger unvermittelt stehen. Mika vernahm ein ratschendes Geräusch, als er wieder bewegt wurde, irgendwie gebremst diesmal. Es klang wie Metall auf Metall. Das Bügelbrett vibrierte. Ein heftiges Poltern folgte, er war mit den Füßen irgendwo gegengestoßen, dann lag er still.

Die haben mich in einen Lieferwagen oder Kleinbus geschoben, dachte er. Würden sie ihn vom einen in ein anderes Gefängnis bringen?

»Wir müssen ihn irgendwie festbinden«, hörte er Wollmütze sagen. »Sonst fliegt der kreuz und quer durch 'n Laderaum. Gib mal den Spanngurt.«

Die beiden fummelten ungeschickt an dem Bügelbrett und den Gurten herum, die Mika auf der harten Unterlage fixierten. Der stellte sich weiterhin bewusstlos.

Eine Tür wurde mit blechernem Knall zugeschlagen.

Als zwei Autotüren klappten und der Motor angelassen wurde, hatte er Gewissheit. Sie brachten ihn fort. Mit einem Dieselfahrzeug, wie er am nagelnden Motorengeräusch erkennen konnte.

Die Fahrt begann. Im ersten und dann im zweiten Gang. Ziemlich rumplig ging es über einen Hof, eine Zufahrt mit Schlaglöchern oder einen Feldweg.

Dann rollte der Wagen ruhiger dahin. Sie schienen eine Asphaltstraße erreicht zu haben. Für kurze Zeit schaltete der

Fahrer in den dritten Gang. Dann stoppte er, fuhr aber sofort wieder an. Erster, zweiter, dann wieder der dritte Gang.

Mika versuchte, sich so viele Details wie möglich einzuprägen. Hierbei musste er sich allein auf sein Gehör verlassen. Sehen konnte er nichts. Durch die Maschen des derben Stoffs, der sich über sein Gesicht spannte, drang kein Schimmer.

Doch sosehr er sich auch anstrengte, außer den Motorgeräuschen konnte er nichts hören. Wahrscheinlich lag er im abgeschlossenen Frachtraum eines Lieferwagens, der keinen Durchgang zur Fahrerkabine hatte.

Das Fahrzeug fuhr nun schon minutenlang im selben Gang. Wegen der gleichbleibenden Motorgeräusche nahm Mika an, dass sie außerhalb einer Ortschaft auf einer Landstraße fuhren.

Zeit zum Nachdenken.

Es schien ein überhasteter Aufbruch gewesen zu sein. Seine Entführer waren in Eile, ohne Zweifel. Nur – was hatte sie dazu bewogen? Bei ihren Besuchen im Kellerverlies hatte es keinerlei Anzeichen gegeben, dass sie ihn bald an einen anderen Ort bringen würden.

Und wie hatten die ihn bloß die steile Leiter hinaufbekommen? Er wog immerhin reichlich über achtzig Kilo. Oder hatte es weitere Helfer gegeben? Ihn durch die Luke hinabzulassen, war sicher viel einfacher gewesen. Aber hinauf? Er hatte von dem Transport nichts mitbekommen.

Das Brennen unter den Armen fiel ihm ein. Das war neu. Vielleicht hatten sie ihm ein Seil unter den Achseln durchgezogen und ihn so nach oben gehievt. Wie bei der Bergung eines Schiffbrüchigen vom Hubschrauber aus. Ja, das wäre eine plausible Erklärung für seine neuen Blessuren.

Was hatten sie nur vor? Wohin, verflucht, brachten sie ihn?

Bevor sich Mika weitere Gedanken über seine prekäre Lage machen konnte, bemerkte er, dass der Wagen erneut langsamer wurde. Der Fahrer schaltete herunter und wieder herauf. So ging es eine ganze Weile, zehn Minuten bestimmt. Zwischendurch stoppte das Fahrzeug mehrmals, immer nur ein paar Sekunden lang. Wahrscheinlich fuhren sie durch eine größere Ortschaft. Aber welche?, rätselte der Finne. Vielleicht Celle …

Da wurde der Wagen in den vierten Gang geschaltet. Mit gleichbleibender Geschwindigkeit ging es weiter, minutenlang. Landstraße oder Schnellstraße, vermutete Mika. Wie sollte er sich das alles nur merken?

Er wurde durch einen Knall aufgeschreckt.

Einen dumpfen Knall, der das gesamte Fahrzeug erzittern ließ.

Es hatte aufgehört zu schneien. Die Standlichter der drei Streifenwagen, die zwanzig Meter entfernt auf dem Steigerring warteten, reichten nicht bis zu der Grundstückseinfahrt.

»Die Vögel sind ausgeflogen«, flüsterte Maike Schnur. Mit dem Lauf ihrer Pistole deutete sie auf die frische Autoreifenspur in der Einfahrt vor ihnen. »Sie haben den Braten gerochen.« Sie richtete sich auf. »Guck mal, da ist alles dunkel.«

»Trotzdem.« Robert Mendelski, der hinter Maike kauerte, erhob sich aus der Hocke. »Wir sehen nach. Nur wir beide. Die anderen sollen warten.«

In gebückter Haltung und mit gezogenen Dienstwaffen folgten sie der Fahrspur bis zum Haus und standen schon bald an einem der Fenster. Die Gardinen waren zugezogen, trotzdem konnte man sehen, dass drinnen kein Licht brannte.

»Das wird das Küchenfenster sein, durch das der Paketzusteller die zwei Kerle gesehen hat«, raunte Maike.

»Wenn wir Glück haben, sind nur die beiden weg«, erwiderte Mendelski. »Und der Finne ist irgendwo da drinnen versteckt.«

Sie schlichen weiter zur Haustür.

Dort stießen sie auf unzählige Fußspuren im Schnee, die auf den Hof hinausführten.

»Nicht reintreten«, ermahnte Mendelski seine Kollegin. »Wer weiß, ob wir die noch brauchen.«

»Bin ich 'ne dusselige Praktikantin?«, fauchte Maike. Durch unberührten Schnee näherte sie sich von der Seite der Haustür. Mit langem Arm drückte sie vorsichtig die Türklinke herunter. »Ist offen«, flüsterte sie. »Was nun?«

Mendelski überlegte unschlüssig. »Wir folgen den Dienstvorschriften«, sagte er dann.

»Also Verstärkung?«

»Ja. Mach hin.«

Maike fischte ihr Funkgerät aus der Jacke.

Jemand brüllte in der Ferne. Es klang wie ein Fluchen. Gedämpft, wie in Watte gepackt, drang es zu Mika Rahola durch. Der Fahrer schien mit aller Kraft zu bremsen, der Wagen begann zu schlingern. Der gefesselte Finne rutschte samt Bügelbrett hin und her. Die Gurte waren nicht ordnungsgemäß festgezurrt und lockerten sich zusehends.

Das Schlingern wurde heftiger, und das Fahrzeug geriet ins Schleudern. Anscheinend schlitterte der Wagen nun quer über den Asphalt. Der rutschige Schnee, die eisglatte Straße, dachte Mika, das wird …

Weiter kam er nicht.

Schreie. Von einem da vorne. Oder auch von beiden.

Wieder krachte es. Heftiger als beim ersten Mal und anscheinend direkt neben ihm an der Außenwand. Ein lang gezogenes metallisches Kreischen ging Mika durch Mark und Bein.

Der Lieferwagen drehte sich jetzt wie ein Kreisel um die eigene Achse und rutschte ein paar Meter zur Seite. Es holperte fürchterlich. Dann – Mika geriet schon im Ansatz in Panik – hob das Fahrzeug auf der rechten Seite ab.

Langsam wie in Zeitlupe neigte sich der Wagen nach links und kippte um. Der Motor heulte auf, lief wenige Sekunden mit Vollgas und erstarb schließlich mit einem Blubbern.

Dann herrschte Ruhe. Gespenstische Ruhe.

Mika war samt Bügelbrett kreuz und quer durch den Laderaum geflogen. Völlig benommen lag er mit dem Kopf nach unten in einer der Ecken. Als er sich vorsichtig rührte, stellte er fest, dass seine Knochen offenbar heil geblieben waren. Vermutlich hatte ihn der Schlafsack vor den schlimmsten Stößen geschützt. Und: Er war nicht mehr auf der provisorischen Trage fixiert. Die Stricke oder Gurte, die ihn festgehalten hatten, waren gerissen oder hatten sich durch das Herumschleudern des Wagens gelöst.

Erst jetzt registrierte Mika, dass man seine Arme und Beine

nicht zusätzlich gefesselt hatte. Wie auf der Pritsche im Verlies steckte er lediglich in seinem Schlafsack.

Stimmen drangen zu ihm durch. Schmerzenslaute. Von vorn aus der Fahrerkabine. Seine Entführer hatten den Crash überlebt, sie waren höchstwahrscheinlich verletzt, jedoch bei Bewusstsein.

Jetzt oder nie, dachte er. Der Unfall und das dadurch entstandene Chaos waren seine Chance.

Geschickt zog er in der Dunkelheit den Reißverschluss von innen auf und pulte sich aus dem Schlafsack. Seine Gelenke schmerzten, vor allem die Schultergelenke. Aufgeregt tastete er seinen Körper ab. Zum Glück hatten sie ihm seine Kleidung samt Schuhen gelassen.

Auf Knien, blind wie ein Maulwurf, rutschte er zum Heck des Fahrzeugs. Unsicher über das Blech tastend fand er den Türgriff und drückte ihn herunter. Die Tür war nicht abgeschlossen.

Eisige Luft und schummriges Licht schlugen ihm entgegen.

Den Türgriff konnte Mika nicht festhalten. Das kalte Metall glitt ihm aus der Hand. Da der Lieferwagen auf der Seite lag, klappte die Hecktür auf und plumpste durch ihr Eigengewicht fast geräuschlos in den tiefen Schnee des Straßengrabens.

Endlich konnte er etwas erkennen. Der Schnee auf der Straßenböschung und in den Bäumen ringsum reflektierte weißes und gelbes Licht. Das gelbe Licht flackerte hektisch. Auf der Straße musste ein Auto mit eingeschalteten Scheinwerfern und Warnblinkanlage stehen.

Mika streckte kurz den Kopf aus der Tür, zog ihn aber sofort wieder zurück.

»Hallo! Können Sie mich hören?«, hatte eine besorgte Männerstimme gerufen. Sie kam oben von der Straße. »Sind Sie verletzt?«

Jemand vorn im umgestürzten Lieferwagen antwortete. Was er sagte, klang dumpf und war schwer zu verstehen: »Ich krieg … krieg diese verdammte Scheiß-Tür … nicht auf.«

Mika war heilfroh. Der Mann auf der Straße hatte ihn also gar nicht gemeint. Im Moment schien sich niemand um ihn zu kümmern. Und das war gut so.

Vorsichtig schielte er um die Ecke des Kastenaufbaus. Er sah, wie der Mann von der Straße die Böschung hinabschlidderte, um zur Fahrerkabine zu gelangen. Offenbar wollte er den beiden Eingesperrten helfen.

Mika überlegte nicht lange. Er machte einen großen Satz ins Freie und kletterte die Grabenböschung hinauf. Jedoch nicht zur Straße hin, sondern in die entgegengesetzte Richtung. Er überquerte einen Fahrradweg.

Schon bald war er im Dunkel des angrenzenden Waldes untergetaucht.

Durch das einsam gelegene Haus am Rand der Kali-Kolonie bei Wathlingen hasteten Uniformierte. Überall brannte Licht, sämtliche Türen standen offen. Sechs Polizeibeamte – drei Streifenwagenbesatzungen – durchkämmten jeden Raum, jeden Schrank, jede Schublade in dem verwinkelten Gebäude.

Robert Mendelski und Maike Schnur hielten in der Küche Kriegsrat.

Mendelski saß am Küchentisch und schaute zu seinen Füßen hinab. Im groben Profil seiner Winterstiefel hatte er reichlich Schnee mit ins Haus gebracht, der jetzt taute und auf einem ausgefransten Bastteppich hässliche Wasserflecken hinterließ.

»Hoffentlich kriegen wir keinen Ärger«, brummte er mehr zu sich selbst als zu seiner Kollegin.

»Wieso denn?« Maike Schnur durchstöberte die Papiere auf dem Fensterbrett.

»Na, wir haben keinen Durchsuchungsbeschluss.«

»Ach komm. Gefahr im Verzug. Das wird reichen.«

»Hoffentlich.« Mendelski zückte seinen Notizblock und seufzte: »Wenn das nur kein Reinfall wird.«

»Wart's ab. Mal sehen, was wir so finden.«

Er schwenkte einen Bleistift. »Wer ist der Eigentümer, sagtest du?«

»Mieter, nicht Eigentümer. Das hat mir der Kollege Hasenjäger vorhin gesteckt.« Maike war an die Korkpinnwand getreten und studierte ein Strafmandat, das dort angepickt hing. »Ein gewisser Jaschke. Dieter Jaschke. Hat schon einigen Dreck am Stecken. Eigentumsdelikte, gefährliche Körperverletzung, Widerstand gegen die Staatsgewalt und so weiter.«

»Wenigstens etwas.«

»Der soll sich zurzeit auf Mallorca rumtreiben, hat Hasenjäger gesagt. Arbeitet dort als Bodyguard in einem Puff.«

»Na klasse. Der scheidet schon mal aus. Wer waren dann die beiden Maskenmänner?«

Maike zuckte mit den Schultern. Sie setzte sich zu Mendelski an den Tisch. In diesem Augenblick kam Knut Hasenjäger in die Küche.

»Darf ich kurz stören?«, fragte der Kollege von der Streife.

»Klar doch«, antwortete Mendelski. »Was gibt's?«

»So einiges: Baseballschläger, Butterflymesser, drei Schlagringe, eine Filmdose mit Mephedron-Tabletten …«

»Mephe… wie?«, unterbrach ihn Mendelski. »Was ist das denn?«

»Ein Amphetamin«, erklärte Maike. »Läuft auch unter Badesalz. Eine Designerdroge.«

»Na denn …«

»Wir haben noch was«, fuhr Hasenjäger fort. Mit spitzen Fingern hielt er eine schwarze Mülltüte hoch. »Die stand im Wirtschaftsraum.«

»Was ist denn drin?« Mendelski rümpfte die Nase. »Gut riechen tut's jedenfalls nicht.«

»Schauen Sie.« Hasenjäger hielt Mendelski und Maike die geöffnete Tüte hin. »Blutverschmierte Tücher, Tupfer, Watte und jede Menge Haare. Blonde Haare. Ganze Büschel. Sieht nach Menschenhaaren aus.«

»Donnerwetter!«, entfuhr es Mendelski. Er griff nach der Tüte und schaute erneut hinein. »Verdammt! Das könnte passen. Der Finne ist blond.« Aufgeregt stupste er Maike an. »Los, ruf Heiko an. Er soll anrücken. Sofort. Mit der kompletten Truppe.«

Der Sprint durch den tief verschneiten nächtlichen Wald wurde jäh gestoppt, als Mika Rahola über eine im Schnee verborgene Wurzel, einen Baumstumpf oder einen Ast stolperte und lang hinschlug. Zum Glück hatte er sich nicht verletzt. Rasch rappelte er sich wieder auf.

Nachdem er sich aus der Hocke erhoben und ein paarmal tief durchgeatmet hatte, überfiel ihn Schwindel. Es traf ihn wie eine Keule. So kräftig und gut trainiert er auch war, die letzten sechsunddreißig Stunden hatten offenbar nicht nur psychisch, sondern auch physisch ihren Tribut gefordert. Er musste sich an den nächsten Baum lehnen, um nicht direkt wieder umzufallen.

Angsterfüllt schweifte sein Blick zurück zur Straße.

Er war noch keine hundert Meter von der Unfallstelle entfernt. Anscheinend folgte ihm niemand. Noch nicht.

Eigentlich mochte Mika Schnee. Aber jetzt verfluchte er die weiße Pracht. Die Spur, die er vom Transporter bis hierher hinterlassen hatte, war trotz der Dunkelheit nicht zu übersehen. Da brauchte man keinen Fährtensucher oder Spürhund, um ihn zu verfolgen, das schaffte auch ein Blinder mit Krückstock.

Fieberhaft überlegte er. Er durfte nicht einfach so planlos weiter in den Wald hineinlaufen.

Voller Sorge starrte er zur Straße. Die Lichter der Unfallstelle reichten zwischen den Baumstämmen hindurch bis zu ihm. Zwei kleine Staus hatten sich gebildet, in jede Richtung einer. Bei den meisten Autos waren die Warnblinkanlagen eingeschaltet.

Ein Lichtkegelpaar fiel aus dem Rahmen. Es leuchtete hoch in die schneebedeckten Kronen eines der umstehenden Straßenbäume. Außer dem Lieferwagen musste noch ein weiteres Auto in den Unfall verwickelt gewesen sein, vermutete Mika. Ein Auto, dessen Heck jetzt im Straßengraben lag, sodass die Frontscheinwerfer in den Nachthimmel leuchteten. Der Lieferwagen musste den anderen gerammt haben. Oder umgekehrt.

Keine Zeit zum Spekulieren, sagte sich der Finne. Ich muss weiter. Bloß wie – und wohin?

Mika schaute an sich hinab. Er trug Holzfällerhemd, Jogginghose und Boots. Bisher hatten Aufregung und Adrenalin ihn vor dem Frieren bewahrt, doch das musste nicht so bleiben. Als seine Hand durchs Haar fuhr, durchzuckte ihn ein kurzer

Schmerz. Erst jetzt registrierte er den Strumpfverband, der die hintere Hälfte seines Schädels umspannte.

Klar doch. Die Entführer hatten ihn verarztet. Ohne die Medikamente, die sie ihm verabreicht hatten, wäre er wohl kaum in der Lage, hier rumzulaufen. Nur: Wie lange würde er das noch durchhalten?

Wenn ich wüsste, wo ich bin, dachte Mika. Dann wüsste ich eventuell auch, in welche Richtung ich laufen muss.

Er löste sich vom Stamm der Kiefer und schaute sich um. Irgendwie kam ihm der Wald, in dem er sich gerade befand, bekannt vor. Er machte ein paar Schritte und blieb dann neben einem Traubenkirschenbusch stehen. Rasch kam die Gewissheit. In diesem Bestand hatte er vor gar nicht langer Zeit mit dem Harvester gearbeitet. Mika erkannte die Gassen, durch die er gefahren war, entdeckte die Kronen, die er von gefällten Bäumen abgeschnitten und rechts und links der Fahrgassen abgelegt hatte. Er erinnerte sich: In unmittelbarer Nähe zur vielbefahrenen Landstraße war die Arbeit ziemlich heikel gewesen.

Die Straße da vorne, in deren Straßengraben der umgekippte Lieferwagen lag, war die Landstraße L 311, die Straße zwischen Lachendorf und Oppershausen.

Oppershausen!

Zweifelnd schaute er sich noch einmal um, entdeckte jedoch nur weitere ihm bekannte Details. Er war keine zwei Kilometer von seinem Haus entfernt.

Mika konnte es kaum glauben. Er hatte sich sehr viel weiter weg gewähnt. In Celle oder in der Region Hannover.

Nun wusste er, in welche Richtung er zu laufen hatte.

»Sind Sie wirklich okay?«

Der Mann mit der putzigen Pudelmütze und der knallroten Steppjacke, der in einem der nachfolgenden Wagen gesessen hatte, war auf dem Hosenboden im Schnee die Straßenböschung hinabgerutscht, um den beiden Männern in dem umgekippten Lieferwagen zu helfen.

»Ja, ja! Geht schon. Sieht schlimmer aus, als es ist.« Der Mann, der sich durch das halb geöffnete Beifahrerfenster zwängte, blutete stark aus der Nase. Einer markanten Boxernase, die anscheinend nicht das erste Mal in Mitleidenschaft gezogen worden war. »Die Scheiß-Tür ging nicht auf«, fluchte er. »Und die Fensterkurbel is abgebrochen. So 'n Schrott.«

»Und Ihr Beifahrer?« Der Pudelmützenmann schielte durch die Windschutzscheibe. In der Fahrerkabine war es dunkel. Er sah nur Füße, die gegen das Glas drückten.

»Hat's überlebt.« Die Boxernase hockte inzwischen oben auf dem quer liegenden Fahrerhaus, neben dem Außenspiegel. »Der kommt auch allein raus.« Er streckte seinen Arm ins Wageninnere.

»Der Krankenwagen ist unterwegs«, sagte der Mann mit der Pudelmütze. Er deutete mit dem Zeigefinger in die Luft. In der Ferne war ein Martinshorn zu hören. »Hören Sie? Ich glaube, da kommt er schon.«

»Brauchen wir nicht«, knurrte Boxernase.

»Es gibt noch mehr Verletzte.« Der Pudelmützenmann deutete hoch zur Straße, von wo Rufe und Schmerzenslaute zu hören waren. »Wo bleibt denn bloß die Polizei?«

»Die hat uns gerade noch gefehlt.« Boxernase sprach mehr zu sich selbst, während er seinen Arm emporzog. Am anderen Ende tauchte ein zweiter Arm auf, blutverschmiert. »Na los, komm schon!«, feuerte er seinen Kumpan an.

Nur wenig später – der Rettungswagen war gerade eingetroffen – hockte auch der zweite Mann auf dem Fahrerhaus. Die Warnblinklichter spiegelten sich auf seinem polierten kahlen Schädel. Zwischen rechter Schläfe und Augenbraue klaffte eine lange, blutende Platzwunde.

»Hast du schon nachgeguckt?«, fragte er Boxernase und deutete mit dem Kopf in Richtung Laderaum. Dem Mann mit der Pudelmütze schenkte er – wie auch dem Geschehen auf der Straße – keinerlei Beachtung.

»Wie denn?« Boxernase zog das Blut hoch. »Bin doch selbst gerade erst aus der Mistkarre raus.«

»Soll ich Ihnen runterhelfen?«, bot der Pudelmützenmann an. »Die Sanis sind anscheinend erst mal bei der Frau mit dem Kind …«

»Nee, danke.« Der Glatzkopf wehrte ihn unwirsch ab. »Wir brauchen keine Hilfe.« Nach einem gewagten Sprung vom Fahrerhaus landete er stehend im Schnee und hastete zum Heck des Fahrzeugs.

»Sie sind mit einer Frau zusammengestoßen«, erklärte der Pudelmützenmann. Boxernase turnte immer noch auf der Fahrerkabine herum und traute sich nicht herunterzuspringen. »Eine Frau mit Kleinkind. Denen geht's nicht besonders …«

In diesem Augenblick tauchte der Glatzkopf wieder auf. »Komm sofort da runter«, zischte er seinem Kumpan zu. Den Mann mit der Pudelmütze schob er brüsk beiseite. »Fliegeralarm!«

»Was? Scheiße! Wie das denn?«, entfuhr es Boxernase, während er auf dem Hintern die Fahrerkabine hinabrutschte.

»Durch den Crash, du Idiot! Los, hinterher!«

Glatzkopf und Boxernase kraxelten die Böschung hinauf.

»Meine Herren!«, rief ihnen der Pudelmützenmann aufgeregt nach. Er versuchte, ihnen zu folgen. »Sie stehen sicher unter Schock. Warten Sie doch.«

Die beiden Ganoven waren schon auf der Straße angekommen. Ohne sich mit dem Gewusel von Sanitätern, Helfern und Gaffern zu beschäftigen, eilten sie am Straßenrand entlang, weg vom Unfallort. Vorbei an einem Streifenwagen, der gerade eingetroffen war.

Der Mann mit der Pudelmütze hatte sie schon bald aus den Augen verloren.

»Wo bleiben die denn nur?«

Maike Schnur schaute auf die Kuckucksuhr an der Wand neben dem Küchenschrank. Deren Gewichte – zwei eiserne Fichtenzapfen – baumelten unter dem Gehäuse an den Enden einer langen Kette. Die beiden Zeiger auf dem Zifferblatt zeigten Punkt zwölf an. Doch der Kuckuck ließ sich nicht blicken. Die Uhr war nicht aufgezogen.

Maike Schnur zog ihr Smartphone heraus. Sie musste einen Latexhandschuh abstreifen, um es zu bedienen. »Gleich halb sieben.« Sie seufzte. »Eigentlich hatte ich mich für heute Abend auf dem Celler Weihnachtsmarkt verabredet.«

»Ach nee.« Robert Mendelski, der sich ebenfalls Latexhandschuhe übergestreift hatte und gerade den Mülleimer unter der Spüle kontrollierte, wunderte sich. »Ich denke, Weihnachtsmärkte öden dich an?«

Maike öffnete den Kühlschrank und staunte über dessen Inhalt. Die größere Hälfte war mit Bierdosen vollgepackt. »Kommt drauf an«, sagte sie. »Wenn man genug Glühwein intus hat, geht's schon.« Sie schaute ins Gefrierfach. Dort lagen eine halbvolle, vereiste Flasche Aquavit und eine leere Eiswürfelform. »Und natürlich hängt alles davon ab, mit wem man hingeht.«

»Aha.« Zwischen Daumen und Zeigefinger hielt Mendelski den zerknüllten Kassenbon einer bundesweit bekannten Baumarktkette. »Ich merk es schon, die Gesellschaft deiner Kollegen war dir gestern nicht gut genug.« Er legte den Bon auf den Küchentisch und strich ihn glatt. »Du bist mir ja so eine …«

»Menno!« Maike schloss die Kühlschranktür mit Schwung und beugte sich zu ihrem Chef über den Tisch. »So war das doch gar nicht gemeint«, sagte sie mit nöliger Kinderstimme. »Du kennst mich. Ich hab halt so meine Launen …«

»Wie wahr.« Mendelski schob seine Brille zurecht. Kaum hörbar las er vor: »Fünf Rollen Paketklebeband, zwei Spanngurte, zwei Taschenlampen, vier Sätze Batterien, Heizdecke, Heizlüfter, Verbandkasten …«

»Interessant«, fiel ihm Maike ins Wort. Sie hatte genau zugehört. »Einmal das klassische Entführungssortiment bitte. Fehlen nur noch Augenbinde und Handschellen.«

»In bar bezahlt. Hundertzwölf Euro sechsundsiebzig. Gekauft heute Morgen um elf Uhr sieben in Altencelle.« Mendelski setzte die Brille ab. »Heute Morgen«, sinnierte er mit geschlossenen Augen, »da hatten die Entführer noch keine Ahnung, dass der Paketkurier sie verpfeifen würde und dass sie hier überstürzt rausmüssen. Also nehmen wir mal an, sie haben die Sachen für den Finnen gekauft. Dann doch wahrscheinlich für dieses Haus, oder?«

»Mag stimmen.« Maike konnte seinen Gedankengängen folgen. »Aber gesehen hab ich von den Sachen nichts«, gab sie zu bedenken.

»Überleg doch mal.« Mendelski rieb sich die müden Augen. »Heizdecke, Heizlüfter, Taschenlampe. Wonach klingt das?«

»Nach kalt und dunkel.«

»Genau. Und wo ist es kalt und dunkel?«

»Draußen. Ein Schuppen, ein Verschlag, ein Erdloch oder so was in der Art.«

»Mit elektrischem Strom für den Heizer?«

»Ach so. Aber es gibt doch Verlängerungskabel.«

»Klar. Trotzdem … was ist naheliegender?«

»Das Versteck ist hier im Haus.« Maike war nun wieder putzmunter. Sie ging zur Tür, die in den Flur führte. »Auf dem Dachboden – oder im Keller.«

Mendelski schnippte zustimmend mit Mittelfinger und Daumen der rechten Hand. »Genau. Den Dachboden haben Hasenjäger und seine Kollegen bereits gecheckt«, sagte er. »Bleibt der Keller.«

»Hab aber keinen gesehen.« Maike trat in den Hausflur. »Hier gibt's keine Tür, hinter der wir nicht schon gesucht hätten.«

Mendelski folgte ihr in den Flur. »Muss ja nicht immer eine Tür sein.« Sein Blick richtete sich nach unten. »In alten Häusern gibt es oft so Kellerluken. In den Fußboden eingelassene Klappen zum Hochheben.«

Maike wies auf den Linoleumboden zu ihren Füßen. »Hier ist nichts.«

Sie kontrollierten die angrenzenden Räume: Waschküche, Vorratsraum, Schlafzimmer, Bad. Ein zweites Schlafzimmer. Überall Linoleum ohne Teppiche. Zum Schluss standen sie im größten Raum, dem Wohnzimmer. Es war vollständig mit Teppichboden ausgelegt. Mit einem dunkelbraunen, an vielen Stellen durchgewetzten Kunstfaserteppichboden. Sosehr sie auch suchten – sie schoben das Sofa, die Sessel und den Couchtisch beiseite –, eine Luke oder dergleichen war nicht zu finden. Resigniert kehrten sie in die Küche zurück.

»Vielleicht entdecken Heiko und Co. ja noch was«, redete sich Mendelski gut zu, während er sich wieder an den Tisch setzte. »Der Dachboden scheint riesig zu sein. Vermutlich gibt es dort einen verborgenen Verschlag.«

Maike nahm den Kassenbon vom Küchentisch, um ihn erneut zu studieren. »Heizlüfter, Heizdecke ...«, las sie, wurde aber vom Klingelton ihres Handys unterbrochen. Beim Versuch, einen Handschuh abzustreifen, um das Smartphone zu bedienen, rutschte ihr der Kassenbon aus den Fingern und segelte zu Boden. Er landete auf dem ausgefransten Bastteppich unterm Küchentisch. Sie achtete nicht weiter auf das Stück Papier und nahm das Gespräch an.

»Ja, Heiko? Was gibt's?«, fragte sie, während sie ans Küchenfenster trat.

Mendelski, der ihr in Gedanken versunken zugeschaut hatte, sah den Kassenbon vor seinen Schuhspitzen liegen. Mit einem Ächzen – die Hose zwickte im Bund – bückte er sich und versuchte, den Zettel zu erreichen. Doch entweder waren seine Arme zu kurz oder der Bauch zu dick. Kurzum: So schaffte er es nicht.

»Ihr seid schon im Steigerring?« Maike guckte zum Fenster hinaus. »Okay. Dann die erste Abbiegemöglichkeit links rein. Das ist eine Stichstraße, eine Sackgasse. Die gehört zum Steigerring. Da gibt's nur noch ein Haus. Da sind wir.«

Mendelski rutschte kurzerhand vom Stuhl und kniete sich auf den Boden, um den Kassenzettel aufzunehmen und zurück auf den Tisch zu legen. Er wollte sich gerade wieder aufrichten, als er innehielt. Erst betastete er den Bastteppich behutsam, dann klopfte er mit den Knöcheln seiner rechten Faust darauf.

»Ach«, murmelte er. »Das klingt ja hohl.«

»Ja, ihr seid richtig.« Maike telefonierte immer noch. Da sie dabei weiterhin zum Fenster hinausschaute, bekam sie nicht mit, was hinter ihr passierte. »Jetzt kann ich eure Scheinwerfer sehen. ›Sie haben Ihr Ziel erreicht.‹ Bis gleich.« Als sie sich zu Mendelski umdrehte, staunte sie nicht schlecht. Ihr Chef hockte auf allen vieren unter dem Küchentisch und hatte das eine Ende des Bastteppichs angehoben.

Sein triumphierendes Grinsen sprach Bände.

SIEBEN

Keuchend vor Anstrengung erreichte Mika Rahola die Holzscheune. Die letzten hundert Meter durch tiefen, unberührten Schnee auf den Wiesen hatten ihn geschafft.

Zunächst war er auf Wegen gelaufen, auf ihm gut bekannten Waldwegen. Dort war der Schnee platt gefahren. Trotz der Dunkelheit hatte er sich nicht verirrt und nur eine Viertelstunde vom Unfallort bis zu seinem Anwesen gebraucht. Doch das zählte nicht viel, seine Entführer waren nicht weit. Mit einem Auto konnten sie in wenigen Minuten hier sein. Wahrscheinlich kannten sie sein Zuhause, zählten eins und eins zusammen und würden schon bald darauf kommen, dass er hierher fliehen würde.

Haus und Hof lagen im Dunkeln. Es war mucksmäuschenstill. Nur in der Ferne, irgendwo im Dorf, kläfften zwei Hunde um die Wette.

Lilly! Mika spürte einen Stich in der Magengegend. Was war mit dem Hund? Er würde sicher nicht allein in dem verwaisten Haus geblieben sein. Ob die Polizei das Tier beschlagnahmt hatte? War Lilly etwa in einem Tierheim gelandet? Vielleicht hatte sich ja der nette neue Förster, Henning Grube, der Hündin angenommen. Hoffentlich.

Mika sehnte sich nach der Begrüßungszeremonie mit Lilly. Gerade jetzt, in seiner schier ausweglosen Situation. Lilly freute sich immer überschwänglich, sprang fröhlich bellend an ihm hoch, wenn er und Niilo nach einem langen Arbeitstag nach Hause kamen. Schon früh hatte die schlaue Hündin gelernt, sie an den Motorgeräuschen ihrer Autos zu erkennen. Wenn dagegen der Postbote mit seinem Fahrzeug auf den Hof fuhr oder ein Fremder sich näherte, schlug sie stets wütend an.

Mann, komm zu dir! Was machst du dir Sorgen um das Tier?, schalt sich Mika. Beschämt dachte er an Niilo. Sein Landsmann, Freund und Kollege war tot. Unwiederbringlich tot. Und er selbst? Ein Totschläger ... oder gar Mörder. Dazu zwei Gangster im Nacken. Und die Polizei auf den Fersen. Die suchte ihn sicherlich mit allen verfügbaren Mitteln.

Er musste sich zusammenreißen. Jetzt war keine Zeit zum Lamentieren und Spekulieren. Jetzt galt es, den Plan umzusetzen, den er während seines Fußmarsches gefasst hatte.

Vorsichtig trat er aus dem Schatten der Scheune und lief zur Haustür. Auf dem Hof herrschte gähnende Leere. Zwischen Birnbaum und Fliederbusch, wo sonst Pick-up und Sprinter geparkt standen, sah man nichts als unberührten Schnee. Nach den Ereignissen von gestern waren die beiden Autos sicher in polizeilichem Gewahrsam.

Dass man die Haustür mit einem Behördensiegel verklebt hatte, bestätigte seine Vermutung, dass die Polizei hinter ihm her war. Offenbar hatten sie in seinem Haus nachgeguckt, ob er sich hier versteckt hielt.

Mika gab sich einen Ruck. Ohne auf die Spuren zu achten, die er im Schnee hinterließ, eilte er zur Rückfront des Hauses, wo es einen Hintereingang gab. Und ein kleines Fenster, das zur Gästetoilette gehörte. Dort löste er eine Ziegelsteinhälfte aus der Fensterbank und fingerte einen Schlüssel hervor. Den Reserveschlüssel, den er schon oft benötigt hatte, da er in Sachen Schlüssel sehr schusselig war.

Auch hier klemmte ein Polizeisiegel über dem Spalt zwischen Türblatt und Rahmen, aber darauf konnte er keine Rücksicht nehmen. Kurz entschlossen öffnete er die Hintertür.

Den Lichtschalter ignorierend, schlich er in den Wirtschaftsraum. Noch im Eingang stieß er mit den Füßen an Gegenstände, die dort nichts zu suchen hatten. Harke, Spaten, der Gartenschlauch, ein Eimer. Alles lag durcheinander auf dem Boden verstreut.

Hat die Polizei dieses Chaos angerichtet?, fragte er sich. Schwer vorstellbar. Waren das Einbrecher gewesen? Oder gar seine Entführer? Aber was zum Teufel wollten die mit so einer Aktion bezwecken?

Blindlings griff Mika in Kopfhöhe in ein kleines Wandregal neben dem Türrahmen. Schwein gehabt, sagte er sich. Die Stabtaschenlampe, die Niilo und er dort deponiert hatten, weil der Bewegungsmelder immer wieder ausgefallen war, befand sich noch an ihrem Platz.

Als er den Lichtstrahl auf den Fußboden des Wirtschaftsraums richtete, sah er das ganze Ausmaß des Vandalismus. Es war, als hätte eine Bombe eingeschlagen. Sämtliche Regale leer gefegt, alle Schubladen der Wandschränke herausgerissen und ausgekippt, ihr Inhalt wild durcheinandergewühlt.

»Lilly! Lilly!«, rief Mika alarmiert. »Bist du da?«

Vielleicht steckte die Hündin ja irgendwo in diesem Durcheinander. Beherzt bahnte er sich einen Weg durch das Chaos. Doch nur seine Schritte unterbrachen die beklemmende Stille. Kein freudiges Begrüßungsgebell, kein Jaulen, kein Kratzen an der Küchentür, hinter der sich der Hundekorb befand.

Im Flur stieß er auf Blutspuren. Sein Herz begann zu rasen. Voll böser Ahnungen folgte er ihnen bis zur Haustür – und schreckte zusammen. Im zitternden Schein der Taschenlampe sah er die riesige Blutlache. Er bückte sich. Im getrockneten Blut klebten Haare. Lange, dünne rostrote Haare. Ganze Büschel davon.

»Lilly! Minun kiltti koira!«, schrie er außer sich. »Lilly …«

Seine Stimme erstarb in einem herzzerreißenden Schluchzen. Seine Nerven versagten. Die Taschenlampe entglitt seinen Fingern und fiel zu Boden. Er schlug die Hände vors Gesicht und fing bitterlich an zu weinen.

Mika Rahola wusste nicht einzuschätzen, wie lange er dort regungslos am Boden gehockt und geweint hatte, als ihn ein Geräusch zusammenfahren ließ.

Das Motorengeräusch kam von draußen, vom Hof. Im selben Augenblick erfasste das gleißende Fernlicht zweier Autoscheinwerfer den Bereich der Haustür und des Küchenfensters.

Mika fuhr hoch. Geistesgegenwärtig griff er nach seiner Taschenlampe und schaltete sie aus.

»Frankenstein lässt grüßen«, entfuhr es Maike Schnur, während der Lichtschein ihres Smartphones über die Pritsche in dem Kellerloch glitt. Der schmuddelige Stoffbezug war voller Löcher, Risse und Flecken von unbestimmbarer Herkunft. Auf dem nackten Backsteinfußboden davor beleuchtete das LED-Licht ein seltsames Sammelsurium: eine rostige Schere, Unmengen zerschnittenes Paketklebeband, leere Plastikflaschen, Mullbindenreste, Watte- und Leukoplastfetzen.

»Das reinste Gruselkabinett.«

»Der Vogel ist ausgeflogen«, kommentierte Robert Mendelski trocken. »Und zwar in aller Eile. So 'n Mist.« Mit seiner Taschenlampe leuchtete er die kahlen Steinwände ab. »Von hier unten gibt's kein Entrinnen. Der einzige Ausgang ist die Luke da oben. Gefängnis der Marke ›verschärfte Einzelhaft‹.«

»Kein Licht, keine Frischluft und dann so eine Arschkälte – brrr!« Maike klapperte mit den Zähnen. »Der arme Finne.«

»Der Graf von Monte Christo hat's vierzehn Jahre lang in so einem Loch ausgehalten.«

»Was du alles weißt.«

»Pflichtlektüre in meiner Jugend …« Mendelski winkte ab. »Also: Du bist dir sicher?«

»Klar. Mika Rahola. Wer soll denn sonst hier gewesen sein?« Sie rollte mit den Augen. »Oder gibt's noch eine andere Entführung im Bereich der PI Celle?«

»Hast ja recht«, gab er nach.

»Vielleicht ist er ja getürmt.«

»Wohl kaum. Sie haben ihn fortgeschafft. Als der Paketkurier aufgetaucht ist, haben sie kalte Füße gekriegt.«

Maike hatte ein paar Stücke zerschnittenes Paketband aufgehoben. »Schau, hier kleben blonde Haare dran. Die dürften zu denen in der Mülltüte passen, die Hasenjäger gefunden hat.«

»Warum sie ihm wohl die Haare geschnitten haben?«, fragte Mendelski.

»Keine Ahnung. Vielleicht wollten sie sein Aussehen verändern.«

Der Kommissar schüttelte den Kopf. »Das macht keinen Sinn. Ich glaube eher, dass sie ihn verarztet haben. Mika Rahola hat wahrscheinlich eine Kopfwunde. Das passt zu den blutigen Mullbinden, zur Watte und dem Verbandskasten, den sie heute Morgen gekauft haben.«

»Dann war das hier sein Krankenlager?« Maike Schnur bückte

sich erneut, um unter die Pritsche zu schauen. »Sieht aus, als hätten sie ihn mit dem Paketklebeband auf der Pritsche fixiert. Dem vielen Tape nach zu urteilen, war der Finne eingewickelt wie 'ne Mumie.«

»Hoffentlich nicht. Als Mumie wäre er nicht mehr unter den Lebenden.«

»Mumie?«, hörten sie gottgleich eine Stimme über sich fragen. Es war Jo Kleinschmidt, der seinen Kopf jedoch nicht aus den Wolken, sondern durch die Luke steckte. »Habt ihr etwa eine geheime Grabkammer gefunden?«

Im selben Augenblick tauchten auch die Gesichter von Ellen Vogelsang und Heiko Strunz über der Deckenöffnung auf.

»So etwas Ähnliches«, rief Mendelski nach oben. »Zieht euch um und kommt runter.«

Er drückte sich mit dem Rücken an die Wand neben der Haustür. Gleich neben der Garderobe, an der als Einziges noch seine blaue Daunenjacke am Haken hing. Alle anderen Jacken, Westen, Schals und Mützen lagen in einem wüsten Durcheinander auf dem Boden verstreut.

Sein Puls raste, sein Atem stockte, während Mika Rahola angestrengt lauschte. Zwei Autotüren klappten, knirschende Schritte im Schnee näherten sich.

»Hier sind Spuren«, hörte er einen Mann sagen. Direkt hinter der Haustür, keine zwei Meter von ihm entfernt. Die Stimme kam ihm bekannt vor. »Ganz frische … Von nur einer Person.«

»Nicht so laut«, entgegnete ein anderer. »Der ist wahrscheinlich noch hier. Aber guck mal, der ist gar nicht rein ins Haus.« Auch diese Stimme wusste Mika einzuordnen: Da draußen standen seine beiden Entführer, Sturmhaube und Wollmütze.

Wie hatten die es nur geschafft, so schnell hier zu sein? Sie hatten sich allem Anschein nach – genau wie er – unerlaubt vom Unfallort entfernt. Klassische Unfallflucht. Wahrscheinlich mit einem geklauten Auto.

»Der ist nach hinten«, hörte er Wollmütze sagen. »Los, nix wie hinterher.«

Mika reichte es. Höchste Zeit, sich davonzumachen. Aber vorher gab es noch etwas zu erledigen.

Hastig griff er nach der Daunenjacke, klemmte sie sich unter den Arm und huschte in die Küche. Das Scheinwerferlicht des Autos der Entführer draußen auf dem Hof drang durch die beiden Fenster, deren Vorhänge nicht zugezogen waren. Die Taschenlampe brauchte er nicht.

Auch in der Küche herrschte wüstes Chaos. Seine rechte Schuhspitze kickte eine leere Mineralwasserflasche zur Seite. Die hatte bereits am Boden gelegen und machte gottlob wenig Lärm, als sie gegen den Brotkorb kullerte.

Mika schaute sich um und griff in das leere Fach einer Schrankschublade. Die lag ausgekippt und auf den Kopf gedreht auf den Fliesen. Er bückte sich, wühlte in einem Haufen von Kellen, Kochlöffeln und Schabern. Dann hielt er ein Messer in der Hand. Ein langes Brotmesser. Und schließlich noch ein weiteres, eines mit Birkenholzgriff und Lederscheide. Ein finnisches Jagdmesser. Genau das hatte er gesucht.

Ein Geräusch ließ ihn zusammenzucken. Es kam von hinten aus der Waschküche. Wollmütze und Sturmhaube mussten schon im Haus sein.

Mika steckte das Finnenmesser unter die Daunenjacke und zog sich in die Speisekammer zurück. Möglichst leise schob er mit den Füßen einige auf dem Boden verteilte Gegenstände beiseite, um die Tür hinter sich schließen zu können. Danach angelte er nach einem Schlüssel, der an einem Nagel im Türrahmen hing, steckte ihn ins Schloss und verriegelte die Speisekammertür von innen.

Er drückte sein Ohr an die Tür. Es war still. Wollmütze und Sturmhaube schienen Raum für Raum abzusuchen. Noch waren sie nicht in der Küche angekommen.

Mit ein bisschen Glück würde es eine Weile dauern, bis sie ihn hier in der Speisekammer suchten. Auf jeden Fall hatte er ein paar Sekunden Vorsprung. Die galt es zu nutzen.

Er schaltete die Taschenlampe an, zog sein Finnenmesser aus der Lederscheide und bückte sich. Eilig räumte er Suppendosen, Gurken- und Honiggläser aus dem unteren Fach eines

Vorratsregals. Dahinter kam eine gefliese Wand zum Vorschein. Die großformatigen Fliesen schienen frisch ausgebessert, waren aber nur notdürftig verfugt.

Mit der Spitze des Messers hebelte er in Sekundenschnelle eine der Fliesen aus der Wand, dann eine zweite. Vorsichtig legte er sie zur Seite. In den dunklen Hohlraum, der sich vor ihm auftat, hätte locker ein Reisekoffer gepasst. Mika griff hinein und brachte ein Päckchen zum Vorschein. Ein in schwarze Plastikfolie eingewickeltes und mit Gummibändern gesichertes Bündel in der Größe eines Telefonbuchwälzers. Er ließ es unter der Jacke verschwinden, nahm Messer und Taschenlampe und richtete sich auf.

Nachdem er flugs die Flaschen vom Fensterbrett geräumt hatte, ließ sich das kleine Fenster in der Ecke der Speisekammer mühelos öffnen.

Eiskalte Luft und Schneegestöber schlugen ihm entgegen. Er schaute zum Auto hinüber, das verwaist und mit eingeschalteten Scheinwerfern und weit geöffneten Türen auf dem Hof stand.

Ein kurzes Poltern war zu hören. Es kam von nebenan aus der Küche. Als Mika Rahola sich umdrehte, sah er, dass die Türklinke von außen heruntergedrückt wurde.

Wie von unsichtbarer Hand.

»Was is 'n hier los?«

Das Gezeter kam von der Haustür und klang rauchig und schrill. Mendelski schaute von seinen Notizen auf. Ob die Stimme männlichen oder weiblichen Ursprungs war, vermochte er auf Anhieb nicht zu sagen.

Hasenjägers Antwort war betont ruhig und leise. Was er sagte, war in der Küche nicht zu verstehen.

»Dürft ihr 'n das überhaupt?« Das war wieder die unbekannte Stimme. Dieses Mal klang sie noch eine Spur tiefer. Mendelski tippte auf einen Mann. »Wenn Dieter das erfährt«, hörte er, »dann könnt ihr euch aber auf was gefasst machen.«

Mendelski schob den Stuhl zurück und erhob sich vom Küchentisch. Der stand nicht an seinem alten Platz, sondern an der Wand. In der Mitte des Raumes gähnte die offene Kellerluke.

»Warten Sie! Da können Sie jetzt nicht rein!« Hasenjägers Worte waren auf einmal gut zu verstehen. Sie klangen ärgerlich und laut.

In diesem Augenblick flog die Küchentür auf. Um ein Haar wäre Mendelski mit der Person zusammengestoßen, die da hereingestürmt kam. Sie standen sich im Türrahmen gegenüber wie zwei Kontrahenten.

Der Kommissar hatte sich bei seiner Einschätzung der Stimme getäuscht. Vor ihm stand eine Frau. Eine Frau von undefinierbarem Alter, klein, höchstens eins fünfundsechzig, grell geschminkt, mit roten fisseligen Haaren. Sie trug einen kurzen Mantel mit Leopardenmuster, über der Schulter eine grasgrüne Kunstlederhandtasche. Die Beine steckten in engen pechschwarzen Wollleggings, die Füße in für das Winterwetter völlig unpassenden High Heels.

»Sind Sie hier der Chef?«, raunzte sie. Hasenjäger stand hinter ihr, sah Mendelski an und zuckte bedauernd mit den Schultern. Kalter Zigarettengestank schlug dem Kommissar entgegen. Die Zähne der Frau waren quittengelb und trugen Spuren vom Lippenstift.

»Kriminalhauptkommissar Mendelski von der Kripo Celle«, erwiderte er eine Spur zu laut, während er sich ihr in den Weg stellte. »Ja, ich bin hier der Einsatzleiter.«

»Dann zeigen Se mir mal schön den Durchsuchungsbefehl.« Die Frau versuchte, sich an ihm vorbeizudrängen. Doch Mendelski blieb standhaft.

»Wenn schon, dann Durchsuchungsbeschluss, bitte. Sind Sie so nett und weisen sich erst einmal aus?«

Die Frau stöhnte auf. »Evers. Jenny Evers.« Sie kramte in ihrer Handtasche. »So wie die ehemalige Heidekönigin aus Amelinghausen. Nur ohne L.« Sie hielt ihm ihren Personalausweis hin. »Wohne in Bröckel. Hüte hier nur ein.«

»Für Dieter Jaschke?«

»Genau. Der is auf Mallorca. Arbeiten.« Die beiden ›ll‹ sprach sie wie im Deutschen. »Aber sagen Se mal: Was suchen Sie denn eigentlich?« Sie reckte den Hals und versuchte, an Mendelski vorbei in die Küche zu linsen.

»Wir suchen zwei Männer. Heute Nachmittag sind sie hier im Haus gesehen worden.«

»Tja, beim Dieter gehen viele Leute ein und aus«, erwiderte sie lapidar.

»Wann waren Sie denn das letzte Mal hier?«

»Tut mir leid.« Sie schüttelte ihr Fisselhaar. »Ich kann Ihnen nicht helfen. Will ich auch nicht. Sonst krieg ich Ärger. Mit Dieter.«

»Das müssen Sie mir erklären.«

»Jetzt tun Se mal nicht so. Der Dieter is in Ihrem Laden doch kein Unbekannter. Ich werd 'nen Teufel tun und Ihnen was erzählen. Nee, ich halt schön die Klappe.«

Mendelski stemmte beide Arme in die Hüften und baute sich bedrohlich vor ihr auf. »Frau Evers«, sagte er mit Nachdruck. »Jetzt hören Sie mal gut zu. Wir sind von der Kriminalpolizei. Wir ermitteln in mehreren Kapitalverbrechen, es geht unter anderem um ein Tötungsdelikt. Wenn Sie nicht mit uns zusammenarbeiten wollen, werden wir Sie nach Celle zur Vernehmung laden – ob als Zeugin, als Mitwisserin oder gar Verdächtige, das muss ich mir noch überlegen.«

Jenny Evers schien die Standpauke nur wenig zu beeindrucken. Betont lässig strich sie sich ihr dünnes Haar hinters Ohr. »Sie können mir ruhig drohen«, erwiderte sie schnippisch. »Das bringt gar nix. Ich kenn meine Rechte.« Sie kramte in ihrer Handtasche und fischte ein Handy heraus. »Am besten, ich ruf den Dieter an. Der wird schon wissen, was ich machen soll.«

Mendelski beugte sich vor, als er leise verlauten ließ: »Frau Evers, es wäre besser, Sie rufen einen Anwalt an.«

»Kein Anschluss unter dieser Nummer.« Jenny Evers äffte die automatische Telefonansage nach, während sie ihr Mobiltelefon bediente. »Nee, nee. Erst den Dieter …«

Robert Mendelski verlor die Geduld und gab Kollege Hasenjäger einen Wink. »Nehmen Sie ihre Personalien auf und bringen Sie sie hinaus.«

Ohne lange zu fackeln, schwang sich Mika Rahola auf das Fensterbrett und kletterte hinaus. Er landete in einem verwilderten

Rosenbeet, das unter dem Schnee im Winterschlaf versunken war. Dornen drangen durch seine Jogginghose in die Beine. Trotz des dichten Bewuchses ging er in die Hocke und schlich im Entengang an der Hauswand entlang. Bloß weg von den beiden Küchenfenstern. Und raus aus dem Lichtkegel der Autoscheinwerfer.

Scheinwerfer?

Abrupt hielt er inne. Mit zusammengekniffenen Augen blinzelte er zum Auto hinüber, dessen Türen einladend weit offen standen. Erst jetzt erkannte er, dass es sich um einen knallroten Kleinwagen koreanischer oder japanischer Herkunft handelte. Wollmütze und Sturmhaube hatten sich den Wagen vermutlich an der Unfallstelle angeeignet. Ungefragt und kaltschnäuzig. Es wäre nicht verwunderlich, wenn das Auto einem hilfsbereiten Ersthelfer gehörte.

Bei ihrer Ankunft auf dem Hof hatten die beiden Gangster nicht nur die Fahrzeugtüren offen und das Scheinwerferlicht brennen lassen. Vielleicht steckte auch – das war Mikas große Hoffnung – der Schlüssel im Zündschloss.

Das Auto war seine Chance.

Um von hinten an den Wagen heranzukommen, schlug er einen weiten Bogen. Er schlich gerade am Wrack des Wohnmobils vorbei, als es im Haus einen heftigen Knall gab. Es hörte sich an wie berstendes Holz. Er schaute zum Haus hinüber. Hinter dem Speisekammerfenster flammte das Deckenlicht auf. Wollmütze und Sturmhaube schienen die Speisekammertür eingetreten zu haben.

Flink und geduckt wie eine Wildkatze huschte Mika zum Auto. Im Schutze der geöffneten Fahrertür schob er, ohne sich aufzurichten, seinen Oberkörper über den Fahrersitz ins Wageninnere. Der Blick hinter das Lenkrad brachte die Ernüchterung.

Der Zündschlüssel steckte nicht.

»Verflucht! Der ist durchs Fenster raus«, hörte er in diesem Moment Sturmhaube brüllen. »Hier sind frische Spuren.«

Instinktiv duckte sich Mika noch tiefer. Als er zwischen der Fahrertür und dem vorderen Holm hindurchschielte, sah er einen der Männer am offenen Speisekammerfenster hantieren. Er schickte sich an, hinauszuklettern.

»Wir brauchen 'ne Taschenlampe«, hörte er Sturmhaube rufen. »Schnell. Der kann noch nicht weit sein.«

In Windeseile tastete Mika Mittelkonsole und Beifahrersitz ab, doch der Schlüssel war nicht zu finden. Mit gezogenem Finnenmesser schlich er zum linken Hinterreifen. Zwei gezielte Stiche, und zischend entwich die Luft. Weiter ging es zum rechten Hinterrad, um auch hier den Reifen zu zerstechen. Das würde die beiden ein Weilchen aufhalten.

»Der ist rüber zum Wohnmobil«, hörte er Wollmütze rufen. »Mach deine Knarre klar.«

Für Mika wurde es höchste Zeit. Er rannte zum Schuppen, öffnete vorsichtig die Holztür und ertastete im Dunkeln sein Fahrrad. In aller Eile zog er das Mountainbike heraus, schob es bis zum Birnbaum, schwang sich in den Sattel und sauste zur Hofeinfahrt hinaus.

»Also die Haare aus der Plastiktüte und die unten aus dem Verlies scheinen von ein und derselben Person zu stammen.« Heiko Strunz hielt ein Büschel blonder Haare zwischen Daumen und Zeigefinger seiner behandschuhten rechten Hand. »Sie wurden mit einer ziemlich stumpfen Schere abgeschnitten, recht dilettantisch«, fuhr er fort. »Mehr abgerissen als geschnitten. Außerdem weisen sowohl die Haare aus der Tüte als auch die aus dem Kellerloch Blutspuren auf. Die dürften nicht älter als vierundzwanzig Stunden sein.«

»Passt alles«, antwortete Maike Schnur. »Der Finne wird eine Kopfwunde haben. Vielleicht von gestern. Und die Entführer haben ihn notdürftig verarztet.«

»Klingt plausibel.« Heiko Strunz hielt eine Beweismitteltüte mit einer benutzten Mullbinde darin hoch. »Dem Geruch nach haben sie Desinfektionsmittel benutzt. Außerdem haben wir angebrochene Schachteln mit Antibiotika-Tabletten gefunden.«

»Wie schwer er verletzt ist, lässt sich aber nicht sagen?«, wollte Maike wissen.

»Nein, selbst mit dem Material hier kann man das kaum

realistisch einschätzen.« Heiko Strunz klappte den Alukoffer zu, der randvoll mit Beweismitteltüten gefüllt war. »Ob es sich dabei überhaupt um den verschwundenen Finnen handelt, werden wir aber sehr bald wissen. Spätestens morgen Mittag.« Mendelski streifte die Handschuhe ab und warf sie auf den Küchentisch. »Tja, Spuren vom Opfer gibt's anscheinend zur Genüge«, sagte er. »Doch was haben wir von den Entführern?«

»Reichlich.« Strunz nickte zuversichtlich. »Fingerabdrücke und DNA in Hülle und Fülle. Hier oben im Haus hat sich keiner die Mühe gemacht, Handschuhe zu tragen oder etwas abzuwischen. Wie es aussieht, sind sie ja auch ziemlich überstürzt abgehauen.«

»Und die Spuren draußen im Schnee?« Mendelski war ans Küchenfenster getreten und schaute hinaus. Der Hof war von mobilen Strahlern hell ausgeleuchtet. Kleinschmidt und Vogelsang, die am Boden hockten, waren in ihren weißen Schutzanzügen kaum vom Schnee zu unterscheiden.

»Jo und Ellen sind dran. Fuß- und Reifenspuren. Scheinen recht brauchbar. Zwei verschiedene Schuhabdrücke. Wahrscheinlich von Männern. Und tiefe Abdrücke noch dazu. Sieht aus, als hätten die beiden den Finnen zum Auto getragen.«

»Wagentyp?«

»Wahrscheinlich ein Lieferwagen. So 'n Kleintransporter. Größe Sprinter, Crafter oder so was. Stand hinterm Haus im Freien. Wohl seit Längerem schon. Auf dem Stellplatz ist nur eine ganz dünne Schicht frischer Schnee.«

Mendelski wandte sich an Maike. »Überprüf bitte mal, ob so ein Fahrzeug unter dieser Adresse angemeldet ist.«

Maike Schnur nickte und wollte gerade zur Tür hinaus, um in Ruhe zu telefonieren, als es klopfte. Kollege Hasenjäger steckte den Kopf herein.

»Dieter Jaschke ist am Telefon«, informierte er Mendelski. »Von Mallorca aus. Übers Handy von der Evers. Er will Sie sprechen.«

Ohne Licht und mit halsbrecherischer Geschwindigkeit sauste der nächtliche Radfahrer auf dem schneeglatten Fahrradweg an der L311 dahin. Als er den Ortseingang von Wienhausen erreichte, wandte er sich gehetzt um. Erst nachdem er sich vergewissert hatte, dass ihm niemand folgte, bog er in die Mühlenstraße ein.

Mika Rahola fiel ein Stein vom Herzen. Bis hierher hatte er es geschafft. Selbst wenn seine Verfolger ein anderes Auto auftreiben sollten, wäre er ihnen in dieser Sackgasse und auf den Fußwegen und Pfaden rund um das Kloster mit dem Fahrrad klar überlegen. Ohne lange nachzudenken, raste er an den Holzbuden vorbei, die man bereits für den Weihnachtsmarkt am kommenden Wochenende aufgebaut hatte, ließ den zum Trauhaus umgebauten ehemaligen Kornspeicher und die vereiste Wassermühle links liegen, um hinter dem Hotel und dem Kloster-Café rechts abzubiegen. Danach ging es sogleich wieder links ab.

Zwar verfügten seine Mountainbike-Reifen über ein griffiges Geländeprofil. Dennoch musste er in den engen Kurven höllisch aufpassen, um bei der Schneeglätte nicht wegzurutschen und zu stürzen.

So spät am Abend war keine Menschenseele mehr unterwegs. Ein Kolkrabe, der einsam und verlassen hoch oben in der Krone einer Linde hockte und vor sich hin schlummerte, blinzelte müde mit dem rechten Auge, schenkte dem merkwürdigen Radler aber keine Beachtung.

Keuchend von der Anstrengung passierte Mika den hölzernen Glockenturm und das Kirchenschiff, näherte sich rasant dem Haupteingang zum Kloster und folgte dem Verlauf des Wienhäuser Mühlenkanals. Er fuhr am Gebäude vorbei und bog in den Weg ein, der an den Klosterpark und den Parkplatz angrenzte. Im schummrigen Licht der Straßenlaternen radelte er mit unverminderter Geschwindigkeit weiter. Sooft er sich auch umdrehte, er konnte keine Verfolger ausmachen.

Erst an der Litfaßsäule, dort, wo der Parkplatz auf die K50 mündete, stoppte er und sprang vom Rad. Die Fahrradständer ignorierend, die neben dem Eingang zum Klosterpark aufgebaut waren, schob er sein Gefährt ein Stück in den Fußweg hinein. Zwischen Büschen und Staketenzaun stellte er es ab.

Von hier wollte er zu Fuß weiter, das würde weniger auffallen. Wer radelte schon mitten in der Nacht durch Eis und Schnee? Doch nur so ein verrückter Finne …

Außerdem hatte er es nicht mehr weit.

Noch einmal blickte er in die Runde, um zu prüfen, ob nicht doch ein Auto oder ein anderer unliebsamer Beobachter in der Nähe war. Erst dann zog er sich die Kapuze seiner Daunenjacke über den Kopf und überquerte mit schnellen Schritten die Celler Straße. Nach einigen Metern in Richtung Ortszentrum bog er in eine schmale Hauseinfahrt ein.

Von anderen unbehelligt hatte er sein Etappenziel erreicht.

»Und?«, fragte Maike Schnur neugierig, nachdem Mendelski in die Küche zurückgekehrt war. Sein Gesicht drückte nicht gerade Enthusiasmus aus.

»Fehlanzeige«, grummelte er. »Der Jaschke macht den großen Zampano. Mann, war der auf hundertachtzig. Will uns seinen Anwalt auf den Hals hetzen. Wegen der widerrechtlichen Hausdurchsuchung. Faselte was von Einbruch, Hausfriedensbruch, Nötigung et cetera – das volle Programm.«

Maike zog einen Flunsch. »Hat sich also nicht geäußert, der Gute, wer die beiden Kerle hier waren?«

»Nicht die Bohne. Hat keine Ahnung, behauptet er. Er wär seit vier Wochen auf Mallorca und will da auch noch ein Weilchen bleiben. Den ganzen Winter. Die Evers hat den Schlüssel und hütet das Haus. Wir sollen sie fragen.«

»Und? Kaufst du ihm das ab? Ich meine, dass der keine Ahnung hat, was hier los ist?«

»Nie und nimmer«, murrte Mendelski. »Der ist definitiv der Boss im Haus. Weiß ganz genau Bescheid. Die Evers ist doch nur 'n kleines Licht.«

»Können wir ihn nicht herzitieren?«

»Schwerlich.« Mendelski wiegte zweifelnd den Kopf. »Er ist im Ausland. Und wenn er sich schon so weit aus dem Fenster lehnt, mit einer Klage zu drohen, hat er wahrscheinlich ein wasserdichtes Alibi.«

»Also bleibt uns im Moment nur die Evers.«

»Richtig.«

»Was sollen wir denn mit ihr anfangen?«

»Erst mal nehmen wir sie mit. Zum Verhör. Zur Not stecken wir sie in Untersuchungshaft.«

Maike guckte skeptisch. »Meinst du, dass der Staatsanwalt da mitspielt?«, fragte sie.

»Das will ich doch hoffen. Es geht immerhin um ein Tötungsdelikt und Entführung. Das Entführungsopfer ist schwer verletzt, schwebt wahrscheinlich in akuter Lebensgefahr. Wenn das kein Notstand ist.«

Maike grübelte. »Und das Auto?«, fragte sie. »Hast du den Jaschke nach dem Lieferwagen gefragt?«

»Natürlich. Mehrmals. Aber wie ich schon sagte: Er hat nicht eine Frage —«

Mendelski wurde unterbrochen, Jo Kleinschmidt stürmte in die Küche.

»Hab durch Zufall was Interessantes mitgekriegt«, sagte er atemlos. »Schwerer Verkehrsunfall auf der L 311 zwischen Wienhausen und Lachendorf. Kleintransporter und Pkw.« Er blickte in fragende Gesichter. »Hallo? Habt ihr gehört? Kleintransporter! Fahrer und Beifahrer sind getürmt. Waren beide nur leicht verletzt. Und es kommt noch besser: Sie sind nicht zu Fuß verschwunden, wie das die Alkis machen. Nee. Die haben 'n Auto geklaut. Von 'nem Unfallhelfer. Und damit sind sie in Richtung Wienhausen geflüchtet. Na, was sagt ihr jetzt?«

Mendelski war aufgesprungen. »Ist die Fahndung raus?«

»Klar. Sofort. Die Kollegen waren ja vor Ort.«

»Und die sind nicht gleich hinterher?«

»Nee. Davon hat erst mal keiner was gemerkt. Die mussten sich ja um die Verletzten kümmern.«

»Keine Spur von dem Finnen?«

»Nicht dass ich wüsste.«

»Ist der Transporter wenigstens untersucht worden?«

Kleinschmidt zuckte mit den Schultern. »Keine Ahnung. Davon haben die nichts gesagt.«

»Wer ist der Einsatzleiter?«

»Borkowitz. Von der Polizeistation Wienhausen.«

Mendelski gab Maike einen Wink. »Los, wir fahren sofort zur Unfallstelle.« An Kleinschmidt gewandt, ergänzte er: »Gut gemacht, Jo. Sag Heiko und den anderen Bescheid. Wir melden uns, sobald wir mehr wissen.«

Das Haus lag im Dunkeln.

Zu dieser Tageszeit ist das nicht ungewöhnlich, dachte Mika Rahola und ging weiter. Ohne Armbanduhr, ohne Handy blieb ihm nur, die Uhrzeit zu schätzen. Es musste inzwischen auf zweiundzwanzig Uhr zugehen. In seiner Küche in Oppershausen hatte er einen flüchtigen Blick auf die Wanduhr geworfen.

Sie war sicher noch wach, da war er sich ziemlich sicher. Lina Henke würde zwar schon im Bett liegen, aber noch fernsehen, wie immer. Der TV-Apparat, ein uraltes Röhrengerät mit gigantischen Ausmaßen, stand in ihrem Schlafzimmer. Am Fußende ihres Bettes auf einer Kommode. Das Schlafzimmer lag – von der Straße nicht einsehbar – auf der Rückseite des Hauses, zum Garten hin.

Bevor Mika den erst kürzlich vom Schnee befreiten Fußweg betrat, der zum Haus führte, schaute er sich mehrmals um. Doch es war keine Menschenseele zu sehen. Dass seine Verfolger von diesem Haus wussten und hier auftauchen würden, war mehr als unwahrscheinlich.

Damals, in ihrem ersten Jahr in Deutschland, hatten Niilo und er einen Winter lang bei Lina Henke zur Untermiete gewohnt. Den Sommer über hatten sie in einem Wohnwagen im Wald gehaust, für die kalte Jahreszeit musste jedoch eine andere Lösung her. So waren sie froh, ein festes Quartier gefunden zu haben. Im Obergeschoss des Hauses befand sich eine möblierte Drei-Zimmer-Wohnung, die die alleinstehende Frau an sie vermietet hatte. Soweit Mika wusste, stand die Wohnung seit ihrem Auszug leer.

Die Chemie zwischen der fünfundachtzigjährigen Witwe und den beiden Finnen hatte vom ersten Tag an gestimmt. Weil sie sich so gut verstanden, hatte Lina Henke ihn und Niilo oft zu sich eingeladen. Meist abends, nach der Arbeit. Zu Tee mit Rum – bei Lina Henke eher Rum mit Tee – oder pechschwarzem Kaffee, der einem die Schuhe auszog, und selbst gebackenen Weihnachtsplätzchen, an denen man sich die Zähne ausbiss. So hatten Niilo und er die eigenwilligen Gewohnheiten ihrer Vermieterin peu à peu kennen, und schätzen gelernt.

Aus alter Verbundenheit hatten sie Lina Henke auch nach ihrem Auszug noch gelegentlich besucht. Drei-, viermal im Jahr bestimmt. Und sie hatten Lilly bei ihr gelassen, wenn sie beide unerwartet nach Finnland mussten, um Ersatzteile für die Maschinen zu holen oder an einer Familienfeier teilzunehmen. Dann waren sie froh, jemanden zu haben, der sich um den Hund kümmerte. Seit einem halben Jahr jedoch hatten Niilo und er Lina Henke nicht mehr zu Gesicht bekommen.

An der Haustür verharrte Mika einen Moment. Denn hier endete der gefegte Fußweg. Weitere vom Schnee geräumte Pfade gab es nicht.

Egal, ob er zur Garage oder um das Haus herumlaufen würde, die Spuren im Schnee könnten ihn verraten.

Zu dumm, dass er kein Handy mehr besaß. Sonst hätte er sich telefonisch bei ihr angemeldet. So, wie eigentlich immer, wenn er sie besuchte. Trotz ihres Alters und ihrer Schrulligkeit war Lina Henke ziemlich eitel und ließ niemanden herein, ehe sie sich umgezogen oder wenigstens ihr Haar gerichtet hatte.

Mika wusste, dass sie nachts die Klingel abstellte. Nachdem sie vor vielen Jahren einem dreisten Trickbetrüger auf den Leim gegangen war, der sich als Spendensammler für das Rote Kreuz ausgegeben hatte, war sie misstrauischer geworden. Um sich bemerkbar zu machen, musste er durch den Schnee um das Haus herum bis zu ihrem Schlafzimmerfenster im Erdgeschoss. Es ging nicht anders. Also machte er einen möglichst großen Sprung in das nächste Blumenbeet und watete durch den knöcheltiefen Schnee, immer an der Hauswand entlang.

Mika kannte die Angewohnheiten der Witwe aus der Zeit, als sie noch hier gewohnt hatten. Sie liebte es, nachts fernzusehen. Tagsüber schlief sie meist. Eine Familie, die sich um sie kümmerte, hatte sie nicht. Lina Henke war kinderlos geblieben. Ihre einzige Schwester wohnte in Ingolstadt, im fernen Bayern, und kam nur alle Jubeljahre zu Besuch. Eine Nachbarin versorgte sie mit dem Nötigsten: Lebensmittel, Geld von der Bank, Briefmarken.

In Wienhausen hatte sie außer zur unmittelbaren Nachbarschaft wegen ihrer Kauzigkeit kaum soziale Kontakte. Senioreneinrichtungen und -veranstaltungen, die Kirche oder Arztpraxen mied sie wie die Pest. Geistig war sie rege, aber körperlich litt sie, auch weil sie den Ärzten nicht traute. Knie und Hüfte machten nicht mehr mit, die Arthrose war weit fortgeschritten. In ihrer grenzenlosen Sturheit lehnte sie jede medizinische Behandlung und den Rollator ab, sie bewegte sich lieber so wenig wie möglich. Der TV-Apparat war für sie daher ein Segen.

Mika hatte mit seiner Vermutung richtiggelegen. Als er um die Hausecke bog, sah er den matten Schimmer im Schlafzimmerfenster. Die schweren Damastvorhänge ließen schmale Streifen frei, durch die Licht nach draußen gelangte.

Das Erdgeschoss war eigentlich ein Hochparterre. Mika, nicht gerade der Größte, hatte keine Chance, das Fenster ohne Hilfsmittel zu erreichen. Rufen durfte er nicht, denn das würde die Nachbarschaft alarmieren. Er entschied sich für das Naheliegendste – Schneebälle zu werfen.

Schon nach dem ersten Treffer ging das Licht im Schlafzimmer aus. Hinter den Vorhängen war nur noch ein leichtes Flackern zu sehen. Der Fernseher. Beim zweiten Schneeball erlosch auch dieses Licht. Sie hatte das TV-Gerät ausgeschaltet. Nach dem dritten Wurf – Mika traf jedes Mal genau die Mitte der Scheibe – passierte gar nichts.

Er wartete ungefähr eine Minute, ohne dass sich am Fenster etwas regte. Im Schlafzimmer blieb es dunkel.

Sie wird doch nicht die Polizei anrufen?, dachte er erschrocken. Das wäre ein grandioses Eigentor. Nein, er verwarf den Gedanken. Es wäre überhaupt nicht Lina Henkes Art, nach der Obrigkeit zu rufen, sobald es Schwierigkeiten gab. Schon gar nicht wegen ein paar Schneebällen. Wie lächerlich. Sie hatte sich stets selbst zu helfen gewusst. Auch damals bei dem falschen Rotkreuz-Spendensammler.

Mika bückte sich gerade, um den vierten Schneeball zu formen, als sich am Fenster etwas tat. Der Vorhang wurde in der Mitte eine Handbreit zur Seite geschoben. Obwohl das Licht im Schlafzimmer ausgeschaltet blieb, konnte er einigermaßen gut erkennen, was geschah. Durch den Schnee im Garten war die Nacht recht hell.

Mit einem leisen Knarren öffnete sich der rechte Fensterflügel ungefähr eine Handbreit.

Etwas Schmales, Rundes, metallisch Glänzendes schob sich durch den Spalt nach außen. Ein Rohr mit zwei Löchern. Als es etwa einen halben Meter aus dem Fenster ragte, senkte sich das Ende wie in Zeitlupe.

Mika Rahola bückte sich instinktiv. Er hatte erkannt, was da keine fünf Meter entfernt auf ihn gerichtet war.

Es waren die Läufe einer Doppelflinte.

ACHT

Der Anruf kam gegen halb elf.

Henning Grube lag angezogen auf seinem Sofa und guckte auf »Arte« einen Reisebericht über Thailand. Der Beitrag interessierte ihn aus zwei Gründen. Zum einen, weil er im Februar mit Annika dorthin reisen wollte, zum anderen sprach ihn die Reportage als Förster an.

Es ging um den Norden Thailands, um Chiang Mai, die Stadt der Goldenen Tempel, und um deren waldreiche und bergige Umgebung. Die wenigen wilden Elefanten, die es dort noch gab, lebten im Dschungel an der Grenze zu Burma. Die vielen Arbeitselefanten, die früher zum Holzrücken eingesetzt worden waren, waren durch das Fällverbot, das die Regierung für Tropenhölzer verhängt hatte, von einem Tag auf den anderen arbeitslos geworden. Zum Glück hatte man die meisten Tiere umschulen und danach in der Touristik einsetzen können.

Über die aktuellen politischen Unruhen in Bangkok hatte der Fernsehbericht bisher kein Wort verloren.

»Ein Wildunfall? Auf der 311?« Henning Grube drückte ungelenk sein Handy ans Ohr.

Er war wenig begeistert. Zwischen Oppershausen und Lachendorf sollte es gekracht haben. Es gab zwei Unfallfahrzeuge und zwei verendete Stücke Schwarzwild. Die toten Tiere mussten geborgen und versorgt werden.

Vom thailändischen Urwald zurück in den deutschen Forst, dachte Grube, und von wilden Elefanten zu wilden Schweinen …

»Genau genommen bin ich da ja gar nicht zuständig«, beschwerte er sich gähnend. »Der Jagdpächter dort heißt —« Er wurde unterbrochen. »Okay, habe verstanden. Er ist nicht zu erreichen. – Na, wenn's denn unbedingt sein muss. – Ja, 'nen Anhänger habe ich. – Bin schon unterwegs.«

»Lumpenpack«, keifte eine krächzende Stimme hinter der Gardine. »Verschwindet! Sonst gibt's 'ne Ladung Blei in den Hintern.«

»Nicht schießen!«, raunte Mika Rahola. Er kauerte noch immer am Boden. »Ich bin's, der Mika.«

Für einen Moment blieb es still hinter dem Vorhang.

»Erzähl keine Märchen«, tönte es dann durch das Schlafzimmerfenster. Der Flintenlauf bewegte sich bei jedem Wort bedrohlich auf und ab. »Was soll der Schabernack?«

»Sehen Sie doch.« Mika erhob sich aus der Hocke. Dabei schob er seine Kapuze in den Nacken.

Die Gardine wurde einen Spaltbreit zur Seite geschoben, eine Nasenspitze erschien im Dämmerlicht. Zögerlich senkte sich der Flintenlauf, die Mündung zeigte jedoch weiterhin nach draußen.

Mika trat zwei Schritte näher. »Entschuldigung, Frau Henke. Aber ich … ich brauche Hilfe.«

Der Flintenlauf wurde zurückgezogen, das Fenster öffnete sich einen halben Meter weit. Im Nachthemd und unfrisiert, tauchte Lina Henke im Rahmen auf. Lange graue Haare umwehten ihre zierlichen Schultern. »Mika, Sie?«, krähte sie. »Mein Gott, Sie sind's tatsächlich.«

»Darf ich bitte reinkommen?« Besorgt schaute er zum Nachbarhaus hinüber, wo ein Hund angefangen hatte zu bellen. »Hier ist's zu gefährlich. Drinnen kann ich Ihnen alles erklären.«

»Teufel auch.« Lina Henke beugte sich ein Stück vor. »Gehen Sie zur Terrassentür«, flüsterte sie. »Da mach ich Ihnen auf. Aber es wird ein bisschen dauern. Sie wissen ja, meine Knie …«

»Von den beiden Unfallflüchtigen und dem entwendeten Kia immer noch keine Spur«, berichtete Polizeioberkommissar Borkowitz, ein breitschultriger Hüne mit einem auf Streichholzkopflänge gestutzten pechschwarzen Vollbart. Obwohl sie voluminöse Winterkleidung und hohe Schneeboots trug, wirkte Maike Schnur neben ihm wie eine zarte Schülerpraktikantin. »Trotz Großfahndung, Straßensperren und Hubschrauber. Wir haben alle erdenklichen Kräfte zusammengezogen, die ganze Palette.«

»Vielleicht sind sie ja noch in der Nähe und haben sich versteckt«, erwiderte Robert Mendelski. Er trat einen Schritt zur Seite, um den Abschleppwagen durchzulassen. Die Landstraße zwischen Wienhausen und Lachendorf war immer noch voll gesperrt. Notarzt- und Rettungswagen waren mit der verletzten Frau und dem Kind zwar längst abgefahren, doch Polizeibeamte, die Kollegen von der Unfallforschung und die Feuerwehrleute hatten noch reichlich zu tun, um die taghell ausgeleuchtete Unfallstelle aufzuräumen.

»Haben Sie die Waldwege in der Umgebung abgeklappert?«, wollte Mendelski wissen.

»Ja, haben wir«, sagte Borkowitz. »Nichts. Bei dem Schnee kann man Autospuren ziemlich gut identifizieren.«

»Und wie groß war ihr Vorsprung, sagten Sie?«

»Höchstens fünf Minuten, bis wir es merkten. Mehr nicht. Der Eigentümer des Kia hat uns informiert.«

»Ist der noch hier?«

»Ja, drüben bei der Feuerwehr. Dort war er jedenfalls gerade noch. Die haben da heißen Tee.«

Mendelski schaute zu seiner Kollegin hinüber. »Maike, wärst du so nett?«

Sie schob ihre Strickmütze aus der Stirn. »Was jetzt? Tee holen oder den Mann vernehmen?«

»Am besten beides.«

»Und in welcher Reihenfolge bitte schön?«

»Erst der Tee.« Mendelski rieb sich die klammen Finger. Er hatte seine Handschuhe im Auto vergessen. »Mensch, ist das kalt.«

»Gehn wir doch zusammen rüber«, schlug Borkowitz vor. »Ich könnte auch was Heißes vertragen.«

»Gute Idee.« Gemeinsam stapften sie los.

»Schildern Sie uns doch bitte kurz den Unfallhergang«, bat Mendelski. Er war unvermittelt stehen geblieben, um das Stück Schwarzwild zu mustern, das äußerlich unversehrt, jedoch mausetot am Straßenrand lag. Seiner fachkundigen Schätzung nach handelte es sich um einen Überläuferkeiler von gut vierzig Kilogramm Gewicht.

»Also die Wildschweine haben den Unfall verursacht«, begann Borkowitz. »Es war wohl eine ganze Rotte, die die L 311 überqueren wollte. Der Lieferwagen, aus Richtung Wienhausen kommend, hat bei erhöhter, anscheinend nicht den Witterungsverhältnissen angepasster Geschwindigkeit mindestens zwei der Schweine erwischt. Durch den Aufprall oder durchs Bremsen – oder wegen beidem – geriet der Wagen ins Schlingern und anschließend auf die Gegenfahrbahn.« Sie gingen weiter, und er deutete auf die Unfallstelle. »Dort kam ihm der Passat mit der Frau und dem Kind in die Quere. Es gab eine Kollision, aber zum Glück keinen Frontalzusammenstoß. Lieferwagen und Pkw schrammten aneinander entlang und landeten danach im Straßengraben, der Lieferwagen kippte um. Andere Verkehrsteilnehmer waren sehr schnell zur Stelle. Sie haben einen Notruf abgesetzt und sich um die Verletzten gekümmert.«

Inzwischen waren sie bei dem Feuerwehrfahrzeug angelangt. Sie ließen sich dampfende Teebecher geben.

»Sind die Fahrerin des Pkw und das Kind denn schwer verletzt?«, wollte Maike Schnur wissen.

»Gottlob nein.« Borkowitz schüttelte den Kopf. »Erst sah es danach aus, da sie in ihrem Fahrzeug eingeklemmt waren. Die Frau hatte einen Schock, das Kind saß auf der Rückbank im Kindersitz und weinte. Wie ich den Notarzt verstanden habe, geht er bei der Frau von einer Gehirnerschütterung aus, hinzu kommen ein paar Prellungen. Das Kind blieb wohl unverletzt.«

Mendelski nippte vorsichtig an seinem heißen Tee. »Okay, dann zurück zu den beiden Männern aus dem Lieferwagen. Wo ist denn nun Ihr Zeuge?«

»Einen Moment.« Borkowitz sah sich um. »Wo ist denn der Besitzer vom Kia geblieben?«, fragte er den Einsatzleiter der freiwilligen Feuerwehr, der im Kommandofahrzeug saß. »Der Mann mit der Pudelmütze und der roten Jacke.«

»Der hat sich gerade verabschiedet«, sagte der Feuerwehrmann. »Vor ein paar Minuten. Hat sich von einem Bekannten abholen lassen. Ihm war kalt geworden.«

»Ach nee, wirklich?«, raunzte Borkowitz verärgert.

»Haben Sie seine Daten?«, fragte Mendelski.

»Natürlich.« Borkowitz klopfte sich auf die Brusttasche, wo sein Notizblock steckte.

»Und seine Aussage?«

»Auch die. Er war als Erster beim Lieferwagen. Die beiden Männer waren ohne Hilfe durch das Seitenfenster aus dem Unfallwagen herausgekrochen. Beide hatten Kopfverletzungen, bluteten an Stirn und Nase. Schienen sonst aber okay zu sein. Sie waren allerdings ziemlich unhöflich. Haben jede Hilfe abgelehnt und sich 'nen Scheißdreck – Entschuldigung – um ihr Fahrzeug gekümmert, geschweige denn um die Frau und das Kind. In dem ganzen Durcheinander haben sie dann den Kia geklaut. Der war nicht abgeschlossen, der Zündschlüssel steckte. Damit sind sie einfach abgehauen. Der Fahrzeugbesitzer hat's nach wenigen Minuten bemerkt und uns informiert.«

»Konnte er die Männer beschreiben?«

»Ja, sogar ziemlich genau. Hab alles notiert.« Borkowitz klopfte erneut auf seine Brusttasche. »Aus dem Gedächtnis: beide Mitte dreißig, Anfang vierzig. Mittelgroß, kräftige Statur, einer mit Glatze, einer mit Boxernase. Sie trugen keine Handschuhe, also müssten Fingerabdrücke en masse da sein. Und Blutspuren. Das sollte reichen.«

»Na, wenigstens was.« Mendelski hielt seinen Teebecher einem Feuerwehrmann hin, damit dieser nachschenken konnte.

»Haben Sie schon den Halter des Lieferwagens ermitteln können?«, fragte Maike Schnur.

»Haben wir. Aber das hab ich nicht mehr im Kopf.« Borkowitz zog nun doch seinen Notizblock hervor. »Jaschke«, las er vor. »Dieter Jaschke, geboren 14.7.1974 in Celle, gemeldet in Wathlingen.«

Maike hob die Rechte und versuchte, trotz ihrer Handschuhe mit den Fingern zu schnipsen. Es war vergebene Liebesmüh. »Na also«, rief sie euphorisch. »Sie sind es.«

»Wer ist was?«, wunderte sich Borkowitz.

Maike wies auf ihren Chef. »Das kann Ihnen der Leiter des Fachkommissariats 1 erklären.«

»Ich warne Sie«, sagte Lina Henke, nachdem Mika Rahola durch den schmalen Spalt der Terrassentür geschlüpft war. »Schauen Sie mich bloß nicht an. Ich bin nicht auf Männerbesuch vorbereitet. Meine Frisur ...«

»Danke«, erwiderte er mit einem verstörten Lächeln. »Vielen, vielen Dank.«

Sorgfältig verschloss sie die Tür hinter ihm. In der Stube brannte kein Licht. Lina Henke, die sich einen Bademantel übergeworfen hatte, deutete zum erleuchteten Flur.

»Erst mal in die Küche«, sagte sie. »Sieht aus, als könnten Sie was Heißes gebrauchen.«

In der Küche ließ Lina Henke das Rollo herab, bevor sie das Licht einschaltete. Erst jetzt musterte sie ihren nächtlichen Gast eingehend.

»Meine Güte«, rief sie bestürzt. »Wie sehen Sie denn aus? Überall Schrammen und blaue Flecken. Und der Kopf. Als ob Sie sich mit einem Bären angelegt hätten.« Missbilligend schüttelte sie ihr graues Haupt. »Für den Besuch bei einer Dame hätten Sie sich ruhig ein wenig herrichten können. Aber jetzt setzen Sie sich doch. Sonst fallen Sie mir noch um.«

»Sorry«, sagte er und ließ sich sichtlich erschöpft auf den Küchenstuhl fallen. »Aber ich habe Schlimmes hinter mir.«

»Hab davon gehört.« Sie war an die Spüle getreten und füllte den Wasserkessel. »Von diesem brutalen Mord, dem Verbrechen an Niilo. Gott sei ihm gnädig.«

Mika senkte den Kopf. »Ja, der arme Niilo«, murmelte er kaum hörbar. »Ich kann es immer noch nicht fassen.«

Lina Henke machte einen Schritt zur Seite und stellte den Wasserkessel auf die Herdplatte. Dabei schien sie eine falsche Bewegung gemacht zu haben. In ihrem rechten Knie knackte es, ihr schmerzverzerrtes Gesicht sprach Bände. Sie stützte sich auf die Anrichte.

»Alles okay?«, fragte er besorgt.

»Ja, ja, geht schon.« Mit zusammengebissenen Zähnen schleppte sie sich zum nächsten Stuhl und sackte darauf nieder. »Wie schön, wenn der Schmerz nachlässt.« Sie deutete zum Küchenschrank. »Den Rest müssen Sie sich selber holen. Meine alten Knochen spielen nicht mehr mit. Hinter der linken Klappe sind Teekanne, Becher und die Teedose. Löffel und das Teesieb sind in der Schublade darunter. Ich trinke auch einen mit.«

»Danke, dass Sie mir vertrauen«, sagte Mika und erhob sich. Während er sich am Küchenschrank zu schaffen machte, begann er zu erzählen. »Ich stecke in einer sehr großen Klemme. Sie sind meine letzte Rettung.«

»Da bin ich aber gespannt.«

Er drehte sich abrupt um. »Sie sind hinter mir her«, rief er mit angstvollem Blick. »Alle. Die Gangster. Und ... und auch die Polizei.«

Lina Henke winkte ab. »Mal schön langsam, das kriegen wir schon hin. Ich hab schon ganz andere Sachen durchgemacht.«

»Ja? Aber ... die meinen es bitterernst. Besonders die Gangster. Die gehen über Leichen.« Sein Blick fiel auf das verhängte Fenster. »Ich habe ein schlechtes Gewissen. Dass ich Sie da jetzt mit reinziehe.«

»Na, na, Bangemachen gilt nicht«, erwiderte sie aufmunternd. »Sie und ich, wir beide sind doch ziemlich gute Freunde, oder? Schon seit Jahren. Und wenn Freunde ein Problem haben, muss man die Arschbacken zusammenkneifen ... und helfen.«

Über Mika Raholas müdes Gesicht huschte ein Lächeln. Er mochte die derbe und direkte Art von Lina Henke. Für ihn war sie eine außergewöhnliche, eine eigenwillige und selbstbewusste Frau, die sich nicht verbiegen ließ. Nachdem er zwei große Henkelbecher auf den Tisch gestellt hatte, wandte er sich wieder dem Küchenschrank zu.

»Nehmen Sie den schwarzen Tee«, sagte sie. »Und nicht den braunen Saft vergessen. Die Flasche steht auch da oben. – Ja, genau die. Heute Nacht gibt's Tee mit Pfütze. Das lässt einen prima schlummern.«

»Mich besser nicht«, antwortete er leise, während er den Kessel mit dem kochenden Wasser vom Herd nahm. Ihm war klar, dass an Schlaf in den nächsten Stunden kaum zu denken war.

Wenig später hockten sie über dampfenden Henkelbechern. Mika Rahola hatte wohlweislich auf die »Pfütze«, den Rum, verzichtet, er musste einen klaren Kopf behalten. Stattdessen hatte er zwei Löffel Honig in den Tee gerührt. Eine Packung Weihnachtskekse stand auch auf dem Tisch. Schwarze Lebkuchenherzen, seine Lieblingssorte.

»Wie heißt noch mal ›Prost!‹ auf Finnisch?«, wollte Lina Henke wissen, während sie ihren Becher hochhielt. »Das war doch so 'n lustiges Wort. ›Kipp es!‹ oder so ähnlich.«

»*Kippis!*« Mika hob ebenfalls seinen Teebecher.

Nach dem ersten Schluck verzog sie ihr Gesicht, als hätte sie an einer sauren Zitrone gelutscht. »Da muss mehr rein«, krähte sie und genehmigte sich einen Extraschuss Rum. Derweil verschlang Mika stumm und gierig sämtliche Kekse.

»So, lieber Mika.« Um die kalten Finger zu wärmen, umklammerte sie ihren Teebecher mit beiden Händen. »Was ist denn nun wirklich passiert? Die Nachbarn reden schrecklich wirres Zeug über Sie und Niilo und darüber, was da gestern im Wald passiert ist. Wollen Sie es mir nicht erzählen?«

»Ja«, erwiderte er, ohne lange zu überlegen. »Nur, das ist gar nicht so einfach.« Er senkte den Blick, um sich zu konzentrieren. »Ich habe nämlich einige Gedächtnislücken. Besonders gestern fehlen mir ein paar Stunden. Und zwar genau die entscheidenden vom Vormittag.«

»Macht nichts, versuchen Sie's trotzdem«, forderte sie ihn auf. »Erzählen Sie einfach das, woran Sie sich noch erinnern können.«

»Okay. Mach ich.« Mika suchte ihren Blick. »Und dann … dann muss ich Sie um einen Gefallen bitten.«

Lina Henkes kleine Augen funkelten. »Na, denn mal los«, krächzte sie. »Bin gespannt wie 'n Flitzebogen.«

»Stopp! Nichts da. Aufhören!«, brüllte Mendelski. Ein rundherum blinkendes Abschleppfahrzeug setzte gerade zurück, um den Lieferwagen auf den Haken zu nehmen. »Welcher Depp hat das denn angeordnet?«

Borkowitz antwortete nicht. Er zuckte kurz mit den Schultern und hastete über die Straße, um die Arbeiten zu stoppen. Robert Mendelski und Maike Schnur folgten ihm.

»Wir müssen noch weitere Spuren sichern«, erklärte Borkowitz dem Fahrer des Abschleppunternehmens. »Warten Sie bitte.«

»Außerdem kommt das Fahrzeug zu uns nach Celle«, grantelte Mendelski. »In die Jägerstraße.« Er stieg zu dem umgekippten Lieferwagen in den Graben. Von den Unfallhelfern war der Schnee rund um das Fahrerhaus platt getreten.

»Soll ich Heiko anrufen?«, rief Maike hinter ihm her.

»Hast du das noch nicht?« Er klang immer noch ungehalten.

»Nee, das hab ich noch nicht«, äffte Maike ihn nach. Allmählich passte sich ihre Laune der seinen an.

»Na, dann aber los«, meckerte er weiter. »Hopp, hopp!«

»Hopp, hopp? Geht's noch?« Sie machte auf dem Absatz kehrt, um nicht ausfallend zu werden. Mit dem Rücken zu ihm und einer gehörigen Portion Wut im Bauch zog sie ihr Handy aus der Tasche.

Mendelski stand schnaubend neben dem demolierten Lieferwagen. Es ging auf Mitternacht zu, sie waren den ganzen Tag auf den Beinen gewesen. Zweimal hatten sie die Entführer und ihr Opfer fast eingeholt. Doch jedes Mal waren sie zu spät gekommen. Kein Wunder, dass jetzt die Nerven blank lagen und der Ton an Schärfe zunahm.

Er atmete tief durch und riss sich zusammen. Nach einem flüchtigen Blick durch die Windschutzscheibe ins Wageninnere begab er sich zum Heck des Fahrzeugs.

Als er um das Wagenende bog, sah Mendelski, dass die rechte Hälfte der Hintertür aufgeklappt im Schnee lag. Die vielen Spuren im Schnee belegten, dass er nicht der Erste war, der in den Laderaum guckte. Er fummelte sein Smartphone aus der Innentasche seines Trenchcoats und schaltete die Taschenlampe an.

Der Laderaum war nahezu leer. In der einen Ecke lag ein zusammengeklapptes Bügelbrett, daneben ein Spanngurt und Nylonschnüre.

Als er den Lichtstrahl nach unten richtete, bemerkte er, dass er auf einem Stück Stoff stand. Auf flauschigem dunkelblauem Kunststoffgewebe in der Größe einer Tischdecke. Der Reißverschluss gab ihm Gewissheit: Es handelte sich um einen Schlafsack.

Mendelski ging in die Hocke. Im selben Moment vernahm er Maikes Stimme hinter sich: »Heiko ist unterwegs«, sagte sie betont sachlich.

Seine Gedanken waren woanders. »Er war hier drin«, murmelte er.

»Im Schlafsack?«

»Ja. Jedenfalls nehme ich das an.«

»Und wozu das Bügelbrett?«

Mendelski nahm eine der Schnüre in die Hand. Das Nylonband war an einem Ende ausgefranst. »Das passt zu den Spuren, die wir in Wathlingen gefunden haben. Sie haben ihn auf dem Bügelbrett festgebunden und so aus dem Haus getragen.«

»Warum die Mühe?«, fragte Maike verwundert. »Konnte er nicht laufen?«

»Keine Ahnung. Vielleicht ist er schwerer verletzt, als wir bisher angenommen haben.«

»Oder sie haben ihn betäubt, und er war gar nicht bei Bewusstsein.«

»Kann auch sein.« Mendelski erhob sich aus der Hocke. »Und dann der Unfall«, fuhr er fort. »Er wird samt Bügelbrett durch den Laderaum geschleudert sein.«

Maike schüttelte sich bei dem Gedanken. »Ist irgendwo Blut?«

Mendelski leuchtete die Wände und den Bereich der Tür ab. »Sieht nicht danach aus. So auf den ersten Blick …«

»Und dann?«

»Na, irgendwie ist er hier raus.«

»Allein? Oder haben ihn die beiden Typen rausgeholt?«

»Wenn ich das nur wüsste.« Mendelski wandte sich zum Ausgang. »Wir müssen unbedingt diesen Zeugen mit der Pudelmütze sprechen. Vielleicht hat der ja doch mehr gesehen, als wir bislang erfahren haben. Oder es gibt noch andere Zeugen. Wenn die zu dritt weg sind, müsste das doch jemandem aufgefallen sein.«

»Das glaube ich auch«, stimmte Maike ihm zu. »Zumal der Finne bestimmt nicht freiwillig mitgegangen wäre.«

Sie stiegen aus dem Laderaum und beleuchteten mit dem LED-Licht ihrer Smartphones den Weg.

»Die sind hier überall rumgetrampelt«, schimpfte Mendelski, während er hektisch den Boden um das umgestürzte Fahrzeug ableuchtete. »Dabei hätte uns der Schnee eine große Hilfe ... Moment mal.« Der Lichtstrahl seines Handys hatte etwas erfasst. »Was ist das denn? Da führt doch eine einzelne Spur in den Wald?«

»Ja, eindeutig«, bestätigte Maike. Zu zweit leuchteten sie mit ihren Smartphones in den benachbarten Kiefernbestand. »Da ist einer gelaufen. Vom Fahrzeug weg, über den Fahrradweg und in den Wald hinein.«

Mendelski wandte sich um. »Herr Borkowitz«, rief er nach oben zur Straße, wo der Einsatzleiter stand. »Können Sie bitte mal kommen? Und bringen Sie eine vernünftige Taschenlampe mit.«

»Jesus, Maria!« Lina Henke stöhnte auf, nachdem Mika Rahola verstummt war. In knappen, klaren Sätzen hatte er seine Erlebnisse der letzten sechsunddreißig Stunden geschildert. Sie wischte sich eine Träne aus dem Augenwinkel. »So ein Drama. Niilo enthauptet, Lilly getötet, Sie entführt und gefoltert. Ein wahres Martyrium ...«

Stumm starrte Mika vor sich auf die Tischplatte.

»Was macht Ihre Wunde?« Sie deutete auf den Kopfverband. »Ich hab die ganze Zeit gedacht, das wär 'ne Mütze oder so was.«

»Geht schon«, erwiderte er.

»Soll ich mal nachschauen?«

»Danke. Ist schon okay. Die Gangster haben mich heute Mittag frisch verbunden.«

Lina Henke verstand die Welt nicht mehr. »Wie bitte? Was wollen die Kerle denn nun von Ihnen? Erst schlagen die Sie krankenhausreif, entführen Sie, sperren Sie in so 'n Loch und quälen Sie. Und dann machen sie Ihnen 'nen schönen Verband?«

Mika Rahola zuckte müde mit den Schultern. »Ich hab keine Ahnung. Gar keine.«

»Die Zeit bis zu Ihrer Gedächtnislücke, also gestern Morgen im Wald. War da wirklich alles ganz normal?«

»Ja. Ganz bestimmt.« In seiner Antwort schwang Ungeduld mit. »Niilo und ich waren im Wald, wir wollten gerade anfangen zu arbeiten. Es war alles wie immer.«

»Sie hatten keinen Besuch?«

Mika Rahola schüttelte den Kopf.

»Und der neue Förster?«

»War noch nicht da. Der kommt gewöhnlich erst gegen Mittag. Dem wollte ich ...« Er stockte.

Lina Henke rutschte auf ihrem Stuhl ein Stück vor. »Ja?«, fragte sie. »Was wollten Sie?«

Mika Rahola rieb sich die Stirn. Man sah ihm an, dass er sich das Hirn zermarterte. Dann sagte er: »Dem wollte ich was erzählen.«

»Was denn?«

»Dass ich was gefunden hatte. Am Abend zuvor.«

»Am Sonntag?«

»Ja. Niilo und ich sind ja oft am Wochenende im Wald. Bei den Maschinen. Machen Wartungsarbeiten und so was.«

»Und was hatten Sie gefunden?«

Mika schaute mit großen Augen an ihr vorbei in die Ferne. »Ich bin durch den Kiefernbestand gelaufen«, erzählte er langsam, seiner Erinnerung nachspürend. »Um zu gucken, wie viele Gassen ich noch zu bearbeiten hätte. Da stand ich plötzlich vor diesem uralten Baum. Einer riesigen Eiche. Davor war eine Mulde, ein großes Loch. Und darin lag ein totes Tier.«

»Ein totes Tier?«

»Ja, ein Hirsch. Ein sehr mächtiger Hirsch. Mit einem Geweih, wie ich es noch nie gesehen habe. Auch in Finnland nicht.«

»Und?« Lina Henke schien ein wenig enttäuscht. Insgeheim hatte sie mit etwas Spannenderem gerechnet als mit einem Tierkadaver.

»Es sah aus, als würde der Hirsch schon ein paar Tage dort liegen. Er war halb aufgefressen. Von Füchsen, Wildschweinen, Krähen oder so.«

»Und davon wollten Sie dem Förster am Montagvormittag erzählen?«

»Ja, genau. Am Sonntag habe ich ihn deswegen nicht stören wollen. Der Hirsch lag ja schon eine Weile da. Auf eine Nacht mehr oder weniger kam es nicht mehr an.«

»Sehe ich auch so.« Lina Henke winkte enttäuscht ab. »Glaube kaum, dass der Hirsch was mit den Gangstern zu tun hat.« Sie goss den letzten Schluck Rum in ihren Teebecher. »Sie sollten vielleicht doch besser zur Polizei –«

»Nein!«, fuhr er dazwischen. Leise, aber bestimmt. »Freiwillig gehe ich nicht zur Polizei. Die sperren mich doch ein.« Die schiere Angst stand in seinen Augen. »Die glauben mir nicht. Und das Schlimmste ist dieses Foto. Von mir. Ich im Harvester, Niilo vorn in der Zange«, er schlug die Hände vors Gesicht. »Und ich hab den Hebel in der Hand ...«

»Ach, Quatsch mit Soße!« Sie wurde ärgerlich. Energisch griff sie nach seinem Arm. »Sie haben Niilo doch nicht umgebracht. Das wird sich alles aufklären.«

Mika war aufgesprungen. »Nein, nein! Irgendwann vielleicht«, rief er. »Wenn überhaupt. aber bis dahin sperren die mich ein, und im Gefängnis, da ... da drehe ich durch. Sie wissen, meine Vorfahren stammen aus Lappland. Wir Samen sind Nomaden. Wir halten es in vier Wänden nicht lange aus. Da werden wir verrückt.«

Lina Henke hatte sich ebenfalls erhoben. Langsam und mühevoll. Trotz ihrer Schmerzen in den Knien verzog sie keine Miene. Schwankend und etwas ratlos schaute sie ihrem Gast ins Gesicht.

»Ich muss los«, murmelte Mika Rahola. Er zog den Reißverschluss seiner Daunenjacke hoch.

Lina Henke stützte sich mit beiden Händen am Küchentisch ab. »Sie wollten mich doch noch um einen Gefallen bitten?«

Die Unfallstelle war schon von Weitem zu sehen. Kein Wunder, denn die Landstraße, beidseitig von Wald umgeben, war trotz stockfinsterer Nacht taghell erleuchtet.

Wenig später stoppte Henning Grube an einer Polizeisperre. Es war schon die zweite. In Wienhausen hatte eine Streifenwagenbesatzung die Straße gesperrt und den Verkehr nach Lachendorf über Altencelle oder über Langlingen und Ahnsbeck umgeleitet. Die wachhabenden Beamten hatten ihn durchfahren lassen, nachdem er sich als Förster ausgewiesen und sein Anliegen erklärt hatte. So wie auch jetzt.

Grube steuerte das erste Feuerwehrfahrzeug an und fuhr dahinter rechts ran. Der einachsige Anhänger für das Wildbret erschwerte das Manövrieren. Damit auf der Straße zu rangieren oder zu wenden, war nicht ganz einfach. Deshalb wollte er erst einmal zu Fuß die Lage peilen.

Messer, Stablampe und Wildbergehaken hatte er bei sich, als er ausstieg. Seiner Forstdienstjacke mit dem Hoheitsabzeichen war es zu verdanken, dass er schon bald vom erstbesten Feuerwehrmann angesprochen wurde.

»Hallo, Sie kommen sicher wegen der Wildschweine?«

»Richtig geraten. Wo liegen die denn?«

»Eins gleich da vorn am verunglückten Lieferwagen. Direkt am Straßenrand. Das andere vielleicht zehn Meter weiter auf der anderen Straßenseite.«

Der Feuerwehrmann wirkte freundlich und hilfsbereit. Henning Grube nutzte die Gunst der Stunde. »Ich bin allein hier«, sagte er. »Können Sie mir helfen, die Tiere auf den Anhänger zu laden?«

»Klar doch. Ich kann auch noch Hilfe holen. Wir Lachendorfer haben im Moment sowieso nichts zu tun.«

Nachdem der nette Feuerwehrmann sich als Michael vorgestellt und zwei Kameraden herbeigerufen hatte, standen sie zu viert vor dem ersten toten Schwein, dem Vierzig-Kilo-Überläufer.

»Den schaffen wir zu zweit«, sagte einer der beiden neu Hinzugekommenen. »Wo steht denn Ihr Anhänger?«

»Dahinten, ganz am Ende«, wies ihm Grube den Weg. »Supernett von Ihnen. Dann können Michael und ich inzwischen das andere Stück bergen.«

Auf dem Weg zu dem zweiten toten Tier guckte sich Grube interessiert um. Der umgekippte Lieferwagen im Straßengraben wurde von zwei Polizeibeamten gerade mit rot-weißem Absperrband weitläufig eingekreist.

»Warum machen die das denn?«, fragte er Michael. »Gab's da etwa Tote?«

»Nee, nur Leichtverletzte«, erwiderte der Feuerwehrmann. »Aber wir wundern uns auch 'n bisschen. Die von der Kripo sind hier aufgetaucht und haben sämtliche Bergungsarbeiten gestoppt.«

»Nee, wirklich?« Grubes Interesse erhöhte sich schlagartig.

»Ja, wohl wegen der Fahrerflucht. Die beiden Typen aus dem Lieferwagen sind getürmt. Die sollen ein Auto geklaut haben, ausgerechnet von einem hilfsbereiten Zivilisten, und sind einfach damit weg.«

Henning Grube befiel eine seltsame Unruhe. »Wo sind denn die Kripoleute?«, fragte er, während er sich umschaute. »Bei der Einsatzleitung oder –«

»Nee«, unterbrach ihn Michael kopfschüttelnd. »Die sind da irgendwo im Wald. Zusammen mit dem Polizeieinsatzleiter. Die verfolgen anscheinend eine Spur im Schnee.«

»Wieso das denn? Ich dachte, die sind mit 'nem Auto getürmt.«

»Ja. Hab auch keine Ahnung, was das soll.« Michael war stehen geblieben. »Übrigens, da unten liegt das Schwein.«

Sie kletterten in den Straßengraben hinab und zogen das Wildschwein an den Vorderläufen hinauf auf den Asphalt. Der schmächtige Zwanzig-Kilo-Frischling schweißte aus dem Gebrech.

»Das war doch sicher 'ne ganze Rotte?«, erkundigte sich Henning Grube.

»Meint mein Kamerad auch, einer aus meiner Truppe«, antwortete Michael. »Der is auch Jäger. Er hat angeblich jede Menge Wildschweinfährten an beiden Straßenrändern gefunden.«

»Dann muss ich für morgen früh eine Kontrollsuche organisieren. Mit 'nem Schweißhundführer. Wer weiß, wie viele Stücke noch was abgekriegt haben.«

Zu zweit zogen sie den Frischling durch den Schnee am Straßenrand. Als sie den Lieferwagen passierten, waren Stimmen aus dem Wald dahinter zu hören. Erstaunt blieben sie stehen.

»Die kommen zurück«, meinte Michael. »Bin gespannt, ob se was gefunden haben.«

Henning Grube starrte wie versteinert auf die dreiköpfige Gruppe, die aus dem Schatten der Bäume trat. Vorneweg Kriminalhauptkommissar Mendelski und seine smarte Kollegin Maike Schnur.

Die beiden kamen direkt auf ihn zu.

»Herr Grube«, ächzte Mendelski, dem trotz der Minusgrade die Schweißperlen auf der Stirn standen. »Das ist ja prima, dass wir Sie hier treffen.«

Förster und Feuerwehrmann ließen das tote Wildschwein zu Boden gleiten.

»Ja, bitte?« Henning Grube wurde vor Aufregung übel. Sein Blick suchte den von Maike Schnur.

»Es geht um Mika Rahola«, fuhr Mendelski keuchend vor Anstrengung fort. »Wo würden Sie von hier aus hinlaufen, an seiner Stelle?«

Henning Grube verstand nur Bahnhof. »Äh, wie …«, war alles, was von ihm zu hören war.

»Sorry, aber wir haben es eilig.« Mendelski wischte sich mit einem Stofftaschentuch den Schweiß von der Stirn. »Sehr eilig sogar. Nur kurz zur Erklärung: Wir nehmen an, dass Mika Rahola in dem verunfallten Lieferwagen transportiert wurde. Es sieht so aus, als ob er seinen Entführern entwischen konnte. Jedenfalls haben wir im Schnee seine Spur durch diesen Wald bis zu einem Forstweg verfolgen können. Dort verliert sich die Spur. Haben Sie eine Idee, wohin er —«

»Zu sich nach Hause«, antwortete Grube nun wie aus der Pistole geschossen. »Nach Oppershausen. Das sind keine zwei Kilometer von dem Weg, den Sie beschrieben haben.«

»Wir Idioten!«, schimpfte Mendelski mit sich und Maike Schnur. »Dass wir da nicht selbst drauf gekommen sind.«

»Woher soll ich denn wissen, wo wir hier sind?«, entgegnete die Kriminalkommissarin sauer und zog ein Gesicht, das Bände sprach.

»Nichts wie hin.« Ohne sich zu verabschieden, rannten die beiden los in Richtung Auto.

»Brauchen Sie Verstärkung?«, rief Borkowitz ihnen nach. Doch er bekam keine Antwort.

»Schnell, das Schwein!«, forderte Henning Grube Michael auf. »Zum Anhänger. Ich muss da hinterher.«

Der brave Feuerwehrmann aus Lachendorf wusste nicht, wie ihm geschah.

»Meinen Mazda wollen Sie?«

»Ja. Aber nur geborgt.«

»Soso. Sie brauchen ein Fluchtfahrzeug.«

Mika Rahola nickte vorsichtig. »Kann man so sagen.«

»Ob ausgerechnet meine alte Schaukel da das Richtige ist?« Lina Henke seufzte auf. »Und überhaupt. Aber Sie sind ja alt genug.«

»Vertrauen Sie mir. Sie kriegen Ihr Auto in wenigen Tagen wieder.«

»Wer bringt ihn denn zurück? Sie selbst?«

»Kann ich noch nicht sagen.« Er druckste herum. »Ich oder ein guter Freund.«

»Aber seien Sie bloß vorsichtig.« Lina Henke schleppte sich zum Küchenschrank und zog eine Schublade auf. »Es ist schon genug Schreckliches passiert.«

»Ich bin ein guter Autofahrer.«

»Das meine ich nicht.« Sie kramte in der Schublade. »Na, wo ist denn das gute Stück?«, murmelte sie.

»Auch sonst. Ich werde vorsichtig sein. Versprochen.«

Lina Henke drehte sich um, in der Hand hielt sie ein braunes Schlüsseletui. »Der Wagen ist nicht mehr der Jüngste. So wie ich.« Sie schmunzelte kurz. »Wenn der man überhaupt noch läuft. Bin lange nicht mehr gefahren.«

»Wird schon …«

»Im September das letzte Mal, glaube ich. War zur Beerdigung in Hohne. Wir haben Kreugers Mariechen unter die Erde gebracht. Hatte bestimmt drei Liköre und zwei Sekt intus. Wenn die Polizei mich angehalten hätte, wäre ich bestimmt den Lappen losgeworden.«

Sie gab ihm das Lederetui. »Der Garagenschlüssel ist auch

dabei«, erklärte sie. »Machen Sie aber hinterher das Tor wieder zu und schließen Sie bitte ab. Man weiß ja nie …«

Mika Rahola nickte. »Ich kann Ihnen auch Geld hierlassen.« Er zog den Reißverschluss der Jacke herunter. In der Innentasche steckte das Bündel aus der Speisekammer in Oppershausen. »Quasi als Pfand.«

»So weit kommt's noch.« Sie wirkte pikiert. »Sie brauchen Ihr Geld dringender. Zum Tanken zum Beispiel. Ich glaube, der Wagen ist ziemlich leer gefahren.«

»Okay. Die Papiere?«

»Sind im Auto. Hinter der Sonnenblende. Oder im Handschuhfach. Weiß der Teufel.«

Mika trat zur Tür. »Es könnte ein paar Tage dauern«, sagte er zögernd. »Ich weiß noch nicht …«

»Stopp.« Sie legte den Zeigefinger auf ihre Lippen. »Ich will gar nicht mehr wissen. Wie lange? Wohin? Das geht mich nichts an.« Verschwörerisch zwinkerte sie ihm zu.

Er lächelte dankbar. »Ihr Mazda kommt heil zurück. Das verspreche ich.«

»Jetzt machen Sie sich mal nicht so viele Gedanken um das rostige Stück Blech. Hauptsache, die Sache hat ein gutes Ende. Bei diesem Winterwetter fahre ich sowieso nicht. Außerdem ist es vielleicht mal ein guter Anlass, den Führerschein zurückzugeben. In meinem Alter. Und bei den maroden Knien. Ich überleg mir das mal.«

Sie traten auf den Flur hinaus.

»Falls Sie Scherereien mit der Polizei bekommen«, wies er sie an, »sagen Sie einfach, ich hätte den Wagen geklaut.«

»Mach ich glatt.« Lina Henke kicherte wie ein junges Mädchen bei einem Schulausflug. »Am besten, Sie fesseln und knebeln mich noch, damit es echt aussieht.«

Auch er lächelte kurz. »Besser nicht.«

Sie waren an der Haustür angelangt. »Kann ich sonst noch was für Sie tun?«, wollte sie wissen. »Wie sieht's mit Verpflegung aus?«

»Hole ich mir an der Tankstelle.«

»Meine Flinte?«

»Nein, um Gottes willen.« Jetzt musste er sogar lachen, wurde jedoch rasch wieder ernst. »Lieber nicht. Woher haben Sie eigentlich das gute Stück?«

»Noch von meinem Mann. Is 'ne schwarze Flinte, nirgendwo eingetragen. Eine Beute aus dem Zweiten Weltkrieg, Polen, glaube ich. Mit dem Schießprügel habe ich dem falschen Rotkreuz-Spendensammler damals mächtig Angst eingejagt.«

Lina Henke drehte den Schlüssel zweimal im Schloss herum und schob einen Riegel zurück. Vorsichtig öffnete sie die Haustür einen winzigen Spaltbreit. »Gucken Sie nach, ob die Luft rein ist«, flüsterte sie.

Nachdem Mika sich vergewissert hatte, dass draußen alles ruhig war, drehte er sich noch einmal zu ihr um. Kurz entschlossen nahm er sie in die Arme und drückte ihren zarten Körper behutsam an sich.

»*Kiitos*«, sagte er. »Danke! Danke für alles.« Er schob sich seine Kapuze in die Stirn und schlüpfte hinaus.

Sorgfältig schloss sie die Haustür hinter ihm. Mit an die Wand gelehntem Rücken wartete sie, bis gedämpftes Motorengeräusch aus der Garage zu ihr drang. Erst als das Auto von der Einfahrt auf die Celler Straße abgebogen war und es wieder still wurde, atmete sie erleichtert durch.

Lina Henke schlurfte in die Küche zurück. Aus den Tiefen des Küchenschranks holte sie eine neue Flasche Rum, öffnete sie und goss sich zwei Fingerbreit in ihre Tasse. Ohne Tee.

»*Kippis!*«, sagte sie im Stehen und hob das Glas. »Viel Glück, Mika Rahola.«

Sie kamen direkt neben dem Kia zum Stehen.

Noch im Aussteigen zogen Mendelski und Maike Schnur ihre Dienstwaffen und gingen hinter ihrem Fahrzeug in Deckung. Der Kia stand mit weit geöffneten Türen auf dem Hof, sämtliche Lichter waren erloschen.

»Das muss das Fluchtauto sein«, sagte Mendelski. Insgeheim ärgerte er sich, dass sie sich in der Hektik weder das Kennzeichen noch die genaue Beschreibung des gestohlenen Autos hatten geben lassen.

»Schau dir mal die Reifen an.« Maike hielt in der Linken eine Stabtaschenlampe, mit der sie in Richtung Kia leuchtete. »Zwei sind platt.«

»Merkwürdig.« Mendelski verließ seine Deckung und huschte in gebückter Haltung zum Heck des Wagens. »Zerstochen«, rief er Maike leise zu. »Eindeutig. Mensch, was war hier bloß los?«

Lautes Motorengeräusch schreckte sie auf. Es kam von der Straße.

Sekunden später rollten zwei weitere Fahrzeuge auf den Hof. Vorneweg als Lotse Henning Grube mit seinem Kombi und dem laut polternden Wildanhänger. Dahinter hielt ein Streifenwagen – ohne Blaulicht und Martinshorn.

Borkowitz hat mitgedacht, dachte Mendelski, und uns Unterstützung geschickt. Die kommen gerade recht. Nur auf den Förster könnten wir im Moment verzichten.

»Lassen Sie die Scheinwerfer an«, rief er und erhob sich aus der Hocke. »Und richten Sie sie aufs Haus. – Ja, genau so. Noch etwas mehr auf die Haustür.«

»Da ist ein offenes Fenster«, stellte Maike fest, die sich neben Mendelski postiert hatte. »Guck mal, das kleine da links neben der Haustür.«

Der Kommissar pfiff leise durch die Zähne. »Vielleicht sind die noch drinnen. Wir müssen auf alles gefasst sein.«

Hinter ihnen klappten Autotüren. Im verharschten Schnee waren eilige Schritte zu hören. Zwei Polizisten und Henning Grube tauchten auf.

»Wir gehen vorn rein«, erklärte Mendelski den Kollegen mit gesenkter Stimme. »Sie gehen um das Haus herum zur Hintertür und sichern dort. Aber Vorsicht, die Kerle können bewaffnet sein.«

»Wie viele sind das?«, wollte der eine wissen.

»Die zwei Autodiebe und der Finne. Also maximal drei.«

»Alles klar.«

»Am besten geben Sie mir eins Ihrer Funkgeräte, damit wir in Kontakt bleiben.«

Nachdem die beiden Männer ihm ein Funkgerät ausgehändigt hatten, verschwanden sie im Dunkeln.

Mendelski wandte sich an den Förster. »Und Sie, Herr Grube, setzen sich bitte wieder in Ihr Auto und warten da.«

»Aber ich kann doch —«

»Nix aber! Ins Auto bitte schön. Bis ich Sie rufe, verstanden?«

»Einen Moment noch«, mischte sich da Maike ein. »Ich habe eine Frage.«

Mendelski guckte grimmig, nickte aber.

»Sie kennen sich doch im Haus der Finnen so leidlich aus, nicht wahr?«, wandte sie sich an den Förster.

»Ja, klar.«

Sie deutete zur Hausfront. »Zu welchem Raum gehört das offene Fenster da?«

»Äh … Das kleine da? Das ist gleich neben der Küche. Das müsste die Vorratskammer sein.«

»Vorratskammer? Okay. Danke, jetzt können Sie gehen.«

»Die Hintertür steht offen«, hörten sie eine kaum wahrnehmbare Stimme über Funk sagen. »Das Polizeisiegel ist gebrochen. Von den Verdächtigen keine Spur.«

»Bleiben Sie dort«, antwortete Mendelski. »Und warten Sie auf weitere Anweisungen.«

Wenig später standen Maike und er rechts und links des geöffneten Fensters. Deckung an der Hauswand suchend hielten sie ihre Waffen schussbereit.

»Das Siegel an der Haustür ist unversehrt«, flüsterte Maike.

»Dafür sind hier am Fenster jede Menge Spuren.« Mendelski prüfte den Schnee unterhalb des Fensters. »Allerdings führen die nicht hinein, sondern heraus.«

»Dann sind sie hinten rein. Und hier wieder rausgekommen.«

»Trotzdem.« Mendelski stellte sich in Positur. »Hier spricht die Polizei!«, brüllte er ins offene Fenster. »Das Haus ist umstellt. Kommen Sie mit erhobenen Händen raus.«

Sie lauschten einige Augenblicke.

Nichts geschah.

Mendelski startete einen zweiten Versuch: »Herr Rahola! Sind Sie im Haus? Hier ist die Polizei. Wir wollen Ihnen helfen.«

Wieder kam keine Antwort.

»Wir gehen jetzt rein«, sprach Mendelski ins Funkgerät. »Sie warten hinten.«

»Durchs Fenster?« Maike guckte ungläubig. »Du, mit deiner Hüfte?«

»Red nicht«, erwiderte er nur. »Mach lieber 'ne Räuberleiter.«

Sie brauchten ein paar Anläufe, dann hatten sie es geschafft. Vor Anstrengung und Anspannung prustend standen sie kurz darauf in der Vorratskammer.

»Was ist das denn?« Maike Schnur deutete auf das ausgeräumte Regal. »Das war letzte Nacht noch nicht.«

»Gucken wir gleich«, entgegnete Mendelski. Er gab sich keine Mühe, leise zu sprechen, denn er glaubte nicht mehr daran, noch jemanden im Haus anzutreffen. »Erst müssen wir sichergehen, dass niemand mehr da ist. Wir müssen überall nachsehen, Raum für Raum.«

»Dann mal los.« Maike betrat die Küche.

»Einer von Ihnen kann uns helfen«, ordnete Mendelski über Funk an, während er Maike in die Küche folgte. »Wir kontrollieren jetzt das Haus. Der andere sichert weiter.«

Sie untersuchten sämtliche Zimmer. Dabei schalteten sie überall das Licht ein. Schon bald war das Haus hell erleuchtet, doch von den entflohenen Entführern und ihrem Opfer keine Spur. Ziemlich geknickt kehrten sie in die Vorratskammer zurück.

»Mal wieder zu spät gekommen«, motzte Mendelski. Er gähnte. Seine Energie für heute schien endgültig aufgebraucht. Kein Wunder, war es doch schon weit nach Mitternacht. Ächzend ging er in die Knie. »Na, schau mal einer an.«

Maike bückte sich und leuchtete in das leere Regalfach. Der Lichtstrahl traf das Loch in der Fliesenwand und den Hohlraum dahinter. »Ein Versteck«, murmelte sie.

»Nicht ein Versteck, sondern *das* Versteck«, korrigierte Mendelski. Bevor er den Arm ausstreckte, um das Innere des Hohlraums abzutasten, zog er Plastikhandschuhe über. »Das Objekt der Begierde. Danach haben die Entführer wahrscheinlich schon letzte Nacht gesucht. Genau darum dreht sich alles.«

»Und?«

»Leer«, stellte er ohne große Überraschung in der Stimme fest. »War eigentlich klar.«

»Ach nee.« Sie bedachte ihren Chef mit einem vernichtenden Blick. »Was, meinst du, war da wohl drin?«

»Keine Ahnung.« Seine Hüfte schmerzte, also setzte er sich auf den Hosenboden. »Drogen, Bargeld, Dokumente – was weiß ich.«

»Und wer hat es ausgeräumt?« Sie tauschte Stabtaschenlampe gegen Smartphone, um ein paar Fotos zu schießen. »Die beiden Gangster? Oder Mika Rahola?«

Mendelski gähnte schon wieder. »Wohl eher der Finne«, fuhr er fort. »Letzte Nacht hat er das Versteck nicht preisgegeben. Dafür bekam er mächtig Hiebe. Es muss was sehr Wertvolles oder Wichtiges in dem Loch gesteckt haben. Heute – nach seiner überraschenden Flucht – war Rahola wahrscheinlich vor seinen Verfolgern hier. Er hat das Versteck geplündert und ist auf und davon.«

»Du meinst, die sind sich hier gar nicht mehr begegnet? Aber der Kia ist doch der Beweis dafür, dass die beiden Entführer auch hier waren.«

»Denk an die zerstochenen Reifen.« Er stützte sich auf seinen rechten Arm, um aufzustehen. »Offenbar war der Finne cleverer als sie und hat sie kurzerhand schachmatt gesetzt.«

Maike half ihrem Chef auf die Beine. »Ich weiß nicht«, gab sie zu bedenken. »Wir sollten auf jeden Fall noch die Nebengebäude absuchen.«

»Das machen doch die von der Streife ...«

Ein wilder Lockenkopf tauchte im offenen Vorratskammerfenster auf. Kommen Sie schnell!«, rief Henning Grube atemlos. »Ich hab was Interessantes entdeckt.«

NEUN

Die Ostsee dampfte.

Das Meerwasser, deutlich wärmer als die von Osten aus den Weiten Sibiriens heranströmende arktische Kaltluft, verdunstete und ließ dünne Wasserdampffahnen entstehen, die wie zäher Nebel die Schaumkronen umhüllten.

Trotz der beißenden Kälte stand Mika Rahola an Deck. Die Kapuze seiner Daunenjacke tief ins Gesicht gezogen, trotzte er dem eisigen Wind. Er hatte sich als Einziger im Morgengrauen hinausgetraut. Die übrigen Fahrgäste der Scandlines-Fähre, die zwischen Puttgarden und Rødby verkehrte, hielten sich allesamt im Inneren des Schiffs auf.

Zu einer so unchristlichen Zeit wie an diesem Mittwochmorgen Anfang Dezember nutzten nur wenige Passagiere die Fährverbindung in den Norden. Vor allem Lkw-Fahrer und Berufspendler befanden sich auf den verschiedenen Decks. Der Weihnachtsreiseverkehr hatte noch nicht eingesetzt, die Mehrzahl der Touristen würde sich erst am Samstag vor dem vierten Advent auf den Weg machen.

Mika musste wach bleiben. Mit gut durchbluteten Wangen und eiskalter Nasenspitze stand er an der Reling und ließ sich vom Wind durchwehen. Würde er sich jetzt in die überheizten »FoodXpress«- oder »Good to Go«-Schnellrestaurants setzen, wäre er in null Komma nichts eingeschlafen. Angeschlagen, wie er war, würde er im Tiefschlaf die Ankunft in Rødby verpassen. Vom Schiffspersonal oder gar von Zollbeamten geweckt zu werden, war zu riskant. Auf seiner Flucht vor Gangstern und Polizei musste er so unauffällig wie möglich bleiben.

Die Überfahrt dauerte zum Glück nicht lange. Die Dreiviertelstunde würde er schon durchstehen. Nach der Ankunft in Dänemark wollte er den nächsten Parkplatz ansteuern und sich bei laufendem Motor und aufgedrehter Heizung ein Schläfchen gönnen.

Die Tour mit dem alten Mazda von Lina Henke durch Dänemark und halb Schweden bis nach Stockholm würde sicher kein Spaziergang werden. Wie der dänische Wetterbericht im Autoradio angekündigt hatte, sollte über Südschweden im Laufe des Tages ein Schneesturm hereinbrechen.

Schon die nächtliche Fahrt von Wienhausen bis hinauf nach Fehmarn hatte ihn geschlaucht. Dabei war die nachts nur wenig befahrene Autobahn zum Glück schnee- und eisfrei gewesen. Dennoch hatte es ihn enorme Anstrengung gekostet, wach zu bleiben. Ein halbes Dutzend Coffee to go, drei Dosen Coca-Cola und unzählige Schokoriegel hatten ein Einnicken am Lenkrad verhindert.

Ein anderes Schiff kreuzte den Kurs der Fähre. Ein voll beladener Stückgutfrachter, der tief im Wasser lag. Ein Russe, wie die Fahne am Heck erkennen ließ. Kam wahrscheinlich aus St. Petersburg und war auf dem Weg nach Westen, um Kiel anzulaufen oder um den Nord-Ostsee-Kanal zu passieren.

Vor vielen Jahren waren Niilo und er auch mal zur See gefahren. Als Zwanzigjährige hatten sie auf einem Holzfrachter des finnischen Forstkonzerns Stora Enso angeheuert. Die Fahrt nach Schottland war für beide die erste Auslandsreise gewesen.

Mikas Augen begannen zu tränen. Ob hervorgerufen vom scharfen Seewind oder durch die Erinnerung an seinen guten Freund – er wusste es nicht.

»Die Bullen«, murmelte er.

Wollmütze stand am Fenster. Die linke Hand schützte die Augen vor der blendenden, nahezu waagerecht stehenden Sonne. In der rechten hielt er den Saum der Gardine und eine glimmende Zigarette.

Er trat einen Schritt zurück, um von draußen nicht gesehen zu werden.

»Frank, Freddy!«, rief er aufgebracht in Richtung der offenen Flurtür. »Die halten. Ey, die Bullen … hier bei uns. Kommt schnell! Scheiße. So eine Scheiße!«

»Kann gar nicht sein.« Sturmhaube alias Frank und Freddy, ein beleibter Mittvierziger mit strähnigen wasserstoffblonden schulterlangen Haaren, hasteten in die kleine Stube.

»Guckt doch! Die stehen da direkt vor der Einfahrt.«

Die drei Männer starrten zum Fenster hinaus. Hinter der schneebedeckten Ligusterhecke, die das kleine Wochenendgrundstück umgab, ragten das Blaulicht und das silberne Dach eines Streifenwagens hervor. Der stand mitten auf dem Weg, die beiden Polizisten im Auto schienen sich zu beratschlagen.

»Wie haben die uns bloß gefunden?«, knurrte Wollmütze ungläubig.

Frank, an dessen rechter Schläfe ein auffällig großes Pflaster klebte, packte Freddy am Arm. »Was jetzt? Gibt's hier 'nen Hinterausgang?«

»Klar doch«, erwiderte Freddy. »Bin ich von gestern? Aber haltet mal den Ball flach. Die kommen nicht wegen euch.«

Wollmütze ließ sich nicht beruhigen. Wie ein Tiger im Käfig rannte er hin und her. Dabei verlor er die Asche von seiner Zigarette. »Woher willste das wissen?«, rief er aufgebracht.

»Ey, komm wieder runter.« Freddy zog die Fenstervorhänge weiter zu. »Mein Nachbar, der alte Rebeschke, holt die wegen jedem Scheiß«, erklärte er. »Der findet immer irgendeinen Furz, um dann die Bullen zu rufen. Die aus Großburgwedel. Und die kennen das schon.«

»Vielleicht hat dein Nachbar ja mitgekriegt, wie wir heut Nacht hier aufgetaucht sind. Und Verdacht geschöpft, so verdreckt und blutig, wie wir aussahen.«

»Red kein Blech«, entgegnete Freddy. »Der Rebeschke pichelt ganz gerne einen, schon tagsüber. Dafür pennt er dann nachts wie 'n Stein. Der hat garantiert nichts mitgekriegt von euch Helden. Nee, die Bullen kommen wegen der vielen Falschparker. Die nerven den alten Rebeschke ungeheuer.«

»Falschparker?« Frank guckte ungläubig. »Hier, in dieser lausigen Siedlung am Arsch der Welt? Willste mich …«

»Halt schön die Luft an.« Freddy reagierte angesäuert. »Ihr Kleinstadt-Komiker verpisst euch schließlich extra hierher, gerade weil ich so schön versteckt wohne, oder? In einer idyllischen Waldsiedlung, weitab vom Schuss. Jetzt maul nicht so rum.«

»Vielleicht haste ja recht«, knurrte Wollmütze vom Fenster her. »Die sitzen da immer noch in ihrer Karre …«

»Is wegen dem Würmsee«, erklärte Freddy. »Der liegt da gleich um die Ecke, 'nen Katzenschiss entfernt. Wenn der Tümpel zufriert, is hier immer der Bär los. Schlittschuhläufer, Eishockeyspieler, jede Menge Volk. Verstopfen die ganzen Straßen.«

»Die würd ich aber zum Teufel jagen.«

»Das macht doch schon der Rebeschke.« Freddy grinste.

Frank traute dem Braten nicht. »Und da kommen die Leute mitten in der Woche und am helllichten Tag hierher, um Schlittschuh zu laufen? Ich fass es nich ... Haben die nix Besseres zu tun?«

»Anscheinend nicht. Burgwedel is 'n komisches Pflaster ...«

»Entwarnung«, meldete Wollmütze von seinem Posten am Fenster. »Freddy hat recht. Die Bullen fahren weiter.«

»Na siehste«, trumpfte der Hausherr auf. »Die verteilen jetzt Knöllchen. Los, zurück in die Küche. Kriegsrat.«

»Halb elf?« Henning Grube rieb sich die verschlafenen Augen. Der zweite Blick auf die Digitalanzeige des Radioweckers, der auf einem Hocker neben dem Bett stand, bestätigte seine Vermutung. »Scheiße, das gibt's doch gar nicht.«

Schwarz-blau gestreifte Rollos verdunkelten das Schlafzimmer komplett. Ohne Licht zu machen, stolperte er über seine Kleider, die er letzte Nacht – oder besser heute frühmorgens – achtlos von sich geschmissen hatte, zu einem der Fenster. Hastig ließ er das Rollo zur Hälfte hochfahren.

Die Sonne schien von einem wolkenlosen Himmel, der Neuschnee der letzten Nacht brachte das Tageslicht zum Gleißen. Henning Grube kniff die Augen zusammen, drehte sich um und wankte ins Schlafzimmer zurück.

Hektisch suchte er sein Handy. Er hatte es beim Zubettgehen auf lautlos gestellt, um in Ruhe ein paar Stunden schlafen zu können. Es lag im benachbarten Wohnzimmer auf dem Schreibtisch – und der Akku war leer. Rasch hängte er es ans Ladekabel und schaltete das Telefon ein.

Drei Anrufe in Abwesenheit. Sieben Uhr dreiunddreißig, acht Uhr siebenundfünfzig und zehn Uhr vier. Zwei Nachrichten waren auf der Mailbox gelandet. Zwei Waldbesitzer baten um Rückruf wegen eines Beratungstermins. Der Anruf um sieben Uhr dreiunddreißig war von einem unbekannten Anrufer, dessen Nummer nicht übermittelt worden war.

Verdammt! War das eventuell Mika gewesen?

Kommissarin Schnur hatte ihn gestern Nacht netterweise darüber informiert, dass Niilos Handy an der Landstraße zwischen Wienhausen und Eicklingen gefunden worden war. Von Mikas Mobiltelefon gab es dagegen keine Spur. Die Kripo ging allerdings davon aus, dass die Gangster es inzwischen ebenfalls in irgendeinem Straßengraben entsorgt hatten.

Um zwei Uhr dreißig war die Suche nach Mika Rahola erst einmal abgebrochen worden. Beim Pinkeln – er sollte ja draußen im Auto warten, bis die Polizei mit der Hausdurchsuchung fertig war – hatte er die frischen Fahrradspuren im Schnee entdeckt und daraus sofort seine Schlüsse gezogen. Er hatte Mika schon mal auf einem Mountainbike gesehen, als dieser mit Lilly im nahen Oppershausener Wald Gassi fuhr.

Nachdem er die Kripoleute von seinem Fund und seiner Vermutung unterrichtet hatte, waren sie sofort nach draußen zum Schuppen gelaufen. Im Schein der Taschenlampen hatten sie die markante Grobstollenspur des Fahrrads von der Hofeinfahrt bis zur Straße verfolgt. Dort verlor sie sich. Ob der Fahrradfahrer – sie nahmen stark an, dass es sich um Mika und nicht um einen der Entführer handelte – Richtung Wienhausen oder Richtung Lachendorf gefahren war, blieb ungeklärt.

Auch Henning Grube hatte keine Vorstellung, wohin Mika in seiner Not geradelt sein könnte. Und überhaupt: Warum in drei Teufels Namen meldete er sich nicht einfach bei der Polizei? Nachdem er seinen Entführern durch einen günstigen Umstand entkommen war, hätte er schleunigst die nächste Polizeidienststelle aufsuchen sollen. Zu seiner eigenen Sicherheit. Sonst ginge es ihm am Ende noch wie Niilo.

Seltsam das Ganze. Höchst seltsam.

Von diesen Überlegungen hatte er den Kripoleuten allerdings nichts verraten. Mendelski und Maike Schnur hatten über Funk alle Kräfte, die an der Fahndung nach dem Finnen und den zwei Unfallflüchtigen beteiligt waren, über die neueste Entwicklung und das Mountainbike unterrichtet. Dann waren sie selbst in Richtung Wienhausen gefahren, da es wenig wahrscheinlich schien, dass Mika in Richtung Lachendorf geradelt war – und damit an der Unfallstelle im Wald vorbei. Denn dort liefen immer noch die Aufräumarbeiten.

Die Streifenwagenbesatzung, die bei der Durchsuchung des Hauses geholfen hatte, war zurückgeblieben, um das Eintreffen des Spusi-Trupps der Kripo Celle abzuwarten.

Nachdem Mendelski und Maike Schnur losgefahren waren, hatte sich Henning Grube ebenfalls auf den Weg gemacht. Er musste ja noch die beiden Wildschweine in die Kühlkammer bringen.

Als er gegen zwei Uhr dreißig endlich nach Hause gekommen war, hatte er noch einmal mit Kommissarin Schnur Kontakt aufgenommen. Sie und Mendelski waren gerade auf dem Heimweg nach Celle gewesen. Die Suche nach Mika Rahola und seinen beiden Entführern sei erfolglos geblieben, sie hätten nicht den Hauch einer Spur. Es sei nicht einmal ausgeschlossen, dass die beiden Gangster den Finnen wieder eingefangen hätten.

Das hielt Grube jedoch für unwahrscheinlich. Mika war zu gewieft – und er hatte ein Heimspiel. Sicher würde er sich kein zweites Mal den Verbrechern ausliefern.

Wen kannte Mika hier in der Gegend, wen konnte er um Hilfe bitten? Grube wurde klar, dass er abgesehen vom Beruflichen sehr wenig über die Finnen und ihren Bekanntenkreis wusste. Dazu war er hier in Wienhausen noch nicht lange genug im Dienst. Vielleicht konnte ihm Hubert Warning helfen, der Försterkollege auf Kur, den er vertrat. Vielleicht wusste der mehr über die beiden – speziell über Mika.

Mit dem Smartphone in der Hand stand Henning Grube am Schreibtisch. Das Laden des Akkus lief quälend langsam. Er öffnete das Adressbuch und fand bald die Handynummer des Kollegen. Der hatte ihm vor seiner Abreise zugestanden, dass er ihn in dienstlichen Notfällen ruhig stören dürfe.

Nach mehrmaligem Klingeln sprang die Mailbox an. Henning Grube bat um einen Rückruf und legte auf.

Danach verschwand er im Bad. Unter der Dusche fiel ihm wieder ein, was er sich für heute Vormittag vorgenommen hatte: Er wollte von Oppershausen aus auf zwei verschiedenen Routen nach grobstolligen Fahrradspuren suchen, auf dem Alternativen Aller-Radweg in Richtung Osterloh und auf dem in Richtung Offensen. Beide Wirtschaftswege-Strecken kannte Mika gut. Vielleicht war er dort langgefahren und hatte irgendwo im Schnee einen Reifenabdruck hinterlassen.

»Ihr wollt mir immer noch nicht erzählen, um was es hier eigentlich geht?«

Freddy goss Kaffee in drei Glühweinbecher mit Weihnachtsbaummotiven. Die Männer saßen um den Küchentisch und rauchten.

Frank pulte an dem Pflaster an seiner Stirn herum und schüttelte den Kopf. »Glaub mir. Is besser so.«

Freddy wandte sich an Wollmütze. »Und du, Lutz? Wie siehst du das?«

Der Angesprochene blies einen Schwall Zigarettenrauch in den verstaubten Tischlampenschirm. »Stimmt schon. Wir sollten dich da nicht mit reinziehen.«

»So 'n Quatsch!« Mit Schwung lehnte sich Freddy zurück, der Stuhl knarrte bedrohlich unter dem Zwei-Zentner-Mann. »Undankbares Volk! Da hol ich euch bei Nacht und Nebel ausm Wald, überall Bullen, rette euch den Arsch, riskiere sonst was, und ihr erzählt nicht mal, was los is.«

»Bleib gelassen, Mann«, beschwichtigte ihn Frank. »Wenn alles glattgeht, springen bestimmt 'n paar Riesen für dich dabei raus.«

»Habt ihr etwa was mit dem schwedischen Waldarbeiter zu tun?« Freddy ließ nicht locker. »Dem sie die Rübe abgesägt haben? Vorgestern war das, glaub ich. Hab im Radio davon gehört. Das war doch bei euch in der Ecke.«

»Finnischer, das war 'n finnischer Waldarbeiter ...« Lutz biss sich auf die Zunge.

Zu spät. Frank guckte ihn wütend an. »Keine Ahnung, von was du da redest«, rief er ärgerlich.

Freddy nickte unmerklich, während er mit Bedacht seine

Zigarette in einer leeren Fischdose ausdrückte. »Okay. Lasst mal stecken. Ihr hattet da also einen Unfall und musstet türmen.« Er hob den Blick. »Der ursprüngliche Plan war gewesen, bei mir für ein paar Tage unterzutauchen. Nur hattet ihr von drei Leuten gesprochen. Was ist mit dem dritten Mann passiert?«

»Der ... äh, der ist uns abhandengekommen«, stotterte Lutz. Verunsichert schaute er zu Frank.

»Ja«, sagte dieser. »Den müssen wir wiederfinden. Unbedingt. Auf jeden Fall und um jeden Preis.«

Freddy schien langsam zu verstehen. »Der ... der schuldet euch also was?«

»Kann man so sagen.«

»Das heißt, ihr könnt jetzt gar nicht wie eigentlich geplant für ein paar Tage abtauchen. Ihr müsst aktiv werden.«

»Genau so sieht's aus«, knurrte Frank.

»Und das von meinem Haus aus.« Freddy seufzte auf. »Ihr habt ganz recht, lasst mich da bloß raus. Ihr wisst, ich bin auf Bewährung.«

»Wir passen schon auf.«

Freddys Miene zeigte tiefe Sorgenfalten. »Und wie soll's jetzt weitergehen?«, wollte er wissen. »Kann ich mal kurz weg? Ohne dass ihr Mist baut?«

»Klar doch.« Frank klopfte auf die Holztischplatte. »Tagsüber bleiben wir erst mal hier, die Lage peilen.«

»Na dann ...« Freddy erhob sich. »Ich fahr jetzt einkaufen. Fresssachen, Bier und so. Braucht ihr was Besonderes?«

»Bring Zeitungen mit«, antwortete Frank. »Will sehen, ob ... ob was von unserem Unfall drinsteht. Und Kopfschmerztabletten. Mir brummt der Schädel.«

»Und Zigaretten.« Lutz hielt eine leere Schachtel hoch. »Die mit dem Kamel drauf. Ohne Filter.«

Freddy ließ sich von Frank einen Geldschein geben. »Aber ihr bleibt in der Zwischenzeit im Haus«, sagte er. »Habt ihr verstanden? Geht auf keinen Fall vor die Tür. Und erst recht nicht in Richtung Würmsee. Da sieht euch Hinz und Kunz ... und da sind Pressefuzzis. Die knipsen dort die Schlittschuhläufer. Euch morgen in der Zeitung zu sehen, wäre fatal.«

»Hältst du uns für bescheuert? Wir sind doch nicht blöd und begeben uns so aufs Glatteis.«

»Das gibt's doch gar nicht«, ereiferte sich Steigenberger.

Mit einer zusammengerollten Ausgabe der »Celleschen Zeitung« traktierte der Kriminaldirektor die Schreibtischkante. Mendelski zog sein Mineralwasserglas, das er bedroht sah, ein Stück zu sich. Gelassen zuckte er mit den Schultern.

»Der Radfahrer muss doch irgendjemandem aufgefallen sein«, fuhr der Leiter der Polizeiinspektion Celle unbeirrt fort. »Bei diesem Winterwetter, bei Schnee und Eis – da fährt doch kein Mensch mit dem Fahrrad. Schon gar nicht nachts.«

»Kann schon sein, dass ihn jemand gesehen hat«, entgegnete Mendelski. Dass er in der letzten Nacht nur vier Stunden geschlafen hatte, zeigten seine an den Rändern geröteten Augen. »Und wahrscheinlich hat sich derjenige auch gewundert. Aber diesen Zeugen müssen wir erst mal finden. Wer ruft denn schon die Polizei an, nur weil er im Winter einen Fahrradfahrer gesehen hat?«

»Dann müssen wir eben an die Öffentlichkeit.« Steigenberger hielt die Zeitung hoch. »Und die Sache publik machen. Vom Unfall steht ja noch nichts drin.«

»Wie auch?«, entgegnete Mendelski mit einem unterdrückten Gähnen. »Der passierte doch erst am Abend, nach Redaktionsschluss.« Er lehnte sich zurück. »Was mich aber viel mehr beschäftigt: Warum ist der Finne überhaupt getürmt? Gut, sich von der Unfallstelle zu entfernen, um seinen Entführern zu entkommen, kann ich noch nachvollziehen. Aber dann? Hinterher? Normalerweise würde man doch irgendwo um Hilfe bitten, bei Freunden, beim Förster, was weiß ich. Im besten Fall bei der nächsten Polizeidienststelle, also in Wienhausen. Aber was macht er? Er taucht unter.«

»Vielleicht stand er unter Schock«, meinte Steigenberger vorsichtig. »Durch den Unfall. Oder noch von der Entführung.«

»Und wenn er auch Dreck am Stecken hat?« Mendelski beugte sich wieder vor. »Dafür spricht sein merkwürdiges Verhalten – und natürlich das Versteck in seinem Haus.«

»Das er gestern Nacht ausgeräumt hat?«

»Genau.«

»Wie groß war denn das Loch?«

»Ungefähr so groß wie ein Schließfach aufm Bahnhof.« Mendelski zeichnete mit dem Zeigefinger ein Rechteck in die Luft. »Vierzig mal sechzig Zentimeter oder so.«

»Und wie tief?«

»Sechzig bis achtzig Zentimeter, glaube ich. Steht alles im Bericht.«

»Ja, ja. Lesen kann ich noch.« Steigenberger wirkte gereizt. »Es gibt also keinerlei Anhaltspunkte, was da drin war?«

»Bisher nicht. Aber es dürfte das gewesen sein, was die beiden Entführer von den Finnen haben wollten. Scheint für sie von einigem Wert zu sein.«

»Aber für Mika Rahola doch genauso«, gab Steigenberger zu bedenken. »Sonst hätte er das Versteck nicht so vehement verteidigt. Wie es aussieht, hat der getötete Finne sein Schweigen sogar mit dem Leben bezahlt.«

Mendelski wiegte stumm den Kopf.

»Seid ihr sicher, dass in dem Versteck keine Drogen waren?«, fragte Steigenberger.

»Jedenfalls keine, die unsere schnüffelnde Hundedame Bella kennt. Sonst hätte sie Rabatz gemacht.«

»Geld?«

»*Pecunia non olet.* Geld stinkt nicht. Da kann uns der Spürhund nicht helfen. Aber denkbar wäre es natürlich.«

»Waffen?«

»Zumindest nicht ausgeschlossen, aber vom Platz her käme höchstens eine Handfeuerwaffe in Betracht. Oder ein auseinandernehmbares Gewehr.«

»Eine gesuchte Tatwaffe vielleicht?«

Mendelski ließ ein gedehntes »Okay« verlauten. Erstaunt zog er die Augenbrauen hoch. »Also ... darauf sind wir noch gar nicht gekommen.«

»War ja auch 'ne harte Nacht für euch.« Der Kriminaldirektor trommelte wieder nervös mit der Zeitung. »Mir graut vor morgen«, sagte er. »Ich sehe schon die Schlagzeile vor mir:

›Ganoven klauen Auto vor den Augen der Polizei‹ – oder: ›Gesuchte Mordverdächtige bauen Unfall, Polizei lässt sie laufen‹.« Er beugte sich zu Mendelski hinüber. »Da muss unbedingt bald was Neues kommen. Wo sich die Presse draufstürzen kann.«

»Wir arbeiten dran.« Mendelski unterdrückte erneut ein Gähnen. »Heute müsste eine Flut von Daten eintreffen. Von Heiko und dem Labor. Die wissen gar nicht, was sie zuerst und was zuletzt analysieren sollen: Fingerabdrücke, Haare, Blut-, Fuß- und Reifenspuren en masse. Da wird schon was dabei sein, das uns weiterhilft.«

»Du hoffst, dass ihr die Flüchtigen identifizieren könnt?«

»Schauen wir mal. Bei der kriminellen Energie, die die beiden an den Tag legen, gehe ich stark davon aus, dass wir es nicht mit unbeschriebenen Blättern zu tun haben.«

»Zumal das ja Bekannte von dem Dieter Jaschke aus Wathlingen sind«, warf Steigenberger ein.

»Den kennst du?«

Der Kriminaldirektor nickte. »Ist schon 'ne Weile her, zehn Jahre bestimmt. War auch nicht deine Abteilung. Ging um Betrug, Erpressung, Nötigung et cetera.«

»Passt. Da befinden sich unsere Pappenheimer ja in bester Gesellschaft.«

Steigenberger stand auf, die Zeitung zum Abschied schwenkend. »Also dann wollen wir mal hoffen, dass heute noch was Neues reinkommt …«

Ohne dass jemand geklopft hätte, wurde die Tür aufgestoßen, Maike Schnur kam hereingestürzt. Sie strahlte. Von Müdigkeit keine Spur, wie Mendelski voller Neid feststellte.

»Wir haben sie«, rief sie.

Steigenberger, den sie fast über den Haufen gerannt hätte, wandte sich perplex um. »Wen bitte haben Sie?«

»Na, die Unfallflüchtigen von letzter Nacht. Die beiden Entführer des Finnen. Ging ganz schnell.«

»So, lass mal sehen, ob da was Brauchbares bei ist.«

Frank leerte seine Jackentaschen und warf den Inhalt auf den

Küchentisch. Briefumschläge, Postkarten, diverse Zettel, ein abgegriffenes Notizbuch, einen Tischkalender.

»Mann, was hast du in der Hektik denn alles eingesteckt?«, fragte Lutz verwundert. »Nur gut, dass du überhaupt dran gedacht hast.«

»Keine Ahnung, ob's was bringt.« Frank breitete die Gegenstände auf der Tischfläche aus. »Als der mit dem Fahrrad abgehauen ist, hab ich gedacht, weit kommt der nicht bei dem Schnee. Und in dem Zustand. Der wird sich irgendwo Hilfe holen.«

»Aber nicht bei den Bullen.«

»Nee, bei denen nicht. Da haben wir ja mit dem Foto 'nen Riegel vorgeschoben.« Frank grinste hämisch.

Lutz nahm zwei Briefumschläge in die Hand. »Du meinst, dieser Papierkram nützt uns was?«

»Ja, vielleicht finden wir einen Namen, eine Adresse oder so. Lass uns das mal in Ruhe durchgucken. Was anderes haben wir nämlich nicht.«

»Zu blöd, dass wir die Handys der beiden entsorgt haben. Da hätten wir jetzt wenigstens 'n paar Namen von Leuten, mit denen sie zuletzt Kontakt hatten.«

»Nee, nee. Das war schon okay. Mit den Handys hätten die uns in null Komma nix geortet.«

»Guck mal, die sind aus Finnland.« Lutz hielt zwei Briefumschläge hoch. »Jedes Mal derselbe Absender.«

»Vielleicht die Eltern. Oder Geschwister. Nee, lass uns lieber mal zuerst nach Namen und Adressen hier aus der Gegend forschen, aus dem Raum Celle. Gib mal das Notizbuch rüber, ja, das blaue da.«

Frank blätterte die Seiten durch. »So 'n Kauderwelsch«, murmelte er. »Wahrscheinlich Finnisch. Und Zahlen. Mit Datum. Hinter den Zahlen steht ›Rm‹ und ›Fm‹. Warte mal … ah, ich hab's. Wahrscheinlich geht's um Holz.«

Lutz hatte sich den Tischkalender vorgenommen. »Oh Mann, hat der 'ne Klaue. Wer soll das denn lesen können: *Loikanlahdentie … Saarijärvi …*«

»Lass es. Such lieber deutsche Namen.«

»Da, ich hab einen: H. Grube. Steht auf fast jeder Seite. Meistens vormittags.«

»Vormittags? Da arbeiten die doch für gewöhnlich im Wald. Das wird der Förster sein. Guck weiter.«

»Wie wär's damit? Dr. Behrens. Steht auf der heutigen Seite. Um elf Uhr dreißig.«

»Könnte 'n Quacksalber sein. Ich glaub aber kaum, dass er da heute hin is.«

»Warum denn nicht? Schließlich hat er so einiges auf die Birne bekommen.«

»Ey Mann, Lutz!« Frank warf genervt das Notizbuch zur Seite. »Unser Finne, das ist ein Mörder auf der Flucht. Kapier das endlich. Der geht nicht einfach so zum Arzt inne Sprechstunde.«

Bockig klappte Lutz den Tischkalender zu und nahm einen losen Zettel in die Hand. »Was is das denn?«, sagte er. »Eine Telefonliste. Ich fass es nich. So Nummern hat doch heute jeder in seinem Handy.«

»Lass sehen.« Frank nahm das Papier und studierte die Namen. »Bingo! Hab ich von der Pinnwand im Flur. Is anscheinend halbwegs aktuell. Da wird vielleicht was Passendes dabei sein.«

Lutz rückte mit seinem Stuhl näher. »Lies mal vor die Namen.«

Frank hielt den Zettel höher, ins Licht. »Giuseppe«, las er. »Dr. Behrens – den hatten wir schon –, Aki, Paavo – klingt nach Finnen –, Janette, Fit-Center, Henning Grube – den hatten wir auch schon –, Shell, Forstamt, Lina Henke, Volksbank und Pizza. Das war's.«

»Viel is das nicht. Und jetzt?«

»Die telefonieren wir alle ab. Jedenfalls die Namen. Nicht die Bank, nicht die Tanke, nicht die Muckibude, nicht den Pizza-Bringdienst und auch nicht Dr. Behrens.«

»Und das Forstamt?«

»Das auch nicht, du Held.«

»Da bleibt nicht viel.«

»Umso besser.«

Lutz blieb skeptisch. »Mit welchem Telefon denn?«, fragte er. »Doch nicht mit unseren Handys. So blöd wirst du —«

»Schnauze!«, bellte Frank. »Natürlich nicht.« Mit dem Kinn deutete er zum Küchenschrank. Dort stand Freddys Telefonstation samt mobilem Schnurlos-Apparat.

»Nee, ne?«

»Doch. Haste 'ne bessere Idee?«

»Da wird Freddy aber nicht begeistert sein.«

»Muss er ja nicht. Kriegt doch keiner mit. Jedenfalls nicht gleich. Und bis irgendwer dahinterkommt — auch Freddy —, sind wir längst über alle Berge.«

»Und was soll das bringen?« Lutz wirkte überhaupt nicht begeistert. »Selbst wenn er bei einem von denen steckt, werden die uns das bestimmt nicht —«

»Ach was«, fuhr Frank ihm barsch über den Mund. »Das ist unsere einzige Chance. Lass mich mal machen. Ich hab da 'ne Idee …«

»Frank Soyka und Lutz Wehmeier«, verkündete Maike Schnur triumphierend. Sie schwenkte ein paar DIN-A4-Bogen. »Der Abgleich der Fingerabdrücke aus dem Haus in Wathlingen und aus dem Lieferwagen hat's gebracht.«

»Soyka, Wehmeier — wartet mal, da klingelt was bei mir.« Steigenberger griff nach einem der Blätter, das Maike ihm hinhielt. »War das nicht —«

»Der Überfall auf die Sparkasse gegenüber dem Schloss«, fiel ihm Mendelski ins Wort. »Dabei wurde ein Kollege angeschossen und schwer verletzt. Muss vor acht, neun Jahren gewesen sein.«

»Vor elf«, korrigierte Maike Schnur. Sie reichte auch ihm ein Blatt Papier. »Sogar vor elfeinhalb Jahren, um genau zu sein. April 2002. So kann man sich irren, Herr Kriminalhauptkommissar. Ja, ja. Das liebe Alter …«

»Frau Schnur, bitte!« Steigenberger sah sich genötigt, Mendelski beizuspringen. War er doch selbst noch zwei Jahre älter.

»Papperlapapp.« Mendelski war solche Frotzeleien von Maike gewohnt. Ohne auf den Zettel zu schauen, versuchte er, sich zu erinnern. Schon um seiner jungen Kollegin zu zeigen, wie es tatsächlich um sein Erinnerungsvermögen bestellt war. Und obendrein aus Prinzip. »Es waren drei Täter damals«, referierte er. »Neben Soyka und Wehmeier ein gewisser Rausch oder Reusch. Siegfried, Siggi Reusch, stimmt's?«

Maike hob wortlos den Daumen.

»Nach dem Überfall«, fuhr Mendelski fort, »war es draußen vor der Sparkasse, auf dem Schlossplatz, zu einer Schießerei mit einer Streifenwagenbesatzung gekommen. Der Kollege hat einen fiesen Bauchschuss abgekriegt, die drei Gangster konnten erst mit einem Pkw und später auf Geländemotorrädern entkommen.«

»Wir haben sie trotzdem binnen achtundvierzig Stunden geschnappt«, warf Steigenberger ein. »Ich erinnere mich noch an den SEK-Einsatz – mitten in Nienhagen.«

»Ja, aber wir haben nur zwei von ihnen gekriegt«, korrigierte Mendelski. »Soyka und Wehmeier. Der Dritte konnte sich absetzen.«

Maike, die in ihren Unterlagen blätterte, hob erneut den Daumen. »Und wohin?«, fragte sie wie eine Schulmeisterin.

»In die Karibik. In irgend so 'nen Schurkenstaat, mit dem wir kein Auslieferungsabkommen hatten.«

»Na, na! Die Dominikanische Republik ist doch kein Schurkenstaat. Ich muss um ein gewisses Maß an Political Correctness bitten.« Wieder schaute sie in ihre Unterlagen. »Und was ist dort passiert?«

Mendelski grübelte. »Soweit ich mich erinnere, hat Siggi Reusch dort zunächst unbehelligt gelebt«, erzählte er. »Ein halbes Jahr, glaube ich. Man weiß nicht viel über diese Zeit. Bis er Opfer eines Raubüberfalls wurde und ums Leben kam.«

»Ja, so kann's gehen«, meinte Steigenberger trocken. »Die gerechte Strafe ereilt irgendwann jeden, wenn auch manchmal etwas überraschend. Und die Beute?«

»Gut eine Million Euro«, las Maike vor. »Keine Spur davon hier in Deutschland. Wahrscheinlich hat Reusch damit die Aufmerksamkeit der Dominikanischen Unterwelt auf sich gezogen – mit tödlichen Folgen.«

»War das nicht der Fall mit der beißfreudigen Engländerin?«, fragte Steigenberger. »Die hatte doch den einen Bankräuber gebissen, und über seine DNA konnten wir ihn identifizieren.«

»Richtig.« Jetzt war Mendelski an der Reihe, den Daumen zu heben. »War 'ne tapfere Miss. Hat für ihr couragiertes Auftreten vom Oberbürgermeister später sogar eine Urkunde bekommen. Aber«, er wandte sich wieder Maike zu, »seit wann sind die beiden denn wieder draußen?«

»Seit genau einer Woche. Haben ihre Strafe brav abgesessen. Soyka in der JVA Lingen, Wehmeier in Vechta.«

»Und kaum sind sie auf freiem Fuß, drehen sie schon wieder ein Ding. Und was für eins.« Durch Mendelski ging ein Ruck. Seine Müdigkeit schien wie weggeblasen. »Ist die Fahndung raus?«, fragte er Maike, während er zum Telefonhörer griff.

»Klar.«

»Versuch, alles über die beiden herauszubekommen, was machbar ist«, ordnete er an. »Familienangehörige, Freunde, alte Kumpels. Frag bei den JVAs nach, lass dir die Namen der Zellennachbarn geben, die der Bewährungshelfer et cetera pp.«

»Bin schon unterwegs.«

Steigenberger erhob sich. Erleichtert schwenkte er im Hinausgehen die Zeitung und rief: »Na, dann besteht ja noch Hoffnung, dass morgen was Positives in der ›CZ‹ steht.«

»Womit fangen wir an?«

»Am besten der Reihe nach.«

»Okay, dann Giuseppe. Los, wähl.«

Frank Soyka tippte die Nummer in Freddys Telefon. Es war eine 0171er-Handynummer.

»Willst du nich 'n Taschentuch drumwickeln?«, fragte Lutz Wehmeier. »Damit man —«

»Brauch ich nicht. Sei still jetzt.« Soyka stellte das Telefon auf laut, damit Wehmeier mithören konnte. Es klingelte zweimal, dreimal, dann ein viertes Mal.

»Sciascia«, meldete sich eine männliche Stimme.

Soyka antwortete nicht. Er wartete.

»Hallo, wer ist da?«

Soykas Mund blieb geschlossen.

»Hallo!«

Wehmeier verstand nicht, was sein Kumpan vorhatte.

»Hallo. *Buon giorno* … Wer ist denn da?«

Er versuchte, Soyka durch eine Geste zum Antworten zu animieren. Doch der rührte sich immer noch nicht.

»Schlechte Verbindung …«, grummelte die Stimme am anderen Ende der Leitung. Man hörte einen leichten italienischen Akzent. »Wahrscheinlich ein Funkloch.«

Soyka schwieg eisern.

Giuseppe Sciascia legte auf.

»Was sollte das denn?«, entfuhr es Lutz Wehmeier. »So wirste doch nie —«

»Schnauze.« Frank Soyka blieb cool. »Sag mir den Nächsten.«

»Ich …«

»Den Nächsten«, nörgelte Soyka.

»Wenn du meinst. Also: Aki, wahrscheinlich ein Finne …«

»Und danach?«

»Paavo.«

»Klingt auch ausländisch. Was für Nummern?«

»Beginnen mit zwei Nullen: 00358 und so weiter.«

»Ist sicher weit weg. Nee, lass die erst mal. Wer ist der Nächste?«

»Janette.«

»Hier in Deutschland?«

»Ja, 'ne Festnetznummer mit Celler Vorwahl.«

»Interessant. Los, sag an.«

Frank Soyka tippte die Nummer ein. Es klingelte und klingelte. Nichts passierte. Sie brachen den Anruf ab.

»Da versuchen wir's später noch mal. Weiter.«

»Henning Grube. Wahrscheinlich der Förster.«

Hier wurde bereits nach dem ersten Klingelton abgehoben.

»Grube.« Eine junge, feste Männerstimme.

Wieder sagte Soyka nichts. Lutz Wehmeier wandte genervt den Kopf ab.

»Hallo, hier Grube. Bezirksförsterei Flotwedel.« Es klang eine Spur energischer als zuvor.

Keine Antwort. Wehmeier zog die Augenbrauen hoch.

»Mika, bist du das?«, schallte es da aus dem Telefon. Der Tonfall war verändert. Er klang nun sehr besorgt, nahezu flehend.

»Mika? Mika Rahola?«

Frank Soyka stöhnte ins Telefon. Mehr nicht. Er stöhnte zweimal, es klang ein bisschen so, als würde jemand verzweifelt nach Luft ringen. Danach lehnte er sich wieder zurück. Schweigend.

»Mika, verdammt!« Henning Grube schien außer sich zu sein. »Was ist los? Wo steckst du? Melde dich …«

Unvermittelt drückte Soyka den roten Knopf, und die Verbindung war unterbrochen. »Der hat auch keine Ahnung, so wie wir«, erklärte er seinem Kumpan. »Streich den Namen. Los, weiter.«

»Wie?« Wehmeier guckte verwirrt. »Ich versteh —«

»Mensch, nun kapier doch endlich!«, fuhr Soyka auf. »Ausschlussverfahren! Schon mal gehört?«

»Ach so.« Lutz Wehmeier tat so, als ob er verstünde. »Dann sag das doch gleich. Und das klappt?«

»Fällt dir was Besseres ein? – Na also. Den nächsten Namen.«

Wehmeier nahm wieder den Zettel zur Hand. »Lina Henke«, las er vor. Er diktierte die Nummer.

»Festnetznummer in Wienhausen«, murmelte Soyka, während er die Zahlen eintippte.

Es klingelte fünfmal, dann wurde das Gespräch angenommen. Es dauerte allerdings einige Sekunden, bis jemand in den Hörer sprach.

»Henke«, krächzte eine weibliche Stimme. Obwohl die Frau nur zwei kurze Silben von sich gab, erahnte man ihr hohes Alter.

Frank Soyka war enttäuscht, hatte er doch auf eine jüngere Stimme gehofft, eine Stimme, die zu einer Freundin von Mika oder von dessen totem Kollegen Niilo passen könnte.

»Hallo.« Sie hustete. »Hier Henke!«

Die beiden Gangster guckten sich unschlüssig an. Wehmeier zuckte mit den Schultern. Schließlich gab Soyka erneut ein Stöhnen von sich. Ein langes, tiefes Stöhnen.

Nach einer schier endlosen Pause, ohne dass etwas passierte, kam endlich eine Reaktion: »Mika?«

Stumm hob Soyka den Zeigefinger.

»Mika, sind Sie es?« Lina Henke sprach nun laut und deutlich.

Soyka und Wehmeier starrten konsterniert ins Leere.

»Mika! Hallo!«

In der Annahme, wieder auf einen Streichkandidaten auf ihrer Liste gestoßen zu sein, schüttelte Frank Soyka stumm den Kopf. Gerade wollte er das einseitige Gespräch beenden, als ihm Lina Henke dazwischenfunkte.

»Ist was mit meinem Auto?«, fragte sie ängstlich.

Soykas Augen begannen zu leuchten, Lutz Wehmeier ballte die Faust zum stillen Triumph.

»Hallo! Mika? Haben Sie eine Panne?« Die Stimme wurde lauter.

Die beiden mussten an sich halten, um nicht laut loszuprusten.

»Hallo?«, rief die alte Frau jetzt.

Frank Soyka griff nach dem Telefonbuch, das direkt neben der Telefonanlage lag. Hannover-Land, Celle, Peine. Er begann, hektisch darin zu blättern.

»Na, denn nicht.« Es klang resigniert – und eine Spur traurig. Im nächsten Augenblick legte sie auf.

»Ich hab sie«, johlte Soyka, während er eine Seite aus dem Telefonbuch herausriss. »Lina Henke, Celler Straße in Wienhausen. Da müssen wir hin … Sobald es dunkel wird, brechen wir auf.«

ZEHN

Der Schneesturm fiel glimpflicher aus, als von den Meteorologen im Verkehrsfunk von »Sveriges Radio P3« vorhergesagt. Zwar hatte es den ganzen Tag über unentwegt gestürmt und geschneit, jedoch hielten sich die für die Straßen befürchteten Behinderungen durch Schneeverwehungen und Eisglätte in Grenzen.

Auf der Autobahn E 4 zwischen Södertälje und Stockholm herrschte reger Feierabendverkehr. Zwei Schneepflüge, die leicht versetzt in Richtung schwedischer Hauptstadt fuhren, zogen eine lange Schlange von Fahrzeugen hinter sich her. Stoßstange an Stoßstange folgten die Pkws den beiden blinkenden Ungetümen, die man nicht überholen konnte. Über die ostschwedische Schärenlandschaft hatte sich längst die wintertypische Dunkelheit gelegt.

Die beiden Streifenpolizisten Elsa Lindberg und Göran Svenson hatten ihre Schicht gerade erst angetreten. In sicherem Abstand folgten sie bereits mehrere Minuten lang dem roten Mazda, der auf der rechten Spur fuhr.

Der Volvo V 70 war kaum als Polizeiauto zu erkennen. Eine festgefrorene Schnee-Schmutzschicht verbarg die Aufschrift »POLIS« und das weiß-gelb-blaue Schachbrettmuster, die aus Großbritannien stammenden und nach einem Kuchen benannten »Battenburg-Markings«. Lediglich das Blaulicht auf dem Dach wies auf ein offizielles Einsatzfahrzeug hin. Es war nicht eingeschaltet. Noch nicht.

Der Mazda 323 war der Streife aufgefallen, weil er Schlangenlinien fuhr. Die schwedischen Polizisten vermuteten, dass das Auto ohne geeignete Bereifung unterwegs war. Dabei bestand seit Kurzem Winterreifenpflicht vom 1. Dezember bis zum 31. März für sämtliche Fahrzeuge mit einem zulässigen Gesamtgewicht bis dreieinhalb Tonnen. Eine andere Ursache für die ungewöhnliche, verkehrsgefährdende Fahrweise mochte ein etwaiger Alkohol- oder Drogengenuss des Fahrers sein, auch eine extreme Übermüdung war denkbar.

Ein sofortiges Eingreifen kam allerdings nicht in Frage, da der Streifenwagen hinter den beiden Schneepflügen von der Fahrzeugkolonne eingekeilt wurde. Zu überholen und den Pkw mit der Polizeikelle zu stoppen, wäre zu riskant. Die nächste Möglichkeit, den Mazda aus dem Verkehr auf einen Parkplatz oder in eine Ausfahrt zu dirigieren, lag ein gutes Stück entfernt.

Am Steuer saß Elsa Lindberg. Mit dreißig Dienstjahren auf dem Buckel galt sie als alter Hase, entsprechend gelassen nahm sie die Situation. Ihr Beifahrer Göran Svenson – gerade zwanzig Jahre alt – war da schon ungeduldiger. Er überbrückte die Zeit bis zum möglichen Eingreifen und gab über Funk das Kennzeichen an die Zentrale durch, damit dort schon einmal eine Halterabfrage durchgeführt werden konnte.

Der rote Mazda, ein älteres Modell, trug ein deutsches Kennzeichen, das mit den Großbuchstaben CE begann. Elsa und Göran rätselten eine Weile, für welche Stadt oder Region in *Tyskland* das Kürzel stehen konnte. Kennzeichen mit HH, B, M oder auch HB konnten sie zuordnen, das CE jedoch war ihnen unbekannt.

Die übrigen Buchstaben und Ziffern des deutschen Kennzeichens hatten sich nur schwer entziffern lassen, da an dem Nummernschild gefrorener Schneematsch pappte. Doch nach mehreren Anläufen hatten sie die Zeichen schließlich ermitteln können.

Im Schein des grellen Blinklichts der vorausfahrenden Schneepflüge konnten sie erahnen, dass nur eine Person im Auto saß. Ob Mann oder Frau, ließ sich aus der Entfernung nicht feststellen.

Bereits drei Minuten später kam über Funk die Nachricht, dass der Wagen beziehungsweise das Nummernschild nicht als gestohlen gemeldet war. Kennzeichen und Autotyp passten zueinander, alles schien in Ordnung zu sein. Bislang. Der Name des Halters und weitere Daten sollten in Kürze folgen.

Kurz vor der Ausfahrt Botkyrka stockte der Verkehr. Die Schneepflüge hatten abgebremst und wechselten die Fahrspur. Die Räumfahrzeuge schickten sich an, die Autobahn zu verlassen.

Da kamen über Funk die Daten zum Fahrzeughalter: Angemeldet sei der rote Mazda 323 auf eine gewisse Lina Henke aus D-29342 Wienhausen, geboren am 20.2.1929 in Celle.

CE für Celle, jetzt hatten sie es. Elsa und Göran nickten sich zu. Dass der Wagen von einer fünfundachtzigjährigen Frau gesteuert wurde, bezweifelten die beiden Polizisten allerdings. Sobald sich der Verkehr wieder entzerrt hatte, wollten sie den Mazda überholen und herauswinken.

Daraus wurde jedoch nichts. Das Funkgerät meldete: schwerer Verkehrsunfall auf der Gegenfahrbahn, fünf Kilometer zurück auf der E 4 in Richtung Södertälje. Sie waren am nächsten dran.

Im letzten Augenblick riss Elsa das Lenkrad herum und schlidderte gerade noch in die Ausfahrt. Mit eingeschalteter Sirene und Blaulicht drängte sich der Volvo an den Schneepflügen vorbei.

Der rote Mazda 323 schlingerte derweil unbehelligt weiter auf der Autobahn in Richtung Stockholm.

Das war nicht sein Tag gewesen. Jedenfalls nicht bis zum jetzigen Moment, da Hubert Warning anrief.

Die Suche nach den Reifenspuren von Mikas Mountainbike im Schnee war ergebnislos geblieben. Im Schritttempo hatte Henning Grube die Wirtschaftswege kontrolliert. Die Strecke von Oppershausen nach Osterloh und die in die entgegengesetzte Richtung, von Oppershausen nach Offensen.

Nichts. Reinweg nichts.

Mutlos war er danach noch einmal ins Langlinger Holz gefahren. Zum Tatort.

Um sich abzulenken, hatte er die Holzmengen gemessen, die Mika aufgearbeitet und Niilo an den Waldweg gerückt hatte. Das musste er ohnehin erledigen. Er würde wohl eine andere Firma damit beauftragen müssen, den Holzeinschlag in der angefangenen Kieferndurchforstung abzuschließen. Kaum vorstellbar, dass Mika hier weiter arbeiten würde. Ohne Niilo … und überhaupt. Ob er nach den grauenvollen Ereignissen jemals wieder in einen Harvester klettern mochte?

Nach dem Messen der verschiedenen Holzpolter war Henning Grube planlos herumgelaufen, bis er schließlich vor der Huteeiche stehen geblieben war.

Die Mulde, in der das Hirschluder gelegen hatte, war letzte Nacht erneut von Wildschweinen aufgesucht worden. Die hatten den Boden tief durchwühlt, anscheinend steckten im Erdreich immer noch Eicheln, von denen die Schwarzkittel mit ihrem ausgeprägten Geruchssinn magisch angezogen wurden.

Über eine Stunde lang hatte Henning Grube am Fuß der Huteeiche gehockt und nachgedacht. Eine Zigarette nach der anderen rauchend, hatte er sich das Gehirn zermartert, sich die Locken gerauft, mehrmals mit Wucht gegen die Wurzelanläufe der Eiche getreten und in lauten Selbstgesprächen seiner Wut darüber, dass er zum Warten verdammt war, dass er nichts für Mika tun konnte, obwohl er für dessen missliche Lage mitverantwortlich war, Luft verschafft. Dass er bei Annika mit der Thailandreise im Wort stand, machte alles nur noch schlimmer. Am Ende war er drauf und dran gewesen, seinen ursprünglichen Plan über den Haufen zu werfen. Er hatte schon eine Idee, wie …

Das Hupen eines Autos hatte ihn wieder auf den Boden der Tatsachen zurückgeholt. Durch die Bäume hatte er sehen können, dass ein großer Geländewagen neben seinem abgestellten Auto anhielt. Der Japaner von Dr. Wimmer. Der hatte ihm gerade noch gefehlt.

Das folgende Gespräch war entsprechend knapp ausgefallen. Dr. Wimmer hatte erneut seine Sorge um die Hirschtrophäe geäußert, doch das interessierte Henning Grube herzlich wenig. Mit dem geflunkerten Hinweis, dass ein Waldbesitzer in Schwachhausen auf ihn warte, hatte er sich empfohlen.

Tatsächlich war er nach Hause gefahren, nach Wienhausen. Einen mageren Imbiss hatte er um zwei Dosen Bier ergänzt – am Tage während der Dienstzeit Alkohol zu trinken, und auch gleich so viel, war äußerst ungewöhnlich für ihn. Schlecht gelaunt und grübelnd hatte er sich wieder ins Bett verkrochen.

Mehrmals war er weggedämmert, immer wieder schreckte er hoch. Halb bei Bewusstsein, halb im Traum war in ihm nach und nach ein Plan herangereift. Der spann den Faden weiter, den er unter der Huteeiche im Wald aufgenommen hatte.

Ein sich penetrant wiederholendes Jagdhornsignal hatte ihn schließlich aus allen Träumen gerissen. Die Dämmerung war bereits hereingebrochen. Es dauerte eine Weile, bis er im dunklen Zimmer Lichtschalter und Handy gefunden hatte und auf das Display blickte: Hubert Warning.

Der Förster auf Kur entschuldigte sich zunächst dafür, dass er erst jetzt zurückrief. Sein Handy sei den ganzen Tag über ausgeschaltet gewesen, er habe vergessen, es wieder einzuschalten.

Henning Grube schilderte sein Anliegen.

Hubert Warning brauchte daraufhin nicht lange zu überlegen. Die einzige Person, zu der Mika und Niilo in Wienhausen engeren Kontakt gehabt hätten, sei eine alte Frau, bei der die beiden Finnen in ihrer Anfangszeit in Wienhausen ein paar Monate gewohnt hätten.

Er diktierte Henning Grube ihren Namen und die Adresse.

Maike Schnur war stinksauer. Das ließ sie auch den Dienstwagen spüren. Mit quietschenden Reifen – ohne den entgegenkommenden und vorfahrtsberechtigten Verkehr zu berücksichtigen – nahm sie den Abzweig von der B 214 zur K 50. Zum Glück war die Braunschweiger Heerstraße von Schnee und Eis weitestgehend geräumt. Der Passat blieb in der Spur und landete nicht an einem Straßenbaum.

»*Madre mia!*«, presste Mendelski hervor, während er sich mit beiden Händen am Griff über der Tür festhielt. »Auch mit Blaulicht sind die Straßen glatt. Fahr bitte etwas vorsichtiger.«

Maike tat so, als wäre ihr Beifahrer Luft. Sie guckte stur geradeaus und reagierte nicht auf Mendelskis Einwand. Stattdessen schaltete sie vom zweiten in den dritten Gang und gab ordentlich Gas.

Sie war schlicht verärgert. Anstatt nach der halb durchgearbeiteten Nacht heute mal pünktlich in den Feierabend zu verschwinden, raste sie mit dem Dienstwagen durch die Gegend. Nur weil ihr Chef unbedingt noch mal loswollte. Sie hatte schon die Jacke angezogen gehabt, als Mendelski in ihr Büro gestürmt kam.

»Sie haben das Fahrrad«, hatte er gerufen. »Anruf von Borkowitz aus Wienhausen. Los, wir müssen hin.«

Ohne ihre Reaktion abzuwarten, war er davongestürmt.

»Hat das nicht Zeit bis morgen?«, hatte sie ihm noch nachgerufen.

»Ich warte unten«, lautete die Antwort aus dem Flur.

Als sie dann im Auto erfahren hatte, dass das Fahrrad bereits am Mittag entdeckt wurde, also vor gut fünf Stunden, war ihr fast der Kragen geplatzt. Warum jagten sie nach Feierabend im Dunkeln mit Blaulicht nach Wienhausen? Um ein dämliches herrenloses Mountainbike anzustarren? War das wirklich so dringend?

»Das Fundbüro hatte doch keine Ahnung, dass wir nach einem Fahrrad fahndeten«, versuchte Mendelski die Wogen zu glätten. »Zum Glück kam Borkowitz auf die Idee, dort mal nachzufragen.«

Maike hörte gar nicht hin. Unwillig schüttelte sie den Kopf – die erste Reaktion, seitdem sie losgefahren waren.

Sie waren müde, beide. Und der Tag war ziemlich frustrierend verlaufen. Über Wehmeier und Soyka hatten sie so gut wie nichts Neues erfahren, vor allem nichts darüber, was die beiden nach ihrer Entlassung aus dem Knast gemacht oder wo sie sich aufgehalten hatten. Die Indizien sprachen dafür, dass sie die gesamte letzte Woche im Haus von Dieter Jaschke in der Kali-Siedlung in Wathlingen gewohnt hatten. Die Vorladung von Jenny Evers war ins Leere gelaufen. Die haushütende Rothaarige hatte sich einer Befragung entzogen, indem sie mit unbekanntem Ziel verreist war. Doch der Verdacht, dass sie nach Mallorca geflogen war, um Jaschke Bericht zu erstatten, hatte sich nicht bestätigt.

Bis auf die Identifikation von Wehmeier und Soyka war der Tag also ohne nennenswerte Erfolgsmeldung geblieben. Ihnen lief die Zeit davon. Vielleicht war Mendelski deswegen so versessen darauf, das Fahrrad zu begutachten.

Sie rasten durch Bockelskamp. Mit Tempo hundert. Mendelski hatte sein Smartphone hervorgeholt und schaltete es ein.

»Wir sollten unsere Kräfte besser einteilen«, maulte Maike.

Die ersten Worte seit ihrer Abfahrt. »Montag ging's bis zehn, gestern Nacht bis morgens um drei. Und heute wird das auch nichts mit normaler Dienstzeit.« Nach einer Pause setzte sie missmutig nach: »Irgendwann brauche ich auch mal Schlaf. Oder ein bisschen Privatleben. Matthew weiß schon gar nicht mehr, welche Haarfarbe ich gerade habe.«

Jetzt war es Mendelski, der nur mit halbem Ohr zuhörte. Er tippte eine SMS ins Smartphone. Wahrscheinlich an seine Frau Carmen, dachte Maike. Nicht mal dafür hab ich Zeit …

Während Mendelski schrieb, bemerkte er beiläufig: »Zwei Schüler haben das Fahrrad gefunden. Ganz in der Nähe vom Kloster, in einem Gebüsch. Ich habe Borkowitz dorthin bestellt.«

»Na klasse.« Wie auf Kommando begann Maike zu niesen. »Wieder eine Outdoor-Veranstaltung bei dieser Saukälte. Wenn das so weitergeht, liege ich morgen flach.« Sie nieste erneut.

»Wenn wir Glück haben, ist der Finne noch irgendwo in Wienhausen.« Mendelski hatte sein Handy eingesteckt. »Da vorne musst du links abbiegen. Dort, wo es zum Klosterparkplatz geht.«

Maike nahm den Fuß vom Gas und schaltete ruppig einen Gang zurück.

»Kannst das Blaulicht schon mal ausmachen«, sagte er. »Sonst steht gleich das halbe Dorf hier herum.«

Trotz ihrer miesen Laune und ihrem Hang, zu widersprechen, folgte Maike seinem Wunsch. Als sie die Einfahrt sah, bremste sie und wollte einen Pkw vorbeilassen, der ihnen aus Richtung Ortszentrum entgegenkam. Doch auf einmal wurde dieses Auto langsamer und verschwand ohne zu blinken in einer Grundstückseinfahrt.

Maike fluchte und gab Gas.

Dass es sich bei dem abbiegenden Pkw um den Kombi von Hennig Grube handelte, hatten sie in der Dunkelheit nicht erkannt.

Gleich neben dem Eingang zu Lina Henkes Haus stand eine alte Eibe, mehr Busch als Baum. Die langen Zweige hatten sich unter der Schneelast bis auf den Boden gesenkt. Dahinter verbargen sich zwei Männer, die das spärliche Licht an der Haustür scheuten.

Den auffälligen Ford Mustang von Freddy hatten sie in einer Seitenstraße, im Gimpelweg, abgestellt. Wegen der Schneeberge am Rande der Fahrbahn hatte es sie einige Mühe gekostet, für den amerikanischen Straßenkreuzer einen Parkplatz zu finden. Das kurze Stück zurück zur Celler Straße, zum Haus, dessen Adresse auf ihrem Zettel stand, waren sie zu Fuß gelaufen.

Da sie auf die Schnelle nichts Besseres gefunden hatten, trugen sie wieder ihre bewährten Kopfbedeckungen: Frank Soyka seine Sturmhaube, Lutz Wehmeier die Wollmütze mit den Sehschlitzen. Ihre dünnen Jacken schützten sie nur unzureichend vor der abendlichen Kälte.

»Ich schleich mich jetzt rüber zur Garage«, flüsterte Soyka. »Du bleibst hier und schiebst Wache. Bin gleich wieder da.«

Bevor Wehmeier ein »Okay!« loswerden konnte, war Soyka schon verschwunden. Im Schatten des Hauses schlich er zum Garagentor.

Im Schnee, der vor der Garage nicht geräumt war, waren Reifenspuren zu erkennen, die belegten, dass ein Auto hinaus-, aber nicht wieder hineingefahren war. Er brauchte keine Taschenlampe, um festzustellen, dass die Spuren relativ frisch waren und wahrscheinlich von letzter Nacht stammten.

Um sicherzugehen, versuchte er, den Griff am Garagentor herunterzudrücken. Doch die Tür war verschlossen. Er kehrte zur Eibe zurück.

»Das Auto ist weg«, raunte er. »Passt alles.«

»Dann nix wie rein in die gute Stube.« Lutz Wehmeier bibberte vor Kälte. »Ich frier mir hier 'nen Ast.«

»Hast du das Tape?«

»Na klar.«

»Und den Elektroschocker?«

»Logo.«

»Also los …«

Sie wollten gerade ihr Versteck verlassen, als ein Auto in die Grundstückseinfahrt einbog. Dessen Scheinwerferlicht streifte die Eibe. Das Fahrzeug kam erst kurz vor der Hauswand zum Stehen.

»Zurück!«, zischte Soyka.

Ist das Auto eben mit Blaulicht gefahren?, fragte sich Henning Grube, nachdem er in die Einfahrt eingebogen war. Es sah für einen kurzen Moment so aus. Oder sehe ich schon Gespenster? Nach den Ereignissen der letzten Tage wäre das kein Wunder.

Bevor er den Motor ausschaltete, warf er noch rasch einen Blick auf die Digitaluhr. Achtzehn Uhr dreizehn. Sicher nicht der ideale Zeitpunkt für einen unangemeldeten Besuch bei einer älteren Dame. Aber ihm blieb nichts anderes übrig. Er hatte sich dafür entschieden, nicht vorher anzurufen. Er wollte ihr Gesicht sehen, wenn er Lina Henke unvermittelt auf Mika ansprach.

Henning Grube stieg aus, verriegelte sein Auto und ging auf das Haus zu. Automatisch – das machte er schon den ganzen Tag so – schaute er auf den Boden, um nach Fahrradspuren Ausschau zu halten. In der Einfahrt zu Lina Henkes Haus waren keine zu erkennen. Lediglich Fußspuren und Autoreifenabdrücke.

Autoreifen?

Henning Grube wunderte sich. Hubert Warning hatte doch erzählt, Lina Henke sei bereits Mitte achtzig und wohne allein. Wenn sich die alte Dame bei diesem Winterwetter mit dem Auto auf die Straße traute ... alle Achtung.

Er klingelte. Die Türschelle war im Haus deutlich zu hören. Sonst tat sich nichts. Das schmale Fenster rechts neben der Haustür blieb dunkel.

Er klingelte ein zweites Mal, etwas länger jetzt. Wieder wartete er geduldig.

Hinter dem Fenster wurde es hell. Durch eine blassgrüne Gardine konnte Henning Grube sehen, dass sich jemand der Haustür näherte.

»Ja, ist ja gut«, hörte er eine weibliche Stimme krächzen. »Eine alte Dame ist kein D-Zug.«

Langsam kam der Schatten näher. Ohne die Gardine zur

Seite zu schieben, wurde das kleine Fenster neben der Haustür auf Kipp gestellt.

»Wer ist da?«

»Guten Abend. Entschuldigen Sie bitte die Störung. Mein Name ist Henning Grube. Ich bin Förster und vertrete zurzeit Hubert Warning. Er hat mir Ihre Adresse gegeben.«

»Soso, der Stukenförster Warning schickt Sie«, krähte sie durch den Fensterspalt nach draußen. »Und worum geht's?«

»Das ist vertraulich.« Henning Grube hatte sich zum Fenster gebeugt, um nicht so laut sprechen zu müssen. »Darf ich kurz reinkommen und Ihnen das unter vier Augen erklären? Es muss ja nicht die ganze Straße mithören.«

»Das hat mir schon mal jemand weismachen wollen. Mit dem hab ich eine schlechte Erfahrung gemacht. Der mit mir aber auch. Sie müssen wissen, ich bin bewaffnet.«

Die Gardine wurde ein paar Zentimeter zur Seite geschoben. Der Lauf einer Doppelflinte kam zum Vorschein.

»Liebe Frau Henke, ich bitte Sie!«, flehte Henning Grube erschrocken. Er sah keine andere Möglichkeit, als schon jetzt mit seinem Anliegen herauszurücken. Auch wenn er ihr dabei nicht in die Augen schauen konnte. »Es geht um … um Mika Rahola.«

Der Flintenlauf wurde langsam zurückgezogen. Wie in Zeitlupe. Nach einer Weile kam ein gereiztes: »Na und?«

»Der hat doch mal bei Ihnen gewohnt, oder? Er hat für mich im Wald gearbeitet, als vorgestern dieses … dieses Unglück geschah. Ich möchte ihm gern helfen. Ist er hier bei Ihnen?«

»Nein. Ist er nicht. Sonst noch was?«

»Wissen Sie vielleicht, wo er ist?«

»Nein, keine Ahnung. Und jetzt gehen Sie besser.«

»Okay, okay.« Henning Grube gab auf. »Ich geh ja schon. Aber falls Sie ihn sprechen sollten, richten Sie ihm bitte aus, dass er sich unbedingt bei mir melden soll. Ich kann ihm helfen. Ich glaube, ich bin vielleicht sogar der Einzige, der ihn aus seiner brenzligen Lage befreien kann. Sagen Sie ihm das bitte.«

Hinter der Gardine blieb es einen Augenblick lang still. Dann kam leise die Antwort: »Ich weiß wirklich nicht, wo er ist. Wenn er sich meldet, werde ich's ihm ausrichten. Gute Nacht.«

Enttäuscht stapfte Henning Grube zu seinem Auto. Gedankenverloren drehte er sich noch einmal um und schaute zum Haus zurück.

Nein, er glaubte ihr. Sie wusste wirklich nicht, wo Mika war.

»Was steht da?« Robert Mendelski kniff die Augen zusammen. Vergebens. Ohne Brille konnte er die Schrift auf dem Schild nicht lesen.

»Sie betreten das Klostergelände auf eigene Gefahr. Wir warnen eindringlich vor herabstürzenden Ästen«, las Maike laut. Sie waren Borkowitz gefolgt und betraten den Klosterpark.

»Hier direkt hinterm Zaun hat es gelegen?«, fragte Mendelski.

»Mehr gestanden als gelegen«, erwiderte der Polizist. Mit dem Strahl seiner Taschenlampe deutete er auf den dünnen Stamm eines Feldahorns. »Es war dort angelehnt. Nicht abgeschlossen.«

»Spuren? Im Schnee?«

»Leider nein. Sie sehen's ja selbst.« Er leuchtete den Boden ab. »Die beiden Jungs haben alles zertrampelt. Sind ein paar Runden mit dem Rad gefahren. Erst danach haben sie es zum Fundbüro gebracht.«

»Das ist hier im Ort?«

»Ja, im Bürgerbüro. Am alten Bahnhof.«

»Warum sind Sie so sicher, dass es sich um das Mountainbike von dem Finnen handelt?«

Borkowitz musste schmunzeln. »Na, auch wir hier draußen können Spuren vergleichen. Die Reifenabdrücke vom Hof in Oppershausen und das Profil der Fahrradreifen stimmen überein. Es gibt da signifikante Merkmale im Stollenprofil.«

Betretenes Schweigen. Mendelski räusperte sich, als wollte er sich entschuldigen. »Wo ist das Rad denn jetzt?«, fragte er.

»Bei uns auf der Polizeistation. Sie können es nachher gern mitnehmen.«

»Das werden wir auch.« Mendelski trat einen Schritt zurück. Er schaute um sich. Sein Augenmerk konzentrierte sich auf die nähere Umgebung, auf Häuser, in denen es möglicherweise

Zeugen geben könnte. »Was uns natürlich brennend interessiert, ist, was hier letzte Nacht passiert ist«, brummte er.

»Vom Haus in Oppershausen bis hierher ist es nicht weit«, sagte Borkowitz. »Vielleicht zwei Kilometer.«

»Wie fährt man die Strecke mit dem Rad? Auf der Hauptstraße?«

»Nicht unbedingt. Ich nehme an, er ist die Mühlenstraße entlang, eine kleine Seitenstraße, und dann am Kloster vorbei.«

»Aber warum steigt er ab, schiebt sein Fahrrad in die Büsche und geht zu Fuß weiter? Ausgerechnet hier?«

Borkowitz zuckte mit den Schultern.

»Da vorne ist doch gleich die Hauptstraße«, meinte Maike. »Vielleicht hat ihn jemand mit dem Auto eingesammelt.«

Mendelski guckte sie fragend an. »Wie denn? Seine Flucht war doch spontan und hektisch. Das Handy werden ihm seine Entführer nicht gelassen haben …«

»Das Versteck«, sagte Maike. »Das Versteck in der Speisekammer in Oppershausen. Vielleicht war da ja auch ein Ersatzhandy deponiert. Darüber könnte er sich mit jemandem verabredet haben, der oder die ihn hier abholt. Auf dem einsam gelegenen Klosterparkplatz. Ist doch ein idealer Treffpunkt für Huckeduster.«

»Und wer soll dieser Jemand sein?« Mendelski blieb skeptisch. »Wir haben doch überhaupt keine Hinweise auf eine Vertrauensperson. Keine Freundin, keine Waldarbeiterkollegen, keine Landsleute weit und breit. Die beiden Finnen lebten doch hier in Deutschland ziemlich isoliert.«

»Er ist ja wohl kaum mit dem Bus gefahren«, nörgelte Maike, die von ihrer Theorie überzeugt war. Sie deutete zur Bushaltestelle auf der gegenüberliegenden Straßenseite.

»So spät fährt hier gar kein Bus mehr«, gab Borkowitz zu bedenken.

»Vielleicht ist er ja zu Fuß weiter«, überlegte Mendelski. »Weil er kurz vor seinem Ziel war und das Fahrrad nicht mehr brauchte. Es war bitterkalt. Er brauchte einen Unterschlupf.« Der Kommissar schaute in Richtung Norden. »Was liegt dort hinter dem Klosterpark?«

»Tennisplätze. Und Fußballfelder.«

»Mit Vereinsheimen?«

»Ja, natürlich.« Borkowitz warf sich in die Brust. »Die haben wir selbstverständlich bereits gecheckt. Keine Einbrüche, keine verdächtigen Fußspuren im Schnee, nichts Auffälliges. Auch die öffentliche Toilette dort drüben haben wir untersucht. Fehlanzeige.«

Mendelski nickte anerkennend. »Und der Klosterpark selbst?«

»Ebenfalls keine Auffälligkeiten.«

Maike drehte sich um hundertachtzig Grad. Sie sagte: »Kommt also doch wieder die Celler Straße ins Spiel —«

»Oder die Häuser dahinter«, fiel ihr Mendelski ins Wort. »Lasst uns mal ein paar Schritte gehen.«

Zu dritt marschierten sie die zwanzig Meter bis zur Hauptstraße. Dort blieben sie unschlüssig stehen.

Aus Richtung Ortszentrum rollte ein Auto heran, ein brauner Kombi, der abrupt abbremste.

Der Fahrer wird Borkowitz in seiner Polizeiuniform gesehen haben und eine Verkehrskontrolle befürchten, dachte sich Maike. Doch dann erkannte sie den Wagen. Es war das Auto von Henning Grube.

Der Kombi hielt direkt neben ihnen, das Seitenfenster fuhr herunter. »Sie hier?«, fragte der Förster. »In Wienhausen auf der stockdunklen Straße? Gibt's was Neues?«

»Das Fahrrad wurde gefunden«, erklärte Mendelski ohne Umschweife. »Dort drüben hinter dem Zaun.«

Henning Grube sperrte Mund und Augen auf. »Das ist ja interessant.« Er schaute in den Rückspiegel. »Warten Sie. Ich parke nur schnell den Wagen. Bin sicher, dass ich Ihnen weiterhelfen kann.«

Das Klirren ließ Lina Henke zusammenfahren.

Es kam aus der Küche. Kein Zweifel.

Sie war gerade dabei, im Schlafzimmer die Heizung höherzudrehen. Das tat sie jeden Abend, bevor sie sich zum Fernsehen ins Bett legte. Vor Schreck sank sie auf die Bettkante. Sollte der Förster doch nicht weggefahren sein? Wollte er sich jetzt rächen? Dafür, dass sie ihn weggeschickt hatte? Mit Schneeballwürfen gegen die Fensterscheiben, so wie es Mika Rahola letzte Nacht gemacht hatte. Bei ihm allerdings waren die Scheiben heil geblieben.

Wo ist die Flinte?, fragte sie sich, während sie sich umschaute. Die musste sie im Flur abgestellt haben. Im Schirmständer, aller Wahrscheinlichkeit nach.

Sie erhob sich und schleppte sich auf wackligen Beinen zur Tür. »Na warte, Bürschlein!«, murmelte sie. »Dir wird das Schneeballschmeißen noch vergehen.«

Im Flur angekommen, knipste sie das Licht an und schlurfte weiter bis zur Garderobe neben der Haustür. Dort stutzte sie. Der Schirmständer war leer.

Nanu?, überlegte sie verwundert. Wo ist denn das gute Stück?

Als sie sich umdrehte, spürte sie den Luftzug.

Eiskalte Winterluft. Sie kam aus der Küche. Aus dem Dunkeln. In der Küche brannte kein Licht.

Eine kaputte Fensterscheibe ist um diese Jahreszeit bestimmt nicht ohne, dachte Lina Henke. Teufel auch! Bei den Minusgraden kann schnell was kaputtfrieren. Und einen Glaser kriegt man um diese Uhrzeit auch nicht ans Telefon.

Nach ein paar schmerzvollen Schritten – die Knie knackten bedrohlich – hatte sie die offen stehende Küchentür erreicht. Ihre rechte Hand wanderte tastend zum Lichtschalter.

Sie knipste das Licht an und trat ein.

Ihr erster Blick fiel auf die wehende Gardine. Der zweite auf das halb geöffnete Fenster. Der dritte auf das faustgroße Loch im Fensterglas, direkt neben dem Griff.

Der Schreck und die Kälte fuhren ihr gleichermaßen in die Glieder. Reflexartig schlurfte sie auf das Fenster zu, um es zu schließen.

Hinter sich hörte sie ein Geräusch. Ein leises Klicken – und das Licht erlosch.

Sie war so überrascht, dass sie vergaß, um Hilfe zu rufen.

»Hier ist also das Fahrrad gefunden worden?«, vergewisserte sich Henning Grube.

»Richtig. Exakt hier, an dem kleinen Bäumchen da.« Borkowitz zeigte sich wenig erfreut, dass er an diesem Abend zum dritten oder vierten Mal ins Gebüsch kriechen musste – dazu noch für einen Zivilisten. Das Astwerk war voller Schnee, gefroren und dadurch widerspenstiger als sonst.

»Und Sie sind sich ganz sicher, dass es Mika Raholas Mountainbike war?«

»Jaaaa!« Borkowitz verspürte überhaupt keine Lust, die gleichen Fragen noch einmal zu beantworten. »Ganz sicher.«

»Kann ich es mir mal ansehen? Ich könnte es eindeutig identifizieren.«

»Meinetwegen auch das.«

Robert Mendelski und Maike Schnur wurden ungeduldig.

»Was wollten Sie uns denn nun sagen?«, fragte Mendelski, während er von einem Fuß auf den anderen trat. Sie standen seit mittlerweile zwanzig Minuten in der Kälte herum, dafür war sein Schuhwerk nicht ausgelegt. Er fror jämmerlich.

»Ich sag's doch.« Maike grinste schadenfroh. »Wir holen uns noch den Tod bei diesem Frost.«

»Also los, Herr Grube«, ermahnte Mendelski den Förster. »Kommen Sie zur Sache.«

»Nur nichts überstürzen«, entgegnete Henning Grube, während er wieder auf den Parkplatz trat. Mit den Stiefeln stampfte er ein paarmal auf den Boden, um den Schnee an den Füßen loszuwerden. »Sie wird Ihnen sowieso nichts verraten. Genauso wenig wie mir.«

»Wer wird uns nichts sagen?« Mendelskis Geduldsfaden war dem Reißen nahe. »Reden Sie Klartext.«

»Na, Lina Henke. Die wohnt dort drüben.« Er wies zu den Häusern auf der anderen Straßenseite. »Aber der Reihe nach.«

Henning Grube erzählte von seiner vergeblichen Suche nach den Fahrradspuren, vom Telefonat mit Hubert Warning und dessen Hinweis, dass die beiden Finnen vor Jahren einmal hier an der Celler Straße gewohnt hätten. Bei der mittlerweile fünfundachtzigjährigen, allein lebenden Witwe Lina Henke.

Für wenige Monate, bis sie in Oppershausen ein geeignetes Areal für sich und ihren Fuhrpark gefunden hatten.

»Und Sie sind bei der Frau gewesen?«, fragte Mendelski.

»Ja, gerade eben.« Der Förster sah auf seine Armbanduhr. »Vor nicht mal zehn Minuten. Sie hat mich allerdings abgewiesen, hat nur durch einen Spalt im Fenster mit mir gesprochen. Angeblich weiß sie nichts von Mika. Ich hab sie gar nicht zu Gesicht bekommen. War also umsonst, oder zumindest dachte ich das.« Er drehte sich zur Celler Straße um. »Erst habe ich ihr ja geglaubt, aber jetzt, nachdem hier das Fahrrad gefunden wurde, muss ich meine Meinung wohl revidieren.«

»Können Sie uns hinführen?«, bat Mendelski. Die neue Nachricht hatte seine Lebensgeister geweckt. An die kalten Füße dachte er nicht mehr.

»Klar kann ich das. Bloß – Sie sollten vorher das SEK benachrichtigen. Die Frau ist bewaffnet.«

»Wie bitte?«

»Die hat mir mit einer Doppelflinte gedroht. Das klang ernst. Wenn wir jetzt da noch mal auftauchen … wer weiß, was sie dann anstellt.«

»Hallo? Die Frau ist fünfundachtzig«, gab Maike zu bedenken. »Bleiben Sie auf dem Teppich.«

»Na, dann probieren Sie es doch.« Trotzig verschränkte Henning Grube seine Arme vor der Brust.

»Wir brauchen Verstärkung«, sagte Mendelski an Borkowitz gewandt. Der staunte. »Nein, nicht das SEK«, erläuterte der Kommissar. »Und nicht wegen der Flinte in den Händen einer alten Frau. Sondern für den Fall, dass der Finne im Haus ist. Wir dürfen ihn nicht noch mal entwischen lassen.«

»Klar.« Borkowitz hatte verstanden. »Zwei Streifen. Das geht schnell.«

Mendelski gab Maike einen Wink.

»Dann los.«

Lina Henke saß auf einem der Sessel in der Stube. Sie hatte nicht erwartet, heute Abend noch mehr Besuch zu bekommen, und sich für die Fernsehnacht im Bett vorbereitet. So trug sie ihr

lindgrünes Winternachthemd, darüber den warmen Frottee-
bademantel, dicke Wollsocken und Filzpuschen. Ihren Dutt
hatte sie gelöst, das dünne graue Haar hing ihr in Strähnen auf
die Schultern.

Trotzig schaute sie an ihren Besuchern vorbei. Als ob die
beiden Männer gar nicht da wären. Sie starrte auf das Ölge-
mälde über dem Sofa – auf den balzenden Birkhahn in einer
romantischen Heidelandschaft.

In der Stube herrschte bedrohliche Stille. Die Vorhänge waren zugezogen, die Tür zum Flur stand sperrangelweit offen.
Ein nur zur Hälfte eingeschalteter Kristallkronleuchter verbrei-
tete schummriges Licht.

Die beiden Männer standen vor ihr. Breitbeinig und an-
griffslustig. Sie waren maskiert. Der eine mit einer schwarzen
Sturmhaube, der andere mit einer grauen Wollmütze, in die
zwei Sehschlitze geschnitten waren. Ihre Hände steckten in
abgewetzten Lederhandschuhen.

Sturmhaube fuchtelte ungeduldig mit ihrer Flinte herum.
Das breite Paketklebeband in den Händen des anderen verhieß
ebenfalls nichts Gutes.

»Wir warten«, sagte Wollmütze.

Sie kniff ihre dünnen Lippen fest zusammen. Und drehte
den Kopf noch weiter zur Seite. Im gleichen Augenblick spürte
sie etwas Hartes und Kaltes an ihrer Schläfe. Die Mündung der
Schrotflinte.

»Wo ist der Finne mit dem Auto hin?«, zischte Sturmhaube.
»Los Oma, spuck's endlich aus.«

Lina Henke holte tief Luft. »Ich sagte es schon«, erwiderte sie
mit fester Stimme. »Zehn Mal bestimmt. Ich weiß es nicht! Ich
weiß es nicht! Ich weiß es nicht! So, jetzt sind es dreizehn Mal.«

»Verdammte alte Hexe!«, schimpfte Wollmütze. Er griff nach
ihrem rechten Oberarm und drückte zu. »Du lügst doch wie
gedruckt.«

Vergeblich versuchte sie, sich loszureißen. »Sie können mir
drohen, Sie können mich sogar foltern«, krächzte sie. »Das nützt
alles nichts. Herr Rahola war so schlau, mir nicht zu erzählen,
wohin er wollte.«

»Erzähl doch keine Märchen. Kein Mensch verleiht sein Auto, ohne zu wissen, was derjenige damit vorhat.«

»Doch.«

Sturmhaube nahm den Flintenlauf von ihrer Schläfe, senkte das brünierte Eisen ein Stück, um es an ihrem Hals erneut anzusetzen. Die beiden Mündungslöcher pressten sich in ihre faltige Haut unter dem linken Ohr.

»Was haste denn dem Förster gesagt, der gerade hier war?«

»So ... so kann ich nicht antworten.« Ihr Kopf neigte sich zur Seite, die Stimme klang gequält.

Er zog die Waffe wenige Zentimeter zurück.

»Dasselbe wie Ihnen«, brummte sie kaum hörbar. »Dass ich nicht weiß, wo Mika Rahola ist.«

»Etwas lauter, bitte schön!« Sturmhaube beugte sich vor. »Warum kam er denn ausgerechnet hierher?«

»Das kann ich Ihnen sagen.«

»So?« Er wurde immer wütender. »Dann sag's gefälligst.«

»Hubert Warning, der alte Förster, hat's ihm erzählt.«

»Was?«

»Na, dass die Finnen mal hier gewohnt haben.«

»Und dann hat er sich das selbst zusammengereimt? Dass der Bursche nach dem Unfall letzte Nacht hierhergekommen ist?«

»Muss wohl.«

Sturmhaube grunzte ungläubig und machte eine kurze Verschnaufpause.

Wollmütze ergriff das Wort. »Was für ein Auto is 'n das überhaupt?«, fragte er.

»Ein Mazda.«

»Modell?«

»Weiß ich nicht genau«, antwortete Lina Henke patzig. »Mazda 323, glaube ich.«

»Farbe?«

»Rot.«

»Kennzeichen?«

Lina Henke winkte ab. »Kann ich mir nicht merken.«

»Was? Das kannste —«

Da klingelte das Telefon.

Alle drei starrten auf den Apparat, der auf einer Anrichte neben der Tür stand.

Es klingelte ein zweites Mal.

»Das könnte der Finne sein«, raunte Wollmütze.

Es klingelte zum dritten Mal.

Sturmhaube ging zur Anrichte und schaute sich die Knöpfe am Telefon an. »Wo stellt man hier auf laut?«, fragte er.

Lina Henke schnaufte unwillig. »Unten rechts.«

Es klingelte zum vierten Mal.

Sturmhaube reichte ihr den Hörer. »Ein falsches Wort und ich blas dir den Kopf weg.«

Mit dem zitternden Zeigefinger ihrer dürren Hand drückte sie auf die grüne Taste.

»Henke«, meldete sie sich zaghaft.

»Schrader, Fachkommissariat 2, Polizeiinspektion Celle.« Es war eine sonore Männerstimme. »Entschuldigen Sie die späte Störung. Spreche ich mit Frau Lina Henke?«

Die Mündung der Flinte bohrte sich unter ihr Kinn.

»Ja«, krähte sie.

»Sind Sie der Halter eines Pkw Mazda mit dem Kennzeichen CE-FI 40?«

»Ja.«

»Vermissen Sie Ihr Auto?«

»Nein.«

»Ist der Wagen bei Ihnen zu Hause?«

»Nein.«

Schrader machte eine kurze Pause. Ihn schien die Einsilbigkeit seiner Gesprächspartnerin zu irritieren. »Haben Sie ihn etwa verliehen?«, fragte er weiter.

»Ja.«

Erneut machte der Beamte eine Pause. Er schien zu überlegen.

»Frau Henke, ist Ihnen nicht gut?« Seine Tonlage hatte gewechselt. Von geschäftlich-nüchtern zu umgänglich-besorgt.

Jetzt legte Lina Henke eine Pause ein. Sofort wurde der Druck der Flinte stärker.

»Doch …« Sie schluckte. »Mir … mir geht's gut.«

»Ihr Auto wurde nämlich in Schweden gesichtet«, fuhr der Polizist fort. »Der Mazda ist der Stockholmer Autobahnpolizei aufgefallen.«

Sturmhaube und Wollmütze wechselten einen überraschten Blick. Damit schienen sie nicht gerechnet zu haben.

»Ja, und?« Lina Henke bekam wieder Oberwasser. Ihr Auto war in Schweden, Mika Rahola weit, weit weg. In Sicherheit vor den Gangstern. In Sicherheit vor der deutschen Polizei. Gut so.

»Er fuhr etwas auffällig. Deshalb haben die schwedischen Kollegen bei uns eine Halterabfrage veranlasst. Wir wollten nur sichergehen, dass der Wagen nicht gestohlen wurde.«

»Wurde er nicht.«

Schrader schien mit seiner Befragung durch zu sein. »Dann entschuldigen Sie noch einmal die Störung«, sagte er freundlich. »Sie können Ihren Wagen natürlich verleihen, an wen Sie wollen. Ich wünsche Ihnen einen schönen Abend. Gute Nacht.«

»Ich —« Doch Lina Henke konnte den Satz nicht beenden. Sturmhaube hatte ihr den Hörer entrissen und auf den roten Knopf gedrückt.

»In Schweden ...«, murmelte er, während er einen Schritt zurücktrat. »Dieses Aas! Dieses widerliche, miese Aas!« Den Flintenlauf ließ er auf den Boden sinken. In Gedanken schien er die Landkarte von Skandinavien abzufahren. »Stockholm ...«, sagte er wie im Selbstgespräch. »Das liegt doch an der Ostsee, etwa in der Mitte von Schweden. Und auf der anderen Seite ... da liegt Finnland.« Er sah auf. »Wenn der Hosenscheißer man nicht nach Hause zu Mama und Papa will!«

»Wir haben doch noch die Adressen —«, begann Wollmütze.

»*Shut up!*«, unterbrach ihn Sturmhaube. Er war außer sich. »Behalt's für dich. Fessel lieber die Alte.«

Wollmütze fummelte unbeholfen an der Rolle Paketband. Die Handschuhe bereiteten ihm dabei erhebliche Schwierigkeiten.

Lina Henke ahnte, was die beiden vorhatten. Sie versuchte, sich von ihrem Sessel zu erheben. »Sie werden doch nicht ...«

»Doch, werden wir.« Sturmhaube drückte sie mit dem Lauf der Flinte zurück in den Sessel. »Sitzen bleiben. Mund zu.«

»Ich bin doch eine —«

Das Schellen an der Haustür ließ alle erstarren.

Sturmhaube reagierte als Erster. Er entriss Wollmütze das Stück Klebeband, das dieser gerade mit Mühe von der Rolle gezogen hatte, und wickelte es Lina Henke um den Kopf. Brutal und rücksichtslos. Das breite Band verschloss ihren Mund.

In ihren Augen stand Panik. Sie wagte es nicht, sich zu rühren.

Sturmhaube eilte zum Lichtschalter und knipste das Licht aus.

Wieder schellte es. Länger dieses Mal.

Ein schwacher Lichtschimmer aus dem beleuchteten Flur drang durch die offen stehende Tür der Stube. Sturmhaube und Wollmütze standen still und lauschten.

Da waren Stimmen vor der Haustür. Tiefe und helle. Männliche und weibliche. Sie unterhielten sich.

Ein drittes Mal wurde geschellt.

Eine tiefe männliche Stimme rief: »Frau Henke, öffnen Sie! Hier ist die Polizei!«

Sturmhaube und Wollmütze erstarrten ein weiteres Mal. Aber nur für einen kurzen Moment.

»Abflug!«, zischte Sturmhaube. »Los, weg, bevor's zu spät ist.«

Wollmütze war schon im nächsten Augenblick zur Tür raus.

Sturmhaube machte noch einmal auf dem Absatz kehrt. Er hatte die Flinte jetzt umgedreht, hielt sie an den Läufen. Einem Baseballschläger gleich wirbelte er den Kolben durch die Luft und zielte auf Lina Henkes Kopf.

Instinktiv ließ sie sich zur Seite fallen. Auf die Sessellehne. Wäre sie nicht so geistesgegenwärtig gewesen, hätte der Schlag ihren Schädel zertrümmert. So traf Sturmhaube nur ihre Schulter. Das Schlüsselbein gab mit einem lauten Knacken nach, ein stechender Schmerz durchfuhr ihren gesamten Oberkörper. Ihr wurde schwarz vor Augen.

Sturmhaube warf die Flinte aufs Sofa und rannte hinaus.

»Los, aufbrechen!«, forderte Robert Mendelski seinen Kollegen auf. »Da stimmt was nicht.«

»Diese Haustür? Die ist aus Eiche.« Borkowitz betastete den Rahmen und das robuste Schloss. »Deutsche Wertarbeit. Können wir nicht anders …« Ohne eine Antwort abzuwarten, war er auch schon um die Hausecke verschwunden.

»Eben war sie noch an das kleine Fenster gekommen«, erklärte Henning Grube, der hinter Mendelski und Maike Schnur stand. »Und sie machte einen putzmunteren Eindruck.«

»Vielleicht hat sie ihr Hörgerät ausgeschaltet«, meinte Maike. »Oder sie guckt Fernsehen bei voller Lautstärke.«

»Das würden wir doch hören«, konterte Mendelski. »Sie wird durch Herrn Grubes Besuch vorhin besonders misstrauisch sein. Wahrscheinlich ruft sie gerade die 110 an.«

»Das wär's ja.« Maike verdrehte die Augen. »Hoffentlich hält sie Borkowitz nicht für einen Einbrecher und schießt ihn übern Haufen.«

Mendelski wandte sich an den Förster. »Sie sagten, es sei eine Doppelflinte?«

»Genau. Eine Querflinte.«

»Sind Sie sicher, dass sie es mit der Waffe ernst meinte?«

»Ich glaub schon.«

Mendelski drückte sein Ohr an das Holz der Haustür, um zu lauschen. Sorgenfalten bildeten sich auf seiner Stirn. Er fragte: »Was treibt denn der Borkowitz nur so lange?«

Da ging im Flur das Licht an. Schnelle Schritte näherten sich. Der Schlüssel drehte sich im Schloss, ein Riegel wurde zurückgeschoben.

Die Haustür flog auf.

»Schnell. Wir brauchen einen Notarzt!«, rief Borkowitz. »Frau Henke … sie ist schwer verletzt.«

»Päivää, päivää!« Laut begrüßte Mika Rahola sein Heimatland, als er den Mazda von der Fähre lenkte. Er hatte die finnische Hafenstadt Turku erreicht. Doch dass er allein im Auto saß, dass Niilo nicht wie gewohnt mit ihm fuhr, machte ihn traurig. Ein dicker Kloß in seinem Hals ließ ihn heftig schlucken.

Die Stimme aus dem Autoradio verkündete Datum und Uhrzeit: Es war Donnerstag, der 5. Dezember, acht Uhr. Wegen starker Ostwinde war die Fähre der Viking Line mit einer halben Stunde Verspätung in Turku eingelaufen. Die Überfahrt von Stockholm hatte anstatt zehneinhalb gut elf Stunden gedauert.

Dunkelheit lag über dem Hafen. Die Sonne würde sich – wenn die Bewölkung ihr eine Lücke ließ – frühestens um neun Uhr fünfzehn zeigen. Das war unangenehm in Skandinavien: die langen, dunklen Tage im Winter. Mika hatte den Sonnenschein in Deutschland zu schätzen gelernt. Die Helligkeit im Winter bescherte ihm mehr Lebensfreude als die düsteren Lichtverhältnisse daheim.

Leichter Schneegriesel ging über Finnlands ältester und drittgrößter Stadt nieder. Der scharfe Wind blies bitterkalte Luft vom Norden Russlands herüber. Da im Mazda kein Außenthermometer eingebaut war, schätzte Mika die Minusgrade. Er tippte auf mindestens zehn Grad unter null, gefühlt minus fünfzehn.

Die Autoschlange, die sich durch das Hafengelände quälte, bestand in der Mehrzahl aus schweren Trucks. Noch hier in Turku musste er sich entscheiden zwischen der Südroute über den Großraum Helsinki und Lahti und der Nordvariante, die über Forssa und Hämeenlinna nach Mikkeli führte. Erstere war etwas länger, erlaubte aber wegen der Schnellstraßen ein höheres Reisetempo. Die zweite, landschaftlich reizvollere Strecke hatte er in den letzten Jahren selten befahren, da er stets in Eile war, wenn er schon mal in seine Heimat fuhr.

Jetzt hatte er Zeit. Auch wegen seiner deprimierten Gemütslage und der angeschlagenen körperlichen Verfassung entschied er sich für die ruhigere, verkehrsärmere Nordroute. Für die vierhundertvierzig Kilometer bis zu seinem Elternhaus in Savonlinna rechnete er mit mindestens sieben Stunden Fahrzeit.

An der Ausfallstraße Richtung Lieto stoppte er an einer Neste-Oil-Tankstelle, um zu tanken; die Tankuhr stand schon seit einigen Kilometern auf Reserve. Außerdem wollte er sich einen Coffee to go und eine Tüte *korvapuusti* holen. Nicht nur wegen des lustigen Namens – übersetzt bedeutet *korvapuusti* »Ohrfeigen« – aß er die Zimtschnecken am liebsten. Diese zuckrig-klebrigen Küchlein mit dem unvergleichbaren Geschmack gab es so nur in Finnland.

Als er im Tankstellenshop an der Kasse stand, fiel sein Blick auf die ausgelegten Tageszeitungen. Die »ILTALEHTI«, das auflagenstärkste Boulevardblatt Finnlands, brachte auf ihrer Titelseite neben einem Foto vom syrischen Bürgerkrieg die Schlagzeile: *»Suomalainen metsätyöntekijä murhattu Saksassa.«*

Mit zitternder Hand griff er zu, bezahlte und verließ die Tankstelle.

Hastig fuhr er den Mazda ein Stück zur Seite, zum Servicepoint mit Staubsaugerautomat und Druckluftschlauch für die Reifen. An frostfreien Tagen stand hier auch Wasser zum Putzen der Scheiben bereit, jetzt im Winter gab es das nur im beheizten Shop.

Doch Mika wollte nur die Zeitung lesen. Insbesondere den Artikel auf Seite fünf, den die Schlagzeile auf der Titelseite ankündigte: »Finnischer Waldarbeiter in Deutschland getötet.«

Hannover, Deutschland – Am vergangenen Montag, den 2. Dezember, ist es in einem Wald in der Nähe der norddeutschen Kleinstadt Celle zu einem beispiellosen Zwischenfall gekommen. Der finnische Waldarbeiter Niilo H. aus Parikkala wurde von einem Harvester geköpft. Die ermittelnden Polizeibehörden schließen einen Arbeitsunfall aus. Der Getötete arbeitete seit mehreren Jahren als Maschinist in der Forstwirtschaft in Deutsch-

land. Bislang steht nicht fest, ob es sich um eine vorsätzliche Tat, ein Unglück oder ein makabres Spiel mit tödlichem Ausgang handelt. Weitere Angaben machte die Kriminalpolizei in Celle aus ermittlungstechnischen Gründen nicht. Als mögliche Zeugen dringend gesucht werden die Deutschen Frank S. und Lutz W. sowie Mika R., der finnische Kollege des Getöteten, gebürtig in Savonlinna.

Voller Wut und Verzweiflung knüllte Mika Rahola die Zeitung zusammen. »Als Zeuge … so ein Quatsch!«, schimpfte er laut. Die suchen mich als Mörder, dachte er. Ist doch klar.

Schlimm, dass die Nachricht schon bis nach Finnland durchgedrungen war. Und dass die Geschichte es sogar auf die Titelseite einer der größten finnischen Zeitungen gebracht hatte, machte es noch übler. Eine Horrorstory mit abgesägtem Kopf und flüchtigem Täter war für die Sensationspresse natürlich Gold wert.

Die Folgen für ihn waren jedoch verheerend. Jetzt gab es auch in seinem Heimatland keine Sicherheit mehr. Bestimmt war die finnische Polizei längst alarmiert und fahndete nach ihm. Also kam es kaum noch in Betracht, sich bei seinen Eltern in Savonlinna blicken zu lassen. Nur gut, dass er dort noch nicht angerufen hatte.

Trotzdem – es war richtig gewesen, nach Finnland zu fliehen. In Deutschland hätten sie ihn über kurz oder lang geschnappt und eingesperrt. Oder er wäre den Gangstern wieder in die Hände gefallen. Hier dagegen bewegte er sich auf heimischem Terrain. In Finnland gab es unendlich viele Möglichkeiten, sich zu verstecken. Dank seiner jahrelangen Tätigkeit im Wald kannte er einsame Häuser und Jagdhütten zuhauf. Er würde sich eine besonders abgelegene Bleibe suchen und erst mal eine Weile untertauchen.

Aber er durfte Wollmütze und Sturmhaube nicht vergessen. Die würden nicht so leicht aufgeben. Wie hießen die noch gleich? Er fischte die zerknüllte Zeitung aus dem Fußraum des Beifahrersitzes und glättete das Papier wieder. Frank S. und Lutz W. Wenn stimmte, was in der Zeitung stand, liefen die immer noch frei herum. Was, wenn sie ihm bis nach Finnland folgten?

An der Service-Station tauchte neben ihm ein Auto auf. Ein dunkelblauer Saab 9000 CC. Eine Frau in einem schneeweißen Daunenmantel stieg aus und machte sich mit dem Münzstaubsauger am Kofferraum zu schaffen. Zwei halbwüchsige Jungs auf der Rückbank schauten aus dem Fenster. Neugierig musterten sie ihn und das Auto mit den deutschen Nummernschildern.

Verunsichert legte Mika die Zeitung beiseite, ließ den Motor an und verließ das Tankstellengelände. Höchste Zeit, sich ein finnisches Kfz-Kennzeichen zu besorgen.

Als Heiko Strunz anrief, saß Mendelski noch zusammen mit Carmen am Frühstückstisch. Lina Henke sei aus der Intensivstation entlassen worden und ansprechbar. Mendelski setzte sich umgehend mit Maike Schnur in Verbindung, und sie verabredeten sich in der Eingangshalle des Allgemeinen Krankenhauses in Celle.

Um fünf nach neun trafen beide nahezu zeitgleich am Haupteingang des AKH ein. Mit rotem Gesicht stieg Maike vom Fahrrad. Trotz des kalten Winterwetters – im Wetterbericht war erneut von einem klaren Frosttag die Rede gewesen – hatte sie das Auto stehen lassen.

»Das hätte ich besser auch tun sollen«, brummte Mendelski, während er ihr den Vortritt ließ. »Hier einen freien Parkplatz zu finden, ist eine Katastrophe.«

»Täte dir ganz gut.« Sie pikste ihn mit dem Zeigefinger in die Hüfte. »Oder mit dem Rad von Boye in die Jägerstraße …«

Er wich zur Seite. »Mit dem Drahtesel ins Büro? Das ist schon ein beachtliches Stück.«

»Ach komm!«

»Viereinhalb Kilometer immerhin«, gab er zu bedenken. »Und das ist nur eine Strecke. Macht zusammen, also hin und zurück –«

»Das kann ich allein ausrechnen«, unterbrach sie ihn. »Pah, gerade mal neun Kilometer am Tag. Das schaffst du doch mit links.«

Sie passierten den Infoschalter. »Weißt du, wo wir hinmüssen?«, fragte Maike.

»Ja. Heiko sagte, sie liegt auf Station UR 12 – im zweiten Stock.«

Sie erwischten einen freien Fahrstuhl.

»Außerdem … da gibt's doch jetzt diese E-Bikes«, bohrte Maike weiter, während sich die Aufzugtüren schlossen und die Kabine in die zweite Etage fuhr. »Für Leute wie dich. Für die angehenden Sechziger.«

»Wie witzig!«, knurrte er bissig. »So weit ist es noch nicht. Meine paar Fahrradkilometer schaffe ich auch ohne Zusatzmotor.«

»Na denn.«

Nachdem sie den Fahrstuhl verlassen hatten, folgten sie der Beschilderung zur Station UR 12. Ihr Ziel war das Schwesternzimmer, wo sie sich nach der Zimmernummer erkundigen wollten. Dort trafen sie den behandelnden Arzt, der gerade die morgendliche Visite vorbereitete.

»Frau Henke hat riesiges Glück gehabt«, erklärte der Chirurg. »Außer der Clavicula-Fraktur, einem glatten Bruch des Schlüsselbeins, brauchten wir uns nur um einige Hämatome zu kümmern. Die sind allerdings heftig und in ihrem Alter umso schlimmer.«

»Ja, das hätte böse enden können«, bestätigte Mendelski. »Als wir sie fanden, befürchten wir schon, zu spät gekommen zu sein. Der Gewehrkolben hat ihren Kopf wohl nur um Zentimeter verfehlt. Vermutlich hat die Rückenlehne des Sessels, in dem sie saß, den Schlag abgeschwächt oder abgefangen.«

»Sonst wäre von ihr nicht viel zu behandeln übrig geblieben – so zierlich, wie die alte Dame ist«, bemerkte der Arzt mit leichtem Sarkasmus. »Haben Sie schon eine Ahnung, wer das getan hat?«

»Mehr als das, wir wissen ziemlich genau Bescheid. Aber trotz Großfahndung haben wir die Kerle noch nicht geschnappt.«

»Also bleibt es beim Personenschutz für Lina Henke.«

»Richtig. Ich hoffe, es macht keine Umstände.«

»Nein, nein. Scheint ja notwendig zu sein.« Der Arzt trat

auf den Gang hinaus. »Sie können jetzt zu ihr. Die Infusion läuft zwar noch, außerdem haben wir ihr eine Schulterbandage angelegt, aber sonst ist sie erstaunlich fit.«

Am Ende des Ganges hielt ein Polizist vor einem Krankenzimmer Wache. Nachdem Mendelski und Schnur sich bei dem Kollegen ausgewiesen hatten, klopften sie an und traten ein.

In der Mitte des geräumigen Zimmers stand ein einzelnes Bett. Lina Henke lag auf dem Rücken, das Kopfteil war schräg gestellt. Ein Stoffband hielt ihr dünnes Haar zusammen.

Die beiden Kriminalbeamten schlossen die Tür hinter sich, und Mendelski stellte sich und seine Kollegin vor, beide zeigten ihre Dienstausweise.

»Du meine Güte!«, krächzte Lina Henke. »Die Kriminalpolizei. Bin ich denn so wichtig?«

»Ja, das sind Sie, Frau Henke«, erwiderte Mendelski. »Dürfen wir uns einen Moment setzen und Ihnen ein paar Fragen stellen?«

»Wenn's denn sein muss.« Lina Henke guckte gequält. Mit dem freien Arm deutete sie auf den Tropf. »Aber ich muss Sie warnen: Ich stehe unter Drogen. Wenn ich Ihnen da nur keinen Quatsch erzähle …«

»Sicher nicht.« Mendelski musste schmunzeln. Maike und er schoben sich zwei Stühle, die an der Wand an einem Tisch standen, neben das Bett.

»Darf ich das Gespräch aufnehmen?«, fragte der Kommissar und hielt ein Diktiergerät hoch.

»Nur zu.« Sie machte die Andeutung eines Nickens. »Sie müssen sich aber beeilen. Gleich ist Visite. Hat jedenfalls die Schwester gesagt.«

»Es wird nicht lange dauern.« Mendelski schaltete sein Aufnahmegerät ein und legte es auf den Nachttisch. »Frau Henke, können Sie sich noch an den gestrigen Abend erinnern?«

»Aber natürlich.« Das klang entrüstet. »Ich bin doch nicht senil.«

»Würden Sie uns bitte erzählen, was genau passiert ist?«

Lina Henke versuchte, sich ein wenig aufzurichten, was ihr wegen der Schulterbandage jedoch nicht gelang. Entnervt ließ sie den Kopf zurück ins Kissen sinken.

»Also erst kam ein junger Mann«, begann sie und versuchte, sich zu sammeln. Ihr Blick war gen Zimmerdecke gerichtet. »Das war so gegen sechs. Den kannte ich aber nicht und hab ihn auch nicht reingelassen. Sie müssen wissen, da bin ich ein gebranntes Kind ... Hatte da mal 'ne unschöne Begegnung. Aber das ist eine andere Geschichte.«

»Deshalb also die Flinte?«

»Genau. Jedenfalls ließ ich ihn draußen vor der Haustür stehen. Er musste mir durchs Fenster sagen, was er wollte. Sein Name war ...« Um Konzentration bemüht schaute sie aus dem Fenster.

»Grube vielleicht? Henning Grube?«

»Hm, könnte sein. Er hat behauptet, er sei Förster.«

»So ein großer mit Wuschelkopf?«, fragte Mendelski.

»Hab ihn nicht gesehen. Jedenfalls wollte er wissen, ob sein Mitarbeiter bei mir wäre, Mika Rahola aus Finnland. Der hat vor Jahren mal bei mir zur Untermiete gewohnt.«

»Und? Konnten Sie ihm helfen?«

»Nein. Danach ist er wieder abgezogen.«

»Und dann? Wie ging's weiter?«

Lina Henke holte tief Luft, ehe sie fortfuhr: »Keine fünf Minuten später standen dann plötzlich diese Ganoven in meiner Küche. Das war vielleicht ein Schreck, sag ich Ihnen. Die hatten das Fenster eingeschlagen und sind einfach reingeklettert. Maskiert waren die, mit so Gangsterhauben. Und meine Flinte hatten sie sich gegriffen. Ich hatte keine Chance.«

»Was wollten die von Ihnen?«

»Dasselbe wie der junge Förster. Fragten nach Mika Rahola.«

»Waren das Deutsche?«, wollte Maike wissen.

»Ich glaub schon. Sie sprachen jedenfalls Hochdeutsch. Ohne Akzent.«

»Wie ging's weiter?«

»Ich habe denen nichts gesagt. Schon allein, weil ich zu dem Zeitpunkt gar nicht wusste, wo sich der Mika aufhält.«

»Zu dem Zeitpunkt?« Mendelski war hellhörig geworden. »Aber inzwischen wissen Sie das?«

»Geduld, junger Mann. Geduld! Immer der Reihe nach.«

Lina Henke hatte den Zeigfinger gehoben. »Da kam nämlich dieser Anruf«, sagte sie nach kurzer Verschnaufpause. »Von Ihren Kollegen aus Celle. Aus der Jägerstraße. Das war natürlich saudämlich. Weil … die beiden Ganoven haben über den Lautsprecher alles mitgehört.«

»Wie bitte?« Mendelski und Maike schauten sich verwundert an. »Wer hat bei Ihnen angerufen?«

»Na, die Kriminalpolizei Celle. Wegen meines Autos. Ihr Kollege … den Namen hab ich vergessen … der wollte jedenfalls wissen, ob ich den Mazda verliehen habe. Der Wagen sei nämlich aufgefallen – in Schweden.«

»In Schweden? Ihr Auto?« Mendelski beugte sich vor, um sicher zu sein, dass er richtig gehört hatte. »Frau Henke, das müssen Sie uns etwas genauer erklären.«

Wie bringe ich das nur Annika bei?

Mit der linken Hand raufte sich Henning Grube seine wilde Lockenmähne. Seine rechte umklammerte das Lenkrad seines Kombis. Der Wagen raste mit hoher Geschwindigkeit über den Waldweg, sodass der Schnee aufgewirbelt wurde.

Den Abschied vom Schwedenhaus-Traum samt Land Rover und all dem anderen Schnickschnack konnte er – auch wenn es schwerfiel – noch ertragen. Doch auf die Thailandreise mit seiner heiß und innig geliebten Annika zu verzichten, das schmerzte ihn schon. Zumal die Flugtermine bereits feststanden und die Anzahlung längst überwiesen war.

Sie wird es verstehen, redete er sich ein. Und sie wird mir verzeihen. Denn sie liebt mich. Wir werden ein anderes Mal nach Thailand reisen. Wenn ich eine feste Anstellung habe und endlich genügend Geld verdiene. Oder wenn wir heiraten. Ja, machte er sich Mut, das ist eine gute Idee. Thailand wird das Ziel unserer Hochzeitsreise. Außerdem werde ich ihr eines Tages die Wahrheit sagen, die ganze Wahrheit über diese verrückte Geschichte. Und dann wird alles gut.

An der nächsten Waldwegekreuzung bog Henning Grube nach rechts in einen schmalen Forstweg ab. Bis auf ein paar Rehfährten sah die Schneedecke dort noch jungfräulich aus.

Bisher hatten kein Fahrzeug und kein Spaziergänger ihre Spuren hinterlassen.

»So weit die Nachrichten. Und nun das Wetter.«

Henning Grube drehte das Autoradio lauter.

»Das Zwischenhoch mit Zentrum über Norddeutschland schwächt sich ab. Ihm folgt ein Tiefausläufer, der von Südwesten feuchtwarme Luftmassen mit dichten Wolken in unser Sendegebiet führt. Für den Abend und die kommende Nacht ist mit Tauwetter und mit zum Teil lang anhaltendem Regen zu rechnen ...«

»Na, wenigstens etwas«, kommentierte Henning Grube die Vorhersage und stellte das Radio wieder leiser. Das Tauwetter würde helfen, die Spuren zu tilgen. Spuren, die er unweigerlich hinterlassen würde, wenn er sein Vorhaben durchführte.

Die halbe Nacht hatte er wieder wach gelegen und sich den Kopf zermartert. Nach Niilo und Mika war mit Lina Henke eine weitere unschuldige Person in die Sache hineingezogen worden. Die Frau hatte bei dem Überfall Riesenglück gehabt, trotzdem lag sie nun schwer verletzt im Krankenhaus. Das hätte schlimm ausgehen können.

Ihm blieb keine andere Wahl mehr. Er musste handeln.

Vorgestern, am Dienstagmorgen, hatte er Hals über Kopf der Polizeiinspektion Celle einen Besuch abgestattet, um mit einer Selbstanzeige reinen Tisch zu machen – und gottlob noch die Kurve gekriegt. Gestern hatte er einen neuen Plan ausgeheckt. Einen Plan, der es der Polizei ermöglichen würde, den Fall rasch aufzuklären und weiteres Blutvergießen zu verhindern. Und obendrein würde er relativ unbeschadet aus der ganzen Sache herauskommen – wenn alles klappte.

Henning Grube trat auf die Bremse. Beinahe wäre er an der Stelle vorbeigefahren, an der eine keilförmige weiße Farbmarkierung an einer Rotfichte den Beginn einer Rückegasse markierte. Von hier aus ging es zu Fuß weiter.

Obwohl er nicht damit rechnete, hier auf Spaziergänger oder Jäger zu treffen – in dieser Gegend hatte Dr. Wimmer weder Hochsitz noch Kirrplatz –, bog er vom Waldweg ab und parkte den Wagen in der Rückegasse.

Er nahm das Fernglas, das griffbereit auf dem Beifahrersitz lag, und stieg aus. Nachdem er sich vergewissert hatte, dass weit und breit keine Menschenseele zu sehen war, ging er zur Heckklappe und öffnete sie. Unter Gummistiefeln, Kluppen und Kartons mit Markierungsfarbe bugsierte er einen Spaten hervor.

Behutsam und leise, als würde er zur Ansitzjagd aufbrechen, drückte Henning Grube die Heckklappe ins Schloss. Mit einem Klick des Autoschlüssels aktivierte er die Zentralverriegelung.

Bevor er auf der Rückegasse tiefer in den Wald lief, brach er einen armlangen Ast von einer Fichte. Damit wollte er nachher seine Spuren verwischen. Den Rest würde das für die kommende Nacht angekündigte Tauwetter erledigen.

»Die Finnen, die Schweden, die Dänen, Interpol und das LKA – mehr geht nicht.« Kriminaldirektor Steigenberger nahm die Finger seiner rechten Hand zu Hilfe, um die Aufzählung zu unterstreichen. »Wir haben alle unterrichtet. Das Amtshilfeersuchen ist raus, die internationale Fahndung läuft. Die nach Mika Rahola, Frank Soyka und Lutz Wehmeier – und die nach dem Mazda von Lina Henke.«

Es war kurz vor Mittag. Die Mitglieder der Mordkommission Klosterforst hatten sich im Besprechungsraum des Fachkommissariats 1 versammelt. Der Beamer warf eine Landkarte von Skandinavien an die Wand.

»Sind die Eltern von Mika Rahola informiert?«, fragte Mendelski. »Lina Henke meinte, die Ganoven hätten vermutlich die Adresse.«

»Die finnischen Kollegen wissen Bescheid«, erwiderte Steigenberger. »Soweit ich weiß, kümmern sie sich darum.«

Maike Schnur erhob sich und trat an die Leinwand. »Nach unseren Recherchen beim Fährbetrieb Viking Line ist der Mazda von Lina Henke heute Morgen gegen acht Uhr in Finnland eingetroffen, in Turku, einer Hafenstadt im Südwesten von Finnland.« Mit der Fernbedienung warf sie einen roten Pfeil auf die Landkarte. »Im Wagen saß ein einzelner männlicher Passagier. Wir gehen davon aus, dass es sich dabei um Mika Rahola handelte.«

»Keine Passkontrolle?«, fragte Heiko Strunz.

»Ist dort nicht die Regel. Wer aus einem EU-Land kommt, wird in Finnland kaum kontrolliert.«

»Das machen die in Dänemark und Schweden ähnlich«, erklärte Jo Kleinschmidt. »Soyka und Wehmeier könnten also mit dem Auto ebenfalls unbehelligt bis nach Finnland fahren —«

»Dazu später mehr«, unterbrach ihn Mendelski. »Lasst uns erst mal bei Mika Rahola bleiben. Bitte, Maike.«

Sie wandte sich wieder der Landkarte zu. »Hier, im Osten von Finnland, in Savonlinna, liegt der Heimatort von Mika Rahola. Das sind von Turku aus ungefähr vierhundertvierzig Kilometer. Es gibt mindestens drei verschiedene Strecken mit dem Pkw, zwischen denen Mika Rahola wählen kann. Die schnellste führt durch den Großraum Helsinki. Wir gehen von einer Fahrzeit von sechs bis acht Stunden aus.«

»Wie sind denn zurzeit die Wetterverhältnisse dort?«, fragte Steigenberger.

»Ähnlich wie hier. Mäßiger Frost und leichter Schneefall.«

»Schneehöhe?«

»In Turku zwanzig, in Savonlinna das Doppelte, also vierzig Zentimeter.«

»Tja, wenn er denn tatsächlich zu seinen Eltern will.« Steigenberger war ebenfalls an die Landkarte getreten. »Es wäre doch genauso gut denkbar, dass er bei Freunden oder Verwandten untertaucht. So, wie er sich bisher verhalten hat, ist er nicht auf den Kopf gefallen. Der weiß doch mittlerweile, dass international nach ihm gefahndet wird. Da wird er bestimmt einen großen Bogen um sein Elternhaus machen.«

»Das können wir nicht ausschließen«, bestätigte Mendelski. »Aber wir haben derzeit keinen anderen Anhaltspunkt. Nur die Adresse der Eltern.«

»Okay. Zurück zu Soyka und Wehmeier. Ihr glaubt, dass sie ebenfalls mit dem Auto unterwegs sind?«

»Ja, wenn die auch nur halbwegs auf Draht sind, fahren sie per Pkw«, sagte Maike Schnur.

»Ich zitiere Lina Henke: ›Die fahren ihm hinterher‹«, fuhr

Mendelski fort. »Die jagen ihn bis ans Ende der Welt. Ganz sicher. Die waren wild entschlossen.‹«

»Fliegen kommt nicht in Frage, da ist das Risiko, erwischt zu werden, zu hoch – selbst mit gut gefälschten Pässen. Mit der Eisenbahn ist ziemlich kompliziert und langwierig. Am schnellsten geht's tatsächlich mit dem Auto und verschiedenen Fähren. Um jemanden abzuschütteln, gibt es zig unterschiedliche Routen. Keiner würde von ihrer Tour etwas mitkriegen.«

»Wie lange braucht man denn mit dem Pkw?«

»Hab ich gecheckt.« Maike kramte aus ihren Unterlagen einen Ausdruck hervor. »Das Schnellste von Celle nach Helsinki … sind zwanzig Stunden neununddreißig Minuten. So ist wahrscheinlich auch Mika Rahola gefahren. Auf der Vogelfluglinie über Fehmarn nach Dänemark, über Malmö nach Stockholm und von dort mit der Fähre nach Turku.«

»Wir haben keinerlei Hinweise, was für ein Fahrzeug Soyka und Wehmeier benutzen könnten?«

»Keinen. Nichts. Gar nichts.«

»Okay.« Steigenberger hatte sich wieder an den Tisch gesetzt. »Gehen wir also davon aus, dass sich Soyka und Wehmeier gestern Abend sofort auf den Weg gemacht haben. Sich ein Auto zu beschaffen, dürfte für die beiden bei ihrer kriminellen Energie und den einschlägigen Erfahrungen keine Schwierigkeit gewesen sein. Wie viel Vorsprung haben sie jetzt?«

Mendelski schaute auf seine Armbanduhr, Maike Schnur auf ihr Smartphone. »*Round about* fünfzehn Stunden«, antwortete Maike, die schneller im Rechnen war.

»Also sind die eventuell heute schon in Finnland.«

»Nicht auszuschließen.« Mendelski schnaufte ungehalten. »Zu blöd auch!«, platzte es aus ihm heraus. »Die drei Hauptakteure in unserem Mordfall sind in Finnland – oder zumindest auf dem Weg dahin. Und wir hocken hier in Celle und drehen Däumchen.«

»Ja, schöne Scheiße«, brachte Maike es auf den Punkt.

Es wurde still im Besprechungsraum. Maike blickte nervös zu Mendelski hinüber. Der sah mit steinerner Miene auf die projizierte Landkarte.

Steigenberger schaute in die Runde, dann senkte er nachdenklich den Kopf. Die Fingerkuppen seiner zehn Finger trommelten ein nervöses Stakkato auf die Tischplatte. »Tja«, murmelte er. »Untätig herumzusitzen und zu warten, bis uns Ergebnisse aus dem hohen Norden geliefert werden …« Er hob abrupt den Kopf. »Das ist mir einfach zu wenig.«

Er wandte sich Mendelski zu. »Die finnischen Kollegen können in dem Fall bestimmt Unterstützung gebrauchen. Oder?«

Mendelski nickte.

»Gut. Dann los. Ihr fliegt«, sagte er kurz entschlossen. »Und zwar so bald wie möglich.«

Pünktlich um vierzehn Uhr fünfundzwanzig legte die »Viking Grace«, das neueste Flaggschiff der Viking Line, in Mariehamn/Långnäs ab. Der Aufenthalt in der Hauptstadt der autonomen finnischen Region Åland, der einzigen Stadt der Ålandinseln, hatte gerade mal fünfzehn Minuten gedauert.

Außerhalb der schützenden Hafenanlagen zeigte die Ostsee eine unruhige, kabbelige Dünung, der Wind blies mit Stärke fünf. Auf der zweihundertvierzehn Meter langen, für fünfhundert Pkws und zweitausendachthundert Passagiere ausgelegten Fähre merkte man jedoch nur wenig von dem rauen Seegang.

In der Herrentoilette in der Nähe der Panorama-Bar waren die beiden hintersten Kabinen verriegelt. Seit gut zehn Minuten schon. Dem indischen Sikh, der vor dem Spiegel seinen Dastar richtete, fiel anscheinend nicht auf, dass hinter den beiden Toilettentüren bemerkenswerte Stille herrschte. Erst ein neugieriger Blick unter der Tür hindurch hätte ihm verraten, dass in beiden Kabinen zwar jemand auf der Kloschüssel hockte – aber in voller Montur, ohne heruntergelassene Hosen.

Frank Soyka und Lutz Wehmeier saßen auf zugeklappten Klodeckeln. Jeder von ihnen hielt in der einen Hand Toilettenpapierstücke und in der anderen einen Kugelschreiber.

Drei schwedische Teenies betraten die Toilette, der Inder ging hinaus. Laut palavernd stellten sich die Jungs an die Urinale.

Frank Soyka schob ein Blatt Toilettenpapier unter der Trennwand hindurch zur Nachbarkabine.

Hast du die Bullen gesehen?, las Wehmeier. Er kritzelte die Antwort auf dasselbe Blatt.

Ja. Zwei Mann. Dann schob er das Papier zurück.

Müssen im letzten Hafen an Bord gekommen sein, kam auf einem neuen Streifen Papier als Antwort zurück. *Sind wahrscheinlich Finnen.*

Wegen uns?

Keine Ahnung. Kann schon sein. Müssen verdammt aufpassen.

Die können mich mal.

Die schwedischen Jugendlichen verließen die Toilette. Soyka zog neues Papier von der Rolle. *Ganz ruhig*, schrieb er. *Ist besser, wenn wir getrennt bleiben. Jedenfalls auf der Fähre. Die suchen – wenn überhaupt – nach zwei Deutschen. Nicht nach einem.*

Und der Wagen?

Der ist sauber. Freddys Mustang fällt hier weniger auf als in Deutschland.

Wie geht's weiter?

Ich fahre allein runter von d. Fähre. Du nimmst d. Fußgängerausgang und d. Bus, Linie 1, ins Stadtzentrum von Turku. Am Busbahnhof sammele ich dich wieder ein.

Die Tür klappte, eine ältere Frau betrat die Herrentoilette. Kittel und Namensschild mit dem »Viking«-Logo wiesen sie als Reinigungskraft aus.

Sie begann damit, die Papierhandtuchspender zu kontrollieren. Um die beiden verriegelten Toiletten kümmerte sie sich nicht. Zunächst.

Wehmeier scherte sich nicht darum, was draußen vor den Klotüren vor sich ging. Er hatte die nächste Frage aufgeschrieben und schob das Papier zu seinem Kumpel hinüber.

Wie lange brauchen wir noch? Hab das Geschreibe satt.

Frank Soyka schaute auf sein Smartphone, dann schrieb er: *Rund fünfeinhalb Stunden.*

Er beugte sich zur Seite, um den Zettel unter der Trennwand durchzureichen, als sich der Kugelschreiber selbstständig machte. Der Stift fiel laut klackend zu Boden und kullerte unter der Kabinentür hindurch nach draußen. Mit Mühe unterdrückte Soyka ein Fluchen.

Die Putzfrau, die bereits in der Tür stand, um die Toilette wieder zu verlassen, hatte das Geräusch gehört und drehte sich um. Sie starrte verwundert auf den Stift, der vor der vorletzten Toilettentür auf dem Boden lag. Ihr Blick wanderte zum Türgriff der Kabine. Die rote Markierung zeigte, dass die Toilette besetzt war. Sie ging die wenigen Schritte zum Kugelschreiber und blieb unschlüssig stehen.

Aus der Kabine war kein Mucks zu hören. Sie überlegte, sich nach dem Kugelschreiber zu bücken. Doch dann hob sie kurz entschlossen den rechten Fuß und kickte den Stift zurück in die Kabine, aus der er gekullert sein mochte. Mit eiligen Schritten verließ sie die Herrentoilette.

Was war das denn?, schrieb Wehmeier und reichte das Stück Papier weiter.

Soykas Antwort kam prompt: *Alles ok. Wir machen Schluss. Bleib hier. Ich peil die Lage.*

Bring was zu futtern mit. Und Bier.

Soyka raffte die beschriebenen Papierfetzen zusammen, warf sie in die Kloschüssel und spülte. Danach setzte er sich eine graue Beanie-Mütze auf und zog sie tief in die Stirn. Nachdem er den Kragen seiner schwarzen Fleecejacke aufgestellt hatte, entriegelte er die Tür und verließ die Kabine.

Ein kurzer Blick in den Spiegel gab ihm die Gewissheit, dass das Pflaster an seiner rechten Schläfe durch die Mütze verdeckt und nicht zu sehen war. Der angeklebte Kinnbart wirkte täuschend echt.

Mit einem lauten Räuspern, das gewollt und künstlich klang, marschierte er zur Tür hinaus.

Ein heftiger Schneeschauer ging auf den internationalen Flughafen von Kopenhagen-Kastrup nieder. Trotz der frühen Abendstunde war bereits finstere Nacht. Unzählige Positionslichter, Lampen und Scheinwerfer versuchten, das weitläufige Flughafengelände zu erhellen. Wegen des Feierabendverkehrs der Geschäftsleute herrschte auf den Start- und Landebahnen noch reger Betrieb. Orange blinkende Schneepflüge und Enteisungsmaschinen waren pausenlos im Einsatz.

Im Transitbereich des Abflugterminals bekam man wenig von dem Trubel da draußen mit.

»Och, nee!« Genervt ließ Maike Schnur ihren Imbiss auf den Teller fallen. Sie rückte ihren Stuhl ein Stück zurück und griff nach einer Serviette. »Das darf doch nicht wahr sein! Alles auf die Hose.«

Robert Mendelski konnte sich ein Grinsen nicht verkneifen. »Die dänischen Hotdogs sind eben tückisch«, frotzelte er. »Würstchen, Gurkenscheiben, Röstzwiebeln, Ketchup und Senf in einem schmalen, aufgeklappten Labberweizenbrötchen – das alles zu bändigen, ist eine Kunst.«

»Ha, ha!« Maike lachte gekünstelt auf und warf die rot-gelb verschmierte Serviette vor sich auf das Plastiktablett. »Dafür sind die Dinger superlecker. Du kannst dir deine neidischen Bemerkungen ruhig sparen.«

Sie startete einen zweiten Versuch, griff mit beiden Händen fest zu und beugte sich weit über den Tisch. Zwar fiel jetzt nichts herunter, dafür zeigten ihre Mundwinkel deutliche Spuren von Senf und Ketchup.

Mendelski ließ sich nichts anmerken. Er nahm die Carlsberg-Dose und goss sich Bier in den Plastikbecher. »Ich warte lieber auf das Abendbrot im Flieger«, sagte er.

»Hallo?« Maike machte eine kurze Kau-und-Schluck-Pause. »Das hast du beim ersten Flug auch schon gesagt. Und was gab's? – Erdnüsse und O-Saft. Prima!«

»Na, von Hannover hierher – das war ja nur 'ne Stunde. Jetzt dauert der Flug aber viel länger. Da gibt's bestimmt was Vernünftiges.«

»Träum weiter. Linienflug – geschenkt. Scandinavian Airlines – dasselbe. Klingt alles toll. Aber die müssen sparen wie alle anderen Airlines auch. Ich geb dir 'nen Tipp: Hol dir hier auf dem Flughafen was zu futtern, sonst schiebst du Kohldampf bis Finnland. Außerdem sind's noch über zwei Stunden bis zum Abflug.«

Mendelski zog die Bordkarte aus der Innentasche seiner Jacke. »Zwanzig Uhr fünf ist Abflug, oder?«

Maike nickte nur und kaute.

»Und um zweiundzwanzig Uhr vierzig landen wir in Helsinki?«

Wieder nickte Maike.

»Wie war das mit der Zeitverschiebung?«

Maike hielt den Daumen hoch.

»Eine Stunde?«

Sie nickte schluckend.

»Das heißt, wir sind dann um einundzwanzig Uhr vierzig mitteleuropäischer Zeit in Helsinki.«

»Richtig.« Maike hatte ihren Hotdog in rekordverdächtiger Zeit vertilgt. »Alle anderen Flüge kommen noch später an«, erklärte sie. »Mit Air Baltic wären wir um dreiundzwanzig Uhr fünfundfünfzig Ortszeit, mit Lufthansa sogar erst um null Uhr fünfzehn in Finnland gelandet.«

»Alles gut«, erwiderte er. »Das hast du prima hingekriegt. Respekt.«

»Halt Internet.« Sie holte ein Papiertaschentuch aus ihrem Rucksack und wischte sich die Mundwinkel sauber. »Ging sowieso erstaunlich unbürokratisch über die Bühne – und verdammt schnell. Ein Dienstreiseantrag fürs Ausland dauert im Normalfall doch Monate.«

»Für so was hat unser Chef ein Händchen.«

»Kein Wunder, bei seinen Beziehungen.«

»Ja, die hat er.« Mendelski goss den Rest Bier in seinen Becher. »Aber ob die auch bis Finnland reichen? Bin gespannt, wie das nachher mit den Kollegen vor Ort klappt. Holt uns eigentlich jemand ab?«

Maike schaute auf das Display ihres Smartphones, das neben dem Tablett auf dem Tisch lag. »Keine Ahnung. Steigenberger wollte noch eine SMS schicken. Aber ich gehe mal davon aus.«

»Na, heute Nacht werden wir eh nichts mehr reißen.« Mendelski gähnte. Das Bier auf nüchternen Magen machte ihn müde. »Am besten gleich ins Hotel, morgen dann volle Kraft voraus.«

Maike erhob sich und inspizierte ihre bekleckerte Jeans. »Ich verschwinde mal kurz, den blöden Fleck rauswaschen.« Sie schaute zur Selbstbedienungstheke des Flughafen-Cafés hinüber. »Soll ich dir nicht doch noch was zu essen mitbringen? Wenigstens 'n Sandwich?«

»Nee, lass mal. Ich geh gleich selber.« Er rieb sich den Bauch. »Ich glaub, so 'ne original dänische Pölse probier ich auch mal.«

»Pölse?«

»Ja. So heißt das rot eingefärbte Würstchen, das du gerade verschlungen hast.«

»Na denn.« Maike nahm ihr Smartphone vom Tisch und wandte sich zum Gehen. »Pass aber auf, dass du nicht kleckerst. Dänische Hotdogs essen soll 'ne Kunst sein.«

In der Nähe von Kolkonpää, ungefähr fünfunddreißig Kilometer vor Savonlinna, bog der Wagen von der Landstraße 14 nach Norden ab. Nun führte die Route über eine der unzähligen einsamen Nebenstraßen, die die ostfinnische Seenlandschaft mit ihren unendlichen Wäldern durchzogen.

Der verharschte Schnee knirschte unter den abgefahrenen Sommerreifen. Die Straßen zweiter Ordnung wurden nur oberflächlich geräumt, den Asphalt bedeckte eine zentimeterdicke festgefahrene Schneeschicht – hart wie Beton.

Nur sparsam erhellte die schmale Sichel des Mondes eine sternklare, eisige Nacht. Der ursprünglich in Deutschland zugelassene Mazda trug mittlerweile ein finnisches Kennzeichen; Mika Rahola hatte die Blechschilder von einem zugeschneiten Suzuki abgebaut, der am Bahnhof von Hämeenlinna auf einem Langzeitparkplatz vor sich hin rostete.

Behutsam trat er auf das Bremspedal. So kurz vor dem Ziel wollte er nicht riskieren, einen Unfall zu bauen. Schon eine kleine Unachtsamkeit konnte dazu führen, dass der Wagen von der Fahrbahn abkam und sich im hohen Schnee festfuhr. Nach den vielen Stunden im Auto sehnte er sich nach einem Bett, nach einigen Stunden Schlaf.

Bei aller Vorsicht schielte er doch wehmütig durch das Seitenfenster gen Himmel. Ein so klares Sternenbild hatte er lange nicht mehr gesehen. Denn in seiner Wahlheimat Deutschland war die Lichtverschmutzung derart stark, dass es selbst in den Tiefen der Lüneburger Heide nicht dunkel genug wurde, um einen imposanten Sternenhimmel wie hier zu bewundern.

Erinnerungen an einen Aufenthalt in Levi schoben sich in sein Bewusstsein. Dort, im finnischen Lappland, rund achthundert Kilometer nördlich von hier und weit jenseits des Polarkreises, hatte er als Fünfzehnjähriger einmal bei Verwandten auf einer Rentierfarm gewohnt. Im tiefsten Winter, sechs Wochen lang. Wenn es die Sonne nicht schaffte, über den Horizont zu blinzeln, blieb es dämmrig und dunkel. Dieses düstere, nicht weichen wollende Grau in Grau hatte ihn deprimiert. Doch in klaren Nächten wie dieser war man für die trüben Tage entschädigt worden – durch ein faszinierendes Naturschauspiel: bunt schillernde, über das ganze Firmament flammende Polarlichter in Pink, Lila und Grün. Die magischen Schleier und Fahnen am Himmel hatten für viele unvergessliche Erlebnisse gesorgt.

Ein Schneehase war unvermittelt im Scheinwerferlicht aufgetaucht. Mika schreckte auf und trat sachte auf die Bremse. Der Meister Lampe des hohen Nordens flitzte im Höllentempo vor ihm die Straße entlang, machte aber keine Anstalten, den Lichtkegel der Autoscheinwerfer oder die Straße zu verlassen. Wahrscheinlich kam das Tier auf der festgefahrenen Schneedecke besser voran als im Wald nebenan, wo der Pulverschnee gut einen halben Meter hoch lag. Erst an einer Abzweigung, die zu einem See führte, bog der Hase ab. Ein großes Hinweisschild warb dort fürs Eisangeln.

Dieser Abzweig kam Mika bekannt vor. Auch wenn er seit mindestens sechs Jahren nicht mehr hier gewesen war. Damals, in einem besonders heißen und trockenen Sommer, hatte seine Schwägerin Lenita zu ihrem vierzigsten Geburtstag geladen, zwei Tage nach Mittsommer. An das Familienfest in der Hütte am See ein Stück weiter voraus erinnerte er sich gut: Sein Bruder Lauri war völlig betrunken vom Steg gefallen und hatte im Wasser seine teure Gleitsichtbrille verloren.

Jetzt waren es nur noch wenige Kilometer. Nachdem er zwei weitere Male in Richtung See abgebogen war, erreichte er den haushohen Granitblock mit mächtiger Schneehaube, der als

markantes Wegzeichen die Abzweigung zu einem unschein-
baren Waldweg markierte.

Diesen Weg hatte seit Tagen niemand befahren, weder Auto
noch Schneemobil, weder Ski noch Schlitten. Dadurch lag eine
deutlich höhere Schneedecke auf der Fahrspur als auf der Straße,
von der er gekommen war. Der Mazda quälte sich redlich.

Mika war froh über den unberührten Schnee. Seine Kal-
kulation war aufgegangen: Derzeit schien sich niemand in der
Hütte aufzuhalten.

Er hatte es geschafft. Dennoch tat es weh, seinem Elternhaus
und der Familie seines Bruders so nah zu sein, ohne sie anrufen
oder besuchen zu dürfen. Der Artikel in der Zeitung ließ keinen
Zweifel daran, dass er sich zunächst nicht in Savonlinna blicken
lassen durfte. Wahrscheinlich hatte die Polizei seinen Eltern und
seinem Bruder inzwischen einen Besuch abgestattet. Vielleicht
warteten sie sogar draußen vor den Häusern seiner Familie, um
ihn abzufangen.

Auch einen Anruf zu Hause hatte er sich verkniffen. Durchaus möglich, dass sie die Telefone seiner Verwandtschaft ange-
zapft hatten.

Sentimentalitäten waren nicht angesagt. Was er jetzt brauchte,
war Zeit. Zeit zum Nachdenken. Und Zeit zum Ausruhen.
Zum Schlafen, zum Auskurieren seiner Verletzungen und
Blessuren. Dann, mit gesundem und wachem Geist, würde er
weitersehen.

Der Mazda kämpfte sich auch noch den letzten Hügel
hinauf. Als Mika das Auto schließlich vorsichtig bergab lenkte,
tauchte im Scheinwerferlicht ein Gebäude auf. Ein Ferienhaus
im Blockhausstil, mit Sauna und Bootsschuppen, das zwischen
knorrigen, windzerzausten Kiefern stand. Schemenhaft zeichnete sich in der Dunkelheit ein Holzsteg ab. Die Weite des Sees,
der zu dieser Jahreszeit stets zugefroren und eingeschneit war,
ließ sich nur erahnen.

Er hielt direkt vor der Treppe, die zur Veranda mit der Haustür hinaufführte. Mika ließ den Motor laufen und stieg im Licht
der Scheinwerfer aus.

Die Unberührtheit und die Höhe des Schnees auf den Treppenstufen belegten, dass lange keiner mehr hier gewesen war. Soweit er die Gewohnheiten seiner Familie kannte, nutzen sie die Hütte im Winter höchstens an einigen ausgewählten Wochenenden. Vorausgesetzt, Lauri bekam in dem Autohaus, für das er arbeitete, frei. Heute war Donnerstag, er würde also frühestens am Samstag Besuch bekommen. Von Lauri, Lenita und den beiden Mädchen, Elsa und Siiri.

Der Notfallschlüssel hing wie üblich an einem versteckten Nagel unter der Veranda. Mika beugte sich hinab und ertastete schnell das eiskalte kleine Stück Metall.

Wenige Sekunden später hatte er aufgeschlossen und betrat das Blockhaus.

Es war stockfinstere Nacht. Auf der Straße war keine Menschenseele zu sehen. Die Uhr am hölzernen Glockenturm zeigte dreiundzwanzig Uhr fünfunddreißig.

Die ersten Regentropfen klatschten gegen die Windschutzscheibe seines Kombis, als Henning Grube in sein Auto stieg. Der von den Medien für Norddeutschland angekündigte Wetterumschwung hatte mit ein paar Stunden Verspätung auch Wienhausen erreicht.

Bevor er den Motor startete, drehte er sich um. Auf der Rückbank, von einer groben Armeewolldecke verdeckt, lag etwas, das die halbe Wagenbreite einnahm. Er beugte sich nach hinten und lüftete die Decke ein wenig, um die Ladung zu kontrollieren. Beruhigt drehte er sich wieder nach vorn und betätigte den Anlasser. Dann lenkte er den Wagen durch das regennasse und menschenleere Wienhausen nach Osten auf die Landstraße nach Offensen und weiter in Richtung Langlingen. Eine Strecke, die er in den letzten Tagen unzählige Male zurückgelegt hatte.

Immer wieder schaute er in den Rückspiegel, um sich zu vergewissern, dass ihm niemand folgte. Die brisante Fracht auf seiner Rückbank könnte ihm höllischen Ärger einbringen. Nicht nur mit der Kripo Celle.

Am Langlinger Holz bog Henning Grube zum Klosterforst ab. Hier war der Schnee in den letzten Tagen nicht geräumt worden. Das einsetzende Tauwetter und der warme Regen sorgten für eine gefährliche Sulzschneeschicht, was die Fahrt auf dem Waldweg in eine abenteuerliche Rutschpartie verwandelte.

»Das fehlte gerade noch!«, schimpfte Henning Grube vor sich hin. Sich jetzt festzufahren, mitten im Wald und mit dieser Ladung im Auto, wäre der Gipfel. Er musste seine gesamten Fahrkünste aufwenden, um den Kombi einigermaßen in der Spur zu halten.

Wenigstens gibt's keine Zuschauer, tröstete er sich. Bei diesem Mistwetter geht garantiert niemand zur Jagd.

Er brauchte zwar deutlich länger als sonst, doch schließlich erreichte Henning Grube die Forstmaschine, die einsam und verlassen am Wegesrand stand, seit Niilo seinen Rückezug vor vier Tagen hier zurückgelassen hatte.

An einer Gruppe Kiefern flatterten Reste vom Absperrplastikband der Polizei. Sie markierten die Position des Harvesters, mit dem … Er zwang seine Gedanken in eine andere Richtung.

Der Regen wurde stärker. Henning Grube ließ sein Auto mitten auf dem Weg stehen. Er hatte keine Lust, sich festzufahren, indem er den Wagen auf den Seitenstreifen lenkte. Dort war der Schnee – oder besser der Schneematsch – deutlich höher als auf der Fahrbahn.

Er stellte Motor, Scheibenwischer und Scheinwerfer ab. Dann wartete er ein paar Minuten, bis sich seine Augen an die Dunkelheit gewöhnt hatten. Doch selbst jetzt konnte er kaum zwei Meter weit sehen. Die tiefe natürliche Finsternis wurde zusätzlich vom Dunst verschleiert, den der tauende Schnee verursachte.

Henning Grube öffnete das Seitenfenster einen Spaltbreit und lauschte. Er musste sichergehen, dass ihm niemand gefolgt war. Doch außer dem Regen, der leise auf das Autodach trommelte, war nichts zu hören.

Er stieg aus. Gut, dass er die Gummistiefel bereits zu Hause unter dem schützenden Carportdach angezogen hatte. Es spritzte nur so, als er die wenigen Schritte zur Heckklappe machte. Mit einem Knarren öffnete er sie. Aus den zahlreichen Forstutensilien im Kofferraum kramte er eine dunkelgrüne Regenjacke mit Tarnmuster hervor und streifte sie über.

Aus einem Plastikeimer, der zur Hälfte mit Mais gefüllt war, ließ er zwei Handvoll Körner in seiner Jackentasche verschwinden. Dann griff er zum Spaten, der vorn an der Ladekante lag. Frische Erdspuren offenbarten, dass dieses Werkzeug erst kürzlich benutzt worden war. Henning Grube lehnte ihn an den nächsten Baum und klappte die Heckklappe zu.

Jetzt öffnete er die hintere linke Tür. Unter der Armeedecke zog er einen mit einem Kabelbinder zugebundenen blauen Plastiksack hervor. Mit sichtlicher Anstrengung hievte er sich das schwere Teil auf den Rücken, schlug die Wagentür mit dem linken Knie zu, griff nach dem Spaten und marschierte los.

Er stapfte durch das Kiefernstangenholz, das die beiden Finnen erst halb durchforstet hatten. Das geschlagene Holz war in einigen Gassen noch nicht gerückt. Trotz der miserablen Sicht fand Henning Grube auf Anhieb den Pfad, den die Tatortermittler von der Kripo Celle Anfang der Woche im Schnee hinterlassen hatten, und folgte ihm.

Es war der Pfad, der zur Huteeiche führte, zum Fundort des Hirschluders.

Robert Mendelski drückte den Fahrstuhlknopf.

»Puh, Mitternacht«, ächzte er, während er seinen Rollkoffer abstellte. »Ich freu mich auf mein Bett.«

»Ich erst mal.« Maike Schnur schaute zurück in die Empfangshalle des Hotels. »Nettes Plätzchen haben die für uns ausgesucht. ›Hotelli Pilotti‹, klingt doch lustig, oder?«

»Ja, für ein Hotel in Flughafennähe nicht ganz unpassend.«

»*Hotelli Pilotti.* Finnisch ist gar nicht so schwer«, kommentierte Maike aufgekratzt.

»*Rikoskomisario Jan Ahonen* von der *Rikospoliisi*«, las Mendelski von der Visitenkarte in seiner Hand ab. »*Komisario* und *Poliisi* verstehe ich ja. Aber *Rikos*? Gibt's hier etwa noch eine Reichspolizei?«

»Hab ich gleich.« Maike hatte ihr Smartphone griffbereit

und warf die Suchmaschine an. »*Rikos* bedeutet Verbrechen, Vergehen. Hat nichts mit ›Reich‹ zu tun.«

Die blaue Fahrstuhltür öffnete sich. Sie betraten die enge Kabine, Mendelski drückte den Knopf für den zweiten Stock.

»Ein bisschen jung kam der mir aber schon vor«, sagte er.

»Wer? Der finnische Kollege?«

Der Fahrstuhl stoppte, die Tür öffnete sich automatisch. Sie stiegen aus.

»Wer denn sonst?« Mendelski ging als Erster den langen Gang entlang.

»Der ist aber 'n Netter«, widersprach Maike. »Und er sieht gut aus.«

»Mich interessieren mehr seine Deutschkenntnisse. Für sein Aussehen kann ich mir nichts kaufen.«

»Typisch mein Chef!« Maike, die mit ihrer Reisetasche über der Schulter hinter Mendelski hertrottete, verdrehte die Augen. »Dienst ist Dienst, nicht wahr, Herr Kommissar? Du gönnst mir aber auch nicht den Dreck unter den Fingernägeln.«

Mendelski war stehen geblieben. »Genug palavert für heute«, brummte er kurz angebunden. »Hier ist mein Zimmer. Deins ist nebenan. Gute Nacht.«

»Dito.« Sie schob sich an ihm vorbei. »Frühstück um acht?«

Mit der Chipkarte öffnete er seine Tür. »Ja. Der hübsche Kollege Ahonen kommt um halb neun.«

Maike war an ihrem Zimmer angelangt. »Na, wenigstens was«, murmelte sie, während sie mit ihrer Türkarte hantierte. Sie seufzte. »Sieben Stunden Schlaf am Stück hatte ich schon lange nicht mehr.« Mit einem Blitzen in den müden Augen fügte sie laut hinzu: »Wie wär's mit 'ner morgendlichen Lagebesprechung? Zusammen mit Ahonen? In der Sauna? Wir sind schließlich in Finnland.«

Doch Mendelski hatte die Tür zu seinem Zimmer längst geschlossen.

ZWÖLF

Ein Geräusch ließ ihn hochfahren.

Völlige Finsternis beherrschte den Raum. Dass er seine Hand vor den Augen nicht sehen konnte, schärfte sein Gehör. Das Rascheln der Bettdecke klang ungewohnt.

Mika Rahola benötigte einige Augenblicke, bis er die Tiefschlafphase abgeschüttelt hatte. Erst dann registrierte er, wo er sich befand: daheim in Finnland, gar nicht weit von seinem Heimatort Savonlinna. Im Blockhaus seines Bruders Lauri, im Schlafraum gleich neben der Küche.

Allein.

Hatte er nur geträumt?

Er lauschte angestrengt. Lediglich das laute Ticken des vorsintflutlichen Weckers, den er zusammen mit der Stabtaschenlampe auf dem Dielenboden neben dem Bett postiert hatte, drang an sein Ohr.

Wie lange hatte er wohl geschlafen?

Er setzte an, sich aus dem Bett zu beugen, um die Taschenlampe zu greifen.

Da! Da war es wieder!

Das Geräusch war nicht zu überhören. Ein Schaben. Ein dumpfes, lang gezogenes Schaben. Es schien von draußen zu kommen, von der Veranda.

Verflucht!

Mit einem Satz war er aus dem Bett.

Sollten sie schon hier sein? Ihm so dicht auf den Fersen? Zuzutrauen wäre es ihnen, diesen Gangstern.

Oder war es die Polizei?

Mika bückte sich, griff, nur mit einer Boxershorts bekleidet, nach der Stabtaschenlampe und hob sie auf. Wie einen Schlagstock schwenkte er sie in der Hand, ließ die Leuchte zunächst aber ausgeschaltet, um sich nicht zu verraten.

Unsicher tastete er sich an der Wand entlang zur Küche und von dort ins Wohnzimmer. Die Türen im Innenbereich hatte er offen gelassen, damit die Wärme vom zentral gelegenen Ofen bis zu ihm ins Schlafzimmer dringen konnte. Die Glut war längst erloschen.

Immer wieder blieb er stehen, um zu lauschen.

Nichts. Es herrschte Stille. Absolute Stille.

Von draußen drang nicht mal der schwächste Lichtschimmer durch die Fenster nach innen. Unwahrscheinlich, dass vor der Hütte die Polizei auf ihn wartete. Die hätten sämtliche verfügbaren Lampen – Streifenwagenscheinwerfer, Spezialstrahler, Taschenlampen – auf das Blockhaus gerichtet. Und sie hätten sich längst bemerkbar gemacht. Durch Klopfen, per Megafon, durchs Aufbrechen der Tür oder sonst wie.

Nein, da draußen musste jemand sein, der das Licht scheute. Der nicht gesehen werden wollte. Vielleicht jemand, der besser im Verborgenen agierte, weil er selbst Dreck am Stecken hatte – jemand, der ihm hartnäckig und hinterrücks auflauerte.

Die zwei Deutschen.

Zehn elend lange Minuten verharrte er mit rasendem Puls mitten im stockdunklen Wohnzimmer und rührte sich nicht von der Stelle. Er tat das Einzige, was ihm in dieser Situation übrig blieb: still sein, lauschen – und abwarten.

Vor lauter Anspannung bildete sich auf seinem nackten Oberkörper eine Gänsehaut. Sämtliche Härchen auf den Armen und der Brust hatten sich in Alarmstellung begeben und aufgestellt. Doch er fror nicht. Zwar herrschte draußen strenger Frost, und das Feuer im Ofen war aus, doch in der Hütte war es noch angenehm warm. Das lag zum einen an der dicken, die Wärme speichernden Specksteinschicht, die den Ofen ummantelte. Zum anderen war das Blockhaus seines Bruders – wie die meisten skandinavischen Holzhäuser – hervorragend isoliert.

Langsam ebbte seine Aufregung ab. Der Puls ging wieder normal, das Panikgefühl im Magen verschwand. Denn er spürte keinerlei Luftzug. Die beiden Außentüren und die Fenster schienen intakt. Hätte sie jemand aufgebrochen, müsste er längst die Kälte spüren, die von draußen ins Haus eindringen würde.

Das Geheimnisvolle spielte sich also draußen ab. Noch …

Da!

Von der Veranda kam wieder dieses Geräusch. Eindeutig. Ein Schaben. Als ob jemand etwas über den Holzboden schleifen würde.

Auf Zehenspitzen schlich Mika in die Richtung, in der die Verandatür liegen musste. Die Finger seiner linken Hand ertasteten die Garderobe, an der seine Daunenjacke hing. Sekunden später fühlten dieselben Finger das bierdeckelgroße, rautenförmige Fenster, das mitten in der Verandatür als Guckloch diente.

Mika hob die Stabtaschenlampe und drückte sie dicht gegen das Fensterglas. Die aufgesetzte Leuchte sollte eine Reflexion des Lichtstrahls nach innen verhindern.

Sein Kopf näherte sich der Tür, die Nasenspitze berührte so eben das Glas.

Dann schaltete er die Taschenlampe ein.

Erst nahm er sie lediglich im Halbschlaf wahr. Dann wurden sie stärker.

Schließlich weckten sie ihn gänzlich.

Heftige Kopfschmerzen.

Mühsam schälte Mendelski sich aus der viel zu großen Steppdecke, tastete nach dem Lichtschalter – verflixt, hatte da nicht eine Nachttischlampe gestanden? – und setzte sich auf die Bettkante. Er blinzelte zum Radiowecker auf dem Nachttisch. Die dunkelroten Ziffern zeigten vier Uhr sechzehn an. Ach herrje! Rasch rechnete er nach: vier Stunden. Länger hatte er nicht geschlafen.

Im dämmrigen Schein der Hotelwandlampe stützte er missmutig den Kopf in beide Hände, um abzuwägen. Legte er sich wieder hin? Sollte er versuchen, noch einmal einzuschlafen? Oder schluckte er gleich Tabletten gegen den Kopfschmerz? Dann allerdings müsste er eine Weile aufbleiben. Das Koffein in seinen Pillen würde ihn wach halten. Eine gute Stunde etwa. Dann würden die Kopfschmerzen nachlassen, und er konnte weiterschlafen.

Dieses nächtliche Ritual kannte er schon. Etliche Male hatte er das durchgemacht. Denn die Kopfschmerzen quälten ihn seit seiner Kindheit. Ausgelöst wurden sie gewöhnlich durch

Stress, zu wenig Schlaf oder körperliche Überanstrengung. Davon hatten die letzten Tage mehr als genug geboten. In jeder Beziehung. Und zu allem Überfluss noch diese überhastete Finnlandreise ...

Schnaufend stand er auf.

Nachdem er im Bad zwei Tabletten mit einem Glas Wasser hinuntergespült hatte, schaute er sich suchend im Zimmer um. Zu Hause in Boye steckte um diese Zeit meist schon die »Cellesche Zeitung« im Briefkasten. Allein, in aller Ruhe am Küchentisch sitzend, mit minütlich abnehmendem Schmerz, studierte er die druckfrische Ausgabe dann meist von vorn bis hinten. In gewisser Weise – wenn es nicht zu häufig vorkam – konnte er solchen Momenten der Muße und Stille durchaus etwas Positives abgewinnen.

Doch hier im »Hotelli Pilotti« gab es nichts, um sich abzulenken, nicht mal ein Buch. In seinem Koffer lag nur die Kopie der Klosterforst-Akte.

Den Gedanken, im Hotelfernseher EuroNews auf Englisch, Russisch oder gar Finnisch anzuschauen, verwarf er rasch wieder. Gelangweilt trat er ans Fenster und schob den Vorhang zur Seite.

Erst beim zweiten Hingucken bemerkte er, dass es schneite. Im Lichtkegel der Straßenlaternen auf dem Hotelvorplatz tanzten die feinen Flocken im Wind. Herrliches Winterwetter, sinnierte er. Passend zum Dezember und zum Advent. Für Finnland war das die Regel, für Mitteleuropäer eher nicht. Leider.

Den Wetterumschwung in Deutschland hatte er gestern Abend beim Abflug in Hannover-Langenhagen noch mitbekommen. Der schöne Schnee in Celle würde bis zu ihrer Rückkehr tauen und einer trostlosen Matschlandschaft Platz machen. Und der Wetterbericht drohte einmal mehr mit der wenig begeisternden Aussicht, bald eine grüne und regennasse Weihnacht feiern zu können.

Genervt kramte Mendelski die Akte Klosterforst hervor und setzte sich an den kleinen Tisch am Fenster. Lustlos blätterte er in den Seiten herum. Dabei rutschte ein Blatt Papier auf den

Boden, das nicht eingeheftet war und lose zuoberst gelegen haben musste.

Er erinnerte sich. Gestern Nachmittag im Büro, kurz nach der Lagebesprechung, als er gerade dabei war, in aller Eile die nötigsten Unterlagen für die Finnlandreise zusammenzupacken, hatte ihm Heiko Strunz den Zettel in die Hand gedrückt.

»Das ist der ballistische Bericht«, hatte er gesagt. »Von dem Geschoss, das sie in der Tierärztlichen Hochschule aus dem Beckenknochen des Hirschluders geborgen haben. Kannst ihn dir ja im Flieger anschauen.«

Mendelski hatte den Bericht völlig vergessen. Er hielt das Blatt Papier ins Licht der Wandlampe und begann zu lesen. Als er auf das Fachchinesisch »K: 6,5 × 54, M.-Sch., Tm 10,3 gr« stieß, stutzte er.

»Kaliber sechs Komma fünf mal vierundfünfzig, Mannlicher-Schönauer«, rekapitulierte er murmelnd. Ihm war der Klassiker unter den Repetierbüchsen wohlbekannt. Mit dem weltberühmten Jagdgewehr aus Österreich hatte schon Ernest Hemingway in Afrika auf die »Big Five« angelegt. Auf Elefant, Wasserbüffel, Löwe, Nashorn und Leopard. Die Repetierbüchse war eine der Lieblingswaffen des Großwildjägers und Literaturnobelpreisträgers von 1954 gewesen. »Teilmantel mit zehn Komma drei Gramm Geschossgewicht.«

Mendelski legte das Blatt zurück in die Akte und klappte den Deckel zu. Müde lehnte er sich zurück, schloss die Augen und versuchte, sich trotz der Kopfschmerzen zu konzentrieren.

In den letzten Tagen war es ungewohnt hektisch zugegangen. Im Grunde waren sie dauernd nur dem Geschehen nachgerannt. Deswegen hatten sie sich mit dem Hirschluder bloß am Rande befassen können. Andere Dinge waren wichtiger gewesen.

Er versuchte, sich zu erinnern. Henning Grube führte einen 98er-Karabiner, Kaliber 30.06. Das hatte der Förster freimütig erzählt. Auch dass er damit geschossen hatte, um den Kolkraben zu verscheuchen, der sich am Kopf des enthaupteten Niilo Humppi zu schaffen machte. Dr. Wimmer dagegen besaß einen Stutzen, den Mendelski im Gewehrständer hinter dem

Fahrersitz des Geländewagens gesehen hatte. Das könnte so ein Mannlicher-Schönauer-Repetierstutzen gewesen sein.

»Na, sieh mal einer an …«, entfuhr es dem Kommissar leise.

Der Lichtstrahl der LED-Taschenlampe reichte weit über die Veranda und den davor parkenden Mazda hinaus. Der starke LED-Lenser erhellte sogar noch die Zufahrt.

Die rasche Bewegung auf der rechten Seite der Veranda nahm Mika Rahola jedoch nur aus den Augenwinkeln wahr. Bevor er reagieren und den Strahl der Lampe nach unten richten konnte, war der Schatten verschwunden.

Verdammt, was war das denn gewesen?

Nach einem Menschen hatte es nicht ausgesehen.

Dann sah er den Kochtopf mit den Resten der angebrannten Ravioli, den er am Abend zum Ausdünsten auf die Brüstung der Veranda gestellt hatte, um den penetranten Gestank aus der Hütte zu kriegen. Er lag kopfüber auf dem Verandaboden. Etliche Meter von der Stelle entfernt, wo er ihn ursprünglich hingestellt hatte.

Du Esel, schimpfte er mit sich selbst. Du hast vergessen, den Topf wieder reinzuholen.

Die verkohlten Nudeltaschen hatten ein Tier angelockt. Jetzt im Winter herrschte Not, das Wild näherte sich hungrig den menschlichen Behausungen, um Komposthaufen, Mülltonnen und andere Abfälle zu plündern. Als Finne und erfahrener Hüttenbenutzer wusste er natürlich, dass man in der freien Natur mit Essensresten stets vorsichtig umgehen sollte. Es sei denn, man legte Wert darauf, dass Bär, Wolf und Co. einem auf den Pelz rückten.

Um sicherzugehen, dass seine Vermutung zutraf, und aus Neugier, welches Tier sich über die Ravioli hergemacht hatte, streifte Mika kurzerhand seine Daunenjacke über den nackten Oberkörper, entriegelte die Tür und trat auf die Veranda. Er hob den Topf auf und schaute hinein. Tatsächlich. Bis auf eine schwarze Kruste war alles Essbare verschwunden.

Ein Braunbär war das nicht, beruhigte er sich selbst. Die halten jetzt Winterschlaf in irgendeiner Höhle. Wölfe bevorzugten eigentlich Frischfleisch und näherten sich den Häusern äußerst selten.

Ohne Schuhe ging er bis an den Rand der Veranda und leuchtete mit seiner Taschenlampe in den Schnee. Hier ungefähr war der Schatten im Dunkel der Nacht verschwunden.

Die Spur war nicht zu übersehen. Die riesigen Abdrücke waren für den Waldmenschen Mika leicht zu lesen. Es waren die eines Vielfraßes. Der Allesfresser aus der Familie der Marder hatte im Verhältnis zu seiner Größe recht große Pfoten, wodurch er mühelos im hohen Schnee laufen konnte.

Erleichtert kehrte Mika ins Haus zurück. Der Wecker zeigte vier Uhr fünfunddreißig an. Bis es hell wurde, würden noch einige Stunden verstreichen. Die Sonne ging – wenn man sie auch nur selten direkt zu Gesicht bekam – zu dieser Jahreszeit in Finnland erst nach neun Uhr auf.

Bei seiner Ankunft gestern Abend hatte er alles so vorgefunden, wie er es sich erhofft hatte. Trockenes Holz, um den Ofen zu bestücken und das Blockhaus einmal ordentlich durchzuheizen, gab es reichlich. Der Propangastank enthielt genügend Reserven, um Licht zu machen und Herd und Durchlauferhitzer zu beschicken. Zudem war die Speisekammer großzügig mit haltbaren Esswaren und Fertiggerichten bestückt. Sogar ein paar Dosen Lapin-Kulta-Bier hatte er gefunden, von denen er sich eine als Schlaftrunk genehmigte. Wie die meisten Finnen war sein Bruder Lauri, was das Hüttenleben betraf, ein Perfektionist.

Mika überlegte. Die Vielfraß-Visite sollte ihm eine Warnung sein. Der nächste Besucher könnte ein gefährlicher Zweibeiner sein. Er musste damit rechnen, dass sie ihn über kurz oder lang auch hier suchen würden. Erst in Savonlinna, klar, aber wenn er dort nicht auftauchte … Die finnische Polizei fürchtete er dabei weniger als die beiden Gangster aus Deutschland.

Er beschloss, diverse Sicherheitsvorkehrungen zu treffen, bevor er wieder zurück ins Bett kriechen würde.

Notdürftig angekleidet zündete er in der Küche die Gaslampe über dem Tisch an. Er zögerte nicht, Licht zu machen, denn das Blockhaus lag sehr einsam und war vom See aus nicht einsehbar. Das nächste Haus, die Jagdhütte eines Industriellen aus Helsinki, lag drei Kilometer entfernt am anderen Ufer des Sees. Anschließend entfachte Mika erneut ein prasselndes Feuer im Ofen. Solange es dunkel war, wollte er noch einmal ordentlich einheizen. Am Tage sollte der Ofen lieber ausbleiben, denn die Rauchfahne – zuweilen weithin sichtbar, insbesondere über dem See – könnte seine Anwesenheit verraten.

Zum Holzholen musste er hinaus in den Bootsschuppen, in dem neben Kajak, Kanadier-Paddelboot und zwei Schneemobilen auch das Brennholz lagerte. Im Schein der Taschenlampe stellte er fest, dass es anfing zu schneien. Feiner, aber stetiger Schneegriesel fiel aus dem Nachthimmel, der hier im Osten immer noch pechschwarz war.

»*Hienoa!*«, frohlockte er. Super, weiter so! Der Neuschnee kam ihm sehr recht. Der verwischte die Autospuren, die er auf der Zufahrt hinterlassen hatte. Und der Mazda würde eine Schneehaube bekommen, sodass man ihn – insbesondere aus der Luft – nicht mehr so leicht entdecken konnte.

Bevor er den gefüllten Holzkorb ins Haus schleppte, fiel sein Blick auf die beiden Schneemobile. Er setzte den Korb ab und kletterte über die Paddelboote in die hinterste Ecke des Schuppens. Dort bückte er sich, um ein Dielenbrett zu lösen.

Mika grinste. Das Versteck war seit Jahren dasselbe. Er nahm einen der Schlüssel heraus und brachte das Brett wieder in die alte Position. Zur Sicherheit schob er mit dem Fuß ein paar Holzscheite auf die Stelle, um zu verhindern, dass ein Unbefugter den verbliebenen Schlüssel finden würde.

Minuten später knatterte er mit der vollgetankten Artic Cat T570 aus dem Schuppen und umkurvte die Hütte. Es machte ihm einen Riesenspaß, durch den unberührten Schnee zu brausen. Kindheitserinnerungen wurden wach. Am Hang, der zum See hinabführte, fand er schließlich unter einer niedrigen, großkronigen Kiefer eine günstige Stelle, um das Schneemobil abzustellen. Den Schlüssel ließ er vorsichtshalber stecken.

Von der Hintertür des Blockhauses bis hierher waren es nur wenige Meter. Falls vorn an der Haustür eine Gefahr auftauchte, stünde hinten ein Fluchtfahrzeug bereit. Zufrieden kehrte er mit dem vollen Holzkorb vor der Brust ins Haus zurück.

Der Schneefall wurde dichter.

Was jetzt noch fehlte, um beruhigt für ein paar Stunden im Bett zu liegen, war eine Alarmanlage. Mika entschied sich für die klassische mechanische Variante. Aus dünnem Draht und ein paar leeren Dosen baute er eine Stolperfalle zwischen den beiden Pfosten der Verandatreppe. Wenn jemand zu ihm hinaufwollte, würde es mächtig scheppern und der Lärm ihn aufwecken.

Er löschte das Licht der Gaslampe in der Küche und kehrte ins Schlafzimmer zurück. Halb angezogen kroch er unter die Bettdecke. Taschenlampe, Schuhe, Integralhelm und Daunenjacke lagen in Griffweite bereit.

Von einer Minute zur nächsten war er eingeschlafen.

Savonlinna lag im Morgengrauen. Leichter Schneefall ging auf die zahlreichen Inseln und Halbinseln der ostfinnischen Kleinstadt nieder. Die vielen Gewässer, die den malerischen Ort mit der Burg Olavinlinna umgaben, konnte man nur erahnen. Sie lagen unter einer fünfundvierzig Zentimeter dicken Eis- und einer dreißig Zentimeter dicken Schneeschicht verborgen.

Es war kurz nach halb neun, und nur wenige Fenster waren erleuchtet. Die meisten Bewohner der Wohnsiedlung am Rande der Halbinsel Riihisaari schienen bereits zur Arbeit gefahren oder dorthin unterwegs zu sein. Der rote Ford Mustang fiel in dieser Umgebung überhaupt nicht auf. Der Sportwagenklassiker stand am Straßenrand, geparkt zwischen einem Dodge Ram, einem Pick-up mit Bullfänger und einem Jeep Cherokee älteren Jahrgangs. Die Finnen liebten die großen US-amerikanischen Fabrikate. Der Jeep war offensichtlich längere Zeit nicht benutzt worden und trug eine imposante Schneehaube.

Fingerdick bedeckte der Schnee die Windschutzscheibe des Ford Mustang, der Wagen stand hier also schon eine Weile. Nur wer genauer hinschaute, konnte erkennen, dass die finnischen Kennzeichen lediglich mit Draht befestigt waren.

Frank Soyka und Lutz Wehmeier trugen Wollmützen, Schals und dicke Jacken. Trotzdem zitterten sie vor Kälte. Da der

Motor und somit auch die Heizung bereits seit einer halben Stunde ausgeschaltet waren, herrschten im Wageninneren inzwischen Minusgrade. Die beiden schauten unentwegt zu dem Haus mit dem weiß abgesetzten Holzgiebel hinüber, das auf der gegenüberliegenden Straßenseite lag.

»Mach endlich die Scheiß-Karre an!«, schimpfte Wehmeier. Er saß auf dem Beifahrersitz und schlackerte mit den Knien. Seine Beine wurden nur von abgewetzten Jeans umhüllt. »Ich frier mir noch die Eier ab.«

»Krieg dich wieder ein«, gab Soyka zurück. »Zehn Minuten noch. Dann gehen wir rein.«

»Auf was wartest du denn?«

»Ich will sichergehen, dass hier keine Bullen sind.«

Wehmeier rutschte unruhig auf seinem Autositz hin und her. »Gefällt mir nicht, dass der alte Mazda hier nirgendwo rumsteht«, knurrte er.

Soyka winkte ab. »Den hat der sonst wo versteckt. In einer Garage. Oder 'ner Scheune. Der ist nicht blöd.«

»Nicht blöd? Der ist nicht hier! Bestimmt.«

»Mann, Lutz!« Soyka schlug wütend aufs Lenkrad. »Du nervst. Wenn er nicht hier ist, fahren wir eben zu der anderen Adresse. Basta! Oder fällt dir was Besseres ein?«

An der Seitenscheibe, die von innen zuzufrieren drohte, rieb Wehmeier mit dem rechten Handschuh ein Guckloch frei. »Ich glaub auch nicht, dass da seine Eltern wohnen«, maulte er weiter.

»Wieso das?«

»Na, guck dir die zwei Schlitten an, da vor der Haustür. Das sieht eher nach Jungvolk aus.«

»Kinder? Oder was meinst du?«

»Genau.«

»Dann ist das eben Verwandtschaft. Schwester oder Bruder. Auch gut. Einer von denen wird uns schon zeigen, wo er steckt. Über kurz oder lang.«

»Wenn nur diese Scheiß-Kälte nicht wär.« Wehmeier trampelte mit den Füßen. »Ich spür kaum noch meine Zehen.«

»Okay, okay! Ich hab die Schnauze voll von deinem Gejammer.« Frank Soyka zog den Zündschlüssel ab. »Heb deinen kalten Arsch, wir gehen rein.«

»Na endlich«, erwiderte sein Kumpan erleichtert. Er zog seinen Schal hoch bis unter die Augen und die Mütze tief in die Stirn. »Wie willst du —«

»Moment«, unterbrach ihn Soyka. Er hatte die gegenüberliegende Straßenseite nicht aus den Augen gelassen. Er packte Wehmeier am Arm und hielt ihn zurück. »Warte. Da passiert was.«

Die Tür des Hauses, das sie beobachteten, stand jetzt offen. Zwei Personen tauchten im Türrahmen auf, eine große und eine kleine. Die große trug lediglich Pullover und Hose, die kleine Winterjacke, Mütze und Handschuhe, dazu auf dem Rücken einen Schulranzen.

»Mutter und Tochter«, zischte Wehmeier, während er im Autositz tiefer nach unten rutschte, um nicht gesehen zu werden. »Verdammt, wir sind falsch hier.«

Die Frau verabschiedete das Mädchen mit einem Kuss. Die Kleine lief die Einfahrt entlang zur Straße, die Mutter winkte noch, kehrte dann ins Haus zurück.

»Das muss Verwandtschaft sein. Die Eltern wohnen anscheinend woanders.«

»Also nix wie weg hier«, drängelte Wehmeier. »Zu der anderen Adresse.«

»Warte noch.« Soyka beobachtete, wie das Mädchen auf dem Fußweg in Richtung Zentrum lief. Der Schneefall nahm zu, die Sicht wurde schlechter.

»Wir müssen zurück, in die andere Richtung.« Sein Beifahrer hatte einen Stadtplan hervorgekramt. »Die wohnen ein Stück außerhalb.«

Frank Soyka schien nicht zuzuhören. Er starrte immer noch in die Richtung, in welche das Mädchen gelaufen war. Wortlos ließ er den Motor an und betätigte den Scheibenwischer. Dann legte er den ersten Gang ein und fuhr los.

»He, wohin willst du?«, krähte Wehmeier.

»Pack den Stadtplan weg.« Mit zusammengekniffenen Augen fixierte Soyka die kleine Gestalt, die sich fünfzig Meter vor ihnen auf dem Fußweg tapfer durch das Schneetreiben kämpfte. »Ich hab 'ne bessere Idee.«

»Ja, kleiner Flughafen, aber oho!«

Jan Ahonen, der mit Robert Mendelski auf der Rückbank saß, beugte sich nach vorn, um Maike Schnur ansehen zu können. Sie waren auf der Fahrt vom Flughafen Savonlinna in die Stadt, die nur fünfzehn Kilometer entfernt lag. Den Polizeiwagen steuerte ein schmächtiger, blasser Streifenpolizist in Uniform. Obwohl es unentwegt schneite, lenkte er den Nissan Primera rasant über die spiegelglatte Landstraße 471. Risikoreich, jedoch versiert. Wie ein finnischer Rallye-Weltmeister.

»Ich glaube, das ist der einzige Flughafen auf der Welt mit einem Konzertflügel«, erklärte der Kripomann aus Helsinki. »Damit werden die Gäste während der Opernfestspiele im Juli bereits bei ihrer Ankunft eingestimmt.«

»Opernfestspiele«, murmelte Mendelski. »Die Opernfestspiele von Savonlinna. Davon habe ich schon gehört. Die sind weltberühmt.«

»Da haben Sie recht.« Ahonen freute sich sichtlich über das Kompliment. »Aber Sie beide kommen ja nicht im hellen, warmen Juli, sondern im dunklen, kalten Dezember zu uns. Und nicht um Musik zu hören, sondern um einen Mörder zu jagen.«

»Oder mehrere«, erwiderte Mendelski. »Wir haben immerhin drei Verdächtige. Haben Ihre Kollegen hier schon Neuigkeiten?«

»Nicht wirklich. Ich habe heute Morgen nur kurz mit ihnen telefoniert. Von Mika Rahola und den beiden Deutschen, deren Namen ich nicht auswendig weiß, gibt es noch keine Spur.«

»Lutz Wehmeier und Frank Soyka heißen die beiden. Ihre Fotos erscheinen morgen in den Zeitungen, sagten Sie?«

»Richtig. Im Fernsehen und im Internet sind sie heute schon zu sehen. Das sind die für das technikverliebte Finnland weitaus wichtigeren Medien.«

»Mika Rahola hatte ja bereits seine Schlagzeile. Ich habe die Zeitung vorhin zufällig beim Frühstück gesehen. Eine nette Hotelangestellte hat mir den Artikel ins Englische übersetzt.«

»Wenn Mika Rahola das liest, wird er sich in die Enge getrieben fühlen. Sich weiter verkriechen. Oder überreagieren.«

»Was meinen Sie denn damit?«

Jan Ahonen holte tief Luft. »Na ja, durchdrehen, Amok laufen oder Suizid begehen. Leider neigen wir Finnen zu solchen Extremen. Besonders wenn Alkohol im Spiel ist.«

Mendelski schwieg nachdenklich. Maike Schnur schaute trotz der rasanten Fahrt über ihre Schulter nach hinten zur Rückbank. »Was ist mit den Eltern von Mika Rahola?«, fragte sie.

»Die werden betreut. Aber soweit wir wissen, hat sich ihr Sohn noch nicht bei ihnen gemeldet.«

»Wird ihr Haus observiert? Telefon, E-Mail, Internet?«

»Nicht, wie Sie vielleicht denken, mit einem getarnten Auto vor der Tür oder mit angezapften Leitungen. Nein, wir nutzen solche James-Bond-Methoden nicht. Ein Kollege oder eine Kollegin ist ständig bei ihnen im Haus. Auch nachts. Die Raholas kooperieren gut mit uns. Sie sind von der Unschuld ihres Sohnes überzeugt.«

»Weitere Angehörige?«

»Der Bruder mit seiner Familie. Der lebt direkt in Savonlinna, während die Eltern etwa drei Kilometer außerhalb der Stadt wohnen. Er ist eingeweiht, hat aber nach eigenen Angaben nichts von seinem Bruder gehört.«

»Wird diese Familie denn ebenfalls betreut? Rund um die Uhr?«, wollte Mendelski wissen.

Ahonen schüttelte den Kopf. »Nein, die Familie ist aber in ständigem Kontakt mit uns. Zwei-, dreimal täglich fährt eine Streife dort vorbei.«

Der tief verschneite Wald, durch den sie bisher gefahren waren, lichtete sich. Rechts und links der Straße tauchten Wohngrundstücke mit schmucken Einfamilienhäusern auf. Sie hatten die Vororte von Savonlinna erreicht.

»Fahren wir jetzt direkt zu den Eltern?«, fragte Maike Schnur.

»Nein. Erst zur Polizeizentrale im Stadtzentrum. Dort findet eine Lagebesprechung statt. Dann sehen wir weiter.«

Mendelski bemerkte, dass sein Smartphone eine neue Textnachricht empfangen hatte – aus Celle.

Danke für den Tipp, schrieb Heiko Strunz. *Werden die Jagdwaffe von Dr. Wimmer unverzüglich einziehen und untersuchen. Er war nicht gerade begeistert, als ich ihn heute Morgen deswegen anrief. Melde mich, wenn das Ergebnis vorliegt.*

Mit achtzig Stundenkilometern fegte die Arctic Cat T570 über den Haapavesi-See in Richtung Süden. Die schnurgerade Piste, eigens für Schneemobile angelegt, war frisch präpariert und wies daher kaum Spurrillen auf.

Mika Rahola hielt sich zurück – wegen des Schneefalls. Außerdem hatte er lange nicht mehr auf einem Motorschlitten gesessen. In seinen besten Zeiten war er mit hundertdreißig Kilometern pro Stunde und mehr über den See gedüst. Das hatte den richtigen Kick gebracht.

Als jugendlicher Draufgänger war er einmal nur knapp einer Katastrophe entgangen. Er hatte ein zugeschneites Ruderboot, das umgedreht dalag, nicht rechtzeitig gesehen, war drauf- und drübergefahren. Wie auf einer Rampe hatte es ihn mitsamt dem Schneemobil in die Luft katapultiert. Bei der Landung war er unsanft mit der Brust auf den Lenker aufgeschlagen und hatte sich drei Rippen geprellt. Noch Monate später hatte ihn ein stechender Schmerz an dieses Abenteuer erinnert.

Jetzt war er mit Integralhelm, Thermo-Overall, Spezialhandschuhen und -stiefeln aus dem Bestand seines Bruders bestens ausgerüstet.

Mika passierte die Insel Iso Sammalsaari und lenkte sein Fahrzeug auf das Festland zu. Als er das steile Ufer hinauffuhr, kam ihm eine Gruppe Schneemobil-Touristen entgegen. Vorneweg der Führer in Signalweste, dahinter eine Gruppe von fünf Maschinen, die behutsam und vorsichtig die Abfahrt nahmen.

Bereits nach wenigen Metern kreuzte die Motorschlittenpiste die Savonlinnan-Punkaharjuntie, die Überlandstraße 14. Mika ließ zwei Holz-Lkws vorbeifahren, bevor er die Fahrt fortsetzte. Der Weg führte durch einen Kiefernwald, den er wie seine Westentasche kannte. Sein Elternhaus, in dem er seine gesamte Kindheit verbracht hatte, lag jenseits des Waldes, nur noch einen knappen Kilometer entfernt.

Sein Herz schlug schneller, je näher er seinem Ziel kam. Vor Aufregung. Würden seine Eltern überhaupt zu Hause sein? Aber wo sonst? Sie waren sehr bodenständig und verreisten wegen ihres Alters und diverser Zipperlein immer seltener. Und wenn überhaupt, dann im Sommer. Letztes Jahr hatten sie Estland und Russland besucht, waren mit dem Schiff von Helsinki nach Tallin und weiter nach St. Petersburg gefahren, zu einer Städtetour – für gerade mal fünf Tage. In Deutschland waren sie zuletzt vor drei oder vier Jahren gewesen. Um ihn, ihren jüngsten Sohn, in seiner zweiten Heimat zu besuchen.

Was würde ihn zu Hause erwarten? Etwa die Polizei? Würden sie ihn am Elternhaus abfangen? Aber wenn, rechneten sie sicher mit einem Auto, das sich auf der Straße näherte, nicht mit einem Schneemobil aus dem Wald. Das war ein großer Vorteil. Zudem konnte man ihn mit dem Integralhelm auf dem Kopf kaum erkennen. Schließlich rauschten zu dieser Jahreszeit unzählige Schneemobile durch die Gegend, sodass er nicht weiter auffiel.

Zwischen den rötlich schimmernden Kiefernstämmen tauchte das Haus seiner Eltern auf, eines der typischen nordischen Holzhäuser, rostrot gestrichen, mit weiß abgesetzten Giebelbalken und Fensterrahmen. Die Nachbarn rechts und links besaßen ähnliche Häuser und verfügten wie seine Eltern über großzügige Waldgrundstücke. Grenzzäune, wie man sie aus Deutschland kannte, gab es hier nicht.

Eine uralte Zwillingskiefer, in die er schon als Junge oft geklettert war, nutzte er als Deckung. Rund fünfzig Meter vor dem Haus seiner Eltern schaltete er den Motor aus. Ohne abzusteigen oder das Visier hochzuklappen, spähte er die Gegend aus. Auf der Siedlungsstraße parkten vor den Nachbarhäusern zwei harmlos erscheinende Autos mit dicken Schneehauben. Weit und breit war kein Mensch zu sehen. Er konnte nichts Verdächtiges ausmachen.

Sein Elternhaus lag friedlich im seichten Schneefall. Unter dem Dach des Carports stand der graue Honda CR-V seiner

Eltern. Das Küchenfenster war erleuchtet, und Mika meinte zu sehen, dass auch im Wohnzimmer Licht brannte. Wahrscheinlich saß sein Vater, der längst im Ruhestand war, im Schein der Stehlampe in seinem Lieblingssessel und studierte die »Helsingin Sanomat«, die größte finnische Tageszeitung.

Mika schluckte. Hoffentlich gab es nicht schon wieder etwas über ihn in der Presse zu lesen. Für seine Eltern, die rege am gesellschaftlichen Leben von Savonlinna teilnahmen, wäre das kaum zu ertragen.

Aufgewühlt und voller Tatendrang startete er den Motorschlitten. Zunächst wollte er sich als vermummter Anonymus dem Haus nähern. Die Schneemobilpiste führte direkt am Haus seiner Eltern vorbei, so konnte er relativ unauffällig in die Fenster gucken. Bevor er seine Eltern aufsuchte, wollte er sichergehen, dass sie allein waren.

Mika fuhr auf dem Schneemobil bis zur Straße vor, wo der normale Autoverkehr Vorfahrt hatte. Tatsächlich näherte sich in diesem Moment ein Auto, das ihn zum Anhalten zwang. Der rote Ford Mustang rollte langsam an ihm vorbei, so, als würden seine Insassen etwas suchen. Vor dem Haus seiner Eltern bremste das Fahrzeug ab. Die Beifahrertür öffnete sich, und ein Mann stieg aus. Er hatte die Kapuze seiner Jacke tief ins Gesicht gezogen, in der Hand hielt er einen Briefumschlag. Mit zwei langen Schritten hatte er den Briefkasten erreicht, der an einem Pfosten neben der Zufahrt angebracht war, und steckte den Umschlag hinein. Dann kehrte er zum Auto zurück, stieg hastig ein und zog die Tür zu. Das Fahrzeug fuhr wieder an und rollte – nun deutlich schneller – direkt an Mika vorbei.

Die beiden Männer im Ford Mustang ignorierten ihn. Scheinbar bewusst schauten sie zur anderen Straßenseite, als sie ihn passierten. Nicht nur ihr Verhalten, auch ihr Erscheinungsbild machte auf Mika einen sehr sonderbaren Eindruck. Der Fahrer trug eine graue Wollmütze, der Beifahrer hatte die Kapuze immer noch tief im Gesicht.

Wollmütze! Zwei Männer!

Mika lief ein Schauer über den Rücken.

Er war ihnen in Deutschland sehr nahe gewesen, tage- und

nächtelang. Er hatte sie jedoch bisher nie zu Gesicht bekommen. Lediglich ihre Stimmen gehört. In seiner Gegenwart waren sie stets vermummt gewesen.

Verdammt! Waren sie schon hier? Waren das die zwei?

Sie mussten es sein.

Der Ford Mustang war noch nicht um die nächste Ecke gebogen, als Mika kräftig Gas gab und über die Straße zur Zufahrt zum Haus seiner Eltern raste. Ohne abzusteigen, ohne die Handschuhe auszuziehen, griff er in den Schlitz des Briefkastens.

Der braune DIN-A4-Umschlag war leicht zu erwischen. Nur Sekunden später preschte er zurück in den Wald.

Ein gutes Stück hinter der Zwillingskiefer stoppte er und guckte sich den Umschlag näher an. ›An Mika Rahola‹, stand dort in schwarzer, krakeliger Edding-Schrift. Auf Deutsch.

Mit zitternden Händen riss Mika den Umschlag auf. Auf das Blatt darin hatte jemand in gleicher Schrift vier Sätze und eine Handynummer geschrieben. Vier kurze, aber aussagekräftige Sätze:

Keine Polizei! Wir haben Siiri. Du hast, was wir wollen. Lass uns tauschen.

Venla Keskinen von der Poliisi Savonlinna schaute verwundert aus dem Fenster.

»Was war das denn?«, fragte die junge Beamtin auf Finnisch. »Werde ich langsam schneeblind?«

»Was denn?« Ein älterer Herr in Holzfällerhemd, Grobcordhose und Fellpuschen legte die Zeitung beiseite und erhob sich gemächlich aus seinem Sessel.

Die Polizistin deutete durch das Stubenfenster nach draußen zur Straße. »Eben ist ein Auto vorgefahren«, sagte sie. »Ein Mann hat einen großen Umschlag in den Briefkasten geworfen. Keine Minute später fährt ein Schneemobil vor, der Fahrer greift in den Briefkasten, zieht den Umschlag hervor und braust davon. Rüber in den Wald.«

»Schon seltsam«, murmelte der Mann. »Was für ein Auto war das denn?«

»Jedenfalls keins von der Post. Ein roter Sportwagen. So 'n altertümlicher Ami-Schlitten.«

Der Mann zuckte mit den Schultern.

»Ihr Sohn soll mit einem roten Mazda unterwegs sein«, fuhr Venla Keskinen fort. »Einem Kleinwagen. Das war mit Sicherheit kein Mazda.«

»Und das Schneemobil?«

»Schwierig. Eine grün-schwarze Arctic Cat, glaube ich. Mit einem Fahrer in Vollmontur.«

»Ich geh mal zum Briefkasten raus«, sagte der Mann.

»Und ich telefoniere«, erwiderte die Polizistin. »Das könnte die Zentrale interessieren.«

Der Besprechungsraum der Poliisi Savonlinna war fast voll besetzt. Neben den beiden deutschen Beamten aus Celle und ihrem Betreuer und Übersetzer Jan Ahonen aus Helsinki saßen sechs weitere Polizisten und eine Staatsanwältin an dem großen eckigen Tisch. Vier der Polizisten waren in Zivil, sie waren Angehörige der Kripo. Zwei trugen Uniformen, was sie als Schutzpolizisten auswies.

An eine Pinnwand hatte jemand diverse Fotos angeheftet. Auf den meisten waren drei verschiedene Männer zu sehen, Porträts und Ganzkörperaufnahmen. Die Bilder zeigten Mika Rahola, Frank Soyka und Lutz Wehmeier. Von den letzteren beiden hingen auch Polizeifotos an der Pinnwand, sowohl Front- als auch Seitenansichten, die mit Ort, Zeitmarke und einer Identifikationsnummer beschriftet waren. Auf einem Bild war ein roter Pkw abgelichtet, ein Mazda älterer Bauart mit deutschem Kennzeichen. Ein Beamer, der unter der Decke hing, projizierte eine Landkarte an die Wand. Sie zeigte die nähere Umgebung von Savonlinna.

Zu Beginn war die Besprechung in Englisch geführt worden, was für Robert Mendelski und Maike Schnur keinerlei Probleme aufwarf. Doch als es in Details ging, die das finnische Recht betrafen, und die Staatsanwältin sich in komplizierte Ausführungen verwickelte, wechselten die Beamten ins Finnische. Jan Ahonen übersetzte.

Gerade wollte man eine kurze Pause einlegen, um sich einen Imbiss zu gönnen, als es klopfte. In der Tür stand eine Polizistin in Uniform; sie entschuldigte sich für die Störung, aber sie hätte eine wichtige Nachricht für den Einsatzleiter. Nachdem sie ein Blatt Papier überreicht hatte, verschwand sie wieder.

Der finnische Einsatzleiter, ein blonder Hüne mit Stirnglatze, verzog sein Gesicht, während er die Nachricht überflog. Dann sagte er drei Sätze in seiner Landessprache.

Jan Ahonen übersetzte: »Heute Morgen ist in Savonlinna ein achtjähriges Mädchen auf dem Weg zur Schule spurlos verschwunden. Es handelt sich um Siiri Rahola, die Tochter von Mika Raholas Bruder Lauri, also um die Nichte des Gesuchten. Die Eltern sind jetzt hier im Haus und werden von unseren Leuten psychologisch betreut.«

Unruhiges Gemurmel wurde laut. In den Gesichtern der Anwesenden spiegelte sich deutlich die Anspannung. Der Fall schien unerwartete Dimensionen anzunehmen.

»Der wird doch nicht seine eigene Nichte entführen«, gab die Staatsanwältin, eine dunkelhaarige Fünfzigjährige, mit Nachdruck zu bedenken. »Das ergibt doch gar keinen Sinn.«

»Wenn es denn überhaupt Mika Rahola war«, entgegnete der Einsatzleiter, während er den Zettel in seiner Hand zusammenfaltete. »Wir haben ja noch zwei Verdächtige, die sich im Entführen bestens auskennen.«

»Natürlich müssen wir auch die beiden Deutschen in Betracht ziehen. Ich schlage vor, wir holen die Eltern in unsere Besprechung.«

In diesem Moment klopfte es erneut. Wieder war es die Polizistin, wieder mit einem Zettel in der Hand. Ohne sich mit einer Entschuldigung aufzuhalten, überreichte sie das Blatt.

Der Einsatzleiter las vor: »Vor dem Haus der Großeltern von Siiri Rahola ist von unserer Kollegin Venla Keskinen ein verdächtiges Auto mit zwei Männern gesehen worden. Einer der Männer hat einen großen Umschlag im Briefkasten hinterlassen. Dieser Briefumschlag wurde unmittelbar danach von einem unbekannten Schneemobilfahrer aus dem Briefkasten gefischt und entwendet.« Der blonde Hüne warf das Blatt Papier auf den Tisch.

»Daraus werde einer schlau«, kommentierte die Staatsanwältin. »Angenommen, die zwei Männer sind die Deutschen, und Mika Rahola fuhr das Schneemobil. Wozu das Ganze?«

»Erst die Entführung, dann ein Erpresser- oder Lösegeldschreiben«, erwiderte der Einsatzleiter. »Das könnte durchaus passen.« Er erhob sich von seinem Stuhl und trat an die Landkarte. *»Perkele!«*, tönte er unverblümt, Teufel auch! »Irgendwo da draußen scheint sich ein Drama abzuspielen. Mit drei zwielichtigen Männern. Und einem unschuldigen Kind. – Nur wo, um Himmels willen?«

Verflucht! Er musste telefonieren. Sofort. Bloß wie?

Mika Rahola geriet in Panik. Die Gangster schrieben, sie hätten Siiri entführt. Siiri, die achtjährige Tochter seines Bruders. Sein Patenkind.

Er versuchte, logisch zu denken. Das konnte ein Bluff sein. Aber warum sollten die bluffen? Die Entführung ließe sich schnell und einfach überprüfen. Durch einen Anruf bei Lauri. Oder bei seiner Frau.

Doch er besaß kein Handy mehr. In Deutschland hatten die Gangster es ihm abgenommen. Eigentlich war es von Vorteil, auf der Flucht kein Mobiltelefon dabeizuhaben. Dann konnte man nicht geortet werden. Aber jetzt und hier, im Wald von Savonlinna, hätte er ein Vermögen für ein funktionierendes Handy gegeben.

Zwei Schneemobile näherten sich vom See her. In einem Höllentempo rasten sie zwischen den Bäumen hindurch. Mika hätte ein Stück zur Seite fahren müssen, um sie durchzulassen, doch er blieb stehen.

Er streckte den Arm aus, die beiden Motorschlitten stoppten. Nur wenige Zentimeter vor seinem Schneemobil. Mika nahm den Helm ab, stieg vom Sitz und sprach die beiden auf Finnisch an.

»*Hei!* Könnt ihr mir helfen? Ich hab einen Motorschaden und würde gern mal telefonieren. Hab aber leider kein Handy dabei.«

Die beiden Schneemobilfahrer schauten sich an, dann nickte der eine. Sie nahmen ebenfalls ihre Helme ab. Lange zottelige Haare kamen zum Vorschein, die beiden Jugendlichen unternahmen eine Spritztour. Wortlos zog der eine sein Smartphone aus der Brusttasche und entriegelte es, um es Mika zu geben.

»Danke!«, sagte der. »Ich brauch nur 'ne Minute.«

Erst jetzt fiel ihm ein, dass er die Telefonnummer seines Bruders gar nicht im Kopf hatte. Dort anzurufen konnte er also vergessen. Kurz entschlossen zog er das Blatt Papier aus dem

Umschlag in seiner Jackentasche und tippte die Nummer ein, die die Gangster angegeben hatten. Dabei entfernte er sich ein paar Schritte von den Jugendlichen, die sich inzwischen jeder eine Zigarette angesteckt hatten.

Nach zweimaligem Klingeln war ein kurzes »Ja?« zu hören.

»Mika hier«, sagte er auf Deutsch. »Beweist mir, dass Siiri bei euch ist.«

Zunächst war ein Geraschel zu hören, dann sehr deutlich eine weinerliche, herzzerreißende Mädchenstimme, die ihn um Hilfe bat: »*Mika! Apua! Mika!*«

»*Olen jo matkalla!*«, stieß Mika laut hervor, ich bin schon unterwegs! Er schrie es fast.

Die beiden Jugendlichen hatten unfreiwillig mitgehört und guckten ein wenig schräg. Wahrscheinlich dachten sie, dass es da eine kleine Auseinandersetzung mit seiner Ehefrau oder Freundin gab.

»Wo?«

Dieses kurze Wort auf Deutsch zeigte Mika, dass einer der Gangster wieder das Gespräch übernommen hatte.

»In einer Hütte. Im Wald. Rund fünfunddreißig Kilometer im Westen.«

»Genauer.«

Hastig beschrieb Mika, wie man mit dem Auto von Savonlinna zum Blockhaus kam.

»Wann?«

»Ich brauch 'ne halbe Stunde.«

»Keine Polizei! Sonst …«

»Nein! Ganz sicher.«

Am anderen Ende wurde die Verbindung unterbrochen. Mika kehrte zu den beiden Jugendlichen zurück, die sich ein Feixen kaum verkneifen konnten.

»Na, was raucht ihr denn da für 'n Zeugs?«, fragte er gereizt, jetzt wieder in seiner Muttersprache. »Schönen Dank jedenfalls.« Er gab das Smartphone zurück, setzte den Helm auf und schwang sich auf das Schneemobil. Ohne die beiden Jugendlichen weiter zu beachten, startete er die Maschine und brauste Richtung See davon.

Die guckten sich mit großen Augen an. Hatte der Typ nicht was von Motorschaden gefaselt?

Der Regen wollte nicht enden. Seit über zwölf Stunden schüttete es in Celle ununterbrochen. Von Mitternacht bis Mittag. Dazu kam der warme und heftige Südwestwind, der bis in die letzten Winkel der Altstadt drang und die eisige Winterluft der vergangenen Woche vertrieb.

Der bevorstehende zweite Advent schien sprichwörtlich ins Wasser zu fallen. Denn laut Prognose der Wetterfrösche war ein Ende der Niederschläge und Plusgrade in Norddeutschland nicht abzusehen. Es würde nur noch Stunden dauern, bis die letzten Reste der weißen Pracht in den Gullys verschwunden waren.

»Jetzt siehst du, wie richtig ich damit lag, den Multivan zu nehmen«, sagte Jo Kleinschmidt. Da der Schneematsch auf dem Waldweg einem glitschigen Brei glich, hatte er alle Mühe, den Wagen in der Spur zu halten. »Ohne Allradantrieb kämen wir hier nicht weit.«

»Ohne deine Fahrkünste aber auch nicht«, lobte Ellen Vogelsang ihren Kollegen. »Hier im Gelände bist du in deinem Element, das merkt man.«

Mit Vollgas und ordentlichem Schwung drosch er den Wagen durch eine Senke, die voller Schmelzwasser stand. Der Motor ächzte, die braune Pampe spritzte bis an die benachbarten Bäume.

»Yippee!«, krakeelte Kleinschmidt. Ihm war der Spaß am Offroad-Fahren anzusehen. »Jetzt geht die Post ab. Geil!«

»Hauptsache, wir kommen heil an«, bemerkte seine Beifahrerin spitz. Mit beiden Händen umklammerte sie den Haltegriff über der Tür. »Und meinetwegen … meinetwegen kannst du es auch ein bisschen ruhiger angehen lassen.«

»Ach Quatsch!« Nahezu quer stehend driftete er um die nächste Kurve. »Ich hab die Mühle im Griff.«

Zehn abenteuerliche Fahrminuten später erreichten sie den Tatort im Klosterforst – immerhin unbeschadet. Der stramme Wind zerrte an dem rot-weißen Absperrband der Polizei, das, anscheinend nutzlos und zum Teil schon abgerissen, laut flatternd zwischen den Bäumen hing.

Der Wagen hielt neben dem Rückezug des getöteten Niilo Humppi, der nach wie vor an derselben Stelle stand wie vor vier Tagen. Der Regen brachte die blaue Karosse zum Glänzen, als wäre sie neu.

Obwohl es um eine Tatortuntersuchung ging, verzichteten sie auf die unpraktischen weißen Kapuzenschutzanzüge und Schuhüberzieher. Normale Regenjacken und Gummistiefel waren bei diesem Wetter eher angesagt, zumal es sich um eine wiederholte, nachträgliche Besichtigung handelte. Mendelski hatte sie vor seinem Abflug nach Finnland beauftragt, bei Tauwetter noch einmal ins Langlinger Holz zu fahren. Nach der Schneeschmelze würde der Waldboden eventuell noch Hinweise, Spuren der Tat oder sogar wichtige Beweismittel preisgeben.

Nachdem sie sich Fotoapparate, Latexhandschuhe und Beweismitteltüten in die Jackentaschen gestopft hatten, brachen sie auf.

»Am besten suchen wir erst mal die Stelle ab, wo der Harvester gestanden hat«, schlug Kleinschmidt vor. »Danach erweitern wir systematisch den Suchradius.«

Der nasse Schlamm quatschte unter ihren Gummistiefeln. Zum Glück war der Waldboden nicht durchgefroren, sodass ein Großteil des Wassers rasch im sandigen Erdreich versickern konnte. Ansonsten hätten sie jetzt in einer Seenlandschaft gestanden.

Eine halbe Stunde später zogen sie ein erstes ernüchterndes Resümee.

»Meine Ausbeute ist höchst überschaubar«, sagte Ellen Vogelsang, während sie eine Beweismitteltüte in der Hand schwenkte. »Zwei Coca-Cola-Kronkorken, eine Mandarinenschale, der Fetzen eines ölhaltigen Putzlappens, blaues Plastik wie von einer Kunststofftasche von Ikea – und eine große schwarze Feder.«

»Eine Feder gehört doch hierher, in den Wald«, widersprach Kleinschmidt. »Die stammt wahrscheinlich von dem Kolkraben, den der Förster verscheucht hat. Die kannst du gleich hierlassen.«

»Nee, die nehme ich mit.« Trotzig zuckte sie mit den Schultern. »Und was hast du?«

»Ein Stück Kabelbinder, eine Unterlegscheibe, den Deckel eines Joghurtbechers, zwei Glasscherben, ebenfalls blaues Plastik und einen zerschlissenen Arbeitshandschuh.«

»Auch nicht gerade spannend.«

»Wohl wahr.« Kleinschmidt zog die Kapuze tiefer ins Gesicht. Der Wind frischte auf, der Regen kam jetzt nahezu waagerecht daher. »Lass uns eben noch zu dem Baum gehen, wo der Hirsch gelegen hat. Dann verschwinden wir wieder.«

Wenig später standen sie unter der Huteeiche am Rand der Mulde.

»Wie sieht das denn aus?«, wunderte sich Ellen Vogelsang. Sie schoss rasch ein paar Fotos. »Die Erde ist ja ganz frisch aufgewühlt. Als ob eine Bombe eingeschlagen hätte … oder als hätte hier ein Wildschwein gehaust.«

»Letzteres«, erwiderte Kleinschmidt trocken. »Wahrscheinlich waren es mehrere.«

»Auf Futtersuche?«

»Ja. Die Sauen suchen hier nach Eicheln, die im Herbst vom Baum gefallen sind. Schau, da —« Er unterbrach sich selbst. Sein Blick war auf den gegenüberliegenden Rand der Mulde geheftet. Dort ragte etwas aus dem Erdreich, was da sicher nicht hingehörte.

»Was ist das denn?«, fragte Ellen Vogelsang.

Jo Kleinschmidt antwortete nicht. Er kletterte bereits in die Kuhle hinab.

Siiri!

Wenn die beiden ihr auch nur ein Haar krümmten, würden sie Finnland nicht lebend verlassen. Das schwor sich Mika Rahola.

Siiri. Sein Patenkind. Er konnte an nichts anderes mehr denken.

Mit dem Gas am Anschlag raste er über den See der Hütte

entgegen. Die Tachonadel des Schneemobils zitterte um die hundertzehn Kilometer pro Stunde. Mika musste sich voll auf die Piste konzentrieren, da die gut befahrene Route inzwischen Spurrillen im Schnee aufwies. Eine kurze Unachtsamkeit, ein Schlenker zu viel, ein Verreißen des Lenkers – und er würde ins Schlingern geraten, schleudern, umkippen oder sich gar überschlagen. Bei der hohen Geschwindigkeit konnte dies trotz des Helmes und trotz des vermeintlich weichen Schnees tödlich enden.

Von einer Minute zur anderen hörte es auf zu schneien. Wind kam auf und riss die Wolkendecke entzwei. Die Sicht wurde deutlich besser. Die Mittagssonne, die wie aus dem Nichts auftauchte, stand sehr tief am Horizont im Süden.

Mika war seit fünfundzwanzig Minuten unterwegs und würde sein Ziel bald erreicht haben. Gerade voraus, am Ufer des Sees, konnte er zwischen runden, schneebeladenen Baumwipfeln ein weißes Viereck erspähen. Das musste das Dach des Blockhauses sein.

Ob die Gangster schon da sind?, fragte er sich. Ob sie bereits in das Haus eingedrungen sind und alles durchsucht haben?

Und wie ging es Siiri?

Die Angst um sein Patenkind versetzte ihn in einen Schockzustand. Seit dem Anruf hatte er keinen auch nur halbwegs klaren Gedanken mehr fassen können, ganz davon abgesehen, einen raffinierten Plan zu schmieden. Mit Siiris Entführung hatten ihn die beiden Deutschen restlos überrascht und überrumpelt.

Jetzt ging es ihm nur noch darum, das Mädchen zu befreien, die Kleine den beiden Gangstern zu entreißen und sie ihren Eltern unversehrt zurückzubringen.

Mit Schwung nahm Mika die Uferböschung und raste den steilen Hang zur Hütte hinauf. Er umrundete den Gebäudekomplex und stoppte das Schneemobil neben dem eingeschneiten Mazda.

Mit rasendem Puls sprang er von der Maschine, riss sich den Helm vom Kopf und schaute sich hektisch um – niemand zu sehen. Er suchte im Schnee nach frischen Spuren, nach Reifen- und Fußabdrücken.

Sie schienen noch nicht hier gewesen zu sein. Die Zufahrt zeigte eine jungfräuliche Neuschneeschicht. An der Hütte war heute also noch kein Auto angekommen.

Doch nein! Was war das?

Als Mika um den Mazda herumging, sah er die Trittsiegel. Frische Schuhabdrücke eines einzelnen Menschen. Die Person war aus dem Wald gekommen und hatte am Mazda gestoppt. Und sich an den Reifen zu schaffen gemacht.

Jetzt sah er es. Beide Vorderreifen waren platt. Wahrscheinlich zerstochen. Mika dachte beklommen an seine eigene Reifenstecherei in Oppershausen. Da zahlte es ihm jemand mit gleicher Münze heim.

Damit war einer seiner Fluchtwege abgeschnitten.

Doch wo war dieser Jemand geblieben?

Die Spuren im Schnee führten weiter zur Treppe, die Stufen hinauf. Aber nicht wieder hinab.

Die Person musste im Haus sein.

»Heute früh ist Ihre Tochter Siiri also eine Stunde später als üblich zur Schule gegangen?«, fragte der Einsatzleiter. Der Kripokollege Jan Ahonen, der neben Mendelski und Maike am Tisch saß, übersetzte flüsternd und simultan ins Deutsche. Die Staatsanwältin verfolgte das Geschehen mit steinerner Miene.

»Ja.« Lauri Rahola nickte. Neben ihm saß seine Frau Lenita, scheinbar teilnahmslos. Mit verweinten, glasigen Augen schaute sie aus dem Fenster. »Siiri hat sich heute Morgen nicht wohlgefühlt, sie hatte Magenschmerzen und wollte deshalb eigentlich ganz zu Hause bleiben.«

»Dann ist sie aber doch gegangen?«

»Ja, ihr ging es dann plötzlich besser.« Lauri schaute zur Seite. »Meine Frau meint, es war ihr wohl zu langweilig ohne ihre große Schwester Elsa. Da hat sie sich aufgerappelt und ist doch noch losgezogen.«

»Geht sie immer zu Fuß?«

»Ja, zur Schule ist es ja nicht weit.«

»Wie lange läuft man?«

»Fünf Minuten.«

»Heute Vormittag hat es geschneit …«

»Auch dann gehen die Kinder zu Fuß. Sie laufen gern durch den Schnee. Nur bei Regen fahren wir sie.«

»Wie haben Sie gemerkt, dass Siiri nicht in der Schule angekommen ist?«

»In der ersten großen Pause hat Elsa meiner Frau eine SMS geschickt und sich nach ihrer kranken kleinen Schwester erkundigt. Meine Frau wusste auf Anhieb, dass etwas nicht stimmen konnte.«

»Sie waren zu der Zeit in Ihrer Firma?«

»Ja. Als meine Frau mich anrief, bin ich sofort nach Hause gefahren.«

»Hm. Ist so etwas schon einmal vorgekommen?«

»Was? Dass unsere Tochter verschwindet?«

»Ja. Hat sie schon mal die Schule geschwänzt? War sie schon mal auf Bummeltour, ohne sich abzumelden?«

»Hören Sie. Unsere Tochter ist acht Jahre alt. Da läuft man nicht einfach so weg. Siiri schon gar nicht.«

»Also gab es so was noch nie?«

»Nein.«

»Sie gehen davon aus, dass Ihre Tochter entführt worden ist?«

»Von was denn sonst?« Lauri atmete schwer, seine Frau fing erneut an zu weinen.

Der Einsatzleiter machte eine kurze Pause, fuhr dann aber mit der Befragung fort. »Bisher hat aber niemand versucht, Kontakt mit Ihnen aufzunehmen?«

Lauri Rahola schüttelte mit Nachdruck den Kopf. »Nein, niemand. Meine Frau und ich haben unsere Handys dabei. Es hat sich aber keiner gemeldet.«

»Und Ihr Bruder Mika hat auch noch nicht angerufen? Er soll ja schon länger in Finnland sein.«

»Nein!« Lauri wurde zunehmend ungehaltener. »Verdammt, das hab ich Ihren Kollegen doch alles schon erzählt.«

»Entschuldigen Sie bitte.« Der Einsatzleiter versuchte, Verständnis aufzubringen. »Aber wir haben, was das Verschwinden Ihrer Tochter Siiri betrifft, nur sehr wenige Anhaltspunkte. Da muss man leider immer wieder von vorn anfangen.«

»Okay.« Lauri senkte frustriert den Blick. »Fragen Sie weiter.«

»Könnte das Verschwinden von Siiri mit Ihrem Bruder Mika zusammenhängen? Sie wissen, dass er gesucht wird …«

»Nein. Kann ich mir nicht vorstellen. Warum sollte Mika Siiri kidnappen? Warum sollte er das tun?«

»Vielleicht, weil er in einer aussichtslosen Situation steckt.«

»Mika vergöttert sie. Das macht doch alles keinen Sinn.«

Der Einsatzleiter schaute zur Staatsanwältin hinüber. Die schien zu verstehen, was er von ihr wollte. Sie nickte.

»Eine unserer Kolleginnen«, fuhr er fort, »die derzeit Ihre Eltern betreut, hat vor einer Stunde eine interessante Beobachtung gemacht – das könnte mit dem Verschwinden Ihrer Tochter zusammenhängen. Sie hat gesehen, wie am Haus Ihrer Eltern ein Auto vorgefahren ist, höchstwahrscheinlich mit zwei Insassen darin. Der Beifahrer, ein Mann, ist ausgestiegen und hat einen DIN-A4-Briefumschlag in den Briefkasten vorn an der Straße geworfen. Dann ist das Auto wieder weggefahren. Nur Sekunden später tauchte ein Schneemobil auf. Der Fahrer hat den Briefumschlag an sich genommen und ist auf und davon. Was sagen Sie dazu?«

Lauri Rahola riss entsetzt die Augen auf. »Soll das heißen, es könnte sich um eine Forderung der Entführer gehandelt haben, die nun verschwunden ist? Wie sollen wir Siiri dann zurückbekommen?« Er musste sich sichtlich zusammenreißen, um äußerlich ruhig zu bleiben. Während seine Frau leise vor sich hin weinte, schien er fieberhaft zu überlegen. »Mein Bruder ist doch nicht der Einzige, nach dem Sie im Zusammenhang mit dem Fall Niilo Humppi fahnden, oder?«

»Das ist richtig.«

»Könnten die Unbekannten im Wagen die beiden Deutschen gewesen sein?«

»Vielleicht«, antwortete der Polizist vorsichtig.

»Und wer hat dann das Schneemobil gefahren? – Was für eine Maschine soll das denn gewesen sein?«

»Moment …« Der Einsatzleiter kramte in seinen Papieren. Dann hatte er das entsprechende Blatt gefunden. »Die Kollegin meint, es sei eine grün-schwarze Arctic Cat gewesen.«

Lauri sprang auf und schlug donnernd mit der flachen Hand auf den Tisch. Seine Frau zuckte vor Schreck zusammen. »Haben Sie mal 'ne Landkarte?«, rief er. »Dann zeige ich Ihnen, wo unsere Seehütte liegt. Die kennt Mika wie seine Westentasche. Und eine grün-schwarze Arctic Cat gibt's dort ebenfalls.«

Nur zögernd betrat er die Veranda. Die durchgefrorenen Nadelholzdielen knackten unter den Sohlen seiner Thermostiefel. Als er sich der Haustür näherte, sah er, dass sie nur angelehnt war. Das Schloss war aufgebrochen, mit Brachialgewalt. Gesplittertes Holz lag am Boden. Als ob jemand die Tür eingetreten hätte.

»Hallo!«, rief Mika auf Deutsch. Er drückte gegen die Tür. »Ist da jemand?«

Keine Antwort.

Vorsichtig trat er ein. Seine Augen, vom grellen Licht draußen im Schnee geblendet, mussten sich erst an das schummrige Licht im Hausinneren gewöhnen.

»Ich bin allein«, rief er in den Raum. »Und ohne Waffen.«

Um seinen Worten Nachdruck zu verleihen, hob er die Hände.

»Das will ich hoffen.« Die Stimme kam von links. Es war die von Sturmhaube.

Mika wandte sich zu ihm um. Der Mann stand am Vorhang des Küchenfensters, maskiert mit einer schwarzen Sturmhaube, wie Mika das bereits aus Deutschland kannte. In der rechten Hand hielt er einen Revolver.

»Na, du Mörder!«, höhnte Sturmhaube. »So schnell sieht man sich wieder.«

Mika verlor keine Zeit. »Wo ist Siiri?«, fragte er, wobei er einen Schritt auf Sturmhaube zuging.

»Stehen bleiben!«, donnerte der ihm entgegen. Dabei drohte er mit seiner Waffe. »Und schön die Pfoten oben lassen.«

»Was ist mit meiner Nichte?« Jetzt flehte Mika fast. »Bitte!«

»Die ist in Sicherheit.« Sturmhaube schaute immer wieder zum Fenster hinaus. Anscheinend traute er dem Frieden da draußen nicht recht. »Es sei denn, du hast gelogen und nette Begleitung mitgebracht.«

»Nein. Hab ich nicht.«

»Wie isses denn so als Mörder auf der Flucht?«, ätzte Sturmhaube. »Hast wenig Freunde momentan, wie?«

Mika war kurz davor, durchzudrehen. »Was wollt ihr?«

»Was wir schon die ganze Zeit von dir wollten.«

»Ich hab keine Ahnung —«

»Schnauze!«, unterbrach ihn Sturmhaube wütend. »Das aus dem Versteck in der Wand. Das, was du in eurer Speisekammer versteckt hattest.«

Mika schaute konsterniert. »Wenn ich euch das gebe, lasst ihr Siiri frei?«

»Das ist der Deal. Los, rück's raus. Sonst erfriert die Göre noch.«

Mika flatterten die Nerven. »Wo habt ihr —«

»Quatsch nicht, mach hin!«, blaffte Sturmhaube.

Mika tat einen Schritt in Richtung Küchenanrichte. »Okay, okay. Aber wie kann ich euch trauen?«

»Trauen? Uns? Gar nicht.« Sturmhaube verlor langsam die Geduld. »Siiri friert. Draußen sind zehn Grad minus. Du hast keine Wahl.«

Die hatte er tatsächlich nicht. Ohne noch länger zu zögern, öffnete Mika die Gefrierschranktür und zog eine Schublade auf. Nachdem er zwei Tiefkühlpizzen und eine Rehkeule herausgeholt und auf den Tisch gelegt hatte, hielt er das in schwarze Plastikfolie eingewickelte Bündel in der Hand.

Wortlos legte er es auf den Küchentisch.

»Du willst mich wohl verarschen?« Sturmhaube blieb auf seinem Posten am Fenster. »Das ist doch nicht alles. Wo ist der Rest?«

Nun wurde auch Mika wütend. »Das ist alles. Schau doch nach.«

»Mann!«, fauchte Sturmhaube verärgert. »Reiß schon auf. Los!«

Mika wickelte die Folie ab und brachte eine rote Stofftasche mit dem Werbeaufdruck eines hannoverschen Energieversorgers zum Vorschein. Aus dieser fischte er zwei Bündel Geldscheine. Grüne Euroscheine. Lauter Hunderter.

»Dreiundzwanzigtausend«, sagte Mika. Er warf das Geld auf den Küchentisch.

»Was? Nicht mehr? Das ist doch nicht alles.« Erstmals verließ Sturmhaube seine Stellung am Fenster. »Los, zurück!« Mit dem vorgehaltenen Revolver scheuchte er Mika vom Gefrierschrank weg.

Er griff in das Schubfach. Es war leer.

»Wo hast du den Rest?«, brüllte er und richtete den Lauf der Faustfeuerwaffe auf Mikas Kopf. »Siiri ist so gut wie tot.«

»Ich … ich weiß nicht, ich …«, stammelte der Finne. Weiter kam er nicht. Motorengeräusche drangen von draußen durch die offen stehende Haustür herein.

Sturmhaube hechtete zum Fenster.

»Wenn das mal kein illegal entsorgter Müll ist«, rief Ellen Vogelsang, während sie vorsichtig zu Jo Kleinschmidt in die Mulde stieg.

»Hier doch nicht«, protestierte ihr Kollege. »Mitten im Klosterforst vergräbt doch keiner so was.« Mit beiden Händen zerrte er am Zipfel eines blauen Plastiksacks, dessen Großteil noch im von den Wildschweinen aufgewühlten Erdreich steckte. »Mann, ist der schwer. Hilf doch mal.«

Da sie kein passendes Werkzeug dabeihatten, mussten sie mit den Händen im Waldboden wühlen.

Zum Glück schützten ihre Latexhandschuhe vor Dreck und Nässe. Der schwarze humose Boden, den unzählige kleine Wurzeln durchzogen, war durch die Schneeschmelze und den Regen nass und schwer. Mit vereinten Kräften brachten sie schließlich einen prall gefüllten Sack zum Vorschein. Einen großen Kunststoffsack aus extradickem Material, wie man ihn auf Baustellen verwendet. Der Sack war mit einem Kabelbinder sorgfältig verschnürt.

»Sieht aus, als läge der schon länger hier vergraben.« Bevor Ellen Vogelsang ihre Kamera in die Hand nahm, wischte sie sich ihre Handschuhe an den Hosenbeinen halbwegs sauber. »Warte, ich schieß erst mal 'n Foto.«

»Mach schnell«, schnaufte Kleinschmidt, der bereits seinen

Leatherman aus der Gürteltasche fummelte. »Bin gespannt wie 'n Flitzebogen.«

Nachdem sie ein Foto mit und eins ohne Blitz geschossen hatte, gab Vogelsang den Sack frei. »Aber sei vorsichtig«, sagte sie.

Kleinschmidt klappte die Kombizange aus. »Da wird doch nicht noch 'ne Leiche …«, sagte er, ohne die Miene zu verziehen.

»Jetzt bitte keine morbiden Scherze«, entgegnete Ellen Vogelsang. Sie war sichtlich angespannt – und neugierig. »Los jetzt, mach schon.«

Nachdem Kleinschmidt den Kabelbinder durchtrennt hatte, öffnete er den Sack und schaute hinein.

»Nun?« Ellen Vogelsang platzte langsam der Kragen.

Behutsam griff er in den Sack. Als er den Arm wieder hervorzog, hielt er ein Paket in der Hand. Ein mit transparentem Kunststoff fein säuberlich eingeschweißtes Paket in der Größe eines Taschenbuchwälzers. Staunend hielt er es dichter an seine Augen.

»Das gibt's doch nicht«, murmelte Kleinschmidt. »Das sind Geldscheine. Zwei Lagen Hundert-Euro-Scheine.«

»Geld?« Ellen Vogelsang beugte sich vor.

Er wog das Paket in seiner Hand. »Das hier sind schon mal ein paar Tausend.« Er reichte ihr das Geldbündel und griff erneut in den Sack.

Nach und nach brachte er Paket um Paket zum Vorschein.

»Donnerwetter!« Kleinschmidt pfiff beeindruckt durch die Zähne. »Das hier sind Bündel mit Fünfhundertern.«

Er holte tief Luft und stemmte die Fäuste in die Hüften. »Also wenn das mal kein Millionenfund ist!«

Mika zögerte keine Sekunde.

Er schnappte sich die Rehkeule vom Tisch, machte zwei Schritte nach vorn und wirbelte den steinhart gefrorenen Fleischbatzen wie einen Baseballschläger durch die Luft.

»Dieser Idiot!«, schimpfte Sturmhaube, der immer noch aus dem Fenster starrte. Den Revolver hielt er dabei schussbereit in den Raum gerichtet. »Der sollte doch —«

Weiter kam er nicht. Als er das Surren und den Luftzug hinter sich wahrnahm, war es zu spät. Er drehte den Kopf um fünfundvierzig Grad, dann traf ihn die Rehkeule mit voller Wucht.

Ein Schuss krachte.

Beide Männer gingen polternd zu Boden.

VIERZEHN

»Heiko!«, brüllte Jo Kleinschmidt in sein Handy. »Hörst du mich jetzt?«

Er entfernte sich ein paar Schritte vom Multivan, um eine Position mit besserem Empfang zu finden. Die mobilen Telefonnetze im Langlinger Holz boten noch erhebliche Verbesserungsmöglichkeiten.

»So eine Scheiße …«, schimpfte er. »Ich geb's auf.«

Verdrossen stopfte er das Handy in die Brusttasche seiner Jacke und kehrte zu Ellen Vogelsang zurück. Beide sahen aus wie die Erdferkel. Die Bergung des Geldsacks aus dem Erdloch war Schwerstarbeit gewesen – sie hatten sich völlig eingedreckt. Bei der Sichtung der Beute, während der sie im Auto Paket um Paket aufeinandergestapelt hatten, war ihnen schwindelig geworden. Sie schätzten den Wert der unterirdischen Fundsache auf gut eine Million Euro.

»Ich mach's jetzt über Funk«, blökte Kleinschmidt. »Heiko muss her. Wir kommen nicht drum rum, das Loch bis auf den letzten Krümel zu untersuchen. Notfalls müssen wir den ganzen Dreck durchsieben.«

»Meinst du, da ist noch mehr?«

»Geld, meinst du? Wer weiß. Die Wildschweine haben ja alles auf den Kopf gestellt. Aber ich denke vor allem an Spuren. An Hinterlassenschaften derjenigen, die das irgendwann mal verbuddelt haben.«

Ellen Vogelsang deutete auf die Geldbatzen. »Damit haben wir ja wohl das gefunden, was Soyka und Wehmeier so dringend suchen …«

»Sieht so aus. Und weswegen Niilo Humppi sterben musste.«

Ellen Vogelsang schüttelte den Kopf. »Und der andere? Der Rahola? Verstehe da einer die Zusammenhänge …«

»Das kapier ich auch nicht.« Kleinschmidt kletterte auf den Beifahrersitz. »Ich funke erst mal die Zentrale an.«

»Heiko soll unbedingt Kontakt mit Robert aufnehmen, zur

Not über die deutsche Botschaft in Helsinki. Der Chef muss schnellstens erfahren, was wir hier im Klosterforst ausgegraben haben.«

Benommen lag Mika am Boden, seinen Widersacher neben sich.

Frank Soyka regte sich nicht. Seine Sturmhaube war durch den Schlag hochgerutscht. Das nun sichtbare Auge war geschlossen. Blut rann ihm von der Augenbraue über die Wange und versickerte in einem ungepflegten Fünf-Tage-Bart. Mika hatte ihn mit der gefrorenen Rehkeule genau dort getroffen, wo Soyka bei dem Autounfall vor zwei Tagen schon einmal eine heftige Platzwunde davongetragen hatte.

Der Finne versuchte, den Kopf zu heben. Ein ohrenbetäubend lautes Piepen irritierte ihn, sein Gehör schien in Mitleidenschaft gezogen. Das hat der Schuss verursacht, dachte er. Der Revolver war direkt vor seiner Brust losgegangen, keine dreißig Zentimeter von den Ohren entfernt.

Dann spürte er auf einmal die Wärme. Und die Feuchtigkeit. Auf dem Rücken, aber auch vorn, an der rechten Brustseite. Als er sich – noch im Liegen – von Soyka wegdrehte, bemerkte er, dass mit seiner rechten Schulter irgendetwas nicht stimmte. Sie schmerzte nicht, im Gegenteil, sie war gefühllos, taub. Er tastete nach der Stelle auf seinem Thermo-Overall, direkt über der Brusttasche – und zog erschrocken seine Hand zurück.

Entsetzt starrte er auf seine Finger. Sie trieften vor Blut.

Mein Gott! Sturmhaube hatte ihn getroffen. Unterhalb des Schlüsselbeins musste die Kugel seine Schulter durchschlagen haben. Ein nahezu aufgesetzter Schuss.

Als Mika sich aufzurichten versuchte, sah er aus den Augenwinkeln die Füße neben sich auf den Holzdielen. Sie steckten in ockerfarbenen Canada-Boots mit Schneerändern.

Breitbeinig stehend beugte sich jemand über ihn.

Wollmütze!

Er presste das Ende eines Doppelflintenlaufs auf Mikas Kehlkopf.

Mühsam kämpften sich zwei Elche durch die Schneeberge, welche die Räumfahrzeuge in den letzten Wochen am Straßenrand aufgetürmt hatten. Eine Elchkuh und ihr inzwischen ausgewachsenes Kalb versuchten, über die Landstraße 14 zwischen Kallislahti und Kolkonpää zu wechseln.

»*Varokaa*«, warnte Jan Ahonen den Fahrer. »*Hirvi.*«

Robert Mendelski und Maike Schnur saßen hinter den beiden im Fond des zweiten von sechs Polizeifahrzeugen, die mit hoher Geschwindigkeit gen Westen rasten. Sie konnten sich denken, was Ahonen gesagt hatte. Auch sie hatten die mächtigen Wildtiere am Straßenrand entdeckt.

Die beiden großvolumigen Nissan-Geländewagen, welche die Vorhut der kleinen Kolonne bildeten, wurden scharf abgebremst, um nicht mit den Elchen zu kollidieren. Das vordere Fahrzeug mit dem Einsatzleiter und den Raholas an Bord geriet ins Schleudern, stellte sich quer und rutschte zwanzig, dreißig Meter über die Piste, bevor es zum Stehen kam. Zum Glück kam ihnen auf dieser einsam gelegenen Landstraße gerade niemand entgegen, sonst hätte es gekracht.

Endlich standen alle Fahrzeuge, mehr oder weniger schlingernd gestoppt, auf der Landstraße. Der Notarzt im Ambulanzwagen, der zu der Einsatztruppe zählte, brauchte nicht einzugreifen. Die beiden Elche tauchten im benachbarten Wald unter.

»Puh, da haben wir aber Glück gehabt«, sagte Ahonen auf Deutsch zu seinen beiden Gästen, als sich der Trupp wieder in Bewegung setzte. »Mit einem dieser Achthundert-Kilo-Kolosse zusammenzustoßen, ist kein Spaß. Jedes Jahr kommen in Finnland auf diese Weise tausendfünfhundert Elche um – und mindestens zehn Menschen.«

»Warum laufen die denn am helllichten Tage über die Straße?«, fragte Maike Schnur.

Ahonen zuckte mit der Schulter. »Vielleicht wurden sie gejagt. Von Wölfen. Oder auch von Menschen. Die Jagdzeit geht noch gut eine Woche, bis zum 15. Dezember.«

Mendelski setzte gerade zu einer weiteren Frage an, als sein Handy klingelte. Es war ein Anruf aus Deutschland. Von der

Polizeiinspektion Celle, aus seinem eigenen Fachkommissariat. Von Heiko.

Sturmhaubes Kumpan gab seine Tarnung auf und schob die Wollmütze hoch. Beim Anblick seines blutüberströmten, bewusstlosen Kumpels schien er die Nerven verloren zu haben. Sicher nahm der Gangster an, Soyka sei tot. Erschlagen von dem Finnen, den sie seit Tagen jagten.

Kein gutes Zeichen, dämmerte es Mika Rahola, der immer noch auf dem Rücken lag, den Flintenlauf am Hals. Seine durchschossene Schulter begann zu pulsieren, durch den Blutverlust wurde er allmählich schläfrig.

»Wo ist Siiri?«, brachte er mühsam über die Lippen.

Statt einer Antwort hob Wollmütze seinen rechten Fuß und setzte ihn auf Mikas Brust. In seinem Gesicht spiegelten sich Wut und Ratlosigkeit. Mit einem Flackern in den Augen blickte er auf sein Opfer hinab.

»Ist … ist sie da draußen?« Mika hustete mehr, als dass er sprach. »In der Kälte?«

Wollmütze antwortete nicht, sondern erhöhte den Druck auf seinen Oberkörper. Mikas Schulter durchfuhr ein grausamer Schmerz. Verzweifelt versuchte er sich aufzubäumen, doch Flinte und Fuß ließen ihm keine Chance.

Unschlüssig schaute sich Wollmütze um. »Ach! Sieh mal einer an«, blaffte er höhnisch, als er das Geldbündel auf dem Küchentisch entdeckte. »Ist das etwa unsere Kohle? Und wo ist der verdammte Rest?« Er nahm den Fuß von Mikas Brust und ging die zwei Schritte bis zum Tisch, als sein Komplize sich plötzlich rührte.

Stöhnend erwachte Sturmhaube aus seiner Ohnmacht.

»Was gibt's denn?«, fragte Maike Schnur neugierig.

»Das glaubst du nicht.« Obwohl Heiko Strunz das Gespräch längst beendet hatte, hielt Robert Mendelski immer noch sein Smartphone ans Ohr.

»Na?«

»Das ist der Hammer! Jo und Ellen haben im Klosterforst

etwas ausgegraben. Unter der Eiche, da, wo der Hirsch gelegen hat.« Mendelski steckte sein Handy ein.

»Ja, und? Komm aufn Punkt.«

»Im Waldboden steckte ein Sack. Voll mit Geldscheinen. Über eine Million Euro.«

»Nee!«

»Doch. Sieht so aus, als hätten die Wildschweine das Geld freigelegt.«

»In der Kuhle, wo der tote Hirsch lag?«

»Genau dort.«

»Eine Million Euro?« Jan Ahonen, der mitgehört hatte, drehte sich zu ihnen um. »Ist das vielleicht das Motiv für den Mord an Niilo Humppi?«

»Kann gut sein«, antwortete Mendelski. »Jedenfalls gibt es dem Fall eine kolossale Wendung.«

»Da soll einer draus schlau werden.« Maike standen die Zweifel ins Gesicht geschrieben. »Wenn's um diese Million geht, was machen die drei dann hier? Die schlagen sich in Finnland die Köpfe ein, dabei liegt das Objekt ihrer Begierde in Deutschland im Wald. Wie passt das zusammen?«

»Kämpfe unter Gangstern sind schon mal kurios«, erwiderte Ahonen. »Vielleicht geht's um Rache, um eine alte Abrechnung ...« Mit einem Ohr verfolgte er den Funk, über den gerade auf Finnisch eine Nachricht vom Einsatzleiter durchgegeben wurde. »Wahrscheinlich wissen wir bald mehr«, fügte Ahonen hinzu, nachdem der Funkspruch beendet war. »In fünf Minuten erreichen wir die Hütte.«

Sein Blick wurde immer verschwommener.

Der Flintenlauf drückte nicht mehr gegen seinen Hals, der schwere Stiefel malträtierte nicht mehr seinen angeschossenen Körper. Trotzdem lag Mika wie gelähmt auf dem Rücken. Wehr- und bewegungslos. Der zunehmende Blutverlust setzte ihn außer Gefecht.

»Mensch, Frank!«, hörte er Wollmütze wie aus weiter Ferne sagen. »Lebst du noch?«

Direkt neben ihm beugte sich der Glatzkopf über seinen

Kumpanen. Dessen blutgetränkte Maske war jetzt ganz hochgerutscht. Sturmhaubes linke Schläfenpartie sah ziemlich übel aus.

»Wo ... wo bin ich?«, murmelte er undeutlich. Vergeblich versuchte er, den Kopf zu heben.

»Ganz ... ganz ruhig, Alter!«, stammelte Wollmütze. Er schob eine Hand unter Sturmhaubes Nacken. Mit der anderen wickelte er sein Halstuch ab. »Erst mal verbind ich dir die Birne ...«

Mika spürte kaltes Metall an seiner rechten Hand. Ein Gegenstand, der dort vorher nicht gelegen hatte. War das vielleicht die Flinte, die Wollmütze achtlos abgelegt hatte, um sich um seinen Kumpel zu kümmern?

Ein letzter Überlebenswille keimte in seinem sich mehr und mehr verdunkelnden Bewusstsein auf. Seine Finger glitten am Lauf hinab, den hölzernen Vorderschaft entlang bis zum Abzugsbügel.

Die Fingerkuppe seines Zeigefingers ertastete den Abzug.

»Wir sind da«, raunte Jan Ahonen. Dicht hintereinander hatten die Fahrzeuge mit laufenden Motoren in der Zufahrt zur Hütte angehalten. Über ein tragbares Funkgerät war Ahonen mit dem Einsatzleiter im ersten Fahrzeug verbunden. »Es sollen zwei Autos auf dem Platz vor der Hütte stehen.«

Eine seichte Rechtskurve und rund fünfzig Meter trennten sie noch von dem Hüttenparkplatz. Nur die Insassen des ersten Autos hatten freie Sicht auf das Gelände.

»Steht da ein roter Mazda?«, wollte Mendelski wissen.

Ahonen übersetzte in sein Funkgerät.

Die Antwort kam prompt. »Ja.«

»Und das andere?«

Ahonen kam nicht dazu, die Frage zu stellen. Aus dem Funkgerät waren aufgeregte Stimmen zu hören. Vom Einsatzleiter, von Lauri Rahola und von seiner Frau.

»Beim zweiten Auto«, berichtete Ahonen atemlos, »hat sich eine Tür geöffnet ... ein Mädchen ist ausgestiegen ... sie geht auf die Hütte zu.«

»Siiri!« Den Schrei der Mutter hörten sie durch den Funk und durch die offene Seitenscheibe.

»*Pääsy!*«, rief eine harte Stimme aus dem Funkgerät.

Ohne Umschweife rasten die Autos los.

Maike Schnur würde dieses Wort nicht so schnell vergessen – den finnischen Befehl für »Zugriff!«.

»*Hei, Mika?*«

Er stutzte, den Finger am Abzug. Hatte er richtig gehört? Oder war das schon ein Engel …

»*Missä olet … Mika?*« Es war eine zarte, leise Mädchenstimme.

Mika hörte sie trotzdem. Sie kam von der Veranda, durch die Haustür, die immer noch offen stand. Und sie kam ihm bekannt vor. Sehr bekannt sogar.

Siiri!

»Scheiße! Das Mädchen!« Wollmütze war aufgesprungen. Sturmhaube röchelte etwas Unverständliches.

Die Silhouette von Siiri tauchte im Türrahmen auf. Wollmütze stürzte auf sie zu. »*Back to the car!*«, zischte er dem Mädchen entgegen und streckte beide Arme aus, um das Kind zu packen.

Mika mobilisierte seine letzten Kräfte.

Sein Finger drückte den Abzug nach hinten.

Als in der Hütte der Schuss krachte, sprangen sie fast zeitgleich aus den Fahrzeugen.

Es war ein einzelner dumpfer Gewehrschuss gewesen. Ein Schrotschuss.

Routiniert gingen die Polizisten in Deckung, zogen ihre Dienstwaffen und verharrten im Schutz der geöffneten Autotüren. Sie warteten auf weitere Befehle des Einsatzleiters.

Lenita Rahola wartete nicht.

Die Mutter, die gerade erst ihr Kind in der Hütte hatte verschwinden sehen, stürmte voller Panik los. Die Treppenstufen nahm sie mit zwei Sätzen, hinter ihr schrie ihr Mann.

Auf der Veranda flog ihr das Kind entgegen. Die kleinen

Hände auf die Ohren gepresst, die Augen vor Entsetzen weit aufgerissen. Mutter und Tochter fielen sich in die Arme.

In der Hütte krachte es ein weiteres Mal.

Der erste Schuss hatte zwei Beine eines Küchenstuhls zerfetzt und den Kühlschrank getroffen. In dessen Tür klaffte jetzt ein fußballgroßes Loch.

Trotz seiner schweren Verletzung hatte Mika im Liegen den Abzug betätigt. Die Mündung der Flinte war nicht auf den Gangster gerichtet gewesen. Denn dort, im Eingangsbereich, hatte auch Siiri gestanden. Um sie zu schützen und um Wollmütze abzulenken, hatte er geschossen.

Sein Plan war aufgegangen. Der Gangster war vor Schreck zusammengezuckt und hatte sich halb umgewandt. Das Mädchen war ihm jetzt egal.

Wütend wollte er sich auf Mika stürzen.

Der hatte die am Boden liegende Flinte um hundertachtzig Grad gedreht. Mika hoffte inbrünstig, dass auch der zweite Lauf geladen war.

Er war es.

Als er abdrückte, spürte er einen fürchterlichen Schlag gegen seine Hand. Das Gewehr wurde mit dem Schuss zur Seite geschleudert, die Schrote prasselten in das Bücherregal.

Während Mika mit Wollmütze und Siiri beschäftigt gewesen war, hatte sich Sturmhaube unbemerkt aufgerappelt, ein abgeschossenes Stuhlbein gegriffen und mit voller Wucht auf Mikas Hand eingeschlagen.

Er holte ein weiteres Mal aus, um dem Finnen einen gezielten Schlag auf den Kopf zu verpassen. Doch Mika hatte bereits das Bewusstsein verloren.

»*Poliisi! Kädet ylös!*«, brüllte einer der finnischen Polizeibeamten. Bedrohlich und laut. Dann wiederholte er es in Englisch: »*Police! Hands up!*«

Im Nu war der Raum voller Einsatzkräfte. Polizisten in schusssicheren Westen stürmten mit vorgehaltenen Pistolen in die Hütte. Durch die Haus- und durch die Hintertür. Wehmeier und Soyka blieb keine Chance. Bevor sie auch nur ansatzweise die Hände in die Höhe recken konnten, hatten sich gleich mehrere Beamte auf sie gestürzt und sie kampfunfähig gemacht. Binnen weniger Sekunden lagen sie bäuchlings auf den Dielen mit auf den Rücken gefesselten Händen. Ein Polizist, der sich über Mika gebeugt hatte, rief über Funk den Notarzt und leistete erste Hilfe.

Robert Mendelski und Maike Schnur warteten gespannt und nervös draußen auf dem Parkplatz. Zusammen mit Jan Ahonen. Lauri Rahola war mit seiner Frau und der befreiten Tochter in einem der Autos verschwunden. Eine Polizistin kümmerte sich um sie.

So schwer es den deutschen Gästen auch fiel, sie durften noch nicht in das Blockhaus. Der Einsatzleiter hatte zunächst den Notarzt angefordert. Der hastete, begleitet von zwei Sanitätern, die mit mehreren Koffern beladen waren, an ihnen vorbei.

»Sie scheinen alles unter Kontrolle zu haben«, erklärte Ahonen, der den Funk mithörte. »Die beiden Deutschen sind offenbar überwältigt —«

»Und Mika Rahola?«, fiel ihm Maike ungeduldig ins Wort. »Was ist mit ihm?«

Ahonen wiegte den Kopf. »Ich fürchte, der Notarzt wurde für ihn angefordert. Sie sprachen von einer stark blutenden Schussverletzung im Oberkörper.«

»Rahola ist getroffen? Mit Schrot?«, fragte Mendelski rau.

»Bitte nicht noch einen Toten«, kam es leise von Maike, die den Blickkontakt zu Mendelski suchte. Vergebens. Der Kriminalhauptkommissar hatte sich abgewandt und starrte gedankenverloren in den Nachthimmel.

Ahonen lauschte angestrengt in sein Headset. »So, jetzt also. Wir sollen ins Haus kommen.«

FÜNFZEHN

»Bravo! Dieses Mal haben alle dichtgehalten. Sehr gut!«

Triumphierend schwenkte Steigenberger die druckfrische Samstagsausgabe der »Celleschen Zeitung«. »In der ›CZ‹ steht weder etwas vom gestrigen Millionenfund im Klosterforst noch von den Ereignissen in Finnland.«

Heiko Strunz, Ellen Vogelsang und Jo Kleinschmidt, die sich um den Schreibtisch ihres obersten Chefs gruppiert hatten, nahmen das Lob gelassen hin und schwiegen. Sie wussten, dass er sie nicht wegen der Presseberichte in die Jägerstraße zitiert hatte. Gestern Abend, kurz vor Feierabend, war per Handy durchgesickert, dass in Finnland etwas Entscheidendes passiert war. Neugierig erwarteten sie Steigenbergers Bericht.

Der Leiter der Polizeiinspektion legte die Zeitung beiseite und drehte den Monitor seines PCs in Position. »Okay, dann mal los«, begann er. »Gestern am späten Abend rief mich Robert an. Ich habe lange mit ihm gesprochen und seinen vorläufigen mündlichen Bericht stichwortartig aufgeschrieben.« Er setzte seine Lesebrille auf und schaute auf den Bildschirm. »Das Wichtigste vorweg: Robert und Maike ist nichts passiert. Zwar gab es eine weitere Geiselnahme und gewalttätige Aktionen mit Schusswaffengebrauch. Jedoch keinen weiteren Toten, nur einen Schwerverletzten.«

»Der Schwerverletzte?«, fragte Ellen Vogelsang. »Ist das Mika Rahola?«

»Ja. Er hat einen Schulterdurchschuss durch eine Revolverkugel, ist aber außer Lebensgefahr.«

»Wer hat denn geschossen? Soyka oder Wehmeier?«, wollte Jo Kleinschmidt wissen. »Oder gar die finnischen Kollegen?«

Steigenberger schob ärgerlich die Brille auf die Nasenspitze. »Jetzt mal der Reihe nach«, sagte er. »Also: Mika Rahola, Frank Soyka und Lutz Wehmeier sind gefasst. Sie wurden, nachdem sie sich mehr oder weniger gegenseitig außer Gefecht gesetzt hatten, in einem Blockhaus im Wald festgenommen. Soyka hat auf Mika Rahola geschossen; der Finne liegt jetzt auf der Intensivstation des Krankenhauses von …« Steigenberger las wieder vom Bildschirm ab: »… von Savonlinna. Der Heimatstadt von Rahola. Soyka wurde ambulant behandelt, er hat eine Platzwunde und eine leichte Gehirnerschütterung. Wehmeier ist gänzlich unverletzt. Ein achtjähriges Mädchen, Raholas Nichte, war mehrere Stunden in der Gewalt von Soyka und Wehmeier, ist aber gottlob wohlauf.«

Das Telefon klingelte. Steigenberger nahm ab, sagte knapp: »Jetzt nicht« und legte wieder auf. Dann setzte er seinen Bericht fort. »Des Weiteren wurden sichergestellt beziehungsweise beschlagnahmt: ein 38er-Revolver, eine 12er-Doppelflinte, der Mazda von Frau Lina Henke aus Wienhausen, ein Ford Mustang, der in der Region Hannover angemeldet ist, und dreiundzwanzigtausend Euro in großen Scheinen, die sich anscheinend im Besitz von Rahola befanden.«

»Dieses Geld hat aber nichts mit unserem Geldfund im Langlinger Holz zu tun«, sagte Heiko Strunz. Er hatte Steigenberger und den anderen bisher verschwiegen, dass er letzte Nacht mit Mendelski übers Internet korrespondiert hatte. Um seinem Chef nicht die Show zu stehlen, hielt er sich – so schwer es auch fiel – zunächst zurück.

»Gut kombiniert.« Steigenberger schien nichts von Strunz' Wissensvorsprung zu ahnen. »Davon geht man in Finnland auch aus. Anscheinend ist das so eine Art Notgroschen der beiden Finnen. Bei einem teuren Maschinenpark mit hohem Ersatzteilbedarf wie ihrem scheint das gängige Praxis zu sein.«

»Notgroschen? Das ist gut.« Kleinschmidt feixte. »Dreiundzwanzigtausend Euro! Ich würde eher von Schwarzgeld reden.«

»Jedenfalls haben wir hier bei uns eine Million tausenddreihundertfünfzig Euro gezählt«, erklärte Strunz. »Das ist exakt die Summe, die 2002 bei dem Überfall auf die Stadtsparkasse am Schloss erbeutet wurde. Da fehlt nicht ein Schein.«

Steigenberger wiegte skeptisch den Kopf. »Aber warum sind Soyka und Wehmeier dann überhaupt nach Finnland gefahren?«, fragte er. »Warum diese gnadenlose Hatz auf den Rahola?«

»Vielleicht glaubten sie, die Finnen hätten ihnen die Beute aus dem Bankraub geklaut«, sagte Ellen Vogelsang. »Denn am Montag, dem Tag, an dem Niilo Humppi ermordet wurde, hatten ja auch wir – trotz intensiver Tatortüberprüfung – den Geldsack nicht gefunden.«

»Lag das an dem hohen Schnee?«

»Nie und nimmer«, entrüstete sich Strunz. Er sah sich in seiner Ehre als Chef der Spurensicherung gekränkt. »Der Sack muss da noch tief in der Erde gesteckt haben. Erst letzte Nacht haben ihn die Wildschweine freigelegt.«

»Habt ihr euch das Loch noch einmal richtig vorgeknöpft?«

»Klar doch. Den gesamten Waldboden haben wir gesiebt. Ohne das geringste Resultat. Nur eines hat uns stutzig gemacht … der Mais, der da frisch ausgebracht worden war.«

»Mais?« Steigenberger verzog das Gesicht.

»Ja. Maiskörner. Damit ködern Jäger gewöhnlich die Sauen.«

»Das weiß ich auch«, erwiderte Steigenberger leicht pikiert. »So etwas wird ›ankirren‹ genannt. Aber das macht man in der Regel nur dort, wo ein Hochsitz steht. Damit man auch schießen kann. Seltsam. Dazu sollten wir mal Dr. Wimmer befragen.«

»Um den müssen wir uns sowieso noch kümmern.« Heiko grinste breit.

»Wieso?«

»Wegen des Hirschluders. Das Geschoss in dem Kadaver stammt aus seiner Waffe.«

»Donnerwetter! Das wusste ich ja noch gar nicht.«

Steigenbergers Telefon klingelte erneut. Er nahm den Hörer ab.

»Ach, Dr. Wimmer. Guten Morgen.« Steigenberger zwinkerte Strunz zu. »Das trifft sich ja gut … Sie wollte ich gerade anrufen.«

Sie waren die Letzten im Frühstücksraum. Da der Ort Anfang Dezember touristisch nicht viel zu bieten hatte, residierten im Hotel »Kaartila« nur wenige Gäste. Das Frühstücksbüfett fiel entsprechend übersichtlich aus.

Nach den turbulenten Ereignissen der letzten Tage und der

Festnahme der drei Gesuchten in der Hütte draußen am See hatten sich Mendelski und Maike ein paar Extrastunden Nachtruhe gegönnt. Obendrein war Mendelski gestern Abend noch zwei Stunden am Notebook tätig gewesen.

»Du hast also noch die halbe Nacht mit Heiko gemailt?«, frotzelte Maike. Sie leerte das Glas mit dem Multivitaminsaft in einem Zug. »Na, dann erzähl mal.«

Mendelski nippte an seinem Kaffee. »Wo soll ich denn anfangen?«, antwortete er, nachdem er die Tasse abgesetzt hatte.

»Na, bei der Million, die Ellen und Jo im Klosterforst ausgebuddelt haben.« Maike hatte sich eine dicke Schicht Rührei auf ihr Toastbrot gepackt. Als sie zubeißen wollte, fiel die Hälfte davon zurück auf den Teller.

»Die stammt definitiv aus dem Bankraub von 2002«, erklärte er. »Das hat die Sparkasse inzwischen bestätigt. Heiko geht von folgendem Tathergang aus: Soyka, Wehmeier und Reusch vergruben ihre Beute unter der Huteeiche. Unmittelbar nach dem Überfall. Und während Soyka und Wehmeier bald darauf gefasst wurden, konnte sich Reusch in die Karibik absetzen. Alle Welt – außer Soyka und Wehmeier natürlich – war der Ansicht, er hätte die Beute mitgenommen. Als Reusch in der Dominikanischen Republik einem Raubüberfall mit tödlichem Ausgang zum Opfer fiel, wurde fälschlicherweise vermutet, dass man ihm die Million dort abgenommen hatte.«

Maike machte große Augen. »Dann haben Soyka und Wehmeier also in aller Ruhe ihre Strafe abgesessen? Weil sie wussten, da draußen im Wald wartet ein Schatz auf sie? Für sie beide ganz allein?«

Mendelski wiegelte ab: »Na, in aller Ruhe … das glaube ich nicht so ganz. Die hatten bestimmt reichlich Bauchschmerzen, dass das Versteck nicht sicher genug wäre. War es letztendlich ja auch nicht.«

»Tja, erst einmal gab's ja wohl eine gewaltige Enttäuschung.« Maike schenkte sich Tee nach. »Die sind gleich nach ihrer Entlassung in den Wald. Doch an der Stelle, wo sie ihr Geld versteckt hatten, gab's nur ein frisch gegrabenes Loch. Mit einem toten Hirsch darin …«

»Richtig. Und als sie in unmittelbarer Nähe auf die beiden Finnen trafen, die im Wald arbeiteten, dachten sie wahrscheinlich, die hätten das Geld gefunden und eingesackt.« Mendelski nahm einen weiteren Schluck aus seiner Kaffeetasse.

»Und der Hirsch? Was hat der mit der Angelegenheit zu tun?«

»Das kann ich —«

Sie wurden unterbrochen. Ein finnischer Kollege in Uniform, der gestern Nachmittag an der Aktion in der Hütte teilgenommen hatte, war eingetreten und kam auf sie zu.

»*Good morning*«, sagte er. »*I'm here to drive you to the hospital. Jan Ahonen is waiting for you.*«

»*Okay, we are ready*«, erwiderte Mendelski und griff zur Serviette. »*Thank you. Five minutes please.*« An Maike gewandt, ergänzte er: »Mika Rahola scheint jetzt ansprechbar zu sein. Da bin ich aber gespannt.«

»Schön, dass Sie so bald kommen konnten«, sagte Steigenberger zu seinem Gast, während er Dr. Wimmer einen Stuhl in seinem Büro anbot. Die beiden Männer waren allein.

»Im Mordfall Niilo Humppi hat sich in den letzten vierundzwanzig Stunden einiges getan. Sowohl im fernen Finnland als auch hier im Langlinger Holz, Ihrem Jagdbezirk.«

Dr. Wimmer war die Anspannung anzusehen. Mit ernster Miene nahm er Platz.

»Ich habe mit dem Tod des Waldarbeiters nicht das Geringste zu tun«, ging er sogleich in die Offensive. »Das mit dem Hirsch muss ich auf meine Kappe nehmen. Aber das ist auch alles.«

Steigenberger zog die Augenbrauen hoch. »Sie haben also tatsächlich auf Pani Pronz geschossen?«

»Sie wissen doch längst Bescheid«, knurrte Dr. Wimmer.

»Nein, genau Bescheid weiß ich eben nicht.«

»Ich dachte, die ballistische Überprüfung des Geschosses hat ergeben, dass —«

»Ja, das. So weit liegen Sie richtig«, unterbrach ihn Steigenberger. »Unser Labor hat herausgefunden, dass das Geschoss im Hirschkadaver aus Ihrer Waffe stammt. Aber nicht, wer geschossen hat. Jetzt sind Sie an der Reihe.«

Dr. Wimmer gab sich einen Ruck. »Tja, der Hirsch ist wohl von meiner Kugel getroffen worden, aber sicher nicht mit Absicht«, sprudelte es aus ihm heraus. »Das müssen Sie mir glauben. Vor genau zwei Wochen ist das passiert. Ich war auf Ansitz, eigentlich wollte ich Sauen schießen. Es war schon ziemlich dunkel. Da tauchte plötzlich dieses Hirschrudel auf, in gut hundert Meter Entfernung. Zwischen den Bäumen waren die einzelnen Stücke nur schwer anzusprechen. Wie viele das letztendlich waren, kann ich gar nicht sagen. Jedenfalls glückte es mir schließlich, einen Achter, einen schwachen IIIb-Hirsch, ins Zielfernrohr zu bekommen. Da hab ich abgedrückt. Und direkt in diesem Moment ist hinter meinem Achter plötzlich ein zweiter Hirsch aufgetaucht. Ein gewaltiges Monstrum. Doch da war meine Kugel bereits aus dem Lauf.«

»Klingt nicht sehr waidmännisch«, kommentierte Steigenberger skeptisch.

»Das können Sie als Nichtjäger ja wohl kaum beurteilen«, echauffierte sich Dr. Wimmer. Dann fuhr er mit seinem Bericht fort. »Jedenfalls lag mein Achter zwanzig Meter vom Anschuss mausetot im Blaubeerkraut. Mit sauberem Blattschuss. Einen zweiten Anschuss konnte ich nicht finden, deswegen habe ich einen Paketschuss ausgeschlossen.«

»Paketschuss?«

»Ja, so nennt man einen ungewollten Doppeltreffer. Zwei Stücke mit einem Schuss. Nicht zu verwechseln mit einer Doublette. Hätte ich geahnt, dass das Monstrum von Hirsch hinter meinem Achter Pani Pronz gewesen ist, hätte ich bestimmt genauer hingeschaut. Das können Sie mir glauben.«

»Sie sind am folgenden Tag nicht noch mal hinausgefahren, um bei Tageslicht eine Kontrollsuche durchzuführen?«, hakte Steigenberger nach.

»Nein«, erwiderte Dr. Wimmer kleinlaut. »Das hielt ich für sinnlos.«

»Genau genommen haben Sie damit gegen das Tierschutzgesetz verstoßen«, stellte der Polizeichef fest. »Sie hätten sich spätestens am Tag danach vergewissern müssen, ob Sie das zweite Tier getroffen hatten oder nicht. Durch Ihre grobe

Fahrlässigkeit haben Sie die Qualen des angeschossenen Hirsches billigend in Kauf genommen.« Er guckte dem Jagdpächter streng ins Gesicht. »Dass Tierquälerei eine Ordnungswidrigkeit ist, in schweren Fällen gar ein Straftatbestand, wissen Sie sicher.«

Dr. Wimmer schwieg betreten.

Steigenberger machte sich ein paar Notizen.

»Spätestens als das Hirschluder bei Ihnen im Revier gefunden wurde, hätte Ihnen das Ganze klar sein können. Sie hätten sofort reagieren und uns über den Sachverhalt informieren müssen. Vor allem auch deswegen, weil der Kadaver unmittelbar mit dem Tod von Niilo Humppi in Zusammenhang gebracht wurde.«

Dr. Wimmer setzte zu einer Antwort an, entschied sich dann aber dagegen und sagte nichts.

Steigenberger setzte nach: »Ist Ihnen die Konsequenz Ihres Verhaltens überhaupt klar? Sie haben meine Mitarbeiter, die in einem Kapitalverbrechen ermitteln, bewusst in die Irre geführt und dadurch ihre Arbeit massiv behindert.«

Dr. Wimmer senkte den Blick. »Ich wollte nichts mit einem Mord zu tun haben. Das ist doch verständlich, oder?«

»Nein. Ist es nicht. Ein solches Verhalten kann ich nicht nachvollziehen.« Steigenberger blieb unnachgiebig. »Ihnen musste doch auch daran gelegen sein, dass ein Verbrechen, das in Ihrem Revier verübt wurde, schnellstmöglich aufgeklärt wird.«

Sein Gegenüber schien auf diesem Ohr taub zu sein. Stattdessen lamentierte er: »Was kann ich denn dafür, dass sich der Hirsch ausgerechnet das Loch unter der Huteeiche zum Sterben aussucht?«

»Darum ging es ja gar nicht. Ersparen Sie mir doch solche Ausflüchte.« Entnervt schaute Steigenberger auf seine Notizen. »Aber lassen wir das – für den Augenblick.« Im Moment schien es zwecklos, an dieser Stelle weiterzubohren. Stattdessen fragte er: »Ist es denn normal, dass sich halb tote Tiere in eine Mulde legen?«

»Ungewöhnlich ist es jedenfalls nicht.« Dr. Wimmer holte

Luft, offensichtlich froh darüber, nicht weiter über seine Verfehlungen Auskunft geben zu müssen. Viel lieber rückte er sein jagdliches Know-how in den Vordergrund. »Wenn ein Stück Schalenwild angeschossen ist, sucht es sich eine geschützte Stelle, wo es sich niedertut. Das kann eine Kuhle sein, ein Platz unter einem Baum oder auch ein dichtes Strauchwerk. Die Stelle, an der sich ein schwer verletztes Tier hinlegt, bezeichnet man in der Jägersprache als Wundbett.«

»Und dort bleibt es, bis es gestorben ist?«

»Meistens ja. Jedenfalls dann, wenn es nicht weiter gestört wird.«

Steigenberger notierte das Wichtigste.

»Haben Sie uns vielleicht noch mehr verschwiegen?«, fragte er nach einer kurzen Pause. »Zum Beispiel, dass Sie in der Zeit vor dem Mord verdächtige Personen im Bereich der Huteeiche gesehen haben?« Noch hielt er es nicht für angebracht, etwas von dem Geldfund zu erzählen.

Dr. Wimmer schaute erschrocken auf und überlegte einen Moment. »Nein«, sagte er. »Außer den beiden Finnen und unserem Förster, Herrn Grube, ist mir da niemand aufgefallen.« Dann stockte er, kam kurz ins Grübeln. Sollte er von Heinzens nächtlicher Beobachtung am Pfad zur Huteeiche erzählen, wo Henning Grube angeblich auf Sauen angesessen haben wollte?

Er entschied sich dagegen.

»Eine Frage habe ich noch«, sagte Steigenberger. »Bei einer erneuten Besichtigung des Tatorts nach der Schneeschmelze haben wir gestern in der Mulde unter der Huteeiche Maiskörner gefunden. Frisch ausgestreute Maiskörner. Das machen doch Jäger, um Wild anzulocken. Waren Sie das?«

Dr. Wimmer machte ein verdutztes Gesicht. »Unter der Huteeiche? Eine Kirrung? Nein. Das war ich nicht. Wozu auch? Da ist doch gar kein Hochsitz …«

Erneut verfiel er ins Grübeln. War Henning Grube noch einmal eigenmächtig losgezogen, um auf Schweinejagd zu gehen? Und wenn ja, warum ausgerechnet an dieser Stelle?

»Dem werde ich aber nachgehen«, versprach er.

Von der Intensivstation hatte man Mika Rahola bereits auf eine normale Station verlegt. Er war allerdings in einem Einzelzimmer untergebracht, vor dem ein uniformierter Polizist Wache hielt. Mikas Oberkörper und seine linke Hand waren bandagiert, der rechte Arm angewinkelt und am Körper fixiert. Am linken Unterarm war ein Tropf angeschlossen.

Er war wach, als Robert Mendelski, Maike Schnur und Jan Ahonen, begleitet von einer Krankenschwester, eintraten.

»Herr Rahola«, begann Ahonen auf Deutsch, nachdem sie sich um das Bett postiert hatten. »Guten Morgen erst einmal. Wir sind sehr froh, dass es Sie nicht noch schlimmer erwischt hat. Die Ärztin hat uns erlaubt, Ihnen ein paar Fragen zu stellen.«

»Was ist mit Siiri?«, fragte Mika mit leiser Stimme.

»Der geht es gut. Ihre Nichte ist wohlauf und längst zurück bei ihren Eltern.«

Mika schloss die verdächtig glitzernden Augen und atmete einmal tief durch.

»Die beiden Deutschen haben wir festgenommen«, fuhr Ahonen fort. »Allerdings verweigern sie bisher jede Aussage.« Er beugte sich etwas zu Mika hinab. »Darum hätten wir gern von Ihnen gewusst, was am letzten Montag in Deutschland im Wald passiert ist, was die Gangster von Ihnen wollten – und wie es zum Tod von Niilo Humppi kam.«

Mika schloss erneut die Augen. »Ich weiß es nicht, kann mich nicht erinnern«, antwortete er nach einem tiefen Seufzer. »Der Schlag auf den Kopf ...«

»Die beiden Deutschen kamen zu Ihnen in den Wald. Daran erinnern Sie sich doch bestimmt?«

Mika schüttelte den Kopf. »Ich weiß es nicht. Muss wohl ...«

»Retrograde Amnesie. Ein rückwirkender Gedächtnisverlust«, erklärte die Krankenschwester in exzellentem Deutsch. »Durch die schwere Gehirnerschütterung.«

Ahonen griff in seine Jackentasche und holte ein Smartphone hervor. »Gut. Dann versuchen wir es mal anders. Ich habe hier Fotos, die den entscheidenden Moment wiedergeben.«

Mika blickte düster drein. Er schien diese Situation erwartet zu haben. »Das Handy des Deutschen«, sagte er. »Die Fotos hatten sie mir gezeigt.«

»Wirklich?« Ahonen zeigte sich erstaunt. »Und was wollten sie damit bezwecken?«

Jetzt war es an Mika, sich zu wundern. »Haben Sie die Bilder denn nicht angeschaut?«

»Doch, bestimmt zwanzigmal«, entgegnete Ahonen. »Im Polizeilabor, heute Nacht. In allen Variationen, gezoomt, hochaufgelöst – was moderne Software so ermöglicht.«

Mika wandte den Kopf zur Seite. »Na, dann wissen Sie es ja«, murmelte er. »Den Sägeknopf ... als Niilo im Aggregat eingeklemmt war ... den habe ich betätigt. Aber ich weiß nicht, warum –«

»Haben Sie doch gar nicht«, unterbrach ihn Ahonen. Er beugte sich erneut vor, um seinen Worten Nachdruck zu verleihen. »Herr Rahola, man kann auf den Fotos eindeutig erkennen, dass es nicht Ihre Hand war, die den Joystick bediente. Es war die Hand von Frank Soyka. Ohne Zweifel. Hier, sehen Sie selbst. Von Ihnen sieht man lediglich Teile von Kopf und Schulter. Außerdem einen Revolverlauf, der Ihnen in den Nacken gedrückt wurde.«

Mika starrte Ahonen aus weit aufgerissenen Augen an. Mit einiger Anstrengung versuchte er, sich im Bett aufzurichten. »Ist ... ist das wirklich wahr?«

»Ja«, antwortete Ahonen ruhig.

»Wir sollten jetzt lieber eine Pause einlegen«, sagte die Krankenschwester, während sie Mika mit sanfter Gewalt zurück in die Liegeposition brachte.

»Okay. Danke erst mal. Herr Rahola, gute Besserung!« Ahonen trat einen Schritt zurück. Er wandte sich an Mendelski und Maike. »Eine ausführliche Vernehmung werden wir später durchführen. Wenn es ihm besser geht. Für heute machen wir lieber Schluss.«

Bevor sie gingen, schauten sie noch einmal zu Mika. Er hatte die Augen geschlossen. Zwei schmale Tränenrinnsale liefen über seine Wangen.

»Hier Schrader, Fachkommissariat 2, Polizeiinspektion Celle.«
Die sonore Stimme kam ihr bekannt vor.

»Frau Henke, erinnern Sie sich? Wir hatten vor zwei Tagen miteinander zu tun.«

Lina Henke richtete sich in ihrem Krankenbett auf, so gut es Bandage und Tropf erlaubten. Dabei drückte sie das Handy fest ans Ohr, um besser hören zu können.

»Ja, ich erinnere mich«, krächzte sie ins Telefon. »Es ging doch um mein Auto. Gibt es Neuigkeiten aus Schweden?«

»Neuigkeiten ja, aber nicht aus Schweden. Sondern aus Finnland. Frau Henke, Ihr Mazda wurde dort sichergestellt.«

»Wie, sichergestellt?«

»Na, er wurde von den finnischen Kollegen beschlagnahmt. Im Zusammenhang mit einer Straftat. Jedenfalls ist der Wagen unversehrt. Soweit ich erfahren habe, bekommen Sie ihn bald zurück.«

Lina Henkes Augen flatterten. »Und was ist mit dem Fahrer?«, fragte sie ängstlich. »Mit Mika Rahola?«

»Tut mir leid«, antwortete Schrader zurückhaltend. »Das darf ich Ihnen nicht sagen.«

Ein Ruck ging durch ihren Körper. »Ist … ist er etwa … tot?« Ihre Stimme überschlug sich.

»Liebe Frau Henke, jetzt bleiben Sie mal ganz ruhig.« Der Kriminalbeamte machte eine kurze Pause. »Nein, er lebt«, sagte er leise. So leise, dass Lina Henke ihn kaum verstand. »Er ist verletzt, aber er lebt.«

»Na, Gott sei Dank.« Entspannt ließ sie ihren Kopf zurück in das Kopfkissen sinken. »Wie verletzt ist er denn?«

»Ich kann Ihnen das nicht sagen.« Schraders Versuch, streng zu klingen, blieb wenig erfolgreich. »Ich wollte Sie nur darüber informieren, dass Ihr Auto in Sicherheit ist.«

»Ach, das blöde Auto soll bleiben, wo der Pfeffer wächst«, wetterte Lina Henke. »Mich interessiert Mika. Liegt er im Krankenhaus?«

»Ja«, flüsterte Schrader überrumpelt.

»Also ist er nicht im Gefängnis?«

»Nein.«

»Und er hat nichts mit dem Tod von Niilo Humppi zu tun?«
Schrader zögerte, bevor er schließlich raunte: »Davon scheint
man in Finnland auszugehen.«

Lina Henke schloss vor Erleichterung die Augen und atmete
tief durch.

»Und die beiden Deutschen? Was ist mit den Gangstern?«,
setzte sie nach.

»Jetzt ist es aber genug mit der Fragerei«, kam es in übertrie-
ben empörtem Ton von Schrader. »Frau Henke, ich wünsche
Ihnen gute Besserung.«

»Wurden die Kerle verhaftet?«

»Wie gesagt: Kein Kommentar. Guten Tag.« Der Polizist
beendete das Gespräch.

Im Vernehmungsraum der Poliisi Savonlinna hatten sich sechs
Personen versammelt. In der Mitte des fensterlosen Raumes,
auf der einen Seite des Tisches, saß Lutz Wehmeier. Er trug
Handschellen. Ihm gegenüber hatten Jan Ahonen, Robert
Mendelski und Maike Schnur Platz genommen. Die einzige
Tür bewachten zwei Polizisten in Uniform, ein Mann und eine
Frau. In der Mitte der blank polierten Metalltischplatte wiesen
zwei Mikrofone in verschiedene Richtungen. Vor Jan Ahonen
stand ein Notebook auf dem Tisch.

»Herr Wehmeier«, begann der finnische Kommissar auf
Deutsch. »Bei den Angaben zu Ihrer Person waren Sie noch
gesprächsbereit. Zu den Ihnen zur Last gelegten Taten schweigen Sie jedoch. Wie soll es weitergehen?«

»Wozu hab ich einen Anwalt?« Wehmeier wirkte übermü-
det – und trotzig. »Soll der das doch für mich machen.«

»Ihr Anwalt ist in Deutschland. Ich glaube kaum, dass er
Ihretwegen nach Finnland reist.«

»Das sind die beiden Kriminalen doch auch.« Wehmeier wies
auf Mendelski und Maike. »Der wird schon kommen.«

»Die deutsche Botschaft in Helsinki kann Ihnen einen finnischen Pflichtverteidiger besorgen. Einen, der gut Deutsch
spricht.«

»Will ich nicht.«

»Okay. Dann werden wir Ihren Anwalt kontaktieren und fragen, ob er bereit ist, für Sie anzureisen. Aber das kann dauern.«

»Ich hab Zeit.« Mit höhnischer Grimasse lehnte sich Wehmeier zurück und legte seine gefesselten Hände in den Nacken. »In der Zwischenzeit kommen Sie in Untersuchungshaft. Nach Lappeenranta.«

»Aber gerne doch. Und mein Kumpel Soyka? Was ist mit dem?«

»Hierzu verweigern wir zur Abwechslung mal die Aussage.« Ahonen grinste. »Sie verstehen?«

Mendelski beugte sich zu Ahonen vor, als wollte er gemütlich mit ihm plauschen. »Ich habe gehört, dass die Haftbedingungen hier in Finnland sehr human sind.«

»Im innereuropäischen Vergleich stehen wir gut da«, erwiderte Ahonen. »In der Tat. Unser Strafvollzug gilt als vorbildlich und liberal. Die Häftlinge haben innerhalb der Anstalten viele Freiheiten.«

Die beiden sprachen miteinander, als ob sie allein im Raum wären. Ahonen schaltete beiläufig die Mikrofone aus. »Doch Sie dürfen nicht vergessen, dass die Inhaftierten das Betriebsklima selbst bestimmen.« Er wandte sich jetzt ganz dem deutschen Kommissar zu. »Sehen Sie, ein Gefängnisaufenthalt in Finnland mag durchaus erträglich sein, jedoch kommt es auch bei uns unter den Inhaftierten immer wieder zu unschönen Übergriffen.«

»Wie das?« Aus den Augenwinkeln konnte Mendelski gut beobachten, dass Wehmeier interessiert zuhörte.

»Na, zurzeit sitzen hier ziemlich viele Russen ein. Kriminelle Grenzgänger. Meist junge, beinhart trainierte Kerle, die selbst im Gefängnis aggressiv und brutal gegen andere Gruppierungen vorgehen. Darunter haben bedauerlicherweise vor allem homosexuelle und pädophile Mitgefangene zu leiden. Aber Letztere stehen ja sowieso ganz unten in der Hackordnung der Verbrecher. Das ist wohl auf der ganzen Welt dasselbe.«

»Und Kindesentführer?«

»Werden wie Kinderschänder behandelt. Da wird hier nicht unterschieden …«

»He, ihr spinnt wohl!«, fuhr Wehmeier aufgebracht dazwischen. »Wollt ihr mir Angst machen? Wenn sich einer im Knast auskennt, bin ich das.«

»Eben.« Mendelski wandte sich ihm zu. »Herr Wehmeier, es steht in allen Zeitungen, selbst die Gefängnisspatzen pfeifen es von den Dächern, dass Sie zusammen mit Soyka die achtjährige Siiri entführt haben.« Er legte eine kurze Pause ein, während der ihn Wehmeier mit zunehmendem Entsetzen ansah. »Da wird man Sie in der U-Haft wohl kaum fragen, was Sie mit dem Mädchen vorhatten. Spricht ohnehin keiner von denen Deutsch. Die zählen einfach eins und eins zusammen.«

Wehmeier war blass geworden. »Russen, sagten Sie?« Er wandte sich an Ahonen.

»Richtig.« Jetzt war es Ahonen, der sich behäbig zurücklehnte.

Wehmeier rutschte unruhig auf seinem Stuhl hin und her. »Gibt's bei Ihnen denn keine Einzelhaft?«

»Nur in Sonderfällen.«

»Aber ich bin doch ein Sonderfall«, brauste Wehmeier auf.

Ahonen blieb ruhig. »Wenn Sie mit uns kooperieren«, sagte er kühl, »dann könnte ich darüber nachdenken.«

Wehmeier wand sich wie ein Aal. »Scheiße auch!«, fluchte er schließlich. »Also los. Was wollen Sie wissen?«

Jan Ahonen schaltete die Mikrofone wieder ein.

Er war gerade auf dem Sprung, als das Jagdhornsignal auf seinem Smartphone einen Anruf signalisierte. Jacke und Schuhe hatte er bereits angezogen, den Autoschlüssel in der Hand. Henning Grube wollte seine Annika, die ihn am Wochenende besuchen kam, vom Bahnhof in Celle abholen.

»Der hat mir gerade noch gefehlt«, murmelte er, als er den Namen auf dem Display las. Mit einem unguten Gefühl nahm er das Gespräch an.

»Grube.«

»Dr. Wimmer hier.« Er klang gehetzt. »Ich komm gleich zur Sache. Herr Grube, waren Sie das mit dem Mais an der Huteeiche?«

»Wie bitte?«

»Haben Sie in den letzten Tagen Mais an der Huteeiche ausgestreut?«

Henning Grube streckte instinktiv den Arm aus und hielt das Telefon so weit weg von seinem Kopf wie möglich. Er musste sich erst mal sammeln.

»Hallo, Herr Grube, sind Sie noch da?«, hörte er Dr. Wimmer in der Ferne rufen.

Henning Grube öffnete die Wohnungstür und trat ins Treppenhaus. Das Smartphone hielt er immer noch weit von Ohr und Mund entfernt. »Bin wohl … höre Sie nicht … wahrscheinlich in 'nem Funkloch«, täuschte er radebrechend vor, während er die Stufen hinabstieg. »Hallo … hallo?«

Als er vor das Haus trat, steckte er das Telefon in seine Jackentasche – noch immer war es mit Dr. Wimmer verbunden. Doch von dem hörte man nichts mehr.

Henning Grube eilte zum Parkplatz und überlegte. Sollte er das mit dem Mais zugeben – oder nicht?

Besser nicht, entschied er sich. Hastig entriegelte er den Kombi.

»Nach der Entlassung aus dem Knast haben wir eine Woche gewartet.« Wehmeier starrte düster auf die Tischplatte vor sich, während er berichtete. »Aus Vorsicht. Für den Fall, dass wir überwacht würden. Erst dann sind wir in den Wald, um unsere Beute zu holen.«

»›Wir‹ – damit meinen Sie sich und Frank Soyka?«, fragte Mendelski zur Sicherheit.

»Wen sonst?«, meckerte Wehmeier. »Also: Wir wollten uns die Kohle holen, unsere wohlverdiente Beute, von der wir im Knast zehn Jahre lang geträumt hatten. Doch dann kam die –«

»Das Geld aus dem Bankraub von 2002?«, fragte Mendelski dazwischen. »Die Million Euro?«

»Was soll die blöde Fragerei? Das wissen Sie doch längst.«

»Schon gut. Fahren Sie fort.«

Wehmeier knurrte etwas Unverständliches, bevor er weitersprach. »Da waren die beiden Finnen. Arbeiteten mit ihren Maschinen im Wald. Direkt neben unserem Versteck. Und das

Versteck war ausgeräumt. Ganz frisch. Die Erde unter dem Schnee musste in den Tagen davor aufgewühlt worden sein. Außerdem lagen da Reste von dem Plastik herum, in das wir die Geldsäcke eingewickelt hatten. Schwarze Folie und blaues Plastik von Ikea-Taschen.«

»Sie haben eine Million Euro in Ikea-Plastiktaschen verpackt?«, fragte Maike Schnur ungläubig.

»Warum denn nicht?« Wehmeier guckte irritiert. »Die halten doch ewig. Außerdem hatten wir die Kohle doppelt und dreifach eingewickelt. Erst eingeschweißt, dann in stabile Folie gewickelt und erst zum Schluss in die Ikea-Taschen.«

»Wie ging's weiter?« Mendelski interessierte sich für andere Dinge.

»Wir sind dann mit den Finnen zur Eiche hin. Die stellten sich natürlich blöd. Wussten angeblich nichts von dem Geld. Sie hatten einen toten Hirsch in das Loch geworfen. Keine Ahnung, was die damit bezwecken wollten.«

»Aha.« Mendelski staunte. »Sie und Soyka glaubten, dass der Hirsch ein Ablenkungsmanöver sei? Interessant.«

»Wir machten uns weiter keinen Kopf über das tote Viech. Wir haben uns lieber die Finnen vorgeknöpft. Die sollten endlich quatschen.«

»Und so kamen Sie auf die Idee mit dem Harvester.«

»Nicht sofort. Wir sind erst mal nur zurück zu den Maschinen. Aber da ist die Sache dann eskaliert. Der eine Finne – der, der jetzt tot ist – fing plötzlich an, sich zu wehren. Da hab ich ihm eine verpasst, mit der Faust. Er knallte lang hin, mit dem Kopf gegen den Sägekopf vom Harvester. Als ich ihn hochziehen wollte, war er bewusstlos. Da bot sich's doch an, ihn in die Zange zu legen und ein bisschen zu piesacken.«

»Piesacken nennen Sie das?« Maike musste sich beherrschen, um nicht über den Tisch zu springen und Wehmeier eine zu knallen. »Das war Mord. Fiesester, abscheulicher Mord.«

»Nee, nee!« Wehmeier schüttelte vehement den Kopf. »Das war so nich geplant, das war 'n Unfall. Ganz klar. Wir wollten die Finnen doch nur ein bisschen ärgern. Damit sie uns verraten, wo sie das Geld versteckt hatten.«

»Ich fass es nicht …« Maike konnte sich nicht beruhigen.

»Bitte der Reihe nach«, sagte Mendelski. »Sie haben den bewusstlosen Niilo Humppi in die Zange gelegt. Was passierte dann? Hat sich Mika Rahola, der andere Finne, nicht gewehrt?«

»Wie denn?«, höhnte Wehmeier. »Soyka drückte ihm doch ständig die Wumme in den Nacken. Nee, der hatte keine Chance. Die beiden sind zusammen in das Führerhaus vom Harvester geklettert. Ich blieb draußen beim Sägekopf. Soyka kriegte den Finnen so weit, die Maschine anzuschmeißen. Dann hat er die Zange vorsichtig geschlossen und den Kran hochgefahren. Samt dem Kollegen, der sich gerade so langsam wieder berappelte.«

»Oh mein Gott.« Maike wandte sich angewidert ab. »Wie bestialisch!«

»Nee. Bestialisch wird's erst noch«, giftete Wehmeier. »Dem Finnen in der Zange ging es ja gar nicht so übel bis dahin. Der fing plötzlich an zu reden, wahrscheinlich wollte er endlich auspacken. Und dann hat ihm der andere Finne einfach den Kopf abgesägt. Ratzfatz. Ein Schnitt und ab war die Rübe.«

Für ein paar Sekunden herrschte beklommene Stille im Raum. Mendelski und Maike schauten sich sprachlos an.

Jan Ahonen klappte sein Notebook auf und betätigte ein paar Tasten. Dann drehte er den Monitor zu Wehmeier.

»Schauen Sie sich dieses Foto mal genau an«, sagte er. »Wessen Hand ist das auf dem Joystick, die den Sägeknopf betätigt?«

Wehmeier beugte sich vor. »Nee. Nee!« Er lachte gequält. »So kriegt ihr mich nicht. Das ist doch getürkt. Frank hat mir erzählt, dass der Finne die Säge betätigt hat. Ganz eindeutig. Der wollte seinen Kumpel ausschalten, damit er die Kohle allein einsacken kann.«

»Ist das Ihr Ernst?« Mendelski fand langsam wieder in die Spur. »Frank Soyka scheint ein verdammt abgebrühter Zocker und Lügner zu sein. Der hat sogar Sie hinters Licht geführt.«

»So 'n Quatsch«, krächzte Wehmeier. »Das macht der nicht. Nicht der Frank. Niemals!«

»Sie glauben also nach wie vor, dass die Finnen das Geld aus dem Versteck genommen haben?«

»Natürlich. Wer denn sonst?«

»Okay. Lassen wir das erst mal«, entgegnete Mendelski. Er sah überhaupt keine Veranlassung, Wehmeier von dem Geldfund zu unterrichten. »Wie ging es weiter, was haben Sie dann gemacht?«

»Wir waren total in Panik. Als der Kopf am Boden lag, haben wir uns schleunigst verpisst.«

»Sie waren also derart in Panik, dass Sie ganz aus Versehen den Mika Rahola mitgenommen haben?«

»Was sollten wir denn machen? Der war doch unsere letzte Chance. Der andere Finne war ja tot.«

»Sie sind mit ihm zu seinem Haus nach Oppershausen und haben es durchsucht?«

»Na, wir haben die Bude ziemlich auf links gedreht, aber gefunden haben wir nichts. Auf das Versteck in der Speisekammer hat uns der Finne ja erst zwei Tage später gebracht. Aber da war's schon leer und die Kohle futsch.« Unvermittelt lehnte Wehmeier sich zurück und schickte einen schiefen Blick zu Jan Ahonen. »Das reicht jetzt doch für 'ne Einzelzelle, oder? Den Rest kriegen Sie von meinem Anwalt.«

SECHZEHN

Der Kolkrabe, der sich in der winterkahlen Krone einer Linde am Wienhäuser Mühlenkanal niedergelassen hatte, plusterte sein Gefieder auf, um es von Sonne und Wind trocknen zu lassen.

Erst vor einer halben Stunde hatte es aufgehört zu regnen. Fast vierundzwanzig Stunden lang war heftiger Dauerregen auf Wienhausen niedergegangen. Für den ersten Tag des Weihnachtsmarktes war das eine Katastrophe gewesen. Nur ein geringer Teil der Gäste, die gewöhnlich den Adventssamstag für den Marktbesuch nutzten, hatte sich auf den Weg gemacht.

Für heute, Sonntag, war ein kräftiger Südwestwind vorausgesagt worden – und auch eingetroffen. Er sorgte für beinahe frühlingshafte Temperaturen und viel Sonnenschein. An das kalte Winterwetter der vergangenen zwei Wochen erinnerten nur noch kümmerliche, eher Schmutz als Schnee gleichende Haufen rechts und links der Gehwege und Straßen.

Erwartungsvoll beobachtete der Kolkrabe das Treiben unter sich. Heute würde er nicht weit fliegen müssen, um seine Tagesration Futter aufzutreiben. Die Menschenscharen, die da vom Klosterparkplatz herbeiströmten, versprachen Essensreste satt. Er brauchte nur abzuwarten, bis die ersten Brötchenhälften oder Wurstreste im Gebüsch rund um die Mühlenstraße landeten.

Den Kolkraben im Geäst über ihnen nahmen die beiden Paare, die den Fußweg am Mühlenkanal entlangspazierten, nicht wahr. Robert Mendelski und seine Frau Carmen Pidal-Mendelski, begleitet von Maike Schnur und Matthew Hill. Gut gelaunt strebten sie in Richtung Mühlenteich.

»Grüne Weihnachten!«, stänkerte Maike, während sie in die Sonne blinzelte. »Wie jedes Jahr. Wären wir bloß in Finnland geblieben, nicht wahr, Robert?«

»Dass es dir dort so gut gefallen hat, lag ja wohl nicht nur am

Winterwetter«, konterte Mendelski trocken. »Dem charmanten Kollegen Ahonen ›*Näkemiin*‹ zu sagen, ist dir sichtlich schwergefallen.«

Matthew war hellhörig geworden. »Hey, wie? Was war denn da los?« Sein rechter Ellenbogen landete unsanft an ihrem Oberarm. »Was bedeutet *Näke...miin*?«

»Spinnst du?« Sie rieb sich die Schulter. »Wir haben einen Mord aufgeklärt. Das war da los. Kennst doch Robert.«

»*Näkemiin* heißt auf Wiedersehen«, erklärte Mendelski mit einem breiten Grinsen. »Ja, wir haben in den zwei Tagen Finnland viel gelernt ...«

Bald erreichten sie die Mühlenstraße und die ersten Buden des Weihnachtsmarktes. Sie bogen nach links ab und passierten das Kulturhaus. Trotz des frühen Nachmittags war es dort bereits brechend voll.

»Auch wenn es gar nicht so kalt ist, hätte ich gern einen Glühwein«, sagte Carmen.

»Weihnachtsmarktbesuche ohne Glühwein, das geht gar nicht«, pflichtete ihr Maike bei. »Los, da vorn gibt's welchen.«

Sie hatten kaum an ihren Bechern genippt, als sie von der Seite angesprochen wurden.

»Selbst hier ist man vor der Kriminalpolizei nicht sicher«, begrüßte Dr. Wimmer die Vierergruppe leutselig. Man sah seiner roten Nase an, dass er schon den einen oder anderen Punsch, Met oder Glühwein gekostet hatte. »Ich dachte, Sie wären noch unterwegs? In Finnland.«

»Unsere Mission ist beendet«, klärte ihn Mendelski auf. »Wir sind gestern Nacht zurückgekommen.«

»Wie – die Mission ist beendet? Haben Sie die Burschen?«

»Kein Kommentar. Heute ist Sonntag. Da bleibt das Dienstliche außen vor. Wir sind privat hier.«

»Das soll ich glauben?« Dr. Wimmer stupste Mendelski an. »Aber wo ich Sie gerade treffe: Passen Sie gut auf die Hirschtrophäe von Pani Pronz auf. Ich hole sie demnächst ab. Habe das mit Ihrem Chef so besprochen ...«

»Lass uns bloß weitergehen«, murmelte Maike Mendelski zu. »Der Kerl geht mir aufn Sack.« Sie hakte sich bei Matthew ein und drängte ihn zum Gehen. Mendelski und Carmen schlossen sich ihnen an.

»Übrigens«, rief Dr. Wimmer ihnen nach. »Brauchen Sie noch einen Weihnachtsbaum? Auf dem Gutshof dahinten verkauft Förster Grube welche. Da kriegen Sie sicher Beamtenrabatt …« Seine letzten Worte mündeten in ein albernes Gekicher.

»So 'n Vollpfosten!«, schimpfte Maike, als sie weit genug entfernt waren. »Jetzt hab ich meinen Glühwein verschüttet.«

Zehn Minuten später kamen sie beim Gutshof an, den man in den Weihnachtsmarkt integriert hatte. In dessen Mitte befand sich ein Rondell mit zwei Laubbäumen, unter denen etliche mannshoch abgesägte Blaufichten und Nordmannstannen aufgereiht standen – mit einem handgeschriebenen Schild: »Weihnachtsbäume frisch aus dem Wald! Direkt vom Förster!«

Henning Grube trat auf die Gruppe zu und begrüßte sie. Er schien sich tatsächlich über den Besuch zu freuen.

»Hab schon gehört. Mika ist im Krankenhaus und halbwegs wohlauf. Und die beiden Gangster sitzen im Gefängnis«, sagte er. »Und das Beste: Mika soll an dem Tod von Niilo gar keine Schuld haben.«

»Woher wissen Sie das denn?«, forschte Mendelski erstaunt. »Die Pressekonferenz ist doch erst morgen.«

»Tja, ich hab da so meine Informanten.« Henning Grube schmunzelte. »Nein, Spaß beiseite. Das hab ich von Lina Henke. Ein Kollege von Ihnen hat bei ihr angerufen und sie informiert, dass ihr Auto in Finnland sichergestellt wurde. Bei der Gelegenheit hat ihn Oma Henke noch ein bisschen ausgehorcht. Dem Charme der alten Dame kann doch keiner widerstehen.«

»Oh, oh! Wenn das unser Chef erfährt …«, kommentierte Maike.

»Mir werden Sie doch Näheres erzählen, oder?« Henning Grube trat einen Schritt näher, damit die Umstehenden nichts mitbekamen, und mimte den Vertrauten. »Was ist denn nun in Finnland genau passiert?«, fragte er leise. »Und um was ging es überhaupt?«

»Das«, wiegelte Robert Mendelski ab, »erfahren Sie morgen.

Heute sind wir privat hier und hätten gern einen Weihnachtsbaum gekauft.«

»Das höre ich doch gern.« Eine junge dunkelhaarige, ausnehmend hübsche Frau war neben ihnen aufgetaucht. »Was soll es denn sein? Eine Blaufichte oder eine Nordmannstanne?«

»Das ist Annika«, sagte Henning Grube. »Meine Freundin. – Und das sind die Kriminalkommissare Mendelski und Schnur aus Celle.«

»Ach, Sie sind das«, erwiderte die junge Frau fröhlich. »Henning hat mir viel von Ihnen erzählt.«

»Ich hoffe, nur Gutes«, kokettierte Maike.

Das Gesicht des Försters lief rot an. Annika sprang ihm zur Seite: »Natürlich. Nur Gutes. Allerdings haben ihn die Ereignisse der letzten Woche arg mitgenommen. Er hat ja kaum geschlafen, sich immens Sorgen um Mika gemacht und sogar Vorwürfe. Als ob er eine Mitschuld an dem Drama hätte. Zu guter Letzt wollte er sogar schon unsere Thailandreise absagen …«

»Ach, lass das doch.« Henning Grube fühlte sich sichtlich unwohl in seiner Haut. Seine rötliche Gesichtsfarbe war in hektische Blässe umgeschlagen.

»Nein, nein.« Annika ließ nicht locker. »Das können sie ruhig wissen. Zwischendurch bist du richtig auf dem Zahnfleisch gegangen, hast dich wegen des Urlaubs mit mir gestritten. Thailand wäre gestorben. Das ginge jetzt nicht mehr. Wegen des Geldes …«

»Jetzt hör aber auf!«, fuhr Henning Grube dazwischen. Er reagierte aus dem Stand derart erbost, dass sich nicht nur seine Freundin wunderte.

Als keiner etwas sagte, wandte er sich den Kriminalbeamten zu und riss sich zusammen. »Was jetzt?«, fragte er betont freundlich. »Blaufichte oder Nordmannstanne?«

Eineinhalb Stunden später befanden sie sich auf der Heimfahrt. Auf dem Dachgepäckträger ihres Autos trotzte ein eingenetzter Weihnachtsbaum dem Fahrtwind. Eine stattliche Nordmannstanne von zweieinhalb Meter Höhe.

Carmen Pidal-Mendelski, die sich mit einem Glühwein begnügt hatte, saß am Steuer, ihr Mann hatte auf dem Beifahrersitz Platz genommen. Sie fuhren gerade durch Bockelskamp, als Maike sich nach vorn beugte und ihren Kopf zwischen die Sitzlehnen steckte.

»Sorry, Carmen. Aber ich hab da noch eine dienstliche Frage an Robert. Es ist die letzte für heute, ich versprech's.«

Carmen lächelte gut gelaunt. »Nur zu.«

Maike wandte den Kopf leicht nach rechts. »Robert.« Sie flüsterte nahezu. »Hast du nicht auch den Eindruck, dass uns der Förster Grube etwas Wesentliches vorenthält?«

»Absolut.«

»Da bin ich aber beruhigt, dass ich nicht die Einzige bin.« Maike Schnur zog ihren Kopf zurück und ließ sich in Matthews Arme sinken. Ihr stand eine schlaflose Nacht bevor.

Glossar

Erläuterungen zu den in diesem Roman verwendeten Ausdrücken aus der Jägersprache und dem Forstbereich:

Achter – Rothirsch mit je vier Enden an beiden Geweihstangen

Ansitz – Einzeljagd, wobei der Jäger das Wild in guter Deckung erwartet (in der Regel vom Hochsitz aus)

Ansitzbock – niedriger Hochsitz, speziell für Drückjagden

ansprechen – Wild erkennen und beurteilen

aufwerfen – beim Schalenwild: das Haupt heben, um zu sichern

äugen – blicken, sehen (bei allen Wildarten)

Augsprosse – unterstes Ende vom Geweih beim Rot- und Damhirsch

Auslage – Abstand der Geweihstangen voneinander

Bache – weibliches Wildschwein vom dritten Lebensjahr an

Blattschuss – Schuss, der das Wild im Bereich des Schulterblatts trifft (dahinter befinden sich die lebenswichtigen Organe wie Herz und Lunge)

Blattzeit – Brunftzeit des Rehwildes

brechen – den Boden bei der Suche nach Fraß aufwühlen

Brunft – Paarungszeit des wiederkäuenden Schalenwildes

Decke – behaarte Haut beim Schalenwild (ausgenommen Schwarzwild, dort Schwarte)

Doublette – Erlegen von zwei Stück Wild unmittelbar hintereinander mit zwei Schüssen, ohne die Waffe abzusetzen

Drückjagd – Form einer Treibjagd auf Schalenwild

Fallwild – im Gegensatz zu erlegtem alles aus sonstiger Ursache tot aufgefundene Wild

Forwarder – Forstmaschine (auch Rückezug oder Tragrückeschlepper), die geerntetes Holz aus dem Bestand an den Waldweg vorliefert

Frischling – beim Schwarzwild Jungtier im ersten Lebensjahr

Gebrech – Maul beim Schwarzwild

Geweih – Stirnwaffen der Cerviden aus Knochensubstanz, die jährlich abgeworfen und neu gebildet werden

Harvester – Holzerntemaschine (Vollernter), die alle anfallenden Teilarbeiten der Holzernte ausführen kann: Fällen, Entasten, Vermessen, Einschneiden, Zopfen, Ablegen

Hauptschwein – starker Keiler

Ia-Hirsch – kapitaler Rothirsch, Kronenhirsch, mindestens zehn Jahre alt, mit einem bestimmten Mindest-Geweihgewicht

IIIb-Hirsch – ein bis drei Jahre alter, schwach veranlagter Rothirsch

Huteeiche – weit ausladender Laubbaum, der für Weidevieh gepflanzt wurde

Keule – Schenkel des Haarwildes

kirren – Ausbringen von kleinen Mengen Futter zum Anlocken von Wild

Kluppe – Schieblehre zum Messen von Baumdurchmessern

Lauscher – Ohren beim Schalenwild (ausgenommen Schwarzwild, dort Teller)

Lebenshirsch – äußerst kapitaler, rekordverdächtiger Hirsch

Luder – in Verwesung übergegangene Tierleiche oder Teile davon (Aas)

Naturverjüngung – Entstehung neuen Waldes durch Anflug oder Aufschlag von Baumsamen

Paketschuss – unbeabsichtigter Doppeltreffer

Rotte – Gemeinschaft (Sozialverband) beim Schwarzwild

Rückegasse – unbefestigter Weg oder Schneise zum Holztransport

Schalenwild – dem Jagdrecht unterliegende Paarhufer, wie zum Beispiel Reh-, Rot-, Dam- oder Schwarzwild

Schlumpschütze – schlechter, ungeschickter, auch leichtfertiger Schütze

Schmalreh – weibliches Reh im zweiten Lebensjahr

Seher – Augen beim Haarwild (ausgenommen Schalenwild, dort Lichter)

sichern – beim Wild: aufmerksames Beobachten der Umgebung mit allen Sinnesorganen

Ständer – Beine beim Federwild (ausgenommen Schwimm- und Greifvögel)

Stangenholz – jüngerer Baumbestand (Hochwald)

Träger – Hals beim Schalenwild

Trittsiegel – Abdruck eines einzelnen Laufes (Bein des Haarwildes)

Überläuferkeiler – männliches Wildschwein im zweiten Lebensjahr

ungerader Zwanzigender – Rothirsch mit zehn Enden an der einen und weniger als zehn an der anderen Geweihstange

verenden – infolge von Verletzungen aufgrund akuter äußerer Einwirkungen ums Leben kommen (alle Wildarten)

verludern – in Verwesung übergehen

waidmännisch – waidgerecht (unter Beherrschung des Jagdhandwerks)

Wildbergehaken – Stahlhaken zum Transportieren des Wildes

Wundbett – Lager von verletztem Schalenwild

Danksagung

All denen, die mit Informationen, Rat und Tat zum Gelingen dieses Buches beigetragen haben, möchte ich an dieser Stelle herzlich danken:

Christian Damrau – Forwarderfahrer
Anne und Roger Everest-Phillips – Sidmouth, Südengland
Renate Hartmann – Tourist-Information Wienhausen
Stefan Hausmann – Bezirksförsterei Flotwedel
Margot Hirsch – Allgemeines Krankenhaus Celle
Lauri Humppi – finnischer Forwarderfahrer (lebt gottlob noch)
Anja Plesse – Kleinburgwedel
Jan Rahola – finnischer Harvesterfahrer (weder verwandt noch
   verschwägert mit Mika Rahola)
Ina Rehwinkel – Sparkasse Celle
Antje Richardt – Polizeiinspektion Celle
Günter Schröder – Forstamt Stadtwerke Hannover
Burghard Türk – Revierförsterei Hänigsen

Ganz besonderer Dank gilt *Uli Hilgefort*, seiner Frau *Barbara* und natürlich meiner Familie.

Christian Oehlschläger
SCHWANENHALS
Broschur, 256 Seiten
ISBN 978-3-89705-798-2

»Sehr empfehlenswert!«   www.deutsche-krimi-autoren.de

www.emons-verlag.de

Christian Oehlschläger
KOHLFUCHS
Broschur, 272 Seiten
ISBN 978-3-89705-861-3

»Für den Kenner entlegener Orte wie Sprakensehl und Unterlüß
nimmt die Spannung beim Gedanken daran, dass das Böse ganz
nah ist, zuweilen unerträglich an Fahrt auf. Oehlschlägers neuer
Roman kommt einem zwar bekannt vor. Doch seine literarische
Genese vereint Hermann Löns mit Alfred Hitchcock – versetzt mit
einer Milieukenntnis, die an Starautor Martin Suter erinnert.«
Jäger Magazin

www.emons-verlag.de

Christian Oehlschläger
WOLFSFEDER
Broschur, 272 Seiten
ISBN 978-3-89705-989-4

»Der Buchautor ist selbst Förster. Seine Romane vereinen detail-
getreue Schilderungen mit authentischen Charakteren und faszi-
nierenden Schauplätzen. Fazit: Spannend bis zur letzten Seite!«
Jäger Magazin

www.emons-verlag.de

Christian Oehlschläger
WALDVOGEL
Broschur, 304 Seiten
ISBN 978-3-95451-097-9

»Mit seinem Kriminalroman ›Waldvogel‹ überzeugt Christian Oehlschläger wieder auf ganzer Linie. Unterhaltsam, ereignisreich und
spannend bis zur letzten Seite bietet Oehlschläger einmal mehr
fesselnde Krimilektüre.« Celler Presse

www.emons-verlag.de